Emma Temple
Der Gesang der Maori

PIPER

Zu diesem Buch

Frisch getrennt von ihrem Freund, kommt Katharina das Angebot ihres Chefredakteurs gerade recht: Sie darf für das Magazin nach Neuseeland reisen. Dort werden derzeit die Dreharbeiten von »Herr der Ringe« vorbereitet und Katharina soll eine Reportage über den Sehnsuchtsort schreiben. Die junge Journalistin ist begeistert, hat sie doch vor wenigen Jahren das Land selbst bereist. Und endlich kann sie ihre beste Freundin Sina wiedersehen, die mit ihrer Familie glücklich in Christchurch lebt. Doch kaum angekommen überschlagen sich die Ereignisse: Ein Erdbeben verwüstet die Stadt. Glücklicherweise wird niemand verletzt – aber Sinas kleine Tochter erkrankt schwer an Leukämie. Sie braucht dringend einen Stammzellenspender, doch die Eltern sind nicht geeignet. Gibt es noch andere Verwandte, die das kleine Mädchen retten könnten? Auf der Suche nach Hilfe begegnet Katharina einem jungen Mann, der sie auf Anhieb fasziniert. Er singt ein mysteriöses altes Lied, das Katharina nicht mehr aus dem Kopf geht. Auf ihrer Reise taucht sie tief ein in die Geschichte der Pazifikinsel und kommt einem uralten Geheimnis auf den Grund, das bis heute über Liebe und Hass, über das Schicksal vieler Menschen bestimmt …

Emma Temple ist das Pseudonym der deutschen Autorin Katrin Tempel, die erfolgreich heitere Frauenromane wie »Stillen und Chillen« und »Stillst du noch oder lebst du schon?« (beide erschienen bei Piper) veröffentlicht. Sie wurde 1967 in Düsseldorf geboren und wuchs in München auf. Während ihres Studiums der Geschichte und der Politik entdeckte sie ihre Liebe zu Neuseeland und verbrachte ein Jahr auf einer Farm in der Nähe von Christchurch – ein Ort, zu dem sie immer wieder zurückkehrt. Nach dem Studium war sie zunächst Journalistin, seit ein paar Jahren schreibt sie Romane und Drehbücher, so zum Beispiel »Dr. Hope – eine Frau gibt nicht auf«, vom ZDF mit Heike Makatsch verfilmt. Emma Temple lebt heute mit ihrer Familie an der Weinstraße.

Emma Temple

Der Gesang der Maori

Roman

Piper München Zürich

Mehr über unsere Autoren und Bücher:
www.piper.de

Von Emma Temple liegen bei Piper vor:
Der Tanz des Maori
Der Gesang der Maori

MIX
Papier aus verantwortungsvollen Quellen
FSC® C083411

Originalausgabe
Januar 2012

Umschlagkonzept: semper smile, München
Umschlaggestaltung: Cornelia Niere, München, mit Bettina Steenbeeke
Umschlagmotive: Getty Images / travellinglight (Foto), Shutterstock Images / squamificio (Illustration)
Satz: Kösel, Krugzell
Gesetzt aus der Bembo
Papier: Munken Print von Arctic Paper Munkedals AB, Schweden
Druck und Bindung: CPI – Clausen & Bosse, Leck
Printed in Germany ISBN 978-3-492-27312-1

Für Georg und die Maus

Indischer Ozean, 1953

1.

Die Gluthitze der Kohle brannte heiß auf seinem Gesicht. Seine Arme fühlte er schon seit Stunden kaum noch, aber John schaufelte weiter die schwarzen Brocken in die gleißende Luke. Ein Nachlassen konnte er sich nicht leisten. Der Aufseher hatte sie alle im Auge. Er sah sofort, wenn einer der Arbeiter im immer gleichen Takt des Schaufelns langsamer wurde. Dann sparte er nicht mit Hieben auf den Rücken, die Beine und die Arme. Als ob die bei der pausenlosen Arbeit nicht ohnehin schon genug schmerzen würden. Der Krug mit dem Wasser war der einzige Luxus, der den Arbeitern auf der Pacific Maiden gestattet wurde. Kein Wunder, sonst würden sie bei der Arbeit im Funkenflug der Kohleglut innerhalb eines halben Tages zusammenbrechen.

Als John sich um diesen Job beworben hatte, war ihm klar, dass keine entspannte Überfahrt auf ihn wartete. Aber so hart hatte er es sich doch nicht vorgestellt. Kohle schaufeln – das klang nach schwerer Arbeit, und die hatte er in seinem Leben noch nie gescheut. Aber tatsächlich herrschte hier unten, bei den riesigen Maschinen im Bauch der Pacific Maiden, eine nahezu unerträgliche Hitze. Dazu kam ein Mangel an Sauerstoff, der für ständige Kopfschmerzen sorgte. Das unablässige Stampfen der großen Kolben machte alles noch schlimmer.

Die Schlafquartiere lagen nicht weit entfernt von den Maschinen. Die Männer ruhten dort dicht gedrängt auf den durchgelegenen Pritschen, die die Arbeiter der anderen Schicht erst kurz zuvor geräumt hatten. John hatte keine Ahnung, mit wem er seine Pritsche teilte – aber er schlief immer mit dem Schweiß des anderen in der Nase.

Ein schriller Pfiff beendete seine Schicht für diesen Tag. Oder war es Nacht? John hatte jedes Zeitgefühl verloren. Aber heute wollte er nicht einfach nur einen harten Kanten Brot essen und dann in einen tiefen Schlaf fallen – heute wollte er unbedingt einmal kurz an Deck gehen und seine Lunge mit frischer Luft füllen. Das hatte er sich eigentlich für jeden Abend vorgenommen, aber an den letzten Tagen hatte stets eine lähmende Müdigkeit gesiegt.

Erschöpft stieg er die vielen Stufen nach oben, es kam ihm vor, als ob er aus dem Schlund der Hölle allmählich wieder ans Licht gelangen würde. Eine letzte Stiege noch, dann schob er eine Metalltür auf und fand sich auf den sauber geputzten Planken des großen Dampfers wieder. Langsam ging er zur Reling. Tief unter ihm glitzerte der Indische Ozean, Plankton leuchtete in der Bugwelle auf und verlieh der Schiffswand einen nahezu magischen Glanz. Sie befanden sich irgendwo südlich von Indien. Nicht mehr lange, und sie würden den Suezkanal durchqueren. John würde davon wahrscheinlich kaum etwas mitbekommen, sondern wieder im Bauch des Schiffes festsitzen und Kohle schaufeln.

Neugierig sah er sich um. Das Schiff gehörte seinem Vater, wie alle Schiffe, die »Pacific« im Namen trugen. Er kannte seine Geschwindigkeit, seine Größe, sein schon reichlich hohes Alter – so wie er es von allen Schiffen der Pacific Shipping Company kannte. Wahrscheinlich war er sogar schon irgendwann einmal an Bord gewesen, hatte sich dem Kapitän vorgestellt und höflich gelächelt, als die Männer Witze über Erben und Nachfolge gemacht hatten. Johns Vater war noch rüstig, der würde sich noch einige Jahrzehnte lang die Zügel der Reederei nicht aus den Händen nehmen lassen – da war John sicher. Aber jetzt hatte er Abschied von diesem Leben genommen. Endgültig. Er war nur einer der Männer, die Kohle schaufelten – nicht mehr der Sohn des Besitzers. So hatte er es gewollt, als er sich als »John Miller« in die Liste eingetragen hatte.

Versonnen sah er in den Himmel hinauf. Es war Nacht, das Kreuz des Südens lag auf der Seite, knapp über dem Horizont. Nicht mehr lange, und er würde es nicht mehr sehen, das Gestirn, das während seiner ganzen Kindheit über seinen Schlaf gewacht hatte. Künftig wollte er ein Leben in Deutschland führen, bei seiner eigentlichen Familie. Neuseeland war Vergangenheit, nur eine Episode, die fast zwei Jahrzehnte gedauert hatte …

Die Tür hinter ihm quietschte leise, als sie noch einmal aufschwang. Das Geräusch eines Feuerzeugs, für Sekunden beleuchtete die Flamme ein dunkles Gesicht mit scharf geschwungener Nase, dann das Aufglimmen einer Zigarette und wieder Dunkelheit. Der kurze Moment hatte John gereicht, um den ersten Maat zu erkennen. Der direkte Vorgesetzte all der Matrosen, die für einfache Tätigkeiten wie Kohleschaufeln oder Kartoffelschälen an Bord waren. Leise seufzte John. Er hatte auf einen Moment Einsamkeit hier oben an Deck gehofft. Der war ihm wohl nicht vergönnt.

Der Maat stellte sich neben John, zog noch einmal an seiner Zigarette und schnippte die Asche in das Meer. Er sah ihr nachdenklich hinterher und meinte dann in beiläufigem Ton: »Kann es sein, dass ich dich schon einmal gesehen habe?«

John zuckte mit den Achseln. »Wenn du auch aus Christchurch bist, kann das schon sein … so groß ist das ja nicht«, sagte er möglichst ruhig. Er konnte nur darauf hoffen, dass er nicht erkannt wurde.

Kopfschüttelnd erklärte der Maat: »Nein, das muss irgendwo an Bord gewesen sein, ich komme nur nicht mehr drauf. Du bist dir sicher, dass du noch nie irgendwo angeheuert hast?«

John lachte auf. »Ganz sicher. Ich will nur nach Hamburg, und das hier erschien mir eine gute Möglichkeit. Ich bin jung, ich bin stark – da sollte ich mir so eine Überfahrt wohl verdienen können.«

Wieder schnippte der Maat ein wenig Asche ins Meer. Für einen Moment herrschte Schweigen, und John nahm schon fast an, dass dieses Gespräch damit wohl beendet war. Dann fuhr der Maat plötzlich herum und hielt das brennende Feuerzeug direkt neben Johns Gesicht.

»Jetzt fällt es mir wieder ein. Das war mit Cavanagh, unserem feinen Herrn Reeder. Du bist hinter ihm hergeschlichen und hast zu allem immer nur genickt. Du bist sein Sohn!«

Abwehrend schüttelte John den Kopf. »Wo denkst du hin? Wäre ich der Sohn des Reeders, würde ich jetzt in der Offiziersmesse ein Glas kalten Wein trinken und danach in meine wunderbare Kajüte auf dem Oberdeck gehen. Ich würde ganz sicher nicht an den Maschinen stehen und Kohle schaufeln! Oder meine Pritsche mit einem stinkenden Kameraden teilen.«

Der Maat sah ihn mit zurückgelegtem Kopf an. »Es sei denn, du willst nicht, dass dein alter Herr dich findet. Wenn du heimlich nach Europa durchbrennst, dann kann es durchaus sein, dass du dafür ein paar Wochen Kohleschippen in Kauf nimmst, oder etwa nicht?«

»Und warum sollte ich abhauen?«, gab John zurück. »Als Erbe der Pacific Shipping Company hätte ich wohl kaum Grund zur Flucht, oder? Wenn du recht hast, dann muss ich es mir ja nur gut gehen lassen, bis der alte Cavanagh abkratzt.« Er schickte dem Satz ein verächtliches Schnauben hinterher, um deutlich zu machen, was für eine idiotische Idee der Maat da gehabt hatte. Heimlich machte sich allerdings ein wenig Furcht in ihm breit. Was, wenn die Mannschaft des Schiffes ihre Chance für ein bisschen billige Rache an dem unbeliebten Reeder sah? Er sah die niedrige Reling plötzlich mit anderen Augen. Wie schnell konnte man einen Menschen in das Meer stürzen – und wie lange würde man wohl den kleiner werdenden Positionslichtern des großen Frachters hinterhersehen, bevor man endgültig in den Tiefen des Ozeans versank?

Der Maat ließ sich jetzt nicht mehr von seiner Idee abbringen. »Doch, du bist dieser John. Hast damals die ganze Zeit ein Gesicht aufgesetzt, als ob du etwas Besseres wärst. Dabei hattest du sicher keine Ahnung, was dein alter Herr von uns verlangt. Wer weiß, vielleicht hat er dich ja zu uns geschickt, damit du schaust, wie man uns noch besser ausnehmen kann. Wen interessiert es schon, dass alle Männer in den Maschinenräumen irgendwann das reine Blut kotzen? Dein Vater stellt nicht so schnell auf Diesel um, der nicht. Solange es noch Kohle in Neuseeland gibt, so lange lässt er seine Schiffe noch damit fahren!«

John hob abwehrend die Hände. »Ich habe wirklich keine Ahnung, von was du da redest! Ich will einfach nur nach Hamburg …«

Mit einer brüsken Bewegung riss der Maat die Tür zu der steilen Stiege auf und rief in das Dunkel. »McTaggart? Bist du da? Komm doch mal hoch, und schau dir an, was ich hier gefunden habe!«

Augenblicke später betrat ein großer Mann das Deck. Offensichtlich ein Maori-Mischling mit dunklen Augen, muskelbepackten Oberarmen und gut einen Kopf größer als John. Er hatte ihn schon einige Male vor den Öfen gesehen, wenn er scheinbar völlig mühelos Kohle schippte. Jetzt musterte ihn dieser Mann nur einen kurzen Augenblick und nickte dann. »Das ist er, du hattest doch recht. Ich habe ihn in all dem Dreck überhaupt nicht erkannt. Der Typ ist hinter dem alten Cavanagh hergelaufen und sah aus wie einer dieser Privatschüler, denen irgendwann einmal die ganze Welt gehört.« Er dachte einen kurzen Moment nach, bevor er die naheliegende Frage stellte. »Was macht so einer denn hier bei uns?«

Der Maat zog wieder an seiner Zigarette. »Uns ausspionieren. Oder von Papa weglaufen, weil er auf das große Abenteuer hofft. Du weißt doch … Hamburg und die Reeperbahn!« Sie brachen in Gelächter aus. »Das wird es wohl sein. Sollen wir dem Kapitän melden, welch kostbare Fracht er da an Bord genommen hat? Was meinst du?«

Unwillkürlich riss John die Augen auf und schüttelte den Kopf. Ein Fehler, wie ihm im selben Moment klar wurde. Damit hatte er seine Identität preisgegeben. Der Maat trat einen Schritt näher und packte John mit dreckiger Pranke an seinem mit Kohlestaub verschmierten Kragen.

»Der Kapitän soll also nichts erfahren, richtig? Ich hab zwar keine Ahnung, warum, aber auf keinen Fall soll er mitkriegen, wen wir da unter uns haben? Du würdest nie zu ihm laufen und ihm sagen, was du für uns tun musst …« Die beiden Männer sahen sich an und brachen in derbes Gelächter aus.

Ohne Vorwarnung holte McTaggart mit einem Bein aus und trat John in die Kniekehle. Die Stiefel waren aus schwerem Leder mit kräftigen Stahlkappen. Der Schmerz fuhr wie ein Blitz durch Johns Bein, er ging in die Knie. Sofort landete die gleiche Stiefelspitze in seiner Magengrube. John schnappte nach Luft. »Was soll …«, wollte er noch protestieren, als ein Faustschlag seine Lippe platzen ließ. Er krümmte sich am Boden zusammen wie ein Neugeborenes, aber nichts konnte ihn vor den Schlägen und der Wut der beiden Matrosen schützen. Sie hatten ihre Chance, sich an dem Reeder zu rächen, und sie taten es. Gründlich. Wen interessierte es da, dass sie nicht George Cavanagh erwischten, sondern nur seinen Sohn? Irgendwann verlor John das Bewusstsein, gnädige Dunkelheit senkte sich über ihn. Er bemerkte weder, dass die beiden von ihm abließen, noch hörte er ihr höhnisches Gelächter.

Als er wieder zu sich kam, zeigte sich am Horizont schon die erste Dämmerung. John öffnete stöhnend seine zugeschwollenen Augen und bewegte vorsichtig das eine Bein, dann das andere. Es schien nichts gebrochen zu sein. Langsam setzte er sich auf. Es gab keinen Quadratzentimeter seines Körpers, der nicht heftig schmerzte. Auf seinem Hemd zeichneten sich Blutflecken ab. Er war froh, dass er die Haut darunter nicht sehen musste – es fühlte sich an, als ob das rohe Fleisch direkt unter dem Stoff läge. Unendlich langsam erhob er sich und stützte sich auf die Reling. Immerhin hatten die beiden Männer ihn nicht über Bord geworfen. Obwohl ihn das vielleicht vor viel Schmerzen bewahrt hätte. John zog eine Grimasse. Diese paar Wochen würde er schon durchstehen. Und in Hamburg würde sowieso alles anders werden. Er nahm einen tiefen Atemzug der frischen Luft, ließ seinen Blick noch einmal über den fernen Horizont streifen und drehte sich dann um.

Als er die leicht quietschende Tür aufschob, zögerte er einen Moment. Da unten wartete die Hölle mit McTaggart und dem Maat als Teufel und Beelzebub auf ihn. Aber an eine Flucht war auf so einem Schiff nicht zu denken. Es blieb ihm keine Wahl, das musste er aushalten. Als die Tür hinter ihm zufiel, klang es in seinen Ohren wie die Tür eines Kerkers.

»Na los, du Muttersöhnchen, beweg dich!«

Im Halbdunkel des Mannschaftsraumes beugte sich der dunkelhaarige Maat mit seinem schlechten Atem über John. Um den Worten den nötigen Nachdruck zu verleihen, rammte er ihm auch noch ein Knie in die Seite. Überflüssig, denn John saß längst auf der Kante seiner schmalen Pritsche und erhob sich. Mit einem Griff nahm er sein Hemd, das schon lange nicht mehr weiß war, zog es sich über den Kopf – mit den Knöpfen vertat man nur wertvolle Zeit – und verließ, so schnell es ging, die Mannschaftskabine. Nicht schnell genug für den Mann, der ihn geweckt hatte. Der hatte einen Wischmopp mit langem Stiel in der Hand und schlug John damit immer wieder gegen die Beine. Er machte sich einen Spaß daraus, so oft und so hart wie möglich zu treffen. John senkte den Kopf. Seitdem er vor ein paar Tagen auf Deck verprügelt worden war, ließen der Maat und sein Kumpel keinen Tag von ihm ab. Die Platzwunden und blauen Flecken dieser ersten »Lehrstunde« konnten kaum verheilen.

»Etwas schneller, wenn ich bitten darf! Dein Vater zahlt uns nicht fürs Sternezählen. Das Schiff muss sauber sein –

und wir müssen schnell ankommen. Jetzt musst du eben daran mitarbeiten, dass wir beides schaffen. Deine Aufgabe heute findest du in der Latrine. Sogar unsere härtesten Matrosen beschweren sich über den Geruch, da wird es höchste Zeit, dass sich so ein feines Bürschchen wie du darum kümmert!«

Damit drückte er John den Wischmopp in die Hand, deutete auf einen Eimer, der auf dem Boden stand, und verschwand wieder entlang des nur spärlich erleuchteten Ganges.

John gähnte und streckte sich vorsichtig, soweit es seine schmerzenden Rippen eben zuließen. Es war irgendwann am frühen Morgen, das Schiff bewegte sich inzwischen westlich von Indien, nicht weit entfernt vom Horn von Afrika. Es würden noch Wochen vergehen, bevor sie endlich in Hamburg anlegen würden. In den Gängen herrschte eine drückende Hitze. Als John die Tür zur Latrine aufschob, kam ihm ein Schwall übel riechender Luft entgegen. Für eine Sekunde spürte er, wie sein Magen rebellierte. Tiefes Durchatmen half in diesem Fall nicht weiter – und er konnte wohl kaum die ganze Zeit die Luft anhalten. Er musste die Zähne zusammenbeißen und an bessere Tage denken.

Er füllte den Eimer mit Wasser, gab ein wenig krümelige Kernseife dazu und machte sich an das eine Waschbecken, das unter dem halb blinden Spiegel hing. Während er an den Armaturen rieb und versuchte, wenigstens den gröbsten Dreck zu entfernen, sah er sein eigenes Gesicht in dem blank polierten Metallstück, das den Männern als Spiegel dienen sollte. Das blonde Haar mit dem eigentümlichen Goldton hing ihm strähnig in die Stirn. Seine Augen mit dem auffallend hellen Grün – oder war es doch ein Meerblau? – sahen ihn nur noch müde an. Unter den hohen

Backenknochen die eingefallenen Wangen, tiefe Augenringe und aufgerissene Lippen – die Fahrt hatte ihre Spuren in seinem Gesicht hinterlassen. Seine Nase war geschwollen und saß ein wenig schief, offensichtlich war sie ihm vor ein paar Tagen gebrochen worden. Er hatte geahnt, dass sein Vater in seiner Reederei die Reichtümer nicht mit Nettigkeiten verdiente. Aber so schlimm hatte er sich die drückende Hitze bei den langen Fahrten durch tropische Gewässer nicht vorgestellt. Oder den Gestank, der unter Deck herrschte, wenn Dutzende von ungewaschenen, verschwitzten Männern auf engstem Raum zusammenleben mussten. Oder die groben Witze, mit denen sie sich grölend unterhielten, wenn ihre Schicht vorbei war und sie sich mit einem lauwarmen Bier bei Laune zu halten versuchten. Oder zu betäuben.

John tauchte seinen Wischmopp in das Wasser und machte sich an den Boden, auf dem eine trübe Brühe hin und her schwappte. Ob seine Mannschaftskameraden nicht einmal mehr versuchten, die aufgestellten Eimer zu treffen? Er trug sie einzeln ans Oberdeck und versuchte, dabei möglichst wenig von der stinkenden Brühe auf seine Hosen zu kippen. Aber der Seegang war zu heftig, immer wieder traf ihn ein Spritzer. In seinem Mund machte sich ein säuerlicher Geschmack breit, als er endlich den letzten Eimer zurück an seinen Platz stellte und sich wieder über den Schmutz auf dem Boden hermachte. Es schien eine Ewigkeit zu vergehen, bis er allmählich den Boden erkennen konnte. Gerade, als er den letzten Tropfen der Dreckbrühe aus dem Mopp auswrang, schwang die Tür auf. Der Mann, der ihn geweckt hatte, marschierte mit prüfendem Blick herein.

»Schon fertig?«

John nickte. Der Maat wollte keinerlei Erklärungen und

wurde aggressiv, wenn man ihm etwas sagen wollte. Doch dieses Mal lächelte ihn der Mann nur mit seinen fauligen Zähnen an, nestelte am Reißverschluss seiner Hose herum und holte sein Geschlechtsteil heraus. John starrte auf den Boden. Im hohen Bogen urinierte der Maat auf den Boden. Er wollte nicht einmal in die Nähe der Eimer treffen, er zielte vielmehr auf Johns Füße. Der machte unwillkürlich einen Schritt zur Seite.

»Habe ich dir erlaubt, wegzutreten, Matrose?«, schrie der Maat, ohne mit seinem Tun aufzuhören.

John erstarrte. Diese Fahrt hatte sich zu einem Albtraum entwickelt und wurde seit seiner Enttarnung auf dem Deck von vielen Monstern begleitet. Dieser Maat war jedoch einer der Gefährlichsten. Wenn man ihm widersprach oder nicht tat, was er wollte, dann schlug er schnell und hart zu. Offensichtlich stellte er sich dabei immer vor, dass er Johns Vater schlug. George Cavanagh, den Besitzer der großen Pacific Shipping Company. Ein Reeder, der im letzten Krieg zu Reichtum gekommen war und jetzt alles daransetzte, diesen Reichtum auch zu behalten.

John nahm den abgegriffenen, klebrigen Holzstiel seines Mopps fester in die Hand und senkte den Kopf. Der Maat pinkelte ihm jetzt einfach auf die Schuhe, tat nicht einmal mehr so, als ob es aus Versehen geschähe.

Irgendwann war auch die größte Blase entleert. Mit einer abschätzigen Geste deutete der Maat auf den Boden.

»Das nennst du sauber? Das ist ja noch nicht einmal annähernd das, was ich meinen Matrosen zumuten möchte. Wenn du nicht mit dem Mopp umgehen kannst, dann musst du eben auf die Knie, um den Boden richtig sauber zu kriegen!«

Er nahm einen dreckigen Lappen, der über einem rostigen Rohr hing, und warf ihn vor Johns Füßen auf den Boden.

»Mach sauber. Wenn du hier fertig bist, dann muss sogar der Kapitän von dem Boden dieser Latrine essen können, klar?«

Langsam ließ John sich auf die Knie nieder. Er spürte, wie die Nässe durch den schweren Stoff seiner Arbeitshose drang und seine Haut anfeuchtete. Wieder schluckte er den sauren Geschmack in seinem Mund herunter. Dieser Maat hatte keine Macht über ihn. Nicht wirklich. Nicht über seine Seele. John konzentrierte sich auf sein großes Ziel. Er wollte in Hamburg von Bord gehen und ein neues Leben anfangen. Er griff nach dem Lappen und fing an, ein zweites Mal an diesem Morgen den Boden zu wischen.

Als er wenig später in den Mannschaftsraum ging, um ein wenig zu essen zu holen, rückten sogar die freundlichsten der Matrosen zur Seite. »Was hast du nur angestellt, dass er dich so hasst?«, murmelte einer der älteren Männer, bevor er seinen Teller nahm und sich lieber einen Tisch weiter setzte. »Und sei nicht böse, Junge, aber du stinkst einfach bis zum Himmel. Das ist sogar für mich zu viel.«

John fing an, möglichst schnell den klebrigen Haferbrei in sich hineinzuschaufeln. Keine Ahnung, wann McTaggart oder der Maat wiederauftauchten, aber dann war seine Essenspause mit Sicherheit beendet. Dazu ein paar Schlucke lauwarmes Wasser – und dann möglichst schnell wieder an die großen Kessel und weiter Kohle schaufeln. Fast freute er sich auf die harte Schicht. In dieser Zeit ließen ihn seine Peiniger wenigstens in Ruhe.

Stunden später sank er auf seine Pritsche. Das Schnarchen der anderen Männer in dem engen, heißen Raum – und seine angebrochenen Rippen – sorgten dafür, dass er trotz seiner Müdigkeit nicht mehr einschlafen konnte. Wach lag er auf dem Rücken und starrte in die Dunkelheit. Seine Gedanken wanderten zurück zu dem Tag, an dem er beschlossen hatte, eines Tages aus Neuseeland zu fliehen …

Es war einer dieser sonnendurchfluteten Tage gewesen, wie es sie nur in Neuseeland gab. Das Haus seines Vaters lag hoch über dem Pazifik, vom leicht abfallenden Garten konnte man das türkisfarbene Meer mit den kleinen Schaumkrönchen sehen. Darüber der dunkelblaue Himmel, den keine einzige Wolke verunzierte. Es waren nur noch wenige Tage bis Weihnachten, 1944 würde schon bald zu Ende gehen.

John hatte es sich auf der Terrasse bequem gemacht und saß über seinen Hausaufgaben, als sein Vater plötzlich auftauchte. Er hatte völlig gegen seine Gewohnheiten eine Bierflasche in der Hand und sah aus seinen dunklen Augen düster in den wunderbaren Sommertag. John erinnerte sich noch genau, dass er in diesem Moment eine erste silberne Strähne im dichten, schwarzen Haarschopf seines Vaters entdeckt hatte. Das turbulente Leben und der Krieg waren auch an ihm nicht einfach vorübergegangen. Mit langen Zügen leerte George Cavanagh seine Flasche und schleuderte sie schließlich in hohem Bogen in seinen Garten. Er konnte sicher sein, dass einer der Maori-Gärtner die Flasche später aufheben und wegwerfen würde. John wollte sich schon wieder seinen Büchern zuwenden, als sein Vater lospolterte.

»Frieden! Alle reden von Frieden. Als ob das etwas besonders Gutes wäre. Meine Umsätze werden einbrechen, bloß weil plötzlich alle Händchen halten wollen und friedlich in den Sonnenuntergang ziehen. Dieser Hitler hält nicht durch, das wird langsam klar.« George Cavanagh ließ dieser Äußerung ein verächtliches Schnauben folgen. »Die letzten Nachrichten aus Europa haben es gerade bestätigt: Deutschland liegt am Boden. Schon im Frühling wird wieder Frieden herrschen …« Bei ihm klang das wie die Ankündigung einer Katastrophe.

»Aber das ist doch eine gute Sache!«, erklärte John unbefangen. »Die Soldaten kommen endlich nach Hause. Der Vater von Rose ist schon seit drei Jahren in Europa …«

Er kam nicht dazu, den Satz zu beenden. Sein Vater, der ihn bis zu diesem Moment noch nicht einmal bemerkt hatte, fuhr herum und funkelte ihn an. »Was interessiert mich der Vater von dieser Rose? Oder irgendjemand, der in diesem Krieg ist? Es geht darum, dass unsere Reederei Kohle nach Europa fährt. Das lohnt sich nur, wenn die Stahlwerke alle auf Hochtouren laufen, damit immer neue Kugeln, Panzer und Kanonen für den Krieg entstehen. Du magst es, wenn du dir keine Sorgen ums Geld machen musst? Dann bete dafür, dass dieser Krieg ewig dauert!«

Er sah seinen Sohn auffordernd an und erwartete offensichtlich eine einsichtige Antwort. Das wäre wohl auch die einfachste Lösung gewesen. Aber John hatte damals noch nicht gelernt, wann es besser war, einfach den Kopf zu senken, zu schweigen und sich seinen Teil zu denken. Er war noch zu unerfahren mit dem Zorn und der Wut von George Cavanagh. Er war noch keine elf Jahre alt.

»Wir können doch auch andere Sachen nach Europa bringen. Wolle oder Früchte, vielleicht sogar Fleisch …«, schlug er vor. »Vielleicht werden wir damit nicht ganz so reich wie jetzt, aber wir leben in einer besseren Welt. Meine Lehrerin sagt immer, dass Krieg nur etwas für Menschen ist, die zu dumm sind, um den Frieden zu bewahren.«

»Dann zeigt sie nur, dass die Dummen einfach nicht aussterben. Und du bist der lebende Beweis dafür, dass sich die schlechten Eigenschaften eines Menschen am besten vererben. Deine Mutter träumte auch von einer besseren Welt. Hat ihr auch nichts gebracht. Im Gegenteil ...«

In diesem Moment hörten sie aus der offen stehenden Terrassentür des Wohnhauses einen ohrenbetäubenden Lärm. George Cavanagh drehte auf dem Absatz um, rannte die wenigen Schritte zum Haus und verschwand durch die Tür. John lief ihm hinterher, eher neugierig als beunruhigt. Was sollte schon groß passiert sein?

Als er das große Wohnzimmer hinter der weit aufstehenden Terrassentür sah, bemerkte er als Erstes seinen kleinen Bruder. Ewan saß wie ein Häufchen Elend neben einem leeren Podest, Tränen liefen aus seinen dunklen Augen, die so sehr denen seines Vaters ähnelten. Neben ihm lagen Dutzende von Eisen- und Holzteilchen. Ein wirres Mikado, aus dem sogar zerbrochene Teile ragten. John Cavanagh stand daneben und sah sich das Durcheinander an. Offensichtlich rang er noch nach angemessenen Worten für seinen Zorn. Als ihm nichts Passendes einfiel, hob er seine Hand und hieb den kleinen Ewan mit aller Kraft in die Rippen. Der fiel unter der Wucht des Aufpralls einfach um, blieb liegen und wisperte: »Entschuldigung, ich habe das nicht gewollt. Ein Schmetterling hat sich auf die Reling gesetzt, den wollte ich fangen. Dabei ist das Schiff einfach heruntergefallen. Verzeih, Vater, verzeih.«

Die Reue des Achtjährigen schien den Reeder nicht zu beruhigen. »Hast du eine Ahnung, was du da achtlos heruntergeworfen hast? Das ist ein Modell der Pacific Miriam! Mein erstes Schiff, die Grundlage unserer Reederei, benannt nach deiner Mutter! Hast du denn vor nichts und niemand Achtung, du kleiner Wurm?«

Ewan schluchzte weiter. Sein schmaler Rücken bebte, als er noch einmal erklärte: »Ich habe das nicht gewollt, Vater. Ich mache es wieder gut, ich kann das reparieren …«

Ein zweites Mal fuhr die Hand von George Cavanagh herunter. Diesmal hinterließ sie auf der Wange des kleinen Ewan einen Abdruck.

John spürte, wie kalte Wut in ihm aufstieg. Sein kleiner Bruder litt aufrichtig unter dem Missgeschick, das ihm passiert war, warum konnte sein Vater nicht einfach die Entschuldigung akzeptieren und sich damit zufriedengeben, dass Ewan sogar seine Hilfe bei der Reparatur anbot? John war nur gute zwei Jahre älter als Ewan, aber er fühlte sich verantwortlich für ihn. Als sein Vater noch einmal die Hand hob, schob sich John vor Ewan.

»Jetzt lass ihn in Ruhe. Wir reparieren deine Pacific Miriam gemeinsam, du wirst in einer Woche nicht einmal mehr sehen, was da passiert ist.« John drehte sich zu Ewan um und nickte ihm aufmunternd zu. »Das schaffen wir, mach dir keine Sorgen.« Ewan wagte ein zaghaftes Lächeln. Für den Bruchteil einer Sekunde wirkte es so, als ob sie wieder eine friedliche Familie sein könnten.

Aber der Jähzorn von George Cavanagh war noch nicht besänftigt. Eine Ader schwoll auf seiner Stirn an, während er sich seinem älteren Sohn zuwandte. »Der kleine John, immer auf der Seite der Schwachen und Hilfesuchenden … So wird aus dir nie ein richtiger Geschäftsmann. Und so ein Schwächling soll irgendwann einmal meine Reederei übernehmen?«

»Ich will deine Reederei doch überhaupt nicht!«, brach es aus John hervor. »Wenn die einen Krieg braucht, damit wir Geld verdienen, und Roses Vater nicht nach Hause kommen kann …«

Dieses Mal traf George Cavanaghs Hand John. Er schien außer sich vor Wut. »Ein bisschen mehr Dankbarkeit wäre schon angebracht! Aber du bist wie deine Mutter: Immer das Gute im Sinn, setzt dich für die Schwachen ein und hast Mitgefühl mit denen, die es einfach nicht geschafft haben. Und weißt du, was das deiner Mutter bis heute eingebracht hat? Nichts!«

Bis zu diesem Moment war John immer der Meinung gewesen, seine Mutter sei kurz nach der Geburt gestorben. Dann hätte sein Vater sich mit Miriam zusammengetan, die die Mutter von Ewan war – und die wäre bei der Geburt ihres Sohnes gestorben. Eine merkwürdige Häufung von Frauen, die im Kindbett starben. Aber in den Dreißigerjahren gab es nur eine unzureichende medizinische Versorgung an der Westküste der Südinsel Neuseelands. Also hatte John sich über diese tragischen Todesfälle wenig Gedanken gemacht. Nur, wenn er Bridget, die neue Frau seines Vaters, nach Bildern seiner Mutter gefragt hatte, hatte sie ihm hin und wieder mit einem merkwürdigen Ausdruck im Gesicht über den Kopf gestrichen und etwas von »Das hat dein Vater alles vernichtet, die Trauer war zu groß!« gemurmelt. Wenig später hatte sie eine schwere Lungenentzündung in einem der wenigen schweren Winter dahingerafft. George Cavanagh hatte nie wieder geheiratet.

Jetzt wirkte sein Vater alles andere als von Trauer gerührt. Stattdessen schlug er John noch einmal hart ins Gesicht. »Deine Mutter hat es nicht einmal geschafft, dass sie dich behalten konnte. Ich habe dafür gesorgt, dass sie ihren Mann und ihren Reichtum verloren hat – und dann habe ich ihr auch noch ihren einzigen Sohn genommen. Dich. Einfach, weil ich ihr zeigen wollte, dass ich sie völlig in der Hand habe. Dass sie verloren hat, sich nicht hätte mit mir anlegen dürfen. Aber sie hat immer so getan, als sei sie etwas Besonderes. Bis ich sie eines Besseren belehrt habe …«

John hob den Kopf. Was redete dieser Mann da in seinem Zorn? »Warum hat sie ihren Mann verloren? Wie hast du mich ihr genommen?« Das ergab doch überhaupt keinen Sinn!

Höhnisch lachte Cavanagh auf. »Du hast wirklich diese Geschichte von meiner armen verstorbenen Frau geglaubt? Als würde ich jemals einen so jämmerlich weichen Sohn zeugen können, wie du einer bist.« Noch einmal dieses unheimliche Gelächter.

John sah seinen Vater fassungslos an. »Ich bin …?«, fragte er vorsichtig nach. Er wagte es nicht, den Satz zu vollenden.

»Natürlich nicht mein Sohn«, vollendete Cavanagh den Satz. Er schien es zu genießen, dem Zehnjährigen die Wahrheit um die Ohren zu schlagen wie einen nassen Lappen. Jetzt waren Schläge nicht mehr nötig. Viel schlimmer war, was ihm über die Lippen kam. »Dein Vater war ein freundlicher Minenbesitzer, der immer nur an das Wohl seiner Mitarbeiter dachte. Ich habe ihm beigebracht, wie man Geld verdient. Der Trottel wollte aber nicht lernen, hat sich gewehrt. Hat ihn das Leben gekostet. Das Geld auch. Und seine Frau, diese schöne hochmütige Ava, die musste alles tun, was ich wollte. Ich hatte die Macht über sie … und so habe ich sie nach Hause geschickt. Aber ohne dich. Dich habe ich behalten, ich wollte, dass Denson sogar noch in seinem Grab merkt, dass ich der Stärkere bin.«

»Meine Mutter nach Hause geschickt?« John wagte es kaum, den nächsten Satz zu sagen: »Wo ist denn ihr Zuhause? Lebt sie noch? Wo?«

»Als ich sie das letzte Mal gesehen habe, hat sie noch gelebt. Keine Ahnung, was dann passiert ist. So ein Krieg kann ja schon das eine oder andere Leben kosten. Habe gehört, dass Hamburg bombardiert worden ist. Vielleicht ist Ava ja so ein Gruß von oben auf den Kopf gefallen. Oder sie hat sich schon auf dem Weg nach Hamburg ins Meer gestürzt und sich den Haien geopfert. Sah ganz danach aus, als sie sich von dir verabschiedet hat!«

John bemühte sich, einen kühlen Kopf zu behalten. Seine Mutter lebte vielleicht!? Jetzt musste er den Zorn seines Vaters ausnutzen. Das heißt, seines Ziehvaters. Wenn er Glück hatte, würde dieser wütende Mann noch mehr erzählen. Ungeheuerliche Dinge, die John sich für alle Zeiten merken würde. Und eines Tages würde er von seinem Wissen Gebrauch machen …

»Hamburg?«, fragte er möglichst beiläufig nach. »Meine Mutter ist Deutsche?«

»Ja«, nickte der Mann, den er bis vor wenigen Minuten für seinen Vater gehalten hatte. »Da kam sie her, dahin ging sie wieder zurück, das Fräulein Erhardt. Kein Verlust für Neuseeland!«

»Und wer war dann mein Vater?« John konnte nicht glauben, was er da hörte. Wie hatte er fast elf Jahre lang nicht merken können, dass er in der völlig falschen Familie aufgewachsen war?

»Ein Nichtsnutz. Auch so ein Gutmensch, der an die Menschheit geglaubt hat. Daran, dass alle friedlich für eine bessere Zukunft arbeiten sollten und ähnlichen Blödsinn.« Allmählich war der Zorn des Reeders verraucht, er kam wieder zu sich. »Du bist hier bei mir viel besser aufgehoben gewesen. Was hätte dir deine Mutter schon bieten können? Eine Kammer in Hamburg, während sie verzweifelt nach einer kläglichen Hilfsarbeit sucht? Nein, John, das musst du mir glauben: Ich habe dir sehr viel mehr Zukunft zu bieten!«

Mit einer knappen Geste zeigte John auf seinen kleinen Bruder, der immer noch wie ein Häufchen Elend hinter ihm auf dem kalten Steinboden saß. »Und was ist mit ihm? Ist er wenigstens wirklich dein Sohn?«

Cavanagh nickte. »Ganz sicher. Und deswegen ist es auch so wichtig, dass er gut erzogen wird. Dass ihm keine kleinen Nachlässigkeiten nachgesehen werden, bloß weil er noch so klein ist. Ewan ist ein echter Cavanagh!«

John nickte nur noch. Er wollte sich schon umdrehen und in den Garten zurückgehen, um über die Enthüllungen von George Cavanagh nachzudenken. Wo war seine Mutter? Lebte sie wirklich noch? Doch noch bevor er verschwinden konnte, holte ihn die schneidende Stimme seines Ziehvaters aus seinen Gedanken.

»Ich dachte, du wolltest gemeinsam mit Ewan das Modell wieder reparieren? Angeblich soll ich nichts mehr von dem Malheur merken! Dann würde ich mich jetzt besser ans Werk machen … denn ich werde die Pacific Miriam morgen ganz genau untersuchen. Und wehe euch, wenn ich auch nur noch einen Kratzer sehen kann!« Damit drehte er sich um und verschwand.

John nickte, kniete sich neben seinem Bruder hin und fing an, die Einzelteile vorsichtig einzusammeln. Ewan sah ihn scheu von der Seite her an, während er ihm die Teile reichte. »Du bist gar nicht mein Bruder?«, fragte er schließlich. Seine Stimme zitterte dabei ein wenig.

»Du bist für immer mein Bruder«, erklärte John und strich Ewan über die struppigen, schwarzen Haare. »Daran kann unser Vater nichts ändern und auch sonst keine Geschichten über deine oder meine Mutter. Aber du musst lernen, dass du den Zorn von unserem Vater nicht so sehr herausfordern darfst. Er schlägt zu schnell zu …«

Sie hatten die halbe Nacht an dem Schiffsmodell verbracht. Irgendwann war die neue Haushälterin ihres Vaters, eine viel zu dünne, junge Blondine namens Fiona, aufgetaucht. Eigentlich wollte sie die beiden Jungen ins Bett schicken, aber nach ein paar Minuten sah sie ein, dass ihr das wohl nicht gelingen würde. Seufzend kniete sie sich auf den Boden, griff nach einem Draht, der verbogen auf dem Tisch lag, und meinte: »Ich werde euch beiden wohl helfen müssen, sonst wird Mister Cavanagh heute Abend wieder ungehalten sein …«

Er untersuchte das Modell genauestens, als er es am nächsten Vormittag im Wohnzimmer auf seinem gewohnten Platz wiederfand. Mit gerunzelter Stirn sah er es von allen Seiten an, bis er es wieder auf seine Halterung zurückstellte und den beiden Jungen zunickte. »Keine schlechte Arbeit.« Fiona stand hinter ihm und zwinkerte Ewan und John zu. Nur sie wusste, dass am Ende John und Ewan auf dem Fußboden eingeschlafen waren, während Fiona die letzten Kratzer am Bug ausgebessert hatte.

In den nächsten Tagen schrieb John auf einem Zettel genau auf, was George Cavanagh in seinem Zorn über Johns Mutter verraten hatte. Die Liste war ernüchternd kurz:

Deutsche (Hamburg?).

Ava (Denson? Erhardt?).

In Neuseeland mit einem Minenbesitzer (Denson) verheiratet, der gestorben ist. Wahrscheinlich im Zusammenhang mit einem Unglück, bei dem George Cavanagh irgendwie die Finger im Spiel gehabt hatte. Der musste damals also auch an der Westküste gewesen sein.

Rückkehr nach Deutschland: Mitte der Dreißigerjahre.

Diesen Zettel versteckte John in seinem Nachttisch. Neun lange Jahre holte er ihn immer wieder hervor und schwor sich, dass er sie finden würde. Egal, wie wenig Informationen er hatte. Er wollte die ganze Geschichte hören, wollte wissen, wie George Cavanagh sie dazu hatte bringen können, ihren Sohn zurückzulassen. Und dann würden sie gemeinsam ihre Rache planen, nach Neuseeland zurückkehren und Cavanagh zur Rede stellen. Immer wieder, wenn er nachts nicht schlafen konnte, malte John sich dieses Treffen mit seiner Mutter aus.

»Hallo, du kennst mich nicht, aber ich bin dein Sohn.« Würde er das wirklich sagen? Oder würde sie ihn einfach erkennen und ihn wortlos in die Arme schließen? Ob sie ihm wohl ähnlich sah? Was sie wohl heute machte? In seinen kindlichen Vorstellungen war sie eine wunderschöne Prinzessin, saß am Hamburger Hafen und wartete auf ihn. Als er älter wurde, wusste er, dass das nicht stimmen konnte. Sie musste sicher arbeiten, und sie musste inzwischen über vierzig sein. Aber trotzdem: Sie wartete auf ihn, ganz bestimmt.

Einen Tag nachdem er seine Ausbildung in der Reederei, die er direkt nach dem Schulabschluss absolvierte, abgeschlossen hatte, ging er in den Hafen und fragte nach dem nächsten Schiff mit Hamburg als Ziel. Ein alter Matrose, der auf einem Stapel Taue saß, deutete auf ein Schiff am Ende des Piers. »Das ist die Pacific Maiden, die sticht morgen in See. Ist aber sicher nicht der schönste Pott, auf dem du unterwegs sein kannst. Gehört dem alten Cavanagh, bei dem bekommt die Mannschaft nichts geschenkt. Würde ich mir überlegen, ob ich es wirklich so eilig hab.« Der Alte hatte ihn noch einmal genauer angesehen. »Oder hast du etwas ausgefressen? Dann bist du an Bord der Maiden in guter Gesellschaft …« Dazu ein schiefes Grinsen, das mehr als einen fehlenden Zahn zeigte.

John hatte mit den Schultern gezuckt. War es nicht völlig egal, auf welchem Schiff man zwölf Stunden am Tag Kohle in einen großen Ofen schaufelte? Also fragte er völlig unbefangen bei einem der Offiziere nach einer Arbeit – und hatte Glück: Einer der Arbeiter war erst am Vortag abgesprungen. Zumindest hielt er das in diesem Augenblick für Glück …

Am nächsten Tag ging er mit seinem Seesack an Bord. Nur weg von seinem Ziehvater, weg von der verlogenen Welt, die er da aufgebaut hatte. Nur die Angst um seinen kleinen Bruder konnte John nicht abschütteln. Bis jetzt hatte sich Ewan stets hinter seinem Rücken verstecken können. Ab sofort musste der Siebzehnjährige alleine zurechtkommen.

München, 1998

2.

Entnervt pfefferte Katharina ihre Tasche unter den Schreibtisch und warf sich auf ihren Stuhl. Sie schob sich die dunkle Sonnenbrille ins Haar und griff zum Telefon. Sie musste unbedingt jemandem erzählen, wie sie sich letzte Nacht mit Tom gestritten hatte. Der Idiot, der ihr immer wieder vorgeworfen hatte, dass ihr die Arbeit wichtiger als die Beziehung sei. So ein Blödsinn. Er ahnte einfach nicht, wie hart sie um diesen Job bei einem großen Münchner Nachrichtenmagazin gekämpft hatte. Noch dazu in dem Ressort ihrer Träume: beim »Modernen Leben«, was bedeutete, dass sie sich um neue Musik, Kinofilme, Sänger und Schauspieler kümmern musste. Seit einem halben Jahr galt es als Arbeit, wenn sie abends in ein Konzert von irgendeinem angesagten neuen Sänger gehen musste – oder sie verschwand am helllichten Nachmittag in die Pressevorführungen von Kinofilmen, die erst Wochen später für das Publikum zu sehen waren. Ein Traumleben!

Da musste Tom doch verstehen, dass sie im Moment keinen dreimonatigen Rucksackurlaub quer durch Lateinamerika planen konnte. Schön, wenn Tom endlich ordentlich

Spanisch lernen wollte – da musste sie ja nicht unbedingt mit dabei sein. Aber Tom wollte das nicht verstehen. Immer wieder hatte er sie mit seinen blassblauen Augen angesehen und erklärt: »Das war doch unser gemeinsamer Traum, Schatz. Erinnerst du dich nicht?«

Katharina hatte genickt. »Ja. Aber während du auf deinen Traum gewartet hast, ist mir das echte Leben begegnet. Ich habe einen Traumjob, mein Chef mag meine Arbeit …«

Sie kam nicht mehr dazu, diesen Satz zu beenden. Tom war mitten im Gespräch aufgestanden, hatte ihr seine Hand auf die Schulter gelegt und sie mit bedeutungsvoller Miene angesehen: »Über eines musst du dir im Klaren sein: Wenn dir deine Karriere so wichtig ist, dann gibt es keine gemeinsame Zukunft mehr für uns. Kletter weiter deine Leiter hoch – und ich wünsche dir, dass es da oben nicht zu einsam wird.«

Typisch Tom. Immer noch einen extrabedeutsamen Spruch auf den Lippen. Er würde sich wahrscheinlich in hundert Jahren noch wie ein ewiger Student benehmen, auf einer Matratze auf dem Boden schlafen, weit nach Mitternacht ins Bett gehen und Maultaschen von Aldi für eine Gourmetspeise halten.

Katharina hatte sich in den letzten Monaten von diesem Leben verabschiedet. Vor ihr lag eine glänzende Zukunft als Journalistin, sie hatte ihre Jeans gegen dunkle Hosenanzüge getauscht und fühlte sich wohl mit Pumps und Diktiergerät. Ihre Zeit als Studentin war für sie definitiv vorbei. Ebenso die Zeit der monatelangen Rucksackreisen. Obwohl sie das insgeheim vermisste – die vollkommene Freiheit gab es nur mit Rucksack auf dem Rücken und dem Daumen im Wind an irgendeiner entlegenen Landstraße der Welt. Sie war allerdings vernünftig genug, um zu wissen, dass man so nicht ewig weiterleben konnte. Im Gegensatz zu Tom.

Sie schaltete den Computer an und sah aus dem Fenster, während der Rechner mit einem Tusch verkündete, dass er die Arbeit aufnahm. Der Büroturm des Nachrichtenmagazins bot eine unglaubliche Sicht bis zu den Alpen, die heute direkt hinter München in den Himmel ragten. Wer brauchte schon Urlaub, wenn er so einen Arbeitsplatz hatte? Oder einen Freund? Der Nächste wartete bestimmt um die Ecke! Und sie würde dafür sorgen, dass er auch Verständnis für ihren stressigen Job hatte!

In diese Gedanken hinein klingelte das Telefon. Ein Blick auf das Display verriet ihr: ein interner Anruf. Die Chefredaktion. Das war ungewöhnlich – der Alte hatte noch nie bei ihr angerufen. Was das wohl bedeuten mochte? War er unzufrieden? Seine Sekretärin war wie immer kurz angebunden. »Kommen Sie eben zu uns, Frau Krug?« Katharina legte mit einem Stirnrunzeln auf.

Mit einem mulmigen Gefühl im Bauch machte sie sich auf den Weg. Fast fühlte es sich so an wie damals, als der Schulrektor sie zu sich gebeten hatte. Damals war es nur um einen Verweis gegangen – jetzt konnte es sein, dass ihre Karriere auf dem Spiel stand. Sie ging in Gedanken die letzten Tage in der Redaktion durch. Was hatte sie getan, das den Unmut des Alten auf sich hätte ziehen können? Sicher, sie hatte sich gestern in der Konferenz ziemlich weit aus dem Fenster gelehnt. Es war um die Verfilmung von »Der Herr der Ringe« gegangen. Die Vorbereitungen waren in Neuseeland angelaufen, und Katharina hatte davon erzählt, dass sie in diesem Teil der Welt monatelang gelebt hatte – und dass man dieses Mammutwerk im Blick behalten müsse, um nicht als Letzter davon zu berichten. Ganz normales Gerede für einen Redakteur. Dafür konnte er sie wohl kaum abstrafen. Oder doch?

Sie schob sich in das Sekretariat des Chefredakteurs. »Da bin ich!«, lächelte sie. Warum nur wurde sie das Schulmädchen-Gefühl nicht los? Die Sekretärin sah nicht einmal von ihrer Arbeit auf und machte nur eine winkende Bewegung in Richtung der offenen Tür zum Büro des Chefredakteurs. »Gehen Sie gleich durch, er erwartet Sie!«

Der Alte thronte hinter seinem Schreibtisch, auf dem sich Bücher, Zettel und Zeitschriften stapelten. Wäre der Schreibtisch nicht aus Stahl und Glas gewesen – er hätte sich unter der Last gebogen. Er deutete auf einen Stuhl auf der anderen Seite und sah sie aus seinen wachen Augen an. Auf seinem Gesicht zeigte sich nicht einmal die Spur eines Lächelns. Katharina rutschte ungemütlich mit ihrem Hintern hin und her. Es schien eine Ewigkeit zu vergehen, bis er endlich etwas sagte.

»Sie haben gestern von diesem Film erzählt. Dieser großen Verfilmung. Peter Jackson. In Neuseeland.«

Katharina nickte. »Ja. Das ist wirklich eine große Sache, jede Menge toller Schauspieler wollen da mitmachen – und die Drehorte werden jetzt schon vorbereitet, obwohl das erst in einem Jahr wirklich losgehen soll. Da dachte ich, dass man vielleicht rechtzeitig berichten müsste. Es gibt doch so viele Tolkien-Fans, keiner glaubt, dass dieser Jackson das hinkriegt. Ich meine, allein die vielen Landschaften, die Tolkien beschrieben hat, die sind so etwas von verwunschen …« Sie brach ab. Das hatte sie alles gestern schon in der Konferenz erzählt, es gab keinen Grund, es jetzt noch einmal zu wiederholen.

Der Alte sah sie mit einem belustigten Lächeln an. »Ja,

ich erinnere mich daran, was Sie gesagt haben. Sie haben da schon einmal gelebt?«

»Ja. Ein knappes halbes Jahr, während meines Studiums. Das ist jetzt drei Jahre her, aber ich kann mir nicht vorstellen, dass sich da viel verändert hat. Neuseeland ist ein Stück gemütlicher und etwas langsamer als Deutschland.« Katharina sah ihren Chefredakteur neugierig an. Was hatte er nur im Sinn?

»Das glaube ich Ihnen gerne. Sie sollen das trotzdem überprüfen. Ich möchte, dass Sie hinfahren und mal nachsehen, wo und wie diese Kulissen aufgebaut werden. Wie viele Menschen arbeiten in der Firma von diesem Jackson? Wie sehen das die Neuseeländer, die nicht direkt beteiligt sind?«

»Ich soll nach Neuseeland fahren?« Katharina musste nachfragen, so unglaublich kam ihr der Vorschlag vor. »Für eine Reportage? Die ich schreibe?«

Er nickte. »Ja, so habe ich mir das gedacht. Ich gebe Ihnen drei Wochen, dann haben Sie auch keine Ausrede mit zu wenig Zeit oder Jetlag oder sonst irgendwas. Und ich hätte gerne jetzt eine Vorberichterstattung – und dann zum Filmstart auch etwas. Trauen Sie sich das zu?«

Katharina nickte. In ihrem Kopf überschlugen sich die Gedanken. Sie musste unbedingt Sina anrufen und erzählen, dass sie zu Besuch kommen würde. Wie war das gerade mit der Jahreszeit? Hier war Herbst – also herrschte Frühling in Neuseeland. Wie sie wohl einen Kontakt zu dieser Firma von Jackson hinkriegte? Das musste einfach funktionieren. Ob die Sekretärin sich um den Flug kümmern würde?

Erst in diesem Moment bemerkte sie, dass der Chefredakteur sie immer noch belustigt ansah. »Ihre erste große Auslandsreportage, richtig? Genießen Sie es. Frau Schaller bucht

Ihnen den Flug. Viel Spaß – und ich freue mich darauf, die Geschichte zu lesen!«

Damit winkte er ihr zu und wandte sich wieder dem Stapel von Papieren auf seinem Schreibtisch zu. Sah nach langweiligen Rechnungen aus, Katharina war froh, damit nichts zu tun zu haben. Sie brachte ein »Danke!« heraus und stolperte aus seinem Büro.

»Ich brauche einen Flug nach Neuseeland!«, platzte sie bei seiner Sekretärin heraus. »Ich muss zu den Dreharbeiten vom ›Herrn der Ringe‹.«

Frau Schaller war wenig beeindruckt, griff nach einem Zettel und meinte nur: »Wann? Was ist da genau der Zielflughafen? Haben Sie Ihre Reiseunterlagen schon zusammen – oder benötigen Sie Impfungen?«

Katharina bemühte sich, ihre Begeisterung ein wenig zu zügeln und ein geschäftsmäßiges Auftreten an den Tag zu legen. »Ein Flug nach Christchurch wäre gut, am besten Anfang November, also in zwei Wochen, bis dahin habe ich alles Weitere abgeklärt. Impfungen sind in Neuseeland zum Glück überflüssig.«

Die Sekretärin nickte. »Ich kümmere mich darum. Irgendwelche Wünsche zur Unterkunft?«

Katharina dachte einen Moment nach. »Das organisiere ich mir selbst. In Christchurch lebt eine Freundin von mir, da werde ich wahrscheinlich übernachten können …«

»Privatübernachtungen können Sie mit sechzig Mark in Rechnung stellen, vergessen Sie das nicht bei der Reiseabrechnung«, erklärte die Frau noch. »Benötigen Sie einen Reisekostenvorschuss?«

Katharina schüttelte, ohne weiter nachzudenken, den Kopf. »Nein, das können wir alles danach klären … danke.«

Damit verschwand sie wieder aus der Chefredaktion. Wie

in Trance lief sie zurück zu ihrem Schreibtisch. Eine Reportage in Neuseeland. Wenn das nicht der ultimative Traum war! Sie musste unbedingt Sina anrufen! Vor drei Jahren waren sie gemeinsam durch Neuseeland gereist. Sina, die Medizin studierte, hatte sich damals Hals über Kopf in Brandon verliebt, dem Erbe einer großen Reederei und jüngsten Kapitän eines Supertankers im gesamten Pazifik. Vor allem aber unverschämt nett, gut aussehend und sehr verliebt in Sina. Brandons Großvater war damals gegen die Verbindung gewesen – aber irgendwie hatten die beiden es geschafft, ihn doch zu überzeugen. Hing mit einer alten Geschichte zwischen Sinas Großmutter und Brandons Großvater zusammen, die irgendwie unschön war und für viel Drama in der Gegenwart gesorgt hatte. Katharina hatte das nur am Rande mitgekriegt. Zu der Zeit, in der Sina schon längst in Neuseeland gearbeitet hatte, hatte Katharina ihre erste Stelle bei einer Zeitung angetreten und sich ganz auf ihr neues Leben als Journalistin eingestellt. Von Sina hatte sie in den letzten Jahren nur Weihnachtsgrüße, eine Einladung zur Hochzeit und schließlich die Geburtsanzeige der kleinen Ava Ruiha erhalten. Aber das machte nichts – ganz sicher freute sie sich über einen Besuch aus Deutschland!

Nur eine halbe Stunde später legte Katharina den Telefonhörer wieder auf die Gabel: Wie sie es sich schon gedacht hatte, konnte Sina es kaum erwarten, endlich ihre alte Freundin aus Studientagen wieder in die Arme zu schließen. »Wir haben uns ja so viel zu erzählen!«, hatte sie immer wieder erklärt. »Und wenn du Glück hast, dann ist in zwei Wochen sogar Brandon zu Hause, er sollte in den nächsten Tagen wieder in den Hafen einlaufen.« Das hatte bei ihr fröhlich geklungen, auch wenn Katharina sich das Leben als Seefahrerbraut alles andere als romantisch vorstellte. Aber was wusste sie schon – sie konnte eine Beziehung ja nicht einmal über einen Karrieresprung hinwegretten …

Die nächsten beiden Wochen vergingen wie im Flug. Sie musste sich noch von Freunden verabschieden, ihre Sachen packen, ihre Vertretung in der Redaktion organisieren – so kam sie auch nicht dazu, Tom weiter nachzutrauern. Der war mit seinem Rucksack nach Mexiko aufgebrochen, und sie wünschte sich nicht einen einzigen Moment lang, dass sie bei ihm wäre. Stattdessen freute sie sich auf das Wiedersehen mit Neuseeland. Erinnerungen an Wanderungen unter Farnbäumen und einsame Strände mit heißen Quellen wurden wieder wach – und Katharina hatte das Gefühl, dass sie schon viel zu lange nicht mehr am anderen Ende der Welt gewesen war. Voller Optimismus packte sie in ihren Koffer nicht nur leichte Businesskostümchen, sondern auch derbe Wanderschuhe, Shorts, Badeanzug und einen leichten Neoprenanzug, sollte sich doch noch die Möglichkeit zum Windsurfen oder Wellenreiten ergeben. Man musste ja auf alles vorbereitet sein als Reporterin. Zu guter Letzt landete noch die teure Kamera in ihrem Handgepäck, und dann saß sie im Taxi in Richtung Flughafen. Hier kam Reporterin Krug!

Als sie sechsunddreißig Stunden später aus der Tür des gewaltigen Jumbos der Singapore Airlines stieg, fühlte sie sich deutlich weniger frisch. Warum nur lag das Paradies so elend weit weg? Allerdings kamen ihr die Auswanderer vergangener Zeiten in den Sinn. Drei Monate auf gut Glück über die Meere segeln und immer darauf hoffen, dass kein Sturm die Fahrt unerträglich machte – das musste doch die reine Hölle gewesen sein. Auch später noch, als Dampfschiffe die Strecke dann in wenigen Wochen bewältigten – dagegen waren zwei Nächte und ein Tag im Flugzeug wirklich der reine

Luxus. Auch wenn Katharinas Rücken und ihre brennenden Augen eine ganz andere Geschichte erzählten. Sie hatte sich vor der Landung extra noch ein bisschen frisch gemacht, damit Sina sie überhaupt wiedererkannte – aber die hatte sie auch schon nach ihrem missglückten Camping im Flussbett gesehen oder auch mit einem schlimmen Kater, die konnte also wahrscheinlich nichts wirklich erschrecken. Ganz sicher nicht der Anblick einer Freundin, die etwas übernächtigt aussah.

Als Katharina durch das Gate lief, erkannte sie Sina sofort. Sie sah fast unverändert aus: goldblonde Haare, die sie inzwischen nur noch kinnlang trug, dazu die hellen grünblauen Augen, deren Farbe immer an das Meer erinnerte, die sportlich-schlanke Figur – und als einzige Neuerung ein ebenso blondes, blaugrünäugiges kleines Mädchen, das sich an Sina klammerte und mit großen Augen in die Welt blickte. Katharina umarmte der Einfachheit halber gleich alle beide und betrachtete sie dann genauer. »Du siehst einfach großartig aus! Das Leben hier unten scheint dir wirklich zu bekommen!«

Sina nickte. »Es ist auch schlicht perfekt, ich habe Glück gehabt … Brandons Schiff läuft heute Nachmittag ein, er freut sich schon darauf, dich wiederzusehen! Und jetzt komm mit nach Hause, wir haben uns so viel zu erzählen!«

Die kleine Familie der Cavanaghs lebte immer noch in dem kleinen gelben Häuschen, in dem Sina und Brandon in den ersten Monaten ihre Liebe vor den Augen des Großvaters verborgen hatten. Ein mit blühenden Büschen überwucherter Garten, eine romantische Veranda, auf der ein Barbecue-Grill heftige Gebrauchsspuren zeigte – Katharina fühlte sich auf Anhieb wohl. Sina hatte ihr ein Bett im Arbeitszimmer hergerichtet und dabei fröhlich erklärt: »Wenn wir ein zweites Kind wollen, dann müssen wir uns eine andere Bleibe suchen, dafür hätten wir ein Zimmer zu wenig. Aber im Moment ist es für uns perfekt. Außerdem hängen so viele Erinnerungen an diesem Haus. Hier fühle ich mich immer wieder wie frisch verliebt.«

Die kleine Ava konnte mit ihren vierzehn Monaten schon laufen und wackelte auf dicken Beinen unsicher durch den Garten, während die beiden Frauen es sich mit einem Glas kalten Weißwein auf der Veranda gemütlich machten.

»Bist du glücklich mit deinem Leben?«, wollte Katharina als Erstes wissen. »Immerhin war es doch ein riesiger Schritt damals. Von Deutschland nach Neuseeland, hier arbeiten, hier heiraten …«

Sina grinste. »So groß war der Schritt auch wieder nicht. Mit Brandon war ich mir unendlich sicher, den richtigen Mann gefunden zu haben. Und dieses Gefühl hat bis heute noch keinen Tag nachgelassen. Denk doch mal an meine Großmutter Ava. Die ist damals ins völlig Unbekannte aufgebrochen, kannte nicht einmal den Mann, den sie hier heiraten wollte. Das kommt mir doch sehr viel mutiger vor als das, was ich getan habe – dir etwa nicht?«

»Doch, aber das war eine andere Zeit. Die Menschen, die damals auswanderten, waren ja wirklich verzweifelt, sie konnten sich keine Zukunft mehr in ihrer Heimat vorstellen. Du hättest dagegen ohne Probleme in Deutschland bei einem Krankenhaus anfangen können und hättest als Ärztin eine wunderbare Zukunft gehabt …« Katharina sah Sina fragend an.

Die sah versonnen ihrer Tochter nach, die in diesem Moment mit voller Konzentration eine kleine, weiße Blüte in ihre Einzelteile zerlegte. »Das magst du vielleicht so sehen. Für mich wäre ein Leben ohne Brandon und Ava nie so wunderbar gewesen wie das Leben, das ich heute führen darf. Ich glaube, man begegnet seiner großen Liebe nur ein einziges Mal – wer dann sein Glück nicht mit beiden Händen packt, wird als Dummkopf vom Schicksal übel bestraft. Und ich bin mir sicher, dass ich mit Brandon den perfekten Gefährten für mein Leben getroffen habe. Vielleicht Schicksal, dass sich so Avas Leben doch noch zu einem Kreis geschlossen hat.«

Katharina griff nach ihrem Weinglas, nahm einen langen Schluck und sann über Sinas Worte weiter nach. »Ihr habt Brandons Großvater nie mit der ganzen Wahrheit, die du herausgefunden hast, konfrontiert? Ihm nie gesagt, dass er das Leben von so vielen Menschen zerstört hat?«

Sina zuckte mit den Achseln. »Doch. Brandon hat ihm alles an den Kopf geworfen, noch vor Ruihas Beerdigung. Die Geschichte von Ava und ihrer glücklichen Ehe mit John Denson. Dem Bergwerksunglück in der Mine, die John das Leben gekostet hat. Die Verzweiflung von Ava, als sie ihren kleinen Sohn ausgerechnet bei Brandons Großvater zurücklassen musste. Die Vergewaltigung von Ruiha durch Brandons Großvater – und damit die Zeugung von Ewan, Brandons Vater. Aber nach der Beerdigung von Ruiha hat Brandon beschlossen, dass es nicht seine Aufgabe ist, seinen Vater über die Vergangenheit aufzuklären. Was würde es Ewan bringen, wenn er wüsste, dass seine echte Mutter eine Maori ist? Er kann ihr nicht mehr begegnen, Ruiha ist tot. Brandon und ich haben uns lang darüber unterhalten. Und dann haben wir beschlossen, dass wir die Geister der Vergangenheit ruhen lassen. Es ist schon so lange her, dass sein Großvater für Trauer und Tränen gesorgt hat. Jetzt ist der alte Cavanagh meistens allein in seiner Hütte und kann dort über seine Fehler nachdenken. Nur seine alte Haushälterin

Fiona sieht hin und wieder nach ihm. Und ich bin mir sicher, dass er dabei nicht selten weint. Immerhin ist ihm fast alles zerronnen, was er an Lügengebilden aufgebaut hat. Sicher, er besitzt diese große Reederei – aber die hat Ewan schon fast übernommen, und der sorgt für sehr viel bessere Bedingungen für seine Arbeiter als der alte Cavanagh ... Nein, ich denke, es war die richtige Entscheidung, die Vergangenheit auf sich beruhen zu lassen.«

Katharina strich mit dem Finger über das raue Holz des Tisches. Offensichtlich hatte niemand Zeit für einen neuen Anstrich mit Öl oder Farbe. »Was war dann mit diesem Bruder von Ewan? Hast du mir damals nicht geschrieben, der sei bei Ruihas Beerdigung völlig überraschend aufgetaucht?«

»Ja«, nickte Sina. »Aber ich habe nie ein Wort mit ihm gewechselt. Er war bei der Beerdigung – und ist direkt danach im Trubel der Beileidsbekundungen wieder verschwunden. Ich habe alle danach gefragt, aber niemand hat gesehen, wie er gekommen ist – und niemand hat bemerkt, dass er so schnell wieder verschwunden ist. Keiner konnte mir sagen, woher er von ihrer Beerdigung wusste – und wo er jetzt eigentlich lebt. Er war allein bei der Beerdigung, aber das bedeutet ja nicht, dass er auch allein lebt. Das bleibt also alles ein Geheimnis.«

»Und du hast nie versucht, es zu lüften?« Katharina sah ihre Freundin gespannt an. Das sah Sina nicht ähnlich. Ihre Freundin wollte doch immer allem und jedem auf den Grund gehen.

Sina drehte an ihrem Ehering, an dem ein kleiner Diamantsplitter im Sonnenlicht glänzte. »Ich habe nachgefragt. Keiner wusste etwas. Was hätte ich noch tun sollen? Außerdem hätte John ja mit uns reden können, wenn er wirklich den Kontakt mit seiner Familie gesucht hätte. Er muss doch wissen, dass wir nichts mehr mit den Verbrechen des alten George Cavanagh zu tun haben, oder? Ich gebe zu, ich war enttäuscht darüber, dass er nicht länger geblieben ist und das Gespräch mit uns gesucht hat. Aber dann habe ich beschlossen, dass wir seine Entscheidung ebenso akzeptieren müssen wie alle anderen Dinge, die er getan hat. Auch wenn ich neugierig gewesen wäre, wie sein Leben wirklich verlaufen ist … Die Sache mit dem Suffkopf im Pazifik war ja nun offensichtlich eine weitere Lüge von George Cavanagh.«

Katharina schüttelte den Kopf. »Aber …«

Sie wurde von dem Geräusch eines Schlüssels, der sich in der Haustür drehte, unterbrochen. Sina flog von ihrem Stuhl hoch, sie hatte ganz offensichtlich die ganze Zeit darauf gewartet, dass Brandon endlich nach Hause kommen würde. Katharina blieb sitzen. Sie wollte den beiden wenigstens einen Moment Zweisamkeit gönnen, bevor sie auftauchte. Und tatsächlich verging ein sehr langer Moment, bis Sina und Brandon eng umschlungen auf der Veranda auftauchten. Brandon löste sich fast widerwillig von seiner Frau, um Katharina zu umarmen. »Schön, dich endlich wiederzusehen!«, erklärte er dabei. Auch er hatte sich in den letzten drei Jahren kaum verändert. Immer noch die grauen Augen, die unfrisiert aussehenden Haare, die in alle Richtungen standen. Vielleicht ein paar Lachfältchen mehr um die Augen, aber dazu die drahtige Figur und die muskulösen Oberarme … Katharina umarmte ihn.

»Ja, so haben wir uns das vor drei Jahren kaum vorgestellt, oder? Ich meine, ihr beiden verheiratet …«

»Ich schon!«, verkündete Brandon ernst. »Ich habe Sina gesehen und gewusst: Das ist die Frau, mit der ich mein Leben verbringen möchte.« Er sah nicht so aus, als ob er einen Scherz machte.

Inzwischen war auch die kleine Ava herbeigewackelt. »Daddy! Daddy!«, rief sie und umarmte Brandons Beine.

Der schloss seine Tochter in die Arme. »Du bist vielleicht gewachsen, mein Liebling.« Mit einer zärtlichen Geste nahm er seine Tochter auf den Arm und streichelte ihr über die Wange. »Mein Sonnenschein, du bist aber dünn geworden in den letzten Wochen. Gar kein richtiges Baby mehr!« Er küsste sie noch einmal. »Bald bist du ein großes Mädchen!«

Für einen Augenblick kam sich Katharina wie ein Eindringling oder der Augenzeuge einer verbotenen Szene vor. »Wie lange warst du denn jetzt nicht zu Hause?«, fragte sie mit möglichst unbefangener Stimme.

»Zehn Wochen«, sagten Sina und Brandon wie aus einem Mund. Und Sina fügte noch hinzu: »Und es fühlt sich doppelt so lange an. Als Brandon in See gestochen ist, konnte Ava noch nicht laufen!«

Brandon nickte. »Mieser Job für eine junge Familie …«

»… aber ich habe ja gewusst, worauf ich mich einlasse, als ich Ja sagte.« Sina lachte. »Dafür hat er jetzt fünf Wochen Heimaturlaub, das ist einfach ein Traum. Und ich habe sogar vierzehn Tage frei in der Klinik. Wir wollen an die Westküste, mal ein paar Tage ausspannen und Hakopa besuchen. Und Ava tun Ferien mit Mama und Papa bestimmt auch gut; sie kam mir in letzter Zeit manchmal so arg blass und durchsichtig vor.«

»Schade, dass ich nicht mit euch kommen kann«, sagte Katharina bedauernd. »Aber in zwei oder drei Tagen muss ich los und nachsehen, wie dieses Hobbingen im Moment aussieht.«

Alle lachten. Brandon ging zu dem Grill, der in der Ecke stand, und schüttete mit einer geübten Bewegung Holzkohle hinein. »Aber heute wollen wir erst einmal feiern, dass wir uns wiedergetroffen haben!«

Es war fast Mitternacht, als sie endlich ins Bett gingen. Mit Lammsteaks, Würsten, Süßkartoffeln und Salat hatten sie den ganzen Abend geschlemmt. Immer wieder erzählte Sina noch eine Geschichte aus dem Krankenhaus, oder Brandon versuchte, den Ärger mit seinen philippinischen Matrosen möglichst anschaulich zu erklären. Als Katharina endlich ins Bett fiel, war sie sich einer Sache absolut sicher: Sie kannte eine perfekt glückliche Familie. Und sollte sie irgendwann einmal einen so wunderbaren Mann wie Brandon treffen, dann würde sie alles tun, um eine ähnliche Partnerschaft wie Sina und Brandon zu haben. Aber wahrscheinlich war so etwas einfach nicht jedem Menschen vergönnt …

Christchurch, 1998

3.

Ein Zug raste durch die Nacht. Sie saß mitten auf den Gleisen und sah mit weit aufgerissenen Augen dem Monster aus Stahl und Eisen entgegen. Sekunden, bevor der brüllend laute Zug ihren Körper erreichte und mit einer einzigen, nachlässigen Drehung des Rads ihr Leben beendete, wachte Katharina auf. Sie war schweißgebadet, das weite T-Shirt, das sie anstelle eines Nachthemdes trug, klebte an ihrem Körper fest. Sie holte tief Luft – und dann fiel ihr auf, dass das Geräusch nicht weg war. Der Zug raste immer noch, mitten durch ihr Zimmer. Und ihr Bett bewegte sich wie ein bockendes Tier quer durch den Raum, während auf dem kleinen Schreibtisch der Bildschirm mit einem Krachen einfach umkippte.

Katharina sprang aus ihrem Bett und verlor sofort den Boden unter den Füßen. Sie sackte schwer auf die Knie und hatte Mühe, nicht vollständig umzufallen. Was konnte das sein? Ihr Verstand versuchte verzweifelt, eine Erklärung dafür zu finden, dass ihr der Himmel auf den Kopf fiel. Eine kleine Ewigkeit kniete sie auf dem Boden, sah mit weit aufgerissenen Augen, wie Bücher aus den Regalen purzelten und die Wasserflasche neben ihrem Bett einfach umkippte und auslief.

Dann war es plötzlich wieder still. Für einen Moment hörte Katharina nur noch das leise Glucksen, mit dem das Wasser weiter aus der Flasche lief – und das entfernte Weinen eines Kindes. Vorsichtig stand Katharina auf, fast so, als glaubte sie dem Boden nicht, dass er jetzt wieder einen festen Halt bieten würde. Ein kleiner Schritt zeigte ihr, dass jetzt nichts mehr schwankte. Noch ein zweiter Schritt, dann stand Katharina in der Tür zu dem Gästezimmer und sah in das Wohnzimmer. Ein Anblick der Verwüstung. Wo am Abend vorher noch Bilder an den Wänden gehangen und Bücher ordentlich in den Regalen gestanden hatten, lag jetzt alles durcheinander. Dazwischen die umgeworfene Stehlampe. Katharina konnte sehen, dass sogar der Grill auf der Veranda umgekippt war. In der gleichen Sekunde wurde ihr auch klar, dass noch nicht alle Kohlestückchen restlos ausgeglüht waren – und in diesem Moment fing die hölzerne Veranda Feuer. Mit ein paar schnellen Schritten lief sie durch den Raum, nahm sich dabei das Patchwork-Plaid, das auf der Couch lag, und schob mit einigem Kraftaufwand die Tür auf, die nur noch schräg in den Angeln hing. Dann warf sie das Plaid auf den Boden und trampelte so lange darauf herum, bis sie sich sicher war, dass das Feuer gelöscht war. Sie wagte einen weiteren Blick in das Haus. Aus der perfekten Heimat einer glücklichen Familie war ein Chaos entstanden. Erst jetzt kam Katharina der Gedanke, dass ihren Freunden etwas passiert sein könnte.

»Sina? Brandon? Ava?« Laut rufend ging Katharina zurück in das Haus. Langsam öffnete sich im Inneren die Tür zum Schlafzimmer von Brandon und Sina. Brandon tauchte hustend auf. »Ein Erdbeben! Ein verdammtes Erdbeben!«, rief er immer wieder.

»Ist euch etwas passiert?«, fragte Katharina. »Wo ist Sina?«

Brandon schüttelte den Kopf. »Uns geht es gut. Es ist nur ein Schrank umgefallen und hat unsere Tür versperrt. Bei dir auch alles in Ordnung?«

Katharina nickte und sah sich weiter um. »Was ist mit Ava?«

Im selben Augenblick hörten beide das schrille, panische Geheul aus dem Kinderzimmer. Brandon rannte die wenigen Schritte bis zur Tür, riss sie mit aller Macht auf und verschwand im Dunkel dahinter – Katharina war ihm auf den Fersen. Das Zimmer lag komplett im Dunkeln. Weil Ava noch bei Tageslicht ins Bett ging, waren die Rollos ganz heruntergelassen. Ein vergeblicher Griff zum Lichtschalter verriet, dass der Strom wohl ausgefallen war. Katharina blinzelte und kniff die Augen zusammen – aber sie sah nur Schemen.

Sina tauchte mit einer Taschenlampe auf, die Strahlen tanzten wie Finger durch die staubige Luft. Dann erfasste der Schein das kleine Gitterbett. Das Kopfteil – eine sorgfältig ausgesägte und angemalte Prinzessin mitsamt Krone und Frosch – war nach vorn gekippt. Brandon riss es mit einem Anflug von Panik nach oben, während er murmelte: »Hab keine Angst, Liebling. Keine Angst, Daddy ist doch da.« Ava wimmerte dabei nur leise. Es dauerte ein Weilchen, bis Katharina verstand, was die Kleine sagte. »Avas Hand … tut so weh … Avas Hand … Daddy!«

Irgendwann gelang es Brandon, seine Tochter aus den Überresten ihres niedlichen Bettes zu befreien. Dieser Geschmack war bei kleinen Mädchen wohl weltweit der gleiche …

Brandon nahm seine Tochter in die Arme und trug sie in das Wohnzimmer. Er tröstete sie, während Sina vorsichtig ihre Hand untersuchte. Nach wenigen Augenblicken setzte sie sich auf. »Ich denke, sie hat sich das Handgelenk gebrochen. Ich brauche ein Röntgengerät – aber wenn es in der ganzen Stadt aussieht wie hier und überall der Strom ausgefallen ist …« Sie wandte sich Brandon zu. »Bring mir bitte meine Arzttasche. Sie ist im Auto, ich habe sie gestern gar nicht mit ins Haus genommen, nachdem ich Katharina abgeholt hatte. Ich brauche ein Schmerzmittel – und mit ein bisschen Glück habe ich auch eine Plastikschiene für Avas Handgelenk dabei!«

Wenige Augenblicke später war Brandon mit der schweren schwarzen Tasche wieder da. Sina sah die Plastikschiene nachdenklich an. »Die ist natürlich viel zu groß für so ein Kinderhandgelenk. Aber mit einer Schere müsste ich sie verkleinern können …« Sie fing an, vorsichtig daran herumzuschneiden, während Brandon sich auf den Boden sinken ließ. »Draußen herrscht das totale Chaos. Es sieht aus, als wäre in unserer Straße eine Bombe eingeschlagen … Wenn wir wenigstens ein Radio hätten, dann wüsste ich, was los ist!« Er stand wieder auf und verschwand in der Küche. Nachdem er eine Zeit lang herumgewühlt hatte, tauchte er mit einem kleinen Transistorradio wieder auf. Er schaltete es an und hielt sich das rauschende Ding an das Ohr. Nachdem er weitergesucht hatte, ertönte die amtlich klingende Stimme eines Nachrichtensprechers. »… viele Straßenzüge sind verwüstet, weite Teile von Christchurch sind im Moment ohne Strom und ohne Wasser. Die Ordnungskräfte können noch keine Angaben über Opfer machen. Aber Christchurch hatte wohl Glück im Unglück: Da das Erdbeben mitten in der Nacht passiert ist, waren wenige Passanten, Autos oder Busse unterwegs. Die Bewohner der Küstenregionen werden vor einem Tsunami gewarnt …«

Ava fing wieder an zu weinen. Brandon legte das Radio zur Seite und nahm seine Tochter in die Arme. »Mama sorgt schon dafür, dass deine Hand wieder ganz gesund wird.« Sina zog in der Zwischenzeit eine kleine Spritze auf, klopfte kurz auf Avas Arm und spritzte dann die helle Flüssigkeit in Avas Adern. »Damit sollte sie keine Schmerzen mehr haben und einfach einschlafen«, erklärte sie. Und tatsächlich wurden nur wenige Augenblicke später die Atemzüge des kleinen Mädchens tiefer, sie schlief ein. Nur der etwas metallische Klang des Radios hallte weiter durch das dunkle Haus.

Für einen Augenblick verharrten die Erwachsenen, dann stand Brandon auf und verschwand in der Küche. Sie hörten ihn mit ein paar Gegenständen hantieren und das Zischen eines Campingkochers – dann kam Brandon mit zwei dampfenden Tassen Tee wieder. Seine Stimme klang nach einem Lächeln, als er Katharina ihren Becher in die Hand drückte. »Gut, dass Sina schon alles für unsere Reise an die Westküste hergerichtet hat. Da musste ich nicht lange nach dem Kocher suchen …«

Sina lachte leise auf. »Also beschwer dich nie wieder, dass deine Frau viel zu ordentlich für Neuseeland ist. Meine Ordnung überdauert sogar Erdbeben.« Sie streichelte ihrer schlafenden Tochter über die Stirn. »Wir sollten dann aber unbedingt versuchen, mit Ava ins Krankenhaus zu kommen. Wenn die Straßen nicht befahrbar sind, müssen wir es eben zu Fuß versuchen. Sind ja nur ein paar Kilometer …«

»Jetzt trink erst einmal deinen Tee. Dann wird es draußen allmählich hell, und wir können besser abschätzen, wie wir den Weg wagen.« Brandons Stimme war warm und beruhigend. Ganz anders die Sprecherin im Radio, die immer neue

»Breaking News« verkündete. Offenbar war das Epizentrum des Erdbebens nur wenige Kilometer westlich von Christchurch in Lyttelton gewesen. Brandon sah besorgt aus, als er nach dem Telefon griff, offensichtlich in einen toten Hörer hineinlauschte und dann wieder auflegte. »Hoffentlich geht es meinen Eltern gut. Und der Crew … die meisten sind heute Nacht noch auf der Coral geblieben …«

»Wahrscheinlich sind deine Eltern genauso besorgt, wie du es bist. Wir müssen einfach warten, bis die Telefone wieder funktionieren …« Sinas Stimme klang tröstend.

Mit einem Blick zum Himmel, der sich im Osten allmählich hell färbte und einen weiteren wunderbaren Tag ohne eine einzige Wolke verhieß, erhob sie sich. »Aber jetzt möchte ich mit Ava los. Die Spritze wirkt nicht ewig, am liebsten würde ich alle Untersuchungen machen, noch bevor sie aufwacht. So würden wir ihr die Angst und die Schmerzen ersparen.«

Brandon nickte und stand auf. »Ich sehe mal nach, ob ich im Keller an das Tragegestell herankomme …« Damit öffnete er eine einfache Holztür unter der Treppe und verschwand im Schein der Taschenlampe, die er ebenfalls in Sinas Campingpaket gefunden hatte, nach unten. Es verging nicht allzu viel Zeit, und er kam wieder, das Tragegestell triumphierend in der Hand. »So ist sie schon auf vielen Wanderungen mit uns dabei gewesen! Damit bringen wir sie am besten ins Krankenhaus!«

Augenblicke später machten sich die drei mit ihrer kostbaren Last auf den Weg. Ava schlief friedlich mit halb geöffnetem Mund in dem Tragegestell, während Brandon vorsichtig um Risse herum und über umgestürzte Bäume stieg. In Katharina wurde mit einem Mal der Reporterinstinkt wach. Ob die in München wohl einen Bericht aus dem

Erdbebengebiet benötigten? Vorsichtshalber nahm sie ihre Kamera mit auf den Weg und drückte immer wieder auf den Auslöser. Brandon mit dem Kind mit dem geschienten Arm in der Rückentrage vor einem völlig zerstörten Haus. Eine Frau im Nachthemd, die einfach auf der Treppe vor ihrem Haus saß und mit leerem Blick vor sich hin starrte, in der Hand eine Zigarette, die sie vergessen hatte, anzuzünden. Ein kleiner Hund, der winselnd unter einem Busch Zuflucht gefunden hatte. Der hell erleuchtete Supermarkt »FiFo«, der trotz des Unglücks geöffnet hatte und in dem sich die Menschen offensichtlich mit Wasser eindeckten. Dazwischen immer wieder ihre Freunde, die sich, so schnell es ging, einen Weg bahnten.

Es verging eine gute Stunde, bis sie den Bau des Krankenhauses vor sich sahen. Vor dem Eingang stand eine Menschenmenge. »Das ist das Horrorszenario für jeden Arzt!«, murmelte Sina und winkte ihren Begleitern, ihr zu einer kleinen Nebentür zu folgen. Sie drückte dagegen, und tatsächlich standen sie Sekunden später in einem dämmrigen Gang. Zielstrebig machte sich Sina auf den Weg, lief über Treppen und durch verwaist daliegende Gänge bis zu einer weiteren schweren Eisentür. Als sie die aufschob, schien es so, als wären sie direkt in einem Albtraum gelandet. Männer, Frauen und Kinder auf Tragen oder einfach auf dem Boden sitzend. Es war schwer zu sagen, wer der Verletzte war und wer nur als Begleitung danebensaß. Sina schob Brandon und Katharina in einen kleinen Raum, rief noch, dass sie gleich wiederkommen würde – und verschwand in dem Wirbel von Krankenschwestern, Pflegern und Ärzten, der in den Gängen herrschte.

Brandon sah ihr ein wenig ratlos hinterher. »Ich hoffe, dass sie weiß, was sie da tut!«, murmelte er schließlich und hob vorsichtig seine Tochter von seinem Rücken. Ava schien nichts zu merken. Sie schlief weiter, atmete tief und regelmäßig. Ihr Vater bettete sie behutsam auf ein paar Decken, die in der Ecke herumlagen. Dann setzte er sich daneben, legte einen Arm auf Avas Schultern und schüttelte langsam den Kopf. »So etwas habe ich noch nie gesehen«, murmelte er immer wieder.

Katharina hob fragend ihre Kamera. »Hast du etwas dagegen, wenn ich herumlaufe und ein paar Bilder mache?«

»Nein, du kannst mir im Moment sowieso nicht helfen.« Brandon sah sich in der Kammer um. »Aber wenn du irgendwo einen Tee oder einen Kaffee ergattern könntest, dann wäre ich wirklich dankbar! Diese Nacht war eindeutig zu kurz …«

»… und leider haben wir am Vorabend tüchtig Wein getrunken!«, vollendete Katharina lächelnd seinen Satz. »Ich schau mal, was ich tun kann.«

Damit machte sie sich auf den Weg. Schnell wurde ihr klar, dass es vor allem eine Unzahl leichter Verletzungen war, die die Einwohner Christchurchs davongetragen hatten. Die meisten hatten Prellungen, Quetschungen, Verstauchungen und Platzwunden. Sie waren schockiert über die Schwere des Erdbebens – aber die Holzhäuser, in denen der größte Teil der Menschen wohnten, hatten den Bewegungen der Erde standgehalten. Katharina fotografierte ein paar Kinder in Schlafanzügen, die müde auf einer Decke saßen – und entdeckte dann Sina, die in diesem Moment aus einem der Zimmer kam. »Ich kann jetzt an einen der Röntgenapparate!«, erklärte sie. »Komm, wir holen Ava!«

Minuten später hatten sie Sicherheit: Ava hatte einen glatten Bruch, der nur geschient werden musste. Ein Orthopäde des Hospitals kam an Avas Bett, richtete den Arm ein und legte eine Schiene an. Dann betrachtete er das kleine Mädchen stirnrunzelnd. »Ich würde eine Blutuntersuchung machen. Die Kleine sieht irgendwie zu blass aus, selbst nach so einer Nacht … Müssen Sie aber nicht machen, Sie sind ja selbst Ärztin, Ihnen wäre bestimmt etwas aufgefallen …«

Sina sah ihn überrascht und ein wenig alarmiert an und ertastete dann prüfend den Puls ihrer Tochter. »Als ob jetzt jemand Zeit für eine Laboruntersuchung hätte. Aber wenn Sie meinen, das wäre angebracht …« Sie schüttelte den Kopf. »Kann ja nicht schaden … und richtig rosig sah sie in letzter Zeit wirklich nicht aus«, sagte sie schließlich eher zu sich selbst und entnahm dem Arm ihrer Tochter eine Blutprobe. Sie beschriftete den kleinen Glaskolben sorgfältig und verschwand damit noch einmal in den Gängen des Krankenhauses. Als sie wiederkam, lächelte sie Brandon an. »Es tut mir leid, Schatz, aber ich werde hier jetzt wirklich gebraucht. Kannst du Ava allein mit nach Hause nehmen? Ich helfe hier ein paar Stunden, bis die meisten Verletzten versorgt sind. Ist das in Ordnung?« Sina sah ihren Mann fragend an.

Brandon nickte. »Das kann ich verstehen. Ich räume zusammen mit Katharina ein bisschen auf. Wenn wir die Regale wieder aufstellen und die Bücher einräumen, sollte es nicht mehr so schlimm sein. Und vielleicht haben wir Glück, und der Strom funktioniert schon wieder.«

Sina drückte ihm einen Kuss auf die Wange. »Bist ein Schatz. Bis nachher!« Damit verschwand sie wieder im Gewimmel der Notaufnahme. Brandon und Katharina blieben allein zurück.

Katharina zuckte mit den Achseln. »Ich glaube, wir machen uns besser wieder auf den Weg. Unsere Chancen auf einen Tee oder einen Kaffee liegen hier sowieso bei null. Da werfen wir lieber noch einmal deinen Campingkocher an!«

So machten sie sich wieder auf den Weg und als sie schließlich vor dem Häuschen von Sina und Brandon angekommen waren, erwachte Ava endlich aus ihrem tiefen Schlaf – Sinas Spritze hörte allmählich auf zu wirken. Sie rekelte sich, spürte dann den geschienten Arm und protestierte. »Was? Weg!«

Brandon hielt sie fest und versuchte ihr zu erklären, dass sie diese Schiene jetzt erst einmal ein paar Wochen tragen müsse – so lange, bis der Arm wieder ganz gesund wäre. Die kleine Ava wirkte nicht ganz überzeugt, wechselte dann aber von einem Moment zum nächsten das Thema: »Hunger!«

Brandon grinste Katharina an. »Das schlimmste Drama ist ganz offensichtlich überstanden. Ich sehe mal nach, was ich im Kühlschrank finden kann.«

Katharina blieb mit Ava auf den Stufen vor dem Haus sitzen, bis Brandon mit Spiegelei, Toast und Tee wiederauftauchte. Für die Kleine kehrte damit nach dieser albtraumartigen Nacht wenigstens ein klein wenig Normalität zurück.

Anschließend fingen Katharina und Brandon an, im Haus aufzuräumen, während das Radio ihnen das Ausmaß des Schadens allmählich deutlich machte. Weil das Erdbeben mitten in der Nacht geschehen war, hielt sich die Menge der Opfer im Rahmen: Die Schätzung lag bei etwa zwanzig Menschen, die durch herabfallende Ziegel, Äste oder umstürzende Bäume ums Leben gekommen waren. Der Sachschaden durch das Erdbeben war ebenfalls groß: einige Häuser nicht mehr bewohnbar, einige Straßen nicht mehr befahrbar. Aber schon am Nachmittag funktionierte der

Strom wieder – und wenig später konnte Brandon mit seinem Vater in Lyttelton telefonieren. Erleichtert legte er auf. »Meinen Eltern ist nichts passiert, sogar mein Großvater ist wohlauf und schimpft nur über die Schäden an meinem Schiff. Kein Wunder, die Pacific Coral lag als Einzige im Hafen. Sogar meinen Matrosen ist nichts passiert – ich denke, wir hatten wirklich Glück im Unglück.«

Als Nächstes rief Katharina kurz in der Redaktion an. Der Chefredakteur war von seiner jungen Journalistin begeistert. »Schicken Sie mir einen Augenzeugenbericht und Bilder – ab sofort sind Sie unsere Korrespondentin in Neuseeland!« Für den Artikel gab er ihr nur einen Tag Zeit – aber Katharina hatte ihn in Gedanken sowieso schon fertig geschrieben. Es war schließlich ganz etwas anderes, ob man von einem solchen Unglück nur in der Zeitung las – oder ob man hautnah mitbekam, wie sehr die Naturgewalten das Leben von einen Tag auf den nächsten verändern konnten.

Immer wieder schwankte der Boden etwas unter ihnen, wie ein riesiges Tier, das leicht atmete. »Habt ihr das hier häufig?«, fragte sie Brandon, während sie gemeinsam das zerbrochene Geschirr aus einem Küchenschrank räumten.

Er zuckte mit den Achseln. »Ja. Selten so stark – aber Neuseeland liegt nun einmal in einer Ecke der Welt, in der die Erde in Bewegung ist. Deswegen haben wir das schöne Rotorua oder den Tongariro, unseren Vulkan. Und Lake Taupo ist einfach nur ein großer Krater voller Wasser … Ein Erdbeben sollte keine Überraschung für unser Land sein. Und doch – jeder hofft, dass er in seinem Leben kein großes Erdbeben erleben muss.« Er warf einen langen Blick in die Tiefkühltruhe. »Der Strom war zu lange aus, wir werden heute Abend ein Barbecue veranstalten müssen – sonst wird dieses Fleisch einfach nur vergammeln. Und wenn es jetzt wieder einfriert, kann man damit auch nichts mehr anfangen. Schaust du mal in der Küche nach, was wir noch an Gemüse und Zwiebeln dahaben?«

Katharina war überrascht, wie schnell Brandon von seinen Betrachtungen über die ständig drohende Gefahr eines Erdbebens zum Resteessen aus der Tiefkühltruhe kam. Aber wahrscheinlich war genau das die berühmte Mentalität einer Auswanderernation, die es sich nicht leisten konnte, nach einer Katastrophe länger untätig zu bleiben. Diese Nation war seit zweihundert Jahren darauf geeicht, sofort alles wieder aufzubauen.

Sie verschwand in der Küche und untersuchte den Inhalt des Vorratsschrankes. Mit einem Arm voller Kürbisse, Süßkartoffeln und Zwiebeln tauchte sie wieder auf. »Davon sollten wir alle satt werden … Sina hat gut eingekauft.«

Der Himmel über Christchurch färbte sich dunkelblau, während Brandon die Kohle anfeuerte und das Fleisch grillte. Das Gemüse garte allmählich in einer Aluschale, und sie fanden sogar noch zwei nicht ganz kalte Flaschen Bier im Keller. Ava lag längst schon wieder in ihrem Zimmer und schlief tief und fest – Brandon hatte einfach die Matratze aus ihrem Bett auf den Boden gezogen. Das Bett landete auf einem Haufen im Garten, den er mit einem lapidaren »Das taugt nur noch für den Müll« abtat.

»Sollen wir nicht auf Sina mit dem Essen warten?«, fragte Katharina vorsichtig nach.

»Das hat keinen Sinn«, sagte Brandon kopfschüttelnd. »Heute muss im Krankenhaus die Hölle los sein, und sie ist nicht der Typ, der nach Hause geht, bevor nicht alle Arbeit getan ist. Wenn ich ehrlich bin, dann rechne ich mit ihr nicht vor Mitternacht …«

Katharina musste ihm recht geben. Ihre Freundin war

immer das Musterbild der pflichtbewussten Ärztin gewesen – daran hatte sich ganz bestimmt nichts geändert. Sie hatte diesen Gedanken allerdings noch nicht zu Ende gedacht, als sie hörte, wie sich mit einem leisen Klicken die Gartentür öffnete. Sina trat ins schwache Licht. Katharina erschrak bei ihrem Anblick. Sina war bleich, die Augen lagen in tiefen Höhlen, und ihr Haar hing ihr mit einem Mal wirr ins Gesicht.

Brandon, der bei ihrem Anblick ebenfalls zusammengezuckt war, sprang auf und nahm seine Frau in die Arme. »Liebling, was ist passiert? War es so schlimm im Krankenhaus?«

»Krankenhaus? Nein. Viel zu tun, aber da war nicht einer dabei, dessen Leben bedroht gewesen wäre. Nein, es ist …« Mitten im Satz versagte ihre Stimme, und sie brach in Tränen aus.

Brandon streichelte ihr den Rücken, als ob er ein kleines Kind beruhigen wollte. »Was ist denn, Liebling? Keine Sorge, wir bauen alles wieder auf. Von so einem kleinen Erdbeben lassen wir uns doch nicht unterkriegen!«

»Es ist nicht das Erdbeben!« Sina schüttelte weinend den Kopf. »Es ist Ava! Wir haben das Blut untersucht, und …« Das Schluchzen wurde wieder heftiger. Es dauerte ein Weilchen, bis sie weiterreden konnte. »Sie ist krank, Brandon. Ich meine: Richtig krank. Wenn wir nicht sehr viel Glück haben, dann kann unser Liebling einfach sterben!«

Brandon sah sie fassungslos an. »Wegen eines gebrochenen Handgelenks?«

»Nein.« Sina schüttelte den Kopf. Sie bemühte sich, ihre Fassung wieder zu erringen. »Das Handgelenk ist kein Problem. Das wird verheilen – aber erinnerst du dich, dass mein Kollege meinte, Ava würde so blass aussehen? Deswegen haben wir eine Blutuntersuchung gemacht. Das Ergebnis ist gerade eben aus dem Labor gekommen: Sie hat Blutkrebs. Eine seltene, aggressive Form. Das glaubt zumindest unser Onkologe. Er muss noch ein paar Untersuchungen machen, aber er ist sich ziemlich sicher … Wenn er recht hat, dann kann nur noch eine Knochenmarktransplantation unser Baby retten! Ich habe mich sofort testen lassen, du musst auch dein Blut untersuchen lassen – vielleicht haben wir ja Glück, und wir kommen als Spender infrage! Aber wenn nicht, dann müssen wir eine Suche starten. Die darf auf keinen Fall zu lange dauern, sonst …« Ihre Stimme brach erneut.

»Aber sie sieht doch so gesund aus!« Katharina war fassungslos.

»Das stimmt«, nickte Sina. »Ohne das Erdbeben und die verletzte Hand hätten wir von dem Krebs wahrscheinlich erst in ein paar Wochen erfahren. Das gibt uns ein bisschen mehr Zeit, nach einem Spender zu suchen – für uns war dieses Erdbeben also womöglich ein Glücksfall. Klingt idiotisch und egoistisch, ich weiß. Ich habe immerhin den ganzen Tag Menschen behandelt, deren Häuser zerstört worden sind. Aber Häuser kann man schließlich wieder aufbauen – unsere Ava ist einmalig …«

Brandon füllte einen Teller mit Lammfleisch und Gemüse und reichte ihn Sina. »Du solltest trotzdem essen. Morgen früh komme ich gleich mit ins Krankenhaus und lasse mir Blut abnehmen. Wie lange dauert es denn, bis wir ein Ergebnis haben? Und was machen wir bis dahin mit Ava?«

»Das Ergebnis haben wir in zwei Tagen«, erklärte Sina. »Mit Ava machen wir erst einmal nichts. Noch geht es ihr gut, im Krankenhaus ist im Moment kein Bett frei – wir können ihr die nötigen Medikamente auch hier geben. Das ist für sie wahrscheinlich sogar besser, so muss sie ihre gewohnte Umgebung nicht verlassen.«

Brandon nickte und schaute nachdenklich. Irgendwann schaltete er den Fernseher ein, der nicht einmal umgefallen war. In den Nachrichten erfuhren sie von den schweren Schäden an der Kathedrale und an einem Bürogebäude. Der Premierminister stapfte mit ernster Miene zwischen den zerstörten Gebäuden herum, redete von einer »Katastrophe« und versprach sofortige Hilfe für alle Betroffenen. Das, was man nach jedem Unglück sehen konnte – und von dem man nie geglaubt hätte, dass es einen mal selbst betrifft.

Bei diesem Gedanken erinnerte Katharina sich an den Artikel, den sie noch schreiben sollte. Sie entschuldigte sich bei ihren Freunden, die ohnehin den Eindruck machten, als wären sie jetzt am liebsten allein. Vor dem Laptop versuchte sie, die Schrecken der letzten achtzehn Stunden in Worte zu fassen. Fast zwei Stunden vergingen, in denen Katharina immer wieder neue Formulierungen suchte, Sätze und Worte verwarf und etwas zu schreiben versuchte, das den Schrecken und die Machtlosigkeit angesichts des Erdbebens widerspiegelte. Endlich war sie mit dem Text zufrieden. Sie nahm das Telefon, wählte die Nummer ihrer Redaktion – in Deutschland herrschte schließlich heller Vormittag! – und gab ihren Text durch. Keiner konnte von ihr erwarten, dass sie jetzt ein funktionsfähiges Fax oder gar einen Internetzugang auftrieb …

Danach verschwand sie in ihrem Bett. Die Regale hatte sie im Laufe des Tages wieder eingeräumt, es sah fast wieder normal aus. Kaum berührte ihr Kopf das Kissen, fiel Katharina in einen tiefen und traumlosen Schlaf.

Zwei Tage lang räumte Katharina Seite an Seite mit Brandon das Haus auf. Dazwischen lief Ava mit ihren dicken

Beinchen herum, zeigte jedem, der es wollte, ihren Gips an ihrem Ärmchen und schimpfte, dass ihre Mama so schrecklich wenig zu Hause war. Aber Sina musste immer wieder Sonderschichten im Krankenhaus einlegen: Auch wenn die Opferzahl des schweren Erdbebens relativ niedrig war – die zahllosen Knochenbrüche, Gehirnerschütterungen und Prellungen wollten versorgt werden. Viele der Einwohner von Christchurch hatten sich auch erst einmal um ihr Haus, ihre Verwandten und ihre Boote im Hafen gekümmert, bevor ihnen auffiel, dass so manche Schnittverletzung vielleicht doch besser genäht werden sollte.

Katharina schrieb täglich an ihrem Bericht für ihre Zeitschrift, schaffte es sogar, den Film aus ihrem Fotoapparat per Luftpost nach Deutschland zu schicken. Ansonsten richtete sie umgefallene Regale auf, richtete Pflanzen wieder auf und sammelte das zerschmetterte Geschirr, die zerbrochenen Gläser und die geborstenen Tonkrüge in einen der großen Container, die die Stadtverwaltung in jeder Straße aufgebaut hatte. Nach zwei Tagen sah alles fast wieder wie vorher aus – wenn man einmal davon absah, dass man bei den Cavanaghs nur noch drei unzerbrochene Teller und zwei Tassen vorfand. Den weiteren Bedarf überbrückten sie zunächst einmal mit Plastikgeschirr.

Am zweiten Tag fuhr Brandon nach Lyttelton und Charteris Bay, kam aber wenig später mit beruhigenden Nachrichten zurück. »Meine Crew wartet darauf, dass sie bald wieder auslaufen können – und mein Großvater schimpft darüber, dass sein Swimmingpool im Garten einen Sprung hat und jetzt nicht mehr dicht ist. Aber da kann ihm wohl keiner helfen – seine Nachbarn sind im Moment alle damit beschäftigt, dass Teile ihrer Grundstücke an der Steilküste einfach direkt ins Meer gerutscht sind.«

Natürlich hatte er jeden Verwandten gebeten, sich Blut abnehmen zu lassen: Sollten Sina und Brandon als Spender für Ava nicht infrage kommen, dann hatten sie ja vielleicht Glück mit Brandons Eltern, seiner Schwester Caithleen oder dem alten George Cavanagh.

»Wie haben sie die Nachricht von Avas Krankheit denn aufgenommen?«, wollte Katharina wissen.

»Sie können es nicht fassen. Sie sah immer so unglaublich gesund aus, wie kann man da annehmen, dass irgendetwas mit ihren Blutwerten nicht stimmt. Und ihre Blässe ist nun wirklich niemandem besonders aufgefallen … schließlich hatte sie ein schlimmes Erlebnis, und im Übrigen: Blass sind im Moment alle Einwohner von Christchurch.« Er zuckte mit den Schultern. »Aber sie haben alle Blut gespendet. Jetzt müssen wir nur noch hoffen, dass wir in unserer Familie einen geeigneten Spender finden. Sina meinte, dass wir selber unsere beste Chance sind!«

Es vergingen noch einmal ein paar Tage, an denen das Leben fast zur Normalität zurückkehrte. In den Nachrichten aus aller Welt rutschten die Meldungen aus Christchurch erst auf die hinteren Seiten und verschwanden dann ganz. Der Chefredakteur von Katharina verlangte keine weiteren Reportagen mehr von ihr – sparte allerdings nicht mit Lob über das, was sie nach Deutschland geschickt hatte. »Sie sollten wirklich über eine Karriere als Berichterstatterin aus Krisengebieten nachdenken!«, hatte er ins Telefon gebellt. »Sie haben das richtige Einfühlungsvermögen dafür! Sie sind viel zu gut, als dass Sie nur kleine Geschichten über Promis schreiben sollten!«

Am Ende eines warmen und wolkenlosen Frühlingstages kam Sina aus dem Krankenhaus zurück. Sie sah erschöpft aus, als sie sich auf einen der Stühle auf der Terrasse fallen ließ. Tiefe Schatten lagen unter ihren Augen, die jedes Strahlen verloren hatten. »Was ist denn los, Liebling?«, fragte Brandon so zärtlich, dass Katharina verlegen zur Seite sah.

»Es passt nicht!«, erklärte sie. Mit einem Schlag war ihnen klar, wovon sie redete. »Von keinem von uns. Brandon, ich, Ewan, Dolores, Caithleen und George – keiner von uns kommt als Spender infrage.«

»Dann müssen wir weitersuchen. Der ganze Clan von Ruiha ist ja auch noch da. Wenn von denen einer für Ava passt …« Brandon vollendete den Satz nicht.

Sina lachte leise auf. »… dann müssen wir deinem Vater eben doch endlich sagen, dass er ein halber Maori ist. Das wird eine Überraschung. Aber was ist, wenn wir hier immer noch nicht weiterkommen?«

»John junior.« Brandon flüsterte den Namen fast. »Er kann ja nicht so schwer zu finden sein. Immerhin wusste er von Ruihas Beerdigung! Irgendjemand muss Kontakt zu ihm haben, muss wissen, wo er eigentlich ist.«

»Aber wer?« Sina schüttelte den Kopf. »Wir haben uns schon so oft darüber unterhalten. Es kann nicht sein, dass Ewan der heimliche Kontakt ist. Dein Vater hätte dich nicht jahrzehntelang über seinen Bruder angelogen. Diese abwegigen Geschichten von dem versoffenen John, der irgendwo an einer Theke im Pazifik lehnt … das hat Ewan doch wirklich geglaubt!«

Vorsichtig schaltete sich Katharina in das Gespräch ein. »Vielleicht schaffe ich es ja. Ich meine, ich komme in den nächsten Wochen ziemlich rum in Neuseeland, mein Beruf ist die Fragerei – es besteht doch immerhin die Chance, dass ich John finde. Ihr seid euch immerhin sicher, dass er sich hier im Land befindet. Nachdem das nicht allzu groß ist … lasst es mich versuchen!«

»Das würdest du tun?« Sina lächelte ihre Freundin an. »Das wäre wirklich wahnsinnig lieb!«

»Und ihr habt nichts zu verlieren – wenn ich John nicht finde, sind wir nicht schlechter dran als im Augenblick.«

»Dann ist es abgemacht!«, erklärte Brandon dankbar.

Wie auf Stichwort ertönte plötzlich lautes Heulen aus Avas Zimmer. Sina sprang auf und rannte zu ihrer Tochter, um sie zu beruhigen. Es verging eine Weile, bis Ruhe einkehrte und Sina wieder zurück auf die Terrasse kam. »Sie hat sich übergeben. Ich denke, wir kommen allmählich in das bösere Stadium ihrer Krankheit.« Sie sah Katharina ernst an. »Hoffentlich hast du Erfolg! Wir brauchen diesen Onkel. Wenn die Verwandtschaft von der Westküste bei den Bluttests nicht infrage kommt, dann ist John unsere letzte Hoffnung!«

»Ich mache mich morgen auf den Weg«, versprach Katharina. »Und verlass dich auf mich: Ich werde diesen Mann finden!«

Hamburg, 1953

4.

Es schien eine Ewigkeit auf der Pacific Maiden vergangen zu sein, als endlich der Hafen von Hamburg in Sicht kam. Johns Haare hingen ihm strähnig in die Augen, seine Kleidung starrte vor Dreck und stank zum Himmel, als er endlich seinen Seesack packen und sich über die Schulter schmeißen konnte. Längst wusste er, dass er bei einem Schiff einer anderen Reederei zwar ähnlich viel Kohle hätte schaufeln müssen – aber den Schlägen des Maats entgangen wäre. Sein Großvater zahlte schlechte Preise für seine Matrosen, so kamen zwielichtige Arbeiter zu ihm. Die, die wussten, dass sie keine Zeugnisse vorlegen mussten und dass nicht nach ihrer Vergangenheit gefragt wurde. John hatte schmerzlich erfahren müssen, dass die Pacific Shipping Company unter den Matrosen einen besonders schlechten Ruf genoss. Schlechtes Essen, dünnes Bier, schmutzige Kojen und dazu die miese Bezahlung … hier sammelten sich die dunklen Gestalten der Häfen Aucklands, die sonst nirgends auf eine Anstellung hoffen konnten.

John warf keinen Blick zurück auf seinen engen Schlafplatz und verließ das Schiff, so schnell es ging. Seine magere

Heuer hatte er gut in seinem Seesack verstaut, mehr verlangte er nicht. Jetzt hatte er nur noch ein Ziel: Er wollte seine Mutter finden. Oder wenigstens ihr Grab besuchen. Aber bevor er sich in die langen Passagierlisten, die es im Hafenamt hoffentlich gab, vertiefte, wollte er erst einmal seine Kleidung waschen und ein heißes Bad nehmen. Und ausschlafen. Er mied die schäbig aussehenden Pensionen am Hafen, die für Matrosen aus aller Herren Länder eine billige Unterkunft anboten. Von Matrosen und ihren harten Fäusten hatte er erst einmal genug. Er ging einfach weiter, bis er ein anderes Stadtviertel fand und in einem Fenster einen handgeschriebenen Zettel entdeckte: »Möbliertes Zimmer zu vermieten«.

John zögerte einen Moment. Seit er vor Jahren erfahren hatte, dass seine Mutter womöglich noch lebte – und zwar in Deutschland –, kannte er nur noch einen Wunsch: Er wollte sie finden. Ihr sagen, dass er sie schrecklich vermisst hatte, seine ganze Kindheit über. Heimlich träumte er davon, dass sie ihn in ihre Arme schließen würde. Ihm über die Haare streichen und ihm dabei ins Ohr flüstern würde, dass sie die ganze Zeit auf ihn gewartet habe. Allein dafür hatte er die Deutschkurse belegt und die fremde Sprache beständig gebüffelt. Leider lag sie ihm offensichtlich nicht in den Genen, Deutsch war sperrig und schwer zu erlernen … aber jetzt war er seinem Ziel so nahe, er atmete die gleiche Luft, die sie bereits seit siebzehn Jahren um sich hatte. Ob sie noch in der Stadt war? Lohnte es sich überhaupt, ein Zimmer zu nehmen und es womöglich für mehrere Wochen zu mieten? Vielleicht würde er sie schon morgen finden …

John schüttelte den Kopf. Es war unklug, auf eine kurze Suche zu hoffen. Wahrscheinlich würde es etliche Tage dauern, bis er überhaupt eine Spur seiner Mutter entdeckte.

Kurz entschlossen öffnete er das kleine Gartentürchen und ging die wenigen Schritte zu der dunklen Holztür. Sie öffnete sich in der Sekunde, in der er auf den abgegriffenen Messingknopf der Klingel gedrückt hatte. Fast so, als ob die Frau, die ihn neugierig aus ihren hellblauen Augen musterte, direkt dahinter gewartet hätte. Sie kräuselte die Nase.

»Sie brauchen eine Dusche!«, stellte sie sofort fest.

John nickte. »Da haben Sie wirklich recht! Ich habe gehofft, dass bei dem Zimmer, das Sie anbieten, auch die Benutzung eines Badezimmers im Preis inbegriffen ist.«

Jetzt musterte sie ihn noch genauer. »Ihr Deutsch ist gut, aber Sie sind kein Deutscher! Woher kommen Sie? Ich möchte aber keinen Amerikaner in meinem Haus haben!« Ihre Stimme klang entschieden.

John zuckte mit den Achseln und setzte ein harmloses Gesicht auf. »Würden Sie einen Neuseeländer nehmen?«

»Neuseeland?« Überrascht musterte sie ihn noch einmal. »Da sind Sie aber einen weiten Weg gekommen.«

Sie trat zurück und winkte ihm zu, dass er über die Schwelle treten sollte. Von einem schmalen, dunklen Gang mit geblümter Tapete gingen ein paar Türen ab, die alle fest verschlossen waren. Die Frau führte ihn direkt zu einer steilen Stiege und lief vor ihm die ausgetretenen Stufen nach oben. Für eine Frau in ihrem Alter war sie überraschend leichtfüßig, bemerkte John. Vielleicht hatte er sich getäuscht, und der Krieg hatte ihr vorzeitig Falten ins Gesicht gegraben. Im oberen Stockwerk wartete ein weiterer dunkler Flur auf ihn. Umso größer die Überraschung, als sie die Tür zu einem großen Zimmer aufstieß. Eine Flügeltür führte auf einen Balkon, ein Bett mit blau-weiß gestreifter Bettwäsche stand an der Wand. Darüber eine Zeichnung einer Frau, die sehnsuchtsvoll auf das Meer blickte. John nahm für einen

Augenblick die friedliche Stimmung des Zimmers in sich auf. Nach den Monaten auf See wirkte es auf ihn wie ein Paradies. Er drehte sich um.

»Das ist wunderbar! Was wollen Sie dafür?« Das Leuchten seiner Augen schien ihn zu verraten.

Die Frau schmunzelte. »Fünf Mark die Woche, im Voraus zu bezahlen. Für jedes Vollbad zahlen Sie zwanzig Pfennig extra.« Sie sah ihn noch einmal mit kritischer Miene an. »Aber so, wie Sie aussehen, würde ich Ihnen das erste Bad schenken. Als mein Willkommensgruß, wenn Sie so wollen. Oder vielleicht auch nur aus Eigennutz, weil ich Ihren Geruch keine Sekunde länger ertrage.«

John spürte, dass er vor Dankbarkeit fast in Tränen ausbrach. Er bemühte sich um Fassung, als er seinen Seesack etwas anhob. »Wenn Sie mir jetzt noch sagen können, wo ich meine Wäsche waschen lassen kann, dann sind wir uns einig.«

Sie streckte die Hand danach aus. Als er nicht reagierte, wedelte sie ungeduldig damit in der Luft herum. »Jetzt geben Sie schon her, das erledige ich. Wenn Sie morgen aus dem Haus gehen, dann wird man Sie nicht mehr riechen, bevor man Sie sieht …« Ein Lächeln zeigte ihre gepflegten Zähne. »Nehmen Sie mir es nicht übel, aber Sie wirken so, als ob Sie die ganze Überfahrt auf der Latrine verbracht hätten …«

John fing an zu lachen und streckte ihr seine Hand entgegen. »Wenn Sie wüssten, wie nahe Sie an der Wahrheit sind! Mein Name ist John Cavanagh, und es wäre mir eine Ehre, Ihr Zimmer mieten zu dürfen!«

Sie ergriff seine Hand. »Mein Name ist Heidekamp – und jetzt heize ich als Erstes für Ihr Willkommensbad ein …«

Eine halbe Stunde später ließ John sich vorsichtig in das

heiße Wasser gleiten. Das helle Tageslicht zeigte jeden gelben und blaugrün schillernden Fleck auf seinem Körper in brutaler Deutlichkeit. Als er sich ein wenig streckte, protestierten seine Rippen mit stechenden Schmerzen. Trotzdem schloss er für einen Moment genussvoll die Augen. Dann griff er nach der Seife und fing an, sich wieder in einen Menschen zu verwandeln. Als er endlich das allmählich kühler werdende Wasser verließ, hatte sich ein dunkler Rand an der Wand der Badewanne abgesetzt. John rieb sich mit dem sauberen Handtuch, das wunderbar nach Waschmittel und Sonne roch, langsam trocken, bevor er dann nach seinem Rasiermesser griff und sich den sieben Wochen alten Bart aus dem Gesicht schabte. Danach sah er seine Haare kritisch an. Ein ganzes Stück zu lang, aber da sollte sich vielleicht besser ein Fachmann ans Werk machen.

Frau Heidekamp hatte ihm einen Stapel Wäsche in die Hand gedrückt, als sie ihm das Badezimmer gezeigt hatte. »Das hat meinem Sohn gehört, das könnte Ihnen vielleicht passen. Sie haben eine ähnliche Statur«, hatte sie dazu gesagt. Dann hatte sie sich weggedreht – ein wenig zu langsam. John hatte die Tränen in ihren Augen gesehen. Er hegte den Verdacht, dass er auch in dem Zimmer des Sohnes schlafen würde. Was dem widerfahren war, war so wenige Jahre nach dem Krieg kein großes Geheimnis. Wenn er Frau Heidekamps Abneigung gegen Amerikaner bedachte, ahnte John schon die halbe Geschichte. Langsam zog er die Tuchhosen und das gut gebügelte Hemd an. Unglaublich, wie gut sich so etwas auf der Haut anfühlte. Als er die Treppe wieder herunterkam, sah ihn Frau Heidekamp mit großen Augen an. »Sie sehen völlig verändert aus. Und ich habe schon befürchtet, dass ich aus einer plötzlichen, mir selbst nicht ganz verständlichen Eingebung heraus einem wilden Piraten Unterkunft gewähre.« Sie deutete auf seine Nase. »Aber daran müssen Sie sich wohl gewöhnen.«

John zog eine Grimasse. »Ja. Da hat mein Maat wohl ein bisschen zu heftig zugelangt, die ist gebrochen. Aber vielleicht kann ich ja behaupten, dass ich auf diese Art und Weise ein echtes Charaktergesicht bekommen habe …«

»Was haben Sie denn jetzt vor?« Frau Heidekamps Frage wirkte weder neugierig noch aufdringlich. Sie sah ihn nur mit freundlichem Interesse an.

»Ich gehe noch einmal zum Hafen. Ich bin auf der Suche nach einer Frau, die vor siebzehn Jahren mit einem Schiff aus Neuseeland hier angekommen ist. Mit ein bisschen Glück gibt es da noch Listen oder irgendwelche anderen Unterlagen.« Er lächelte. »Die Deutschen haben doch einen guten Ruf, wenn es um Gründlichkeit geht.«

Frau Heidekamp machte eine wegwerfende Handbewegung. »Ach, lassen Sie mich bloß mit dem guten Ruf der Deutschen in Ruhe. Ich drücke Ihnen einfach die Daumen, dass Sie alles finden. Aber seien Sie nicht zu optimistisch. Im Krieg sind viele Archive verbrannt, Hamburg lag in Schutt und Asche …« Sie musterte ihn. »Darf ich Sie fragen, wer diese Frau ist?«

John senkte den Kopf. »Ich weiß fast nichts über sie. Ich glaube, sie ist unter dem Namen Ava Erhardt hier eingewandert, aber das muss nicht stimmen. Könnte auch als Ava Denson gewesen sein. Ich habe keine Ahnung …«

Ermutigend klopfte ihm seine neue Vermieterin auf den Rücken. »Das bekommen Sie schon heraus! Ich drücke Ihnen auf jeden Fall die Daumen!«

Leider war der erste Nachmittag in Hamburg alles andere als erfolgreich für John. Er fand zwar schnell zurück zum Hafen und fragte sich zur Einwanderungsbehörde durch. Aber hier konnten die Beamten auf seine Frage hin nur mit dem Kopf schütteln. »Einwanderer? 1936? Ich glaube nicht, dass das irgendwo dokumentiert wurde«, brummelte ein glatzköpfiger Mittfünfziger auf Johns Fragen hin. »Warum auch? Wenn die Frau, die Sie suchen, eine Deutsche war, dann gab es ja auch keinen besonderen Anlass, ihre Heimkehr irgendwo aufzuschreiben. Wäre sie ausgewandert … dafür haben wir die Hamburger Passagierlisten. Obwohl, die wurden nur bis 1934 geführt.«

»Aber wie kann ich diese Frau finden?« John hörte selbst, wie verzweifelt seine Stimme klang.

Der Glatzkopf sah ihn durch seine fleckigen Brillengläser an. »Die Frau hat sich hier in der Stadt niedergelassen, sagen Sie? Dann muss sie hier schließlich auch gemeldet sein. Wenn Sie also ihren Namen wissen, dann müssen Sie nur in die Einwohnermeldebehörde.«

»Und wo finde ich die?« Am liebsten wäre John sofort losgerannt.

Der Beamte sah auf die Uhr an der Wand und schüttelte bedauernd den Kopf. »Heute finden Sie da gar nichts mehr, junger Mann. Aber morgen um zehn Uhr wird wieder geöffnet. Im Rathaus, können Sie gar nicht verfehlen.«

Enttäuscht nickte John. Aus irgendeinem Grund hatte er gegen jede Vernunft gehofft, dass er seine Mutter sofort wiederfinden würde. In seiner kindlichen Phantasie hatte es stets völlig ausgereicht, dass er in Deutschland ankam – dann würde er Ava sicher sogleich finden. Die Wirklichkeit sah anders aus. Da half es auch nichts, wenn er sich genau das in den letzten Monaten immer wieder selbst gesagt hatte, sich selbst vor Augen geführt hatte, dass er einen langen Weg vor sich hatte. Trotzdem hatte sich irgendwo die kleine, unvernünftige Hoffnung gehalten, dass er seiner Mutter sofort in die Arme laufen würde. Niedergeschlagen machte er sich auf den Weg zu seiner freundlichen Vermieterin.

Irgendwann musste er wohl falsch abgebogen sein – denn mit einem Mal fand er sich auf einem Platz wieder, auf dem unzählige niedrige Pavillons dicht aneinandergedrängt standen. Aus einigen kam Musik. Es roch nach gebratenem Fleisch und gut gewürztem Eintopf, an einer Ecke wartete eine Blondine mit unzähligen Locken. John fühlte sich von dem Treiben angezogen und kam etwas näher. Das sah interessanter aus als das Schlafzimmer eines toten deutschen Soldaten, egal wie nett dessen Mutter war. Eine offene Tür zeigte ihm ein paar eng zusammengeschobene Tische, auf denen Kerzen und Bierflaschen standen – John konnte nicht widerstehen und setzte sich möglichst unauffällig an die Wand. Eine rothaarige Frau baute sich vor ihm auf. »Na, was macht dich denn heute glücklich?«, wollte sie wissen.

»Ein Bier.« John kam sich vor, als ob er in einer fremden, verbotenen Welt angekommen wäre. Sein Leben als Schüler in Christchurch war so behütet und ruhig gewesen, er hatte noch nie einen Fuß in eine Bar gesetzt. Wie auch – das war schließlich erst mit einundzwanzig erlaubt. In Deutschland schienen diese Gesetze nicht zu gelten. Die Bedienung stellte sein Bier vor ihm ab, als sei es das Selbstverständlichste der Welt. John nahm einen tiefen Schluck von dem bitterkalten Getränk und sah sich weiter um.

Geschäftsmänner, Matrosen und der eine oder andere Beamte verirrten sich in diese bunte Welt. Die einzigen Frauen, die er sehen konnte, sahen allesamt so aus, als wären sie nicht zu ihrem Vergnügen hier. Ob er sich da täuschte? Immerhin hatte er von solchen Frauen bis jetzt nur hinter vorgehaltener Hand von seinen Freunden gehört. Und es eigentlich nicht glauben können, dass es so etwas wirklich gab. Ehe er es sich versah, war sein erstes Glas Bier auch schon leer. Ohne sich lange mit Fragen aufzuhalten, stellte die Frau hinter der Bar ihm ein neues hin. Er nickte ihr zu und nahm einen tiefen Schluck. Vielleicht war dieses deutsche Bier ja ziemlich bitter – aber ihm schmeckte es mit jedem Schluck besser. Da verblasste die Erinnerung an das lauwarme Gesöff, das sie auf der Maiden getrunken hatten und das den Namen Bier nun wirklich nicht verdient hatte.

Eine Weile saß er bewegungslos da. Allmählich spürte er seine angeknacksten Rippen nicht mehr, die blauen Flecken wurden unwichtig, nur die bunten Farben und das Bier sorgten dafür, dass er sich wohlfühlte. Er wachte aus seinem Halbschlaf erst wieder auf, als die Barfrau mit dem dritten Bier auftauchte. Er schüttelte abwehrend den Kopf. »Nein. Ich muss weiter, ich finde sonst nicht mehr den Weg nach Hause …«

Sie sah ihn mit einem spöttischen Lächeln an. »Schätzchen, das ist der Grund, warum die meisten Männer überhaupt zu mir kommen. Sie hoffen darauf, dass sie hier ihr Leben, das sie sonst so führen müssen, möglichst schnell vergessen.«

John schob ihr ein Markstück zu. »Das habe ich nicht nötig. Ich will mich an alles erinnern. An alles!«

Sie streichelte ihm fast mütterlich über den Arm. »Das wird sich noch legen, glaube mir. Irgendwann bist du so weit und willst alles vergessen. Alles. Und dann ist Bier ein treuer Helfer. Oder Schnaps.« Damit stand sie auf und verschwand. John blieb noch einen Moment sitzen. Irgendwie kam ihm diese Barfrau wie eine böse Hexe vor, die ihn mit einer Art Fluch belegt hatte.

Ein wenig zu schnell stand er auf, zog sich seine Jacke

über, die ihm ebenfalls Frau Heidekamp gegeben hatte, und machte sich auf den Weg zu seiner Unterkunft. Die Kneipe war ihm unheimlich. Den Ruf zum Vergessen und zum sorglosen Leben hatte er fast zu laut vernommen. Und er hatte ihn nicht so sehr abgestoßen, wie er es erwartet hatte … Als er wenig später die Tür zu seinem gepflegten, hellen Zimmer öffnete, atmete er tief durch. Frische Luft drang durch die weit aufstehenden Balkontüren, und als er sich auf sein Bett fallen ließ, roch er das frisch gewaschene Leinen. Er schloss für einen Moment die Augen. So musste Heimat riechen, da war er sich sicher. Seine Gedanken über den toten Soldaten beschämten ihn – das hier war einfach nur das Zuhause eines geliebten Sohnes gewesen. Etwas, das er so gerne sein wollte. Er schlief lange und traumlos, das erste Mal, seit er seine Heimat verlassen hatte.

Die Kirchenuhr schlug genau zehn Uhr, als er die Meldebehörde betrat. Er sah sich suchend um. Wer konnte ihm jetzt nur weiterhelfen? Ratlos studierte er die Wegweiser auf dem Schild an der Wand. Keiner sagte ihm, wo er das Archiv finden könnte. Eine junge Frau mit einem fröhlichen Pferdeschwanz kam mit klappernden Absätzen durch die Eingangshalle und stellte sich neben ihn. John räusperte sich vorsichtig. »Sagen Sie … wissen Sie, wo hier das Archiv ist? Ich suche Unterlagen aus den Dreißigerjahren, und ich habe keine Ahnung, wo ich die finden könnte!«

Sie sah weiter auf die Wand, während sie ihm mit einem schnippischen Unterton antwortete. »Ehrlich gesagt, habe ich keine Ahnung. Aber wie ich unsere deutschen Archive kenne, werden Sie am ehesten im Keller fündig.« Endlich wandte sie sich von der Wand ab und sah ihm in die Augen. »Was wollen Sie denn mit so alten Meldeunterlagen? Die meisten Häuser gibt es doch schon gar nicht mehr, was wollen Sie mit der Adresse?«

John zuckte mit den Schultern. »Ich bin auf der Suche nach einer Verwandten. Und irgendwo muss ich doch anfangen, oder?«

Die junge Frau deutete auf ein kleines Fenster am anderen Ende der Eingangshalle. »Das ist die Information. Dort kann man Ihnen sicher weiterhelfen.« Sie wollte offensichtlich weiterreden, aber stattdessen biss sie sich auf die Lippen und sah weiter auf das Schild.

»Und … was suchen Sie?« John wollte wenigstens ein bisschen höflich sein. Und in Neuseeland gehörte es sich nun einmal nicht, ein Gespräch ohne ein wenig Small Talk zu beenden.

»Auf jeden Fall kein Gespräch mit Ihnen!«, war die einzige Antwort, die John zu hören bekam, bevor sie mit ihren lauten Absätzen davonklackerte. Es klang fast wie Salutschüsse, fand John. Er sah ihrem wippenden Pferdeschwanz verblüfft hinterher. Offensichtlich hatten die Menschen in Hamburg eine andere Vorstellung von Höflichkeit als er.

Die Dame hinter dem Informationsschalter war da hilfreicher. »Die Treppe in den Keller, dann den Gang nach links und die dritte Tür rechts«, erklärte sie ihm mit knappem Befehlston und nickte auch gleich zum Abschied.

Nervös machte John sich auf den Weg nach unten. Immerhin damit hatte die Pferdeschwanzträgerin recht gehabt. Würde sich jetzt das Geheimnis um seine Mutter klären? Vorsichtig öffnete er die Tür im Keller, neben der ein kleines Schild mit der Aufschrift »Meldebehörde – Archiv« stand. Er hatte einen kleinen, muffigen Raum erwartet. Stattdessen öffnete sich die Tür zu einem hohen Saal, in dem stählerne Regale Unmengen von Ordnern und Karteikarten beherbergten. Kein Mensch war hier unten zu sehen, es roch nach altem Papier und Staub.

John runzelte die Stirn und fing an, sich mit dem Archivsystem vertraut zu machen. Die Kartei war alphabetisch geordnet. Zumindest sah es so aus. Er fing an, unter »D« zu suchen. Fehlanzeige. Es gab keine Ava Denson. Zumindest nicht in diesem Archiv. Also Erhardt. Der Name füllte ganz allein einen Schrank. Keine Ava. John fühlte sich, als ob ihm der Boden unter den Füßen weggezogen würde. Was, wenn er seine Mutter nicht finden würde? Er hielt inne und sah nachdenklich auf seine Hände, die ratlos auf den Karteikarten lagen. Ava. Eigentlich ein ziemlich extravaganter Name für eine Frau, deren Leben in Trümmern lag. Ob sie überhaupt wieder Kontakt zu ihren Eltern aufgenommen hatte? Immerhin musste sie damit zugeben, dass sie in Neuseeland gescheitert war. Die großen hochfliegenden Träume und Ideen von einem besseren Leben am anderen Ende der Welt – alles nur vergeudete Lebensjahre. Irgendwo in diesen alten Karteikästen waren wahrscheinlich sogar ihre Eltern verzeichnet. Seine Großeltern. Aber wie sollte er die nur finden?

Nach einem tiefen Atemzug suchte er die allererste »Erhardt«-Karte heraus. Achim. Geboren 1922. Der kam schon einmal nicht infrage. Systematisch arbeitete John sich durch die alten Namen und Geburtsdaten durch. Adolf. Zu jung. Berta. Zu alt. Brunhilde. Schrecklicher Name. Charlotte. Christian. Immer wieder Geburtsdaten und Namen von in der gleichen Wohnung gemeldeten Kindern, die einfach nicht auf Ava passen konnten. Er hoffte auf eine Eingebung, eine Idee. Nichts. Namen. Straßen. Jede Menge Schicksale, keines davon hatte etwas mit seinem zu tun.

Eva.

John wollte schon weiterblättern, als er plötzlich innehielt. Was, wenn ihr eigener Name nicht mehr zu ihrem Leben gepasst hatte? Er nahm die Karte noch einmal in die Hand und studierte sie genauer. Sie sah aus wie alle anderen, vergilbt, handschriftlich geführt. Fein säuberlich stand da »Eva Erhardt, geb. 3. Oktober 1909 in der Hansestadt Hamburg, ledig«. Alles passte. Bis auf die Sache mit dem Ledigsein. Aber da konnte es ja durchaus sein, dass Ava beschlossen hatte, die Erinnerungen an ihre Ehe und ihren Mann gemeinsam mit dem alten Vornamen zu begraben. Immerhin bestand eine winzige Chance, dass die Frau, die sich hinter dieser schlichten Eintragung verbarg, seine Mutter war. Sorgfältig schrieb John die Adresse ab, unter der diese Eva sich gemeldet hatte.

Pension Schöler, Waterstr. 24, Hamburg-Altona.

Anschließend ging er noch einmal alle Erhardts durch, fand aber keinen weiteren Eintrag, der auch nur entfernt gepasst hätte. Dann noch einmal die Suche nach Denson – es hatte sich in den letzten Stunden keine neue Karteikarte in das alte Archiv geschmuggelt. Vielleicht Cavanagh, wenn sie aus einem merkwürdigen Grund heraus diesen Namen angenommen hätte? Wieder nichts. Es blieb ihm eine einzige Adresse, die er sorgfältig in seine Tasche steckte, als er am späten Nachmittag das Meldeamt verließ. Unwillkürlich sah er sich in der Eingangshalle noch einmal nach der jungen Frau mit dem Pferdeschwanz um. Sie hatte auf ihn in ihrer abweisenden Art so verletzt gewirkt. Aber er konnte weder ihre klappernden Absätze hören, noch sah er irgendwo den Pferdeschwanz.

Hamburg, 1953

5.

John sah sich die Adresse genauer an. Altona – war das weit? Er kramte den zerfledderten Straßenplan von Hamburg heraus, den ihm Frau Heidekamp am Morgen zugesteckt hatte. Dann stand sein Entschluss fest: Da konnte er noch am selben Tag hinlaufen.

Der Nachmittag war noch nicht zu Ende, als er in die Waterstraße einbog. Unter der Nummer 24 stand ein unversehrter Altbau, eine Seltenheit in Hamburg. Eine Pension war das Gebäude allerdings nicht mehr. John las gerade suchend die Namensschilder durch, als ein Mann Anfang vierzig durch die Tür trat, ihn misstrauisch musterte und schließlich knurrte: »Suchen Sie jemand Bestimmten?«

John nickte. »Vor dem Krieg muss hier eine Pension gewesen sein. Meine Mutter war hier gemeldet, dann hat sich ihre Spur verloren. Ich versuche herauszufinden, wo sie geblieben ist. Leider sieht das hier aus wie eine Sackgasse …«

Der Ausdruck in den Augen des Mannes wurde mitleidig. »Das fürchte ich auch. Nach den Bombenangriffen wurden hier eine Unzahl Menschen einquartiert, seit vier Jahren leben hier ganz normale Mietparteien. Ganz sicher niemand, der vor dem Krieg hier gewohnt hätte. Bis auf ...« Er zögerte.

»Ja? Gibt es doch jemanden?« Seine Stimme wurde bittend. »Ich möchte nur nicht das Gefühl haben, dass ich irgendetwas unversucht gelassen habe, um meine Mutter zu finden.«

»Wann war das denn? Im Hinterhaus lebt in der Mansarde der alte Drossmann. Der war Nachtconcierge in der Pension Schöler. Von 1930 bis zum Ausbruch des Krieges. Der erinnert sich aber nicht mehr an viel. Und wenn, dann immer an das Falsche, die kleinen Details, die keiner wirklich wissen will.«

John spürte, wie eine winzige Hoffnung sich in seinem Inneren breitmachte. »Ist dieser Herr Drossmann da?«

»Ja«, nickte der Mieter. »Das ist er sicher. Aber um diese Zeit sollten Sie ein kleines Gastgeschenk mitbringen. Einen Korn oder einen anderen Klaren ... das bringt ihn zum Reden. Und zu viel Hoffnung will ich Ihnen auch nicht machen. Es könnte sein, dass er nichts weiß. Es sind verdammt viele Jahre vergangen, viel Zeit, in der etwas passieren kann, viel Zeit, um all diese Dinge, die man mal gewusst hat, wieder zu vergessen.«

»Wo bekomme ich hier in der Nähe einen Schnaps?« Eifrig wollte John sich auf den Weg machen.

Der Mieter lachte. »Na, Sie können es wohl gar nicht erwarten.« Er deutete die Straße entlang. »Da hinten finden Sie einen kleinen Laden. Der hat alles, sicher auch einen einfachen Klaren. Investieren Sie nicht zu viel Geld, dem Drossmann geht es nur um den Stoff, nicht um die Qualität.« Bei dem Satz zeigte sich wieder fast etwas wie Mitleid in seinem Gesicht.

Nur eine halbe Stunde später klopfte John mit der Flasche

in einer Papiertüte an die abgeschabte Lacktür direkt unter dem Dach des Hinterhauses. Angespannt lauschte er ins Innere. Nichts. Erst als er etwas energischer klopfte, hörte er das Knarzen eines Stuhls, der zurückgeschoben wurde. Langsame Schritte näherten sich der Tür, John hörte, dass der alte Mann stark hinkte. Es schien ihm eine Ewigkeit, bis sich die Tür öffnete und ein magerer, alter Mann mit einer Habichtsnase und rot geäderten, dunklen Augen ihn ansah. Er hielt sich nicht lange mit Höflichkeiten auf. »Was wollen Sie?«

John ließ sich so kurz vor seinem Ziel nicht mehr durch die Unfreundlichkeit eines einzigen Mannes von seinem Ziel abbringen. Er holte den Schnaps aus der Tüte und reichte ihn dem alten Mann wie eine Eintrittskarte. »Ich habe gehört, Sie freuen sich über so etwas!«

Der Mann griff zu und trat zur Seite. »Ich weiß zwar immer noch nicht, was Sie eigentlich wollen, aber ein Besuch, wie Sie es sind, ist mir immer willkommen!«

John folgte ihm in ein kleines Zimmer, das unter der Dachschräge lag. Ein großes Fenster ließ überraschend viel Licht herein – und nach den Warnungen des Mieters hatte John mit sehr viel mehr Verwahrlosung gerechnet. Tatsächlich war die kleine Mansarde aber penibel aufgeräumt, alles schien an seinem Platz zu liegen. Mit einer fast eleganten Geste bedeutete Drossmann ihm, sich auf die Couch zu setzen. Er selbst holte zwei einfache Wassergläser, schenkte sie halb voll mit dem Schnaps und setzte sich auf den Stuhl gegenüber. Dann erhob er sein Glas. »Bevor Sie mich viel fragen, sollten wir miteinander anstoßen! Auf die Gesundheit! Und Hamburg!«

Klirrend stießen die Gläser aneinander. John spürte den Schnaps in seiner Kehle brennen und unterdrückte mit

Mühe ein Husten. Für eine Sekunde wünschte er, er hätte etwas mehr Geld in diesen Schnaps investiert.

Sein Gastgeber sah ihn jetzt neugierig an. »Niemand schenkt mir meinen Klaren ohne einen Grund. Was wollen Sie wissen? Und – wo kommen Sie her? Ihr Deutsch hat einen eigenartigen Akzent!«

»Ich bin Neuseeländer«, erklärte John. »Meine Mutter war für ein paar Jahre in Neuseeland, aber als ihr Mann starb, ließ sie mich in Neuseeland zurück und kehrte nach Deutschland zurück. Das Einzige, was ich gefunden habe, ist eine Eintragung bei der Meldebehörde unter dieser Adresse.«

»Ich kann mich nicht an jeden Gast erinnern, der in den zehn Jahren in der Pension Schöler gelebt hat«, begann der Alte. »Ich habe nachts gearbeitet, da habe ich nicht einmal alle gesehen. Ihre Mutter ...« Drossmann brach ab und musterte sein Gegenüber noch einmal genauer. Dann schüttelte er den Kopf. »Ich weiß nicht. Haben Sie ein Bild von ihr? Vielleicht würde das helfen. Wie hieß sie denn?«

»Eva Erhardt. Ein Bild habe ich leider nicht. Aber mein Ziehvater hat mich oft beschimpft, weil ich ihr so ähnlich sehen würde. So sehr eben ein Mann einer Frau ähneln kann.« Er versuchte ein schiefes Lächeln. »Und ich nehme an, dass meine Mutter sich nicht irgendwann die Nase gebrochen hat!«

Drossmann rückte auf seinem Stuhl bis auf die Kante vor und beugte sich weit nach vorn, um John noch einmal genauer anzusehen. »Diese Augen ...«, murmelte er leise. »Ich kann mich irren, aber da war diese Frau – 1935 oder 1936. Sie sah so traurig aus. Und wollte über nichts in ihrer Vergangenheit reden. Dabei war sie eine Hamburgerin, das hat man gehört, sobald sie den Mund aufgemacht hat. Ich weiß nicht mehr, wie sie hieß. Hat zwei oder drei Monate bei uns gewohnt. Suchte eine Arbeit als Haushälterin oder so. Und eines Abends, als ich zur Arbeit kam, war sie weg. Warum sollte sie sich auch von einem Nachtconcierge verabschieden? Wahrscheinlich hat sie kaum gemerkt, dass ich mir Sorgen um sie gemacht habe. Ist jede Nacht rumgelaufen. Hat immer gesagt, dass sie noch einen Spaziergang macht, weil sie nicht schlafen kann. Sie sah immer so aus, als ob sie mit ihrem Leben nichts mehr anfangen könnte …« Der alte Mann hörte auf zu reden und sah sinnend in sein leeres Schnapsglas.

John bezähmte seine Ungeduld nur für einen kurzen Moment. »Und Sie glauben wirklich, das könnte meine Mutter gewesen sein? Wissen Sie denn, wo sie hin ist, als sie aus der Pension ausgezogen ist?«

Drossmann schüttelte den Kopf, griff zur Flasche und füllte sich sein Glas bis zum Rand. Dann nahm er einen großen Schluck. Starrte etwas vor sich hin und nahm noch einen. John musste sich beherrschen, um ihn nicht zu schütteln. Konnte es sein, dass er sich jetzt einfach betrank und womöglich eine wichtige Information nicht mehr herausrückte? Drossmann leerte innerhalb weniger Minuten das ganze Glas. Dann griff er erneut zur Flasche, füllte sein Glas noch einmal – doch dieses Mal schenkte er auch John einen nicht zu knapp bemessenen Schluck ein.

»Sie wollen also wissen, wo sie hin ist? Sie hat gesagt, sie will nach Berlin. Hat etwas von einem neuen Leben und Geistern, die man hinter sich lassen muss, erzählt. Keine Ahnung, was sie hier in Hamburg gefürchtet hat. Aber sie wollte weg. Ich hoffe, sie hat ihr Glück gefunden.« Drossmann sah John noch einmal genau an und nickte. »Ja, Sie könnten wirklich ihr Sohn sein. Die gleichen Lippen – und vor allem:

diese Augen … An die muss man sich als Mann doch einfach erinnern. Mal grün, mal blau – so wie das Meer, wenn das Wetter sich ändert. Schöne Frau.« Mit diesem letzten Satz setzte er das Glas an seine Lippen und kippte den kompletten Inhalt in seinen weit geöffneten Mund. Dann fiel sein Kopf nach vorn, und er fing an zu schnarchen.

John sah diesem Schauspiel fassungslos zu. Er hatte nicht geahnt, dass man solche Mengen Schnaps in so kurzer Zeit in sich hineinkippen konnte – und er hatte es auch noch nie erlebt, dass ein Mann so schnell und ohne Vorankündigung einfach einschlief. Vorsichtig stellte er sein Glas auf dem niedrigen Couchtisch ab. Dann legte er behutsam ein Kissen hinter den Kopf des alten Mannes und versuchte, ihn in eine bequemere Schlafposition zu bringen. John nahm eine alte, graue Decke von der Couch und breitete sie vorsichtig über Drossmann aus. Der Mann hatte ihm wahrscheinlich sowieso alles gesagt, was er wusste. Erst als John sich wieder aufrichtete und einen letzten Blick auf ihn warf, bemerkte er, dass die Augen des Alten weit aufgerissen waren und ihn so misstrauisch wie am Anfang ansahen. Wahrscheinlich erinnerte er sich schon gar nicht mehr an seinen Besuch. »Hat mir noch eine Karte geschrieben!«, sagte er plötzlich. John hielt die Luft an.

»Meine Mutter?«

»Ja. Hat sich vielleicht doch nicht so gut gefühlt, weil sie sich nicht von mir verabschiedet hat. Ich hab' sie noch!« Damit stand er auf, schwankte kurz, hielt sich an der Lehne von seinem Stuhl fest und wartete, bis er wieder einen festen Stand gefunden hatte. Dann ging er mit unsicheren Schritten zu einer kleinen Kommode, zog eine Schublade auf und nahm ein paar Briefe und Postkarten heraus. Zielsicher griff er nach einer Karte und reichte sie John. »Das ist sie.«

Mit einem Mal kam es John so vor, als ob sich ein Fenster in eine andere Zeit für ihn öffnen würde. Er zwang sich dazu, einmal tief durchzuatmen, und sah sich zunächst das Bild genauer an. Es zeigte das Brandenburger Tor, über dem ein Hakenkreuz flatterte. Motive ohne Hakenkreuz waren in dieser Zeit wahrscheinlich schwer zu finden gewesen. Er drehte die Karte um. In fein säuberlicher Schrift stand da: »Bin gut in Berlin angekommen, habe eine gute Arbeit im Krankenhaus gefunden. Machen Sie sich keine Sorgen mehr um mich, es geht mir gut. Mit freundlichem Gruß, Eva Erhardt.«

John las die Zeilen bestimmt ein Dutzend Mal durch. Krankenschwester in Berlin? Das hatte seine Mutter also nach ihrer Rückkehr nach Deutschland gemacht. Durch den großen Krieg gab es für eine Krankenschwester sicher genug zu tun … Damit müsste er sie eigentlich finden. Es konnte doch nicht sein, dass es in Berlin so viele Krankenhäuser gab. Oder doch? Auf jeden Fall musste er los, musste unbedingt in diese Stadt. Hoffentlich hatte Ava wenigstens im richtigen Teil gearbeitet – schließlich war Berlin inzwischen geteilt, Ostberlin war die Hauptstadt der neu gegründeten DDR. Die Geschichte von der Luftbrücke hatte sogar im fernen Neuseeland für Aufruhr gesorgt.

Erst jetzt bemerkte John, dass der alte Nachtpförtner ihn immer noch ansah und fordernd seine Hand ausstreckte. »Ich möchte diese Postkarte bitte zurückhaben. Es ist schließlich eine meiner wenigen Erinnerungen an eine glückliche Zeit meines Lebens.«

Widerstrebend gab John ihm die Karte. Er hätte sie zu gerne in seinem Seesack mitgenommen, seiner Mutter vielleicht gezeigt, um ihr zu sagen, wie mühselig seine Suche nach ihr gewesen war. Aber in dieser Sache war mit Drossmann nicht zu spaßen. Er riss John die Karte fast aus der Hand und legte sie wieder in seine Kommode zurück.

»Ich bin müde! Ich will schlafen!«, verkündete er dazu in einem Ton, der keinen Widerspruch duldete und keine Antwort erwartete.

John nickte und wandte sich der Tür zu. Hier drehte er sich ein letztes Mal um. »Vielen Dank! Sie haben mir wirklich sehr geholfen. Wenn ich meine Mutter finde, sage ich ihr viele Grüße. Ist Ihnen das recht?«

Drossmann nickte nur, als er die Tür hinter ihm schloss. »Ja, tun Sie das.« Damit stand John wieder in dem engen Treppenhaus.

Auf der Straße atmete er erst einmal tief durch. Also Berlin. Morgen schon wollte er sich auf den Weg machen. Er ahnte, warum seine Mutter Hamburg unbedingt hatte verlassen wollen. Irgendwo hier waren womöglich noch ihre Eltern – und es bestand immer die Gefahr, dass sie ihnen eines Tages in die Arme lief und ihre Niederlage in Neuseeland doch noch erzählen musste. Diese Gefahr war in Berlin deutlich kleiner.

John machte sich auf den Weg. Schon morgen musste er seiner Vermieterin leider kündigen. Die Suche in Hamburg war nach zwei Tagen beendet. Sehr viel schneller, als er jemals geglaubt hatte – aus einem Grund, der ihm auch nicht ganz klar war, hatte er immer angenommen, dass seine Mutter die Hafenstadt nie verlassen würde. Aber die Spur nach Berlin war die beste, die er hatte.

Am nächsten Tag kletterte er in das Führerhaus eines Lasters, der nach Berlin fuhr. Frau Heidekamp hatte ihm den Fahrer vermittelt – es war der Sohn einer Bekannten. Dann hatte sie ihm noch reichlich Kleidung von ihrem Sohn eingesteckt, sich geweigert, irgendwelche Miete zu nehmen, und ihm schließlich viel Glück für seine Suche gewünscht. Als John sich verabschiedete, hatte sie Tränen in den Augen. John fühlte eine Welle des Mitleids mit der Frau. Es würde noch lange dauern, bis sie den Verlust ihres Sohnes überwunden hätte.

Der Laster fuhr nach Westberlin. Quer durch die DDR, den neuen sozialistischen Staat. John sah aus dem Fenster. Felder, Bäume, Wälder. Sah nicht anders aus als Westdeutschland und war doch ein ganz anderes Land. Er hing seinen Gedanken nach und war dankbar, dass der Lkw-Fahrer ein schweigsamer Typ war, der von ihm kein Gespräch wollte. Es gab Gerüchte, dass diese Transitreisen durch die DDR schon bald streng reglementiert werden sollten. Er war froh, dass das im Moment noch problemlos klappte – sein neuseeländischer Pass sorgte für genügend Aufsehen.

Es war Abend, als sie endlich die Stadtgrenze erreichten. Sein Fahrer sah ihn an. »Wo willst du denn hin?« Fast der längste Satz, der ihm in der ganzen Zeit über die Lippen gekommen war.

John zuckte verlegen mit den Achseln. »Keine Ahnung. Wo kann man hier günstig übernachten?«

»Wenn du willst, dann kannst du einfach hier mit mir auf der Ladefläche übernachten. Ich habe ein paar Wolldecken, jetzt im April kann es noch ziemlich kalt werden. Du kannst mir dann morgen beim Abladen helfen, dann sind wir quitt. In Ordnung?«

John nickte. Er war dankbar, dass er nicht schon wieder eine Pension oder etwas Ähnliches suchen musste. In einer Ecke der Ladefläche machte er es sich unter den rauen Decken, so gut es ging, bequem. Er schlief tief und traumlos. Morgen schon wollte er sich auf die Suche nach dem richtigen Krankenhaus machen.

Als er wieder aufwachte, schlief sein Reisegefährte noch. John war ungeduldig. Er wollte jetzt nicht mehr warten, bis der schweigsame Geselle endlich aufwachte. Er klemmte ihm einen Zettel mit einem schlichten »Danke!« hinter den Scheibenwischer, schulterte seinen Seesack und machte sich in Richtung Innenstadt auf. Sein schlechtes Gewissen wegen des Abladens der Ware hielt sich in Grenzen – es waren schließlich nur ein paar Kisten, die ausgeliefert werden sollten.

Am frühen Morgen zeigte Berlin sich mit einem verschlafenen Gesicht. Männer und Frauen hasteten zur Arbeit, in den Kneipen wurden bei hochgestellten Stühlen die Böden aufgewischt. Eine Bäckerei öffnete gerade ihre Türen, und John erstand eine Tüte mit noch ofenwarmen Schrippen, in die er heißhungrig hineinbiss. Als er einen Ladenbesitzer sah, der gerade den Bürgersteig vor seinem Laden fegte, hielt er an und fragte nach Krankenhäusern, die es schon vor dem Krieg gegeben hatte. Der Mann zuckte mit den Schultern. »Die Virchow-Klinik, die Charité, das Martin-Luther, das Hedwig-Krankenhaus … da gibt es so einige.«

Geduldig fragte John weiter nach dem nächstgelegenen – und machte sich dann auf den Weg zum St. Hedwig-Krankenhaus in Berlin-Mitte. Irgendwo musste er ja anfangen …

Den Tag verbrachte er in Gängen, die nach Desinfektionsmitteln rochen, mit übermüdeten und freundlichen oder genervten Krankenschwestern, die sich allesamt nicht an die Zeit vor dem Krieg erinnerten und die auch immer wieder betonten, dass zum Ende des Krieges ja nur noch zwei Krankenhäuser überhaupt ordentlich funktioniert hätten – das St. Hedwig und die Charité. Bei denen mochte es noch alte Personalakten geben – in allen anderen waren die ganz sicher spätestens Anfang 1945 verbrannt.

Entmutigt machte John sich am Abend zum Martin-Luther-Krankenhaus auf. Es war das letzte auf seiner Liste, und er wusste längst, dass auch hier der Krieg grausam gewütet hatte. Vor ihm tauchte ein modernes Gebäude auf. Viel Glas, die Eingangshalle lichtdurchflutet. Am Empfang saß eine streng blickende Frau mit weißem Haar und fest nach hinten gezogenem Knoten, aus dem nicht ein einziges Haar entkommen konnte. Sie sah ihm über den Rand ihrer Brille hinweg entgegen. John näherte sich und setzte ein Lächeln auf, von dem er nur hoffen konnte, dass es gewinnend und freundlich war.

»Ich weiß nicht, ob Sie mir weiterhelfen können. Aber ich bin auf der Suche nach einer Krankenschwester, die irgendwo in Berlin Ende der Dreißigerjahre gearbeitet hat. Waren Sie vielleicht …?« Er sah sie fragend an.

Ein Lächeln machte sich auf dem strengen Gesicht der Frau breit. Von einem Augenblick zum anderen wirkte sie mütterlich. »Ich bin hier seit der Gründung des Martin-Luther 1931. Bis auf wenige Kriegsmonate war ich immer hier, aber ich glaube, ich kenne fast jeden, der hier gearbeitet hat. Wen suchen Sie?«

John sah die Frau fast so überrascht an, als ob er hier mitten in Berlin einen tanzenden Maori getroffen hätte. Konnte es so plötzlich so einfach sein? Vorsichtig stellte er seine Frage. »Ihr Name ist Eva Erhardt …«

Er musste nicht weiterreden. Sein Gegenüber lachte. »So heißt sie schon lange nicht mehr! Aber ich erinnere mich, dass Eva am Anfang noch Erhardt als Mädchenname hatte!«

»Und – wie heißt sie jetzt? Wie geht es ihr?« Die Aufregung ließ ihm fast die Stimme versagen.

»Gut. Sie lebt keine zehn Minuten von hier entfernt. Mit der Arbeit hat sie allerdings aufgehört, um sich ganz um den

Haushalt und ihren Mann zu kümmern. Den hat sie hier kennengelernt.« Sie sah auf die Uhr. »Er wird im Lauf der nächsten zwanzig Minuten hier vorbeikommen. Dr. Gehrling. Ein bezaubernder Mann, er leitet die Innere Abteilung in unserem Haus und ist wirklich das Herz dieser Abteilung … Eva hatte Glück, dass sie so einen wunderbaren Mann gefunden hat.«

»Sie ist verheiratet?« John sah die Frau fassungslos an. In seiner Phantasie hatte seine Mutter immer einfach nur darauf gewartet, dass ihr Sohn sie endlich finden würde. Und jetzt musste er erfahren, dass sie wieder geheiratet hatte. Hatte sie ihn und seinen Vater so einfach vergessen?

»Sicher«, klärte sie ihn mit gleichbleibend freundlicher Miene auf. »Inzwischen sind es bald fünfzehn Jahre … ich glaube, das war 1939. Oder vielleicht schon 1938? So ein schönes Paar … wir Schwestern haben alle zusammen mit ihnen gefeiert. Im Garten, bei Wein und Kuchen.« Plötzlich musterte sie ihn etwas genauer. Auf ihrem Gesicht tauchte so etwas wie Misstrauen auf. »Darf ich Sie fragen, was Sie eigentlich von unserer Eva wollen?«

»Ach«, winkte John ab. »Sie ist nur eine entfernte Verwandte, von der meine Familie nichts mehr gehört hat, seit sie nach Berlin gegangen ist. Als ich erzählt habe, dass ich nach Berlin komme, da hat mich meine Familie gebeten, doch auch nach Ava, ich meine Eva, zu suchen.«

»Und keiner wusste etwas von Evas Hochzeit?« Die Frau legte ihre Stirn in Falten. »Das sieht Eva so ganz und gar unähnlich. Sie ist so eine nette Frau. Ein bisschen still vielleicht, sie erzählt nicht viel von sich. Aber so nett.«

Ein älterer Mann drängelte sich neben John. »Ich suche meine Frau, Marliese Mettern. Sie muss auf der Gynäkologischen liegen!«, erklärte er.

Johns Gesprächspartnerin ging routiniert ein paar Listen durch, sah dann kurz auf die Uhr und schüttelte bedauernd den Kopf. »Die Besuchszeit ist leider schon vorbei. Aber wenn Sie morgen früh um acht Uhr vorbeikommen, finden Sie Ihre Frau auf Zimmer 362.«

Der Mann sah sie fassungslos an. »Und jetzt darf ich nicht zu ihr? Aber ich muss doch tagsüber arbeiten!«

»Da können wir Ihnen nicht helfen!« Jetzt sah sie wieder so streng aus wie noch vor ein paar Minuten, als John sie das erste Mal angesprochen hatte. Der Mann wirkte mit einem Mal älter, als er mit hängenden Schultern zurück auf die Straße ging.

Noch bevor John der Empfangsdame weitere Fragen stellen konnte, kam ein kräftiger, leicht gedrungener Mann mit dickem braunem Haar und einem Vollbart die Treppe herunter. Er winkte, rief »Schönen Abend noch!« und war durch die Tür, bevor John auch nur die Gelegenheit hatte, ihn etwas zu fragen. Er sah fragend die Frau am Empfang an. »Das ist Dr. Gehrling?«

»Ja, Sie sollten ihn wirklich …«

Aber John hörte den Rest des Satzes nicht mehr. Er stürzte durch die Tür und folgte ihm. Er wollte wenigstens herausfinden, wo Ava-Eva heute lebte – auch wenn er noch keine Ahnung hatte, was er dann tun wollte. Einfach klingeln und sich vorstellen? »Guten Tag, Sie haben vielleicht nie von mir gehört, aber ich bin der Sohn Ihrer Frau!«

Nein, das konnte er nicht tun. Er ahnte, dass seine Mutter niemandem von ihrer neuseeländischen Vergangenheit erzählt hatte. Da durfte doch nicht ausgerechnet er, der Sohn, ihr Leben schon wieder auf den Kopf stellen! Oder freute sie sich womöglich, wenn er plötzlich vor ihr stand? Seine Gedanken drehten sich wie ein Karussell, als Gehrling in einer Nebenstraße vor einem kleinen Häuschen anhielt, einen Schlüssel aus seiner Jackentasche zog und aufschloss. John blieb regungslos stehen, als die Tür hinter dem kräftigen Mann ins Schloss fiel. Für ihn klang es so, als ob eine Tür in seinem Leben plötzlich wieder mit einem scharfen Ton zugeworfen würde. Und zwar dieses Mal endgültig und für immer.

Nachdenklich drehte er sich um. Merkte sich die Adresse und fing an, ziellos durch die Straßen zu laufen. Irgendwann ging er in eine Kneipe, schlang ein paar kalte Buletten mit viel zu scharfem Senf herunter und spürte, wie ihm das Denken mit dem Bier noch schwerer fiel. Als ihn der Mann hinter dem Tresen wegen irgendetwas in ein Gespräch verwickeln wollte – wenn John das richtig verstand, ging es wohl um Fußball –, winkte er ab. Er wollte kein Gespräch, sondern nur noch ein weiteres Bier. So lange, bis er nicht mehr in der Lage war, noch eins zu bestellen.

Irgendwann stand er auf, lief weiter, bis er einen kleinen Park erreichte, und ließ sich einfach auf eine der Bänke fallen. Er stierte vor sich hin und versuchte, in seinem Alkoholnebel einen klaren Gedanken zu fassen. Wie sollte seine Zukunft nur aussehen, welches Ziel blieb ihm noch? Der Schlaf musste ihn übermannt haben, denn als er am nächsten Morgen aufwachte, fror er erbärmlich. Von der nahe gelegenen Straße tönten Motoren und Hupen zu ihm herüber, und ein leichter Nieselregen hatte eingesetzt. Das schöne Wetter der letzten Tage war vorbei. Ebenso wie seine Hoffnung auf ein neues Leben in Deutschland. Außerdem hatte er Kopfschmerzen.

Er machte sich auf den Weg zurück zu der Adresse der Gehrlings. Unauffällig stellte er sich in der Nähe unter einen Baum und beobachtete die Haustür. Zuerst erschien der

Arzt, der sich mit einem Regenschirm bewaffnet und fröhlich pfeifend auf den Weg in Richtung Krankenhaus machte.

Danach verging eine Stunde oder vielleicht auch zwei, bis die Tür wieder aufging und eine schlanke, blonde Frau in einem schmal geschnittenen Rock und einer leichten Regenjacke erschien – und direkt hinter ihr trat ein Mädchen auf die Straße, das zwölf oder dreizehn Jahre alt sein mochte. Die gleichen dicken braunen Haare, die auch der Vater hatte. Dazu die schlanke Figur der Mutter. Es gab für John keinen Moment des Zweifels: Seine Mutter hatte nicht nur ein zweites Mal geheiratet – sie hatte auch wieder ein Kind. Eine Tochter. Seine Schwester – oder zumindest seine Halbschwester. John spürte, wie ihm seine Kehle bei diesem Gedanken enger wurde.

Die beiden gingen Hand in Hand die Straße hinunter und sahen dabei aus wie vertraute Freundinnen. Offensichtlich alberten sie herum, das Mädchen brach immer wieder in Gelächter aus. John folgte ihnen und versuchte sich dabei möglichst unsichtbar zu machen. Erst ging es zu einer Bäckerei, dann zu einer Metzgerei und schließlich in ein Café. Die beiden setzten sich an einen Tisch, bestellten einen Tee oder einen Kaffee – das konnte John aus der Entfernung nicht sehen – und begannen ein vertrautes Gespräch miteinander. Sie beugten sich zueinander, lachten immer wieder. Ava wirkte gelöst und glücklich, so ganz anders als die unglückliche und einsame Frau, die er sich in seiner Phantasie vorgestellt hatte. Sie brauchte ihn ganz bestimmt nicht, um in ihrem Leben wieder etwas Glück einkehren zu lassen.

John setzte sich an einen weit entfernten Tisch und beobachtete die beiden weiter aus dem Augenwinkel. Was sollte er nur tun? Sein Gefühl sagte ihm, dass seine Schwester nichts von seiner Existenz wusste, ebenso wie Dr. Gehrling. Ava-Eva hatte ihre Vergangenheit in Neuseeland weit hinter sich gelassen.

»Sie wünschen?«

Die Bedienung sah ihn auffordernd an. Offensichtlich hatte sie die Frage nicht zum ersten Mal gestellt.

»Einen Tee. Schwarz, bitte«, brachte er mit Mühe heraus und starrte weiter Mutter und Tochter an. Was würde wohl passieren, wenn er jetzt aufstehen, zu Ava-Eva hingehen und sich vorstellen würde? Hallo, ich bin dein Sohn, und wie ist der Name meiner bezaubernden kleinen Schwester? Für einen Augenblick spürte er, wie ihn der bittere Neid zu übermannen drohte. Dieses kleine Mädchen hatte alles, wovon er jemals geträumt hatte. Eine Familie, die zu ihr gehörte. Eine Mutter, die sie liebte. Und sie nahm alles als selbstverständlich hin, ahnte gar nicht, welchen Reichtum sie da ihr Eigen nannte.

Die Bedienung stellte das Kännchen mit dem Tee vor ihm ab und verschwand ohne ein weiteres Wort wieder hinter der Theke des Cafés. John sah ihr hinterher, ohne dass er irgendetwas wahrnahm. In seinem Kopf rasten die Gedanken wie in einem wirbelnden Karussell. Sicher, er konnte sich jetzt in das Leben dieser Frau drängen. War er dann auch nur einen Deut besser als sein grausamer Ziehvater, der dieser Frau schon einmal ihr Leben entrissen hatte? Der sie auf eine Heimreise geschickt hatte, die sie nicht hatte antreten wollen, in eine Zukunft, die sie sich nie erträumt hatte – und ohne ihren Sohn, den sie wahrscheinlich nie verlieren wollte? Und jetzt hatte sie es geschafft, hatte sich ein neues Leben und ein neues Glück aufgebaut – und er wollte das wieder zerstören? Fast unmerklich schüttelte er den Kopf. Nein, so wollte er nicht sein. Er hatte sich nicht von George

Cavanagh losgesagt, um dann doch wieder in seine Fußstapfen zu treten.

Er sah erneut nachdenklich zu dem Tisch mit Mutter und Tochter hinüber. Sah seine Mutter an und versuchte, sich jedes Detail einzuprägen. Den Glanz ihrer Haare, die kleine Strähne, die sich immer wieder aus dem locker geflochtenen Haarknoten löste. Die langen Finger, mit denen sie ihre Tasse umfasste, und die etwas steif und aufrecht gehaltenen Schultern, die ihr eine strenge Ausstrahlung verliehen. Der weiche Schwung der Lippen, um die beständig ein Lächeln spielte. Lippen, die ihm vertraut vorkamen, denn seine hatten genau die gleiche Form. Die Art, wie sie ihre Knie übereinanderschlug und mit dem einen Fuß ungeduldig wippte, so als ob sie jede Sekunde losrennen würde.

Dann griff er in seine Hosentasche, legte das Geld für den Tee, den er nicht angerührt hatte, auf den Tisch, stand auf und ging. Er sah sich nicht mehr um, hoffte, dass keiner sah, wie ihm die Tränen über das Gesicht liefen. Er hatte seiner Mutter das Glück und die Freiheit gegeben, aber er musste dafür den höchsten Preis bezahlen: seine Hoffnungen und all seine Träume, die er für die Zukunft gehabt hatte. Er hatte nie weiter gedacht als bis zu diesem Moment: Wenn er Ava endlich gefunden hätte und sich ihr offenbaren würde. Dann hatte in seinen Träumen der Himmel offen gestanden, und alle Chöre hatten gesungen – und danach hatte eine leuchtende Zukunft auf sie beide gewartet.

Stattdessen lief er jetzt diese Straße in Berlin hinunter, völlig ohne Ziel und Zweck. Er wollte nur noch weg, fort von diesem Ort, an dem seine Hoffnungen so brutal zerplatzt waren. Er ließ sich auf irgendeine Bank fallen, sah den Enten zu, ohne etwas wahrzunehmen, spürte den Wind in seinem Gesicht, ohne etwas zu fühlen. Es wurde Nachmittag und schließlich Abend, bis er sich wieder erhob. Es war ihm nicht danach, eine weitere Nacht auf einer Parkbank zu verbringen. Immerhin, gestern waren die Buletten in dieser Kneipe nicht schlecht gewesen – und wenn ihm das Denken nach zwei oder drei Bier schwerer fiel als sonst, dann sollte ihm das nur recht sein. Vielleicht brachte er so die Stimmen in seinem Kopf zum Verstummen, die in einem fort sagten: Geh zurück! Sag Ava, wer du bist! Stimmen, die er auf gar keinen Fall hören wollte.

Die Kneipe – oder zumindest eine sehr ähnliche – war schnell gefunden. Er setzte sich auf einen Barhocker, fern von den anderen Gästen, und bestellte schnell hintereinander ein paar Bier. Auf die Buletten verzichtete er. Irgendwann setzten sich einige Männer zu ihm, an die er am nächsten Morgen keine Erinnerung mehr hatte. Er erwachte in einer kleinen Kammer ohne Fenster, in der nur ein paar Matratzen auf dem Boden lagen. Mühselig und mit gewaltigen Kopfschmerzen erhob er sich, suchte eine Tür und drückte sie neugierig auf. Er fand sich im Schankraum der Kneipe wieder, die frühmorgendlichen Sonnenstrahlen schienen durch die Fenster und beleuchteten die verklebte Theke, den dreckigen Boden und die vollen Aschenbecher. Keine Menschenseele war zu sehen.

John untersuchte kurz den Inhalt seines Seesacks, stellte fest, dass er nicht beklaut worden war, und machte sich so schnell wie möglich auf, um diesen Ort wieder zu verlassen. Er hatte keine Ahnung, was er diesen Menschen erzählt hatte, und er wusste auch nicht, welche Art von Hilfe sie ihm angeboten hatten – oder ob sie ihm einfach nur beim Trinken Gesellschaft geleistet hatten. Er wollte es auch nicht mehr wissen.

Nur noch eines war ihm klar: Er wollte nicht in Deutschland bleiben, wo ihn jeder Moment daran erinnerte, dass er eigentlich nach seiner Mutter gesucht hatte. Er wollte zurück nach Neuseeland. An den Ort, wo er sich auskannte, wo die Menschen seine Sprache sprachen und die Städte nicht so groß und unbarmherzig wie dieses Berlin waren. Er musste auf dem schnellsten Weg zurück nach Hamburg und dort nach einem Frachter suchen, der ihn zurück in seine Heimat brachte. Wenn er schon nicht seine Mutter wiederhaben konnte, dann wollte er wenigstens seine vertraute Umgebung zurück.

Er schulterte seinen Seesack und machte sich auf den Weg.

Wellington, 1998

6.

Katharina schloss die Augen, als die Fähre die Cookstraße erreichte. Das unruhige Gewässer der Meerenge zwischen den beiden Inseln Neuseelands war berüchtigt für seine unangenehmen Überfahrten, bei denen oft genug auch seefeste Reisende über der Reling hingen. Katharina fühlte sich sicher: Sie hatte eine Tablette gegen Seekrankheit genommen. Die Sonne stand noch hoch über dem Horizont, und das Licht gleißte über den Wellen.

Sie erinnerte sich genau an den Tag, als sie diese Reise gemeinsam mit Sina in anderer Richtung gemacht hatte. Sie hatten die ganze Zeit im Bug an der Reling gestanden und die Delfine beobachtet, die in der Bugwelle spielten. Damals hatte ihr Sina von ihrem immer wiederkehrenden Traum erzählt, von dem tanzenden Maori, der ihr so bedrohlich nahe kam. Auf dieser Fähre hatte Katharina noch gelacht und Sina geraten, endlich weniger Angst vor dem Leben zu haben. Nur wenig später hatten sie Brandon kennengelernt, und Sina war auf die Fährte des wechselhaften Lebens ihrer Großmutter gestoßen. Diese Ava, die in nur wenigen Jahren in Neuseeland deutliche Spuren hinterlassen hatte.

Katharina lächelte vor sich hin, als sie sich in das Innere der Fähre zurückzog. Merkwürdig, wie sich innerhalb von nur drei Jahren das Leben komplett verändern konnte. Aus der hin und wieder viel zu nüchternen Sina war eine Ärztin in Christchurch geworden, mit einem liebenden Ehemann und einer bezaubernden Tochter. Einer bezaubernden, kranken Tochter, korrigierte Katharina sich insgeheim, während sie einen letzten Blick auf das Meer warf. Und ihre Aufgabe war es dieses Mal nicht, die traumhafte Landschaft zu genießen, sondern auch ein wenig mehr Hoffnung in das Leben ihrer Freundin zu bringen.

Sie setzte sich auf einen der bequemen Sessel und nahm die Mappe in die Hand, in der sie alles gesammelt hatte, was man im Moment über die Dreharbeiten zu »Der Herr der Ringe« wissen konnte. Sie musste als Erstes in einen Ort namens Matamata. Da ließ dieser Regisseur Peter Jackson im Moment Hobbingen aufbauen – und das fast ein Jahr vor Beginn der Dreharbeiten! Sie war unglaublich gespannt, wie das wohl aussah – und hoffte inständig, dass sie wenigstens ein paar Bilder würde machen können. Beim Lesen der Artikel merkte sie erst, wie müde sie war. Die Aufregung um das Erdbeben in Christchurch hatte sie wohl doch mehr angestrengt, als sie es sich eigentlich hatte eingestehen wollen. Immer wieder fielen ihr die Augen zu – und irgendwann hatte sie den Kampf gegen die Müdigkeit verloren. Sie wachte erst wieder auf, als die Fähre mit einem lauten Tuten in den Hafen von Wellington einlief.

Katharina warf einen Blick auf den Zettel, auf den Brandon ihr eine Adresse geschrieben hatte. »Kiwi International Hostel« klang alles andere als eine Superherberge, aber Brandon hatte ihr versichert, dass dieses Hostel von seinem früheren Studienkollegen William geführt wurde, der ihr sicher das beste Zimmer geben würde, wenn sie ihn erst von Brandon gegrüßt hätte. Und er hatte nicht übertrieben. Nachdem Katharina einem bärenartig aussehenden jungen Mann mit einem beeindruckenden Vollbart die Grüße ausgerichtet hatte, zog der sie an seine Brust und wollte alles, aber auch wirklich alles über das Erdbeben in Christchurch und seine Folgen wissen. Katharina beantwortete ihm seine Fragen, so gut sie konnte, und fand sich dann auch schon am Familientisch wieder. Sie sollte bei einem üppigen Abendessen mit reichlich kaltem Braten und einem großen, frischen Salat weitererzählen, wie es denn den Cavanaghs gehe. Die Gesichter wurden ernst, als sie von Avas Krankheit erzählte. Aber mit dem unverbrüchlichen Optimismus, der den Neuseeländern einfach angeboren ist, erklärte William schließlich: »Ich bin mir sicher, du wirst John finden – und ich bin mir ebenso sicher, dass sein Blut dann perfekt passen wird. Pass nur auf: Durch Avas Krankheit wird die Familie enger als jemals zuvor zusammenwachsen!«

Katharina versuchte, mit einem Lächeln über ihren Unglauben hinwegzutäuschen. Im wirklichen Leben ging eben nicht immer alles so gut aus wie in einem Märchen …

William erhob sich schließlich. »Aber wir wollen nicht nur von den traurigen Dingen des Lebens reden. Jetzt gehen wir noch in eine Bar. Nirgendwo in Neuseeland macht das Nachtleben so viel Spaß wie in Wellington, du solltest wenigstens ein bisschen davon mitbekommen.« Seine Frau lachte und stimmte ihm zu. »Macht euch auf den Weg! Und kommt mir ja nicht zu schnell wieder …«

In einer lärmenden Kneipe mit fröhlichen Studenten konnte Katharina dann tatsächlich das erste Mal seit ihrer Ankunft in Neuseeland an etwas anderes als Erdbeben und

Krankheit denken. Sie genoss den sorglos-fröhlichen Abend in vollen Zügen – und hatte später in dem bequemen Hostelbett doch ein schlechtes Gewissen. Wie konnte sie nur feiern, wenn die kleine Ava mit dem Tod kämpfte? Der Schlaf ließ trotzdem nicht lange auf sich warten …

Am nächsten Morgen machte Katharina sich aber erst einmal auf, die Stadt zu erforschen. Mit dem alten Cable Car fuhr sie in die Botanischen Gärten und genoss den Blick von den Kelburn Heights über die komplette Stadt. Am frühen Nachmittag machte sie sich auf zum Nationalmuseum Neuseelands, das erst wenige Monate zuvor eröffnet worden war – ein gewaltiges gelbes Gebäude direkt am Wasser, das einen Überblick über die Geschichte und Natur von Neuseeland geben sollte. Sie fand sich in der Abteilung über Naturkräfte wieder – der schlichte Satz »Im Laufe seines Lebens wird jeder Neuseeländer Vulkanausbrüche oder Erdbeben erleben – einfach, weil er Neuseeländer ist!« ließ sie unbewusst nicken. Sie sah sich ausgiebig um, bis plötzlich eine Stimme aus dem Lautsprecher sie aufforderte, nach Hause zu gehen. Das Museum schloss um achtzehn Uhr. Katharina machte sich widerstrebend auf den Weg zurück in Williams Hostel. Spätestens morgen musste sie sich unbedingt nach Matamata aufmachen, wenn sie auch zu gerne noch einen weiteren Tag in diesem Museum verbracht hätte.

Erst als sie an einem kleinen Restaurant vorbeikam, das Thai-Currys und japanische Nudelsuppen anbot, spürte sie, wie hungrig sie war. Der Geruch von frischem Koriander und scharfem Chili war einfach zu köstlich. Augenblicke später saß sie an einem Tisch in der Ecke, löffelte ein heißes, scharfes Curry und las nebenher den Museumsprospekt noch einmal durch.

»Touristin?«

Katharina sah überrascht hoch. Der Frager hatte schwarze Haare, leuchtend grüne Augen und ein breites Lächeln. »Ja …«, setzte sie zögernd zu ihrer Antwort an, als er sich auch schon zu ihr an den Tisch setzte.

»Ich darf doch?«, fragte er noch, aber offensichtlich hätte er ein »Nein!« ohnehin nicht gelten lassen. Es folgte eine erklärende Handbewegung durch das kleine Restaurant. »Leider kein anderer Platz mehr frei«, meinte er und schnappte sich die Karte. »Schmeckt das, was du da hast?«

Katharina runzelte die Stirn. Hatte sie bis zu diesem Zeitpunkt auch nur eine Sekunde lang zu erkennen gegeben, dass sie an einem Gespräch interessiert war? Soweit sie sich erinnern konnte, nicht. Aber irgendwie wirkte dieser Mann nicht unsympathisch. Sie musterte ihn verstohlen. Eine vorwitzige Locke fiel ihm in die Stirn, und die Grübchen auf den Wangen zeigten, dass er nicht selten lachte. Jeans, Flip-Flops und ein buntes T-Shirt – die Kleidung sagte hier in Neuseeland herzlich wenig über einen Menschen aus. Direkt nach Büroschluss verwandelten sich selbst die steifen Banker in lockere Surfer. Sie rang sich zu einer freundlichen Antwort durch.

»Ja, sehr. Es ist das grüne Hühnercurry mit Cashewnüssen, Ingwer und Knoblauch.«

Gänzlich unbekümmert beugte sich ihre neue Bekanntschaft zu ihr herüber, nahm eine frische Gabel und probierte ihr Curry. Dann strahlte er die Bedienung an. »Dann will ich das auch gerne haben!«

Ohne ein Wort der Entschuldigung wandte er sich wieder Katharina zu. »Und woher kommst du? Warum bist du hier?«

»Aus Deutschland. Und ich soll hier arbeiten, bin also streng genommen auch keine Touristin.« Katharina grinste ihn an. Jetzt sollte er ruhig rätseln, was eine Deutsche wohl in Neuseeland beruflich zu tun hatte. »Und schön, dass dir mein Curry geschmeckt hat!«

»Ja, ist lecker. Ist es aber meistens hier. Ein Wunder, dass du diesen Laden gefunden hast, die meisten Touristen rennen lieber vor zum Hafen und zahlen das Doppelte für halb so gutes Essen.« Offensichtlich hielt er es immer noch für selbstverständlich, einfach auf den Tellern wildfremder Leute herumzustochern. »Du arbeitest hier? Was denn?« Und vorsichtiges Nachfragen oder langes Herumrätseln war auch nicht sein Ding.

Katharina seufzte leise. Bei so viel Offenheit konnte sie wohl kaum die Geheimnisvolle spielen. »Ich bin Journalistin, ich soll eine Geschichte über die Dreharbeiten zum ›Herrn der Ringe‹ schreiben. Die Vorbereitungen müssen ja schon in vollem Gange sein …«

»Sind sie«, nickte ihr Gegenüber eifrig. »Du wirst sehen, aus Wellington wird bestimmt bald Wellywood. Was wir hier schaffen, ist besser als alles, was man sich in Hollywood jemals erträumt hat …«

»Und was macht dich so sicher?«, unterbrach ihn Katharina. »Die Wahl von Neuseeland als Drehort erscheint den meisten Fachleuten doch etwas exotisch, oder nicht?«

»Vielleicht sollte ich mich erst einmal vorstellen: Ich bin Matiu!« Ihr Gegenüber streckte ihr die Hand über den Tisch hinweg entgegen. »Und ich bin mir deswegen so sicher, weil ich bei *Weta Workshop* arbeite!«

Katharina konnte ihr Glück für einen Augenblick kaum fassen. »Machen die nicht die Spezialeffekte?«, rief sie etwas lauter, als sie eigentlich gewollt hatte. »Was für ein unglaublicher Zufall! Du musst mir alles über deine Arbeit erzählen. Alles! Ich lade dich auch zu deinem Abendessen ein!«

Matiu lachte. »Musst du gar nicht. Ich rede gerne über meine Arbeit. Wenn man meinen Freunden glauben darf, dann fast ein bisschen zu gerne. Ich freue mich, wenn mir endlich einmal jemand wirklich zuhört und nicht bloß darauf wartet, dass ich endlich aufhöre zu reden.«

»Wie bist du da hingekommen?« Katharina hing geradezu an Matius Lippen.

Er zuckte nur mit den Schultern. »Zufall und viel Glück würde ich sagen. Wie bei so vielen, die in diesem Geschäft arbeiten. Ich habe mich immer für Film interessiert, für die Kostüme und die Special Effects … Kein großes Wunder: Ich bin in einem Kaff auf der Südinsel aufgewachsen, da passiert nicht viel, außer dass ein paar Wale vorbeischwimmen und ein paar Touristen ihnen dabei zuschauen wollen. Auf jeden Fall habe ich hier in Wellington studiert, als Peter Jackson für *Weta Workshop* plötzlich Leute gesucht hat. Ich habe mich beworben, ich wurde genommen. In den letzten Monaten haben wir herumprobiert, wie wir diesen mittelalterlichen Kettenhemden-Look bei den ganzen Ogern hinkriegen können. Ich habe da so eine Idee mit dünnen Plastikröhrchen … mal sehen, ob das auch wirklich funktioniert.«

»Und inwieweit bist du an der Entstehung des Films beteiligt?« Katharina zog möglichst unauffällig den Schreibblock aus ihrer Tasche. »Du hast doch nichts dagegen, wenn ich mir ein paar Notizen mache? Ich möchte nichts vergessen, was du mir erzählst. Wäre doch zu peinlich, wenn ich morgen aufwache und mich nur an deine Grübchen erinnere. Ich meine, nicht, dass deine Grübchen nichts wären, woran man sich nicht gerne erinnert, aber …« Jetzt hatte sie vollständig den Faden verloren, verhaspelte sich und hörte auf zu reden.

Matiu sah sie mit einem Augenzwinkern an. »Klar kannst du mitschreiben. Über *Weta Workshop* oder über meine Grübchen?«

Katharina spürte, wie ihr die Röte ins Gesicht stieg. »Über *Weta Workshop!* Ich komme nur leicht mal ins Reden, ohne weiter nachzudenken, wenn ich nervös bin …«

»Okay.« Matiu wurde ernst. »Du willst also wissen, ob ich irgendetwas bei einer so großen Produktion zu sagen habe? Die Antwort ist nämlich einfach: Nein. Das meiste hat wirklich Peter Jackson in der Hand. Ich konzentriere mich voll und ganz auf meine Kettenhemden. Aber bei denen habe ich viel zu sagen, da redet mir eigentlich keiner rein. Und ich kann dir bei deinem Besuch in Matamata helfen. Ende nächster Woche muss ich hin, ich sehe mir zusammen mit einem Kollegen ein paar Designs in unserem Hobbingen an. Wenn du willst, können wir uns dort treffen, und ich zeige dir alles.«

»Das wäre großartig!« Katharina konnte ihr Glück immer noch nicht fassen. »Ist es nicht einfach eine wunderbare Laune des Schicksals, dass ich dich getroffen habe?«

»Nicht wirklich.« Matiu schüttelte den Kopf. »Du bist aus Europa, dort trifft man sich nur selten ohne eine ordentliche Verabredung. Aber das hier ist Neuseeland, hier kennt jeder jeden. Man reist durch das Land und trifft Leute, mit denen man gemeinsam in einer Schulklasse war. Oder im gleichen Kirchenchor. Oder in der gleichen Rugby-Mannschaft. Hier bei uns kennt jeder jeden, da kann man nicht so einfach abhauen. Deswegen machen wir ja auch so gerne einen längeren Urlaub irgendwo in Europa oder Amerika: Das ist unsere einzige Chance, dass unsere Eltern wenigstens einmal nicht erfahren, was wir alles gemacht haben …!«

Katharina stimmte in sein Gelächter mit ein. Dann wurde

sie ernst. »Das muss ich gleich ausprobieren. Für eine Freundin in Christchurch versuche ich, einen Mann namens John Cavanagh ausfindig zu machen. Jahrgang 1934. Kennst du den vielleicht?«

Matiu dachte einen Augenblick nach, dann zuckte er entschuldigend mit den Schultern. »Erwischt. Offensichtlich kennen wir doch nicht jeden. Aber das ist auch eher die Generation meines Vaters. Ich frage ihn, wenn ich mal nach Hause komme. Das kann allerdings noch ein paar Wochen dauern. Ist der vielleicht verwandt mit den Reederei-Cavanaghs?«

»Ja, aber der ist wohl so eine Art schwarzes Schaf der Familie. Keiner weiß, wo er steckt.«

»Dann wird er wohl einen Grund haben, sich nicht mehr zu zeigen«, meinte Matiu nur pragmatisch. Er sah auf seinen leeren Teller. Das Curry war längst gegessen, am Eingang des Restaurants standen Gäste, die offensichtlich darauf warteten, dass einer der wenigen Tische frei wurde. Matiu deutete auf die Schlange. »Sollen wir in die Kneipe nebenan gehen? Da bekommt man ein wunderbar frisches Bier – und wir machen eines der Paare, die dort warten, bestimmt richtig glücklich.«

Zustimmend stand Katharina auf. »Jetzt muss ich dich aber wirklich einladen! Immerhin bist du jetzt mein großer Insider-Informant über Weta Workshop!«

»Das nehme ich an!«, bestätigte Matiu.

Wenige Minuten später fanden sie sich in einer gemütlichen Kneipe wieder, in der fast ausschließlich Studenten an der Bar standen und sich lautstark unterhielten. Matiu deutete auf den Bildschirm, der in einer Ecke hing. »Mach dich auf etwas gefasst. Heute Abend spielen die All Blacks in Südafrika. Da wird es hier hoch hergehen. Wenn es etwas gibt, worauf wirklich jeder Neuseeländer stolz ist, dann ist das unsere Rugby-Mannschaft!«

Katharina winkte dem Barkeeper und versuchte, ihm zu bedeuten, dass er zwei Steinlager bringen sollte. Es gelang, er kam mit den beiden Bierflaschen und stellte sie vor ihnen ab. Nach einem langen, durstigen Schluck fragte Katharina: »Woher kommt eigentlich dein Name? Matiu ist doch nicht wirklich englisch, oder?«

»Nein«, erklärte er. »Das ist die Maori-Version von Matt oder Matthew. Meine Mutter ist eine Maori, deswegen hat sie mir einen Namen ihres Stammes gegeben. Aber das sieht man mir doch an …«

Katharina musterte ihn genauer. Eigentlich sah er nur ein wenig dunkelhaariger aus, hatte einen olivfarbenen Teint. In Deutschland hätte sie ihn für einen Spanier gehalten. Oder Italiener. Verlegen hob sie die Hände. »Ich bin nicht von hier, da ist Maori nicht immer mein erster Verdacht, bloß weil jemand ein bisschen dunkler ist. Außerdem dachte ich immer, dass alle Maori schwarze Augen haben …«

»Da sind wohl genug Engländer und Iren durch unser Land gekommen, um das aufzuweichen«, meinte Matiu leichthin. »Außerdem …«

Zu einer längeren Erklärung kam er nicht. Ein Aufschrei ging durch die Kneipe, auf dem Bildschirm sah man jetzt Männer im schwarzen Rugby-Dress auf das Spielfeld laufen. Kurz darauf führten sie ihren Haka auf – und sahen dabei wirklich furchterregend aus. Katharina erinnerte sich daran, dass Sina während ihres Urlaubs immer wieder von einem tanzenden Maori geträumt hatte. Wer den Haka der All Blacks sah, der konnte leicht verstehen, warum das Albträume gewesen waren. Die Spieler versuchten wirklich alles, um ihre Gegner in Angst und Schrecken zu versetzen, streckten die Zunge heraus, rollten mit den Augen und stampften auf den Boden.

Den Rest des Abends ließ sie sich von der Stimmung in der Kneipe mitreißen. Sie jubelte und litt mit den All Blacks, die am Ende zum Glück gegen ihre Gegner gewannen. Ein guter Anlass für eine rauschende Party. Es war spät am Abend, als Matiu sie schließlich zu ihrem Hostel zurückbrachte. Auf dem Weg liefen sie schweigend nebeneinander. Matiu summte fröhlich ein eigentümliches Lied vor sich hin. Es klang fremdartig. Katharina puffte ihm freundschaftlich in die Seite. »Was ist das? Das Siegeslied der Maori?«

Er lachte. »Nein. Ein Lied meines Stammes, es geht ganz sicher nicht ums Siegen. Einfach ein Lied, das mir in den Sinn kommt, wenn ich gute Laune habe. Und heute habe ich ganz bestimmt gute Laune!« Er deutete auf das Haus, vor dem sie standen. »Dein Hostel! Wir sind schon da!« Er umarmte sie freundschaftlich. »Vergiss nicht, dass wir Ende nächster Woche in Matamata verabredet sind! Ich freu mich drauf, dich dann wiederzusehen. Bis dahin viel Glück mit deiner Suche nach diesem John!«

Matiu verabschiedete sich mit einem fröhlichen Winken und verschwand um die nächste Ecke. Katharina sah ihm fast bedauernd hinterher. Irgendwie schade, dass er sie nur umarmt hatte. Aber am nächsten Tag wollte sie ohnehin weiter nach Auckland, und für einen kleinen Flirt hatte sie auf dieser Reise nun wirklich zu wenig Zeit. So ermahnte sie sich streng – auch wenn sie eigentlich selbst nicht daran glaubte. Dieser Matiu war schließlich wirklich nett ... Wenigstens hatte sie seine Telefonnummer, um mit ihm einen Treffpunkt für nächste Woche zu vereinbaren.

Am nächsten Tag stieg sie in den Zug Richtung Auckland. Während er sich durch die saftigen Wiesen in Richtung

Lake Taupo schlängelte, überquerte er einen breiten Fluss. Unbemerkt von Katharina stand an seinem Ufer eine Gedenktafel, die an ein Unglück aus längst vergangenen Tagen erinnerte …

Hamburg, September 1953

7.

John fasste seinen Seesack fester. Mit zusammengekniffenen Augen musterte er die Bordwand des Frachters, der hier im Hamburger Hafen fest am Kai vertäut lag. Es roch nach Teer, salzigem Wasser, verrottenden Algen und mindestens einem Fisch, der schon zu lange in der Sonne lag. Typisch für fast alle Häfen der Welt. Er sah die dunkelrote Bordwand genauer an, auf der stand: Pacific Adventure, Christchurch. Mit einem leisen Kopfschütteln wandte er sich ab und lief den Kai weiter entlang. Nach seinen Erfahrungen auf dem langen Weg von Christchurch nach Hamburg wollte er auf keinen Fall noch einmal auf einem Frachter seines Ziehvaters anheuern. Er war froh, dass seine Rippen in den letzten Wochen wieder geheilt waren und dass auch seine Nase nicht mehr schmerzte. Sie war jetzt zwar ein bisschen schief, aber John hatte nach einer längeren Betrachtung im Spiegel beschlossen, dass ihm das nur ein männlicheres Aussehen gab. Jetzt sah er wenigstens nicht mehr wie ein kleiner Junge aus, der sich nicht wehren konnte.

Langsam ging er weiter den Kai entlang. Das nächste Schiff war etwas kleiner als die Pacific Adventure – aber es sah stabil und modern aus. Ein einziger Blick auf die Schornsteine und den Schiffsbau verriet ihm auch, dass ein Dieselmotor diesen Frachter vorwärtsbrachte. Das bedeutete, dass hier garantiert kein Dienst an den Kohleöfen drohte. Die neuseeländische Flagge flatterte fröhlich über dem Heck, darunter der Schriftzug mit dem Namen: Aotearoa, Auckland.

Das klang doch sehr viel besser als der Frondienst für seinen Ziehvater. Entschlossen lief John die Gangway nach oben. Ein stämmiger Mann versperrte ihm den Weg.

»Ich wollte nachfragen, ob ihr noch eine Stelle für einen Arbeit suchenden Matrosen habt. Ich würde gerne wieder in die Heimat …«

Der Mann ließ ihn nicht einmal ausreden. »Das trifft sich gut! Einer unserer Matrosen hat sich in eins der Hamburger Mädchen verliebt und will erst einmal an Land bleiben. Und das sagt der Bursche uns am Tag vorm Ablegen! Da könnten wir dich als Ersatz also verdammt gut brauchen!« Er winkte eilig einen höheren Offizier heran.

»Douglas, der Mann behauptet, dass er uns helfen kann. Könnte der nicht die Stelle von Wilson besetzen?« Und etwas leiser fügte er hinzu: »Bedenken Sie, wir brauchen dringend noch ein Paar Hände mehr!«

Der Offizier sah sich John genauer an. In seinem Gesicht war Misstrauen zu sehen. Aber zum Glück schien auch ihm sehr daran gelegen, den vakanten Posten zu besetzen. »Und du kennst dich wirklich mit Frachtern aus?«

John nickte. »Ich bin mit dem Gewerbe groß geworden, ich glaube, ich war öfter auf Schiffen als in irgendeiner Schule. Ich bin kein Kapitän – aber ich denke, die meisten anderen Arbeiten kann ich erledigen.«

»Dann bist du uns willkommen. Lass dich von Pearson auf die Liste nehmen. Wir stechen morgen früh in See!«

Eine knappe Stunde später stand John ohne seinen Seesack wieder auf dem Kai. Der lag sorgfältig verstaut unter einem schmalen, sauberen Bett in einer Nische der Mannschaftsunterkunft. Der Raum war nicht mit dem Dreckschloch auf der Pacific Maiden zu vergleichen. Es war zwar immer noch eng, aber trotz allem ordentlich. Und die Toiletten bestanden nicht nur aus Eimern, sondern aus richtigen sanitären Anlagen, die diesen Namen auch verdienten. John war sich sicher, eine gute Entscheidung gefällt zu haben.

Aber wo sollte er jetzt seinen letzten Abend auf deutschem Boden verbringen? Zögernd sah er sich um. In einer der Kneipen auf der Reeperbahn? Eine warnende Stimme in seinem Kopf riet ihm davon ab. Kurz entschlossen lief er schließlich in Richtung seiner ersten Unterkunft los. Frau Heidekamp würde sich sicher über ein bisschen Gesellschaft freuen. Vielleicht konnte er so ein wenig ihren Schmerz über den verlorenen Sohn lindern. Und die Frau hatte ihm in der kurzen Zeit, die er hier in Hamburg verbracht hatte, mehr mütterliche Zuwendung entgegengebracht, als es seine Mutter bei der flüchtigen Begegnung in Berlin hätte tun können.

Und tatsächlich bereitete ihm die blonde Hanseatin einen warmen Empfang. Sie kochte ihm einen echten Kaffee, holte sogar ein paar Kekse aus ihrer Vorratskammer und ließ sich dann von ihm seine Abenteuer in allen Einzelheiten beschreiben. Als John endlich endete, wiegte sie nachdenklich den Kopf.

»Ich weiß nicht, ob du da die beste Entscheidung für deine Mutter gefällt hast. Es könnte doch sein, dass sie sich über ein Wiedersehen mit dir trotzdem gefreut hätte. Vielleicht liegt sie jede Nacht wach und fragt sich, was aus dir geworden ist. Vielleicht nicht vor den Augen ihres neuen Mannes oder deiner Halbschwester – aber ich glaube durchaus, dass sie dich gerne gesehen hätte …«

Fast trotzig schüttelte John den Kopf. »Ich hätte ihr nur das Leben zerstört, das sie sich so mühsam aufgebaut hat. Nein, wenn sie ihre Vergangenheit in Neuseeland vergessen will, dann möchte ich nicht derjenige sein, der ihr unliebsame Erinnerungen mit aller Gewalt aufdrängt. Außerdem habe ich wieder auf einem Frachter angeheuert. Morgen steche ich in See, fahre endlich wieder zurück nach Neuseeland. Hier habe ich nichts mehr verloren.«

»Ob du diese Entscheidung nicht eines Tages bereust?« Frau Heidekamp zweifelte ganz offensichtlich an Johns Haltung. Aber sie spürte seinen Widerwillen, weiter über seinen Entschluss zu reden. Also bemühte sie sich um ein fröhlicheres Gesicht. »Was hast du denn vor in Neuseeland? Welche Pläne hast du?«

John schwieg. Er wollte nicht zugeben, dass er nicht einmal eine Ahnung davon hatte, was er in Neuseeland eigentlich wollte. Also zuckte er verlegen mit den Achseln. »Meinen kleinen Bruder wiedersehen, nehme ich mal an. Dann schaue ich, was für einen Job ich übernehmen kann. Möglichst weit weg von meinem Ziehvater, wenn es nach mir geht.«

Frau Heidekamp runzelte ein wenig die Stirn. »Ein bisschen mehr Vorstellung von dem, was du mit deinem Leben anstellen möchtest, solltest du schon haben! Wenn man nicht weiß, was man will, wird man auch keinen Weg finden, der dorthin führt. Das habe ich zumindest in meinem Leben erfahren müssen.«

»Und Sie?« John sah der Frau mit einem Mal gerade in die Augen. »Was haben Sie denn noch vor?«

»Ach, ich …« Sie winkte ab. »Mein Leben ist schon vorbei. Wenn die Kinder vor den Eltern sterben, dann geht auch ein Stück Leben der Eltern zu Ende, da bin ich mir ganz sicher. Das hat die Natur einfach nicht vorgesehen, dass das passiert.« Sie wirkte mit einem Schlag wie eine müde, alte Frau.

John legte seine Hand auf ihre. »Ich verspreche Ihnen, dass ich etwas Vernünftiges mit meinem Leben anstelle, wenn Sie mir versprechen, dass Sie Ihr Leben nicht einfach verloren geben. In Ordnung?«

Aber sie schüttelte nur den Kopf. »Ach lass mal, mein Junge. Du machst garantiert etwas aus deinem Leben. Mir tut nur deine Mutter leid, dass sie das nicht miterleben wird!« Sie sah auf die Uhr. »Und jetzt mach, dass du zu deinem Frachter kommst! Bis wann dürft ihr an Bord? Bis elf Uhr? Dann lauf!«

Es kam John ein bisschen wie ein Rauswurf vor – und das war es wohl auch. Augenblicke später lief er durch die Hamburger Straßen zurück zum Hafen. Und versprach sich selbst dass er Frau Heidekamp irgendwann einen Brief schreiben würde. Oder wenigstens eine Postkarte.

Als die Aotearoa am nächsten Morgen ablegte und der Bug des Frachters sich ganz langsam in Richtung Hafenausgang drehte, warf John allerdings keinen einzigen Blick zurück auf die Hansestadt. Er arbeitete Hand in Hand mit den anderen Matrosen unter Deck, verzurrte die letzten Frachtstücke und kümmerte sich darum, dass die großen Dieselmotoren ordentlich geschmiert wurden. Harte Arbeit – aber er hatte das Gefühl, in eine sehr viel bessere Welt als an Bord der Pacific Maiden geraten zu sein. Die Aotearoa fuhr bereits unter vollem Dampf weit draußen auf der Nordsee, als er das erste Mal für einen kurzen Augenblick an Deck kommen konnte. Zu seiner Überraschung sah er einige zivil gekleidete Gestalten. Er stieß seinem neuen Kollegen, der mit ihm nach oben gekommen war, in die Seite. »Was ist das denn? Haben wir auch Passagiere?«

Der nickte. »Wusstest du das nicht? Wir haben vier oder fünf Kabinen, die immer an Passagiere vermietet werden. Ist sehr viel billiger als ein Flug nach Neuseeland. Dauert aber auch ein paar Wochen länger. Aber halte dich fern von den Frauen, unser Kapitän sieht es nicht gerne, wenn seine Matrosen da auf Mädchenfang gehen ...« Er lachte, klopfte ihm noch einmal auf die Schultern und lehnte sich dann gegen die Reling, um die frische Luft zu genießen.

John beobachtete trotzdem erst einmal weiter die Passagiere. Eine kleine Familie mit zwei Kindern, zwei oder drei Männer, die sich ernst unterhielten, und etwas abseits eine einsame, weibliche Figur. Schlank, jung, mit einem Pferdeschwanz. Irgendwie hatte er das Gefühl, dass er diese Frau schon einmal gesehen hatte. Aber ihm fiel nicht ein, wo – und nach einer Weile zog er es auch vor, sich an die Reling zu stellen und der weißen Gischt zuzusehen, die an der Bordwand aufschäumte, und erfreute sich am Geschrei der Möwen. Er war auf dem Weg nach Hause. Endlich. Zumindest in dieser Sache war er sich absolut sicher.

Die nächsten Tage verliefen ohne große Aufregungen. John lernte die regelmäßigen Abläufe an Bord kennen, freundete sich mit zwei Matrosen an – und war regelrecht überrascht, dass nicht jede Überfahrt eine Quälerei sein musste. Der Frachter war schon auf der Höhe von Spanien, als er der rätselhaften Frau unter den Passagieren wieder begegnete. Diesmal fand er sie an seiner liebsten Stelle: im Bug. Von hier aus sah man nichts als das Meer und die Zukunft, der Gestank nach Öl und verbranntem Diesel lag hinter ihm. Doch an diesem Abend war der Aussichtsplatz besetzt: Die schlanke Frau hatte sich gegen den Wind in eine dicke Jacke gehüllt und sah nachdenklich in die Weite. John wollte sich schon unauffällig entfernen, als sie sich plötzlich umdrehte.

»Sie können sich ruhig neben mich stellen, das Meer wird nicht weniger, wenn zwei Menschen darauf blicken.« Ihre Stimme klang klar und ein wenig schnippisch – und mit einem Mal erinnerte sich John auch wieder, woher er sie kannte.

»Wir haben uns schon einmal getroffen«, erklärte er ohne Umschweife, als er sich neben sie lehnte – natürlich mit einem schicklichen Abstand von mehr als einer Armeslänge.

»Schwerlich. Daran würde ich mich wohl erinnern«, entgegnete sie mit einem deutlich kühleren Ton.

»Doch. In der Meldebehörde haben Sie mich in den Keller geschickt, als ich das Archiv suchte!« John versuchte ein möglichst harmloses Grinsen.

Sie biss sich auf die Unterlippe. »Meldebehörde? Das kann sein. Wenn man ein Land verlassen will, dann lernt man schließlich erst einmal alle Behörden ganz genau kennen … Aber ich kann mir nicht vorstellen, dass wir miteinander geredet haben. Daran würde ich mich doch erinnern! Ich habe ein sehr gutes Gedächtnis für Menschen!«

»Nun«, erklärte John, »in diesem Fall ist das schon möglich: Ich sah ein bisschen wie ein verprügelter Schwerverbrecher aus. Frisch gebrochene Nase, Veilchen …«

Sie sah ihn noch einmal genauer an und nickte dann langsam. Zu einem Lächeln konnte sie sich dabei allerdings immer noch nicht durchringen. »Stimmt. Da war so ein Typ mit einem Akzent wie ein Amerikaner …«

»Neuseeländer!«, fiel John ihr ins Wort. »Und wenn ich

das richtig sehe, dann ist das genau die Gegend, wohin Sie reisen.«

»Ja«, nickte sie. »Neuseeland. Wellington, um genau zu sein. Deutschland ist zu klein für mich.« Wieder biss sie sich auf die Lippen, und ihre Stimme wurde wieder kühl. »Aber das muss Sie nicht interessieren. Ich wollte ohnehin gerade in meine Kabine gehen. Lassen Sie sich bei Ihren Abendbetrachtungen nicht von mir stören.«

Damit drehte sie sich um und verschwand, so schnell es ging. John sah ihr hinterher. Der Pferdeschwanz wippte immer noch genau so, wie er ihn in Erinnerung hatte. Nur die klappernden Absätze hatte sie jetzt durch einfache, flache Segelschuhe ersetzt. Er war neugierig, was so eine Frau ausgerechnet in Neuseeland suchte.

Sie hatten den Suezkanal schon hinter sich gelassen, als er sie erneut traf. Zwischendurch hatte John sich eingebildet, dass sie ihm aus dem Weg ging – aber das war wahrscheinlich nur sein verquerer Eindruck. Warum sollte eine solche Frau sich die Mühe machen, die Begegnung mit einem einfachen Matrosen zu vermeiden? Er durfte sie ja ohnehin nicht ansprechen … Aber an diesem Morgen erlaubte sein Dienst im Maschinenraum ihm eine kleine Pause, und sein Vorgesetzter hatte ihm zugenickt. »Geh nach oben, und genieß ein bisschen den Blick auf die Wüste. Nicht mehr lange, und wir sehen nur noch das Meer!«, hatte er ihm erklärt. Das musste man John nicht zweimal anbieten. Er rannte die Stufen nach oben und setzte sich auf eine große Rolle Taue, die in einem versteckten Winkel lag. Die Dünen reichten fast bis ans Meer, es sah aus, als ob die Wasseroberfläche an einer Stelle einfach durch eine Fläche aus Sand ersetzt worden sei. John schloss die Augen. Ob er wohl irgendwann einmal in seinem Leben diese Länder bereisen – und nicht nur mit seinem Frachter daran vorbeifahren würde?

»Das sieht schön aus, nicht?«

Die Frau mit dem Pferdeschwanz. Sie stellte sich jetzt unbefangen neben die Taue und sah hinaus auf die Wüste.

»Es ist doch schwer zu glauben, dass dort drüben fast nie ein Tropfen fällt, während wir hier direkt auf dem Meer sind. Man könnte im Angesicht der vollkommenen Trockenheit ertrinken …«

»Ja, aber wem kommt denn angesichts einer so schönen Landschaft der Tod in den Sinn?«, entfuhr es John. »Ich meine, Sie sind auf dem Weg in ein wunderschönes Land, haben Ihre Zukunft vor sich – da sollte man doch nicht über das Ertrinken nachdenken!«

Sie zuckte mit den Achseln. »Ob es in Neuseeland wirklich so wunderbar wird, wie ich es mir so oft ausgemalt habe? Hin und wieder habe ich das Gefühl, dass ich eine völlig falsche Entscheidung gefällt habe!«

John war über ihre plötzliche Offenheit überrascht. »Sie wirken nicht wie eine Frau, die irgendetwas spontan entscheidet. Sie haben sich eine so weite Reise doch sicher lange überlegt!«

Sie zuckte mit den Achseln. »Ja. Und nein. Ich habe in einem Schaufenster ein paar Bilder gesehen. Eine traumhafte Landschaft, merkwürdige Farnbäume, Vulkane, Wiesen, seltsames Vogelgetier und viele Schafe. Das war so viel schöner als Hamburg. Der Agent hat mir dann erklärt, dass Neuseeland eines der reichsten Länder der Erde sei. Keine Arbeitslosigkeit, viel Land, Wohlstand für alle … Ich habe nicht lange nachgedacht, sondern schon am nächsten Tag unterschrieben. Eine Stelle als Schneiderin in Wellington. Mein neuer Arbeitgeber zahlt sogar diese Schiffspassage, ich musste mich dafür allerdings für drei Jahre verpflichten. Als ich die Entscheidung getroffen habe, erschien mir alles richtig. Jetzt fürchte ich manchmal, mich selbst in eine Sträflingskolonie verbannt zu haben …«

»Halt!«, wandte John ein. »Da verwechseln Sie Neuseeland mit Australien! Wir sind stolz darauf, dass wir nie nur ein großes Freilandgefängnis waren, wie es Australien einmal war.«

»Ich weiß.« Ein kleines Lächeln umspielte ihre Lippen. »Ich habe meine Geschichtsbücher über die Kolonien gelesen. Aber trotzdem: Was, wenn meine Entscheidung eine völlig falsche war? Wenn ich aus einer Laune heraus meine Zukunft zerstört habe?«

»Ich weiß nicht, wie Sie sich Ihre Zukunft vorstellen«, fing John vorsichtig an. »Aber Neuseeland ist normalerweise kein Land, in dem man alle Hoffnung begraben muss. Im Gegenteil: Mit der richtigen Idee können Sie bei uns einfach alles machen. Es gibt keine Regeln – außer der einen: Tu es einfach!«

»Das ist nett, dass Sie das sagen.« Die Frau ging die wenigen Schritte zur Reling und sah nach unten auf die Bugwelle. »Ich wollte Sie auch nicht mit meinen langweiligen Sorgen behelligen. Aber hin und wieder werden die Gedanken einfach übermächtig, dann reicht mir mein Tagebuch nicht mehr als Gesprächspartner.«

»Wen haben Sie denn in Hamburg zurückgelassen?« John merkte, dass er mit dieser Frage zu weit gegangen war. Sie stand plötzlich eine Spur steifer da, der Klang ihrer Stimme war ein wenig kühler. »Das muss Sie nicht interessieren.«

John nickte und erhob sich von seinem Platz. »Ich muss jetzt ohnehin wieder in den Maschinenraum. Ich hoffe, wir treffen uns wieder …«

Sie nickte. »Bestimmt. Wir sind ja noch einige Zeit zusammen auf diesem Schiff.«

Er winkte ihr verhalten zu und verschwand durch eine Tür zu den steilen Treppen, die in den Bauch des großen Frachters führten. Sicherlich musste er sich längst wieder um die Schmierung der Maschinen kümmern. Während der harten Arbeit ging ihm die Frau mit dem Pferdeschwanz trotzdem nicht aus dem Kopf. Was hatte sie so kühl und unnahbar gemacht?

Es vergingen noch einmal einige Tage, bevor der Frachter in Salala anlegte, um neuen Treibstoff, Wasser, Verpflegung und natürlich auch Fracht aufzunehmen. Dafür waren zwei Tage Aufenthalt vorgesehen. Der Maat nahm John beiseite. »Du wirst als Schmierer nicht gebraucht, während wir hier vor Anker liegen. Wenn du willst, kannst du dir Salala ansehen – aber pass auf: Für die Einheimischen bist du ein willkommenes Opfer, die freuen sich, wenn sie jemanden wie dich ausnehmen können. Oder ihm ein echtes Schnäppchen verkaufen …«

»Danke für die Warnung!«, lachte John. »Ich werde mich wohl zu wehren wissen …«

Am frühen Nachmittag machte er sich auf den Weg. Doch gerade als er einen Fuß auf die Gangway setzen wollte, tauchte die geheimnisvolle junge Frau auf.

»Nehmen Sie mich mit?«, fragte sie ohne Umschweife.

Er sah sie überrascht an. »Was ist los? Plötzlich ganz wild auf meine Unterhaltung?« Er lachte – schließlich hatte er nichts gegen die Begleitung.

»Nein«, gab sie zu. »Aber ohne männliche Begleitung soll eine Frau nicht in die Altstadt oder auf den Al-Husn-Basar gehen. Eigentlich sollte eine Frau nirgendwo hingehen. Ich möchte aber nicht zwei Tage lang in Salala sein und von der Stadt nichts anderes sehen als nur die Hafenmauer.«

»Und ich bin das kleinste Übel, das Sie finden konnten?« Jetzt musste John wirklich lachen.

»Ja. Haben Sie die anderen Passagiere gesehen? Die erzählen sich gegenseitig nur, wie großartig sie in der neuen Welt zurechtkommen werden. In ihrer Phantasie sind sie schon Millionäre. Mindestens.« Sie seufzte. »Und immer wieder probieren die drei ihren umwerfenden Charme an mir aus. Kein Wunder, es gibt ja kein anderes Opfer außer mir! Sie haben wenigstens bisher nicht versucht, mich um den Finger zu wickeln.«

»Sie wirken auf mich auch nicht wie eine Frau, bei der das klappen könnte«, erwiderte John trocken. »Oder bei der das eine gute Idee wäre. Außerdem kann ich Ihnen versichern, dass der Kapitän höchstpersönlich darauf achtet, dass seine Matrosen die Finger von den weiblichen Passagieren lassen.«

»Das erklärt immerhin, warum die meisten mich nur anstarren, aber keinen Ton über die Lippen bringen«, meinte sie nüchtern. »Also, was ist: Nehmen Sie mich mit?«

»Nur, wenn Sie mir auch Ihren Namen sagen.« John streckte ihr seine Hand entgegen. »Ich heiße John.«

»Freut mich, John«, erklärte sie, während sie seine Hand schüttelte und ganz selbstverständlich auf das distanzierte Siezen verzichtete. »Inge.«

»Inge?« Das Wort kam ihm etwas holprig über die Lippen.

»Ja. Ein typisch germanischer Name, so etwas war sehr beliebt in den Dreißigerjahren – besonders für blonde, blauäugige Mädchen.« Sie zog eine halbe Grimasse. »Das hat allerdings weniger geklappt.«

»Ich mag diese Variante«, meinte John leichthin. Sie hatte bernsteinfarbene Augen, dazu diese kastanienbraunen Haare – das war vielleicht nicht das Schönheitsideal von Nazideutschland, aber er fand es wirklich wunderschön.

Sie zog auf seine Bemerkung hin nur eine Augenbraue nach oben. »Na, dann los.«

Als sie die Gangway verließen, tauchten sie in eine fremde Welt ein. Männer mit langen, weißen Gewändern eilten an ihnen vorüber, Händler priesen mit kehligen Stimmen ihre Ware an – und nur wenige hundert Meter vom Hafen entfernt bog sogar ein leibhaftiges Kamel um die Ecke. In den Cafés saßen alte Männer, die die Fremdlinge über den Rand ihrer winzigen Kaffeetassen hinweg misstrauisch beobachteten.

»Man sollte meinen, dass in einer Hafenstadt wie dieser die Fremden zum Alltag gehörten«, meinte Inge fast zu sich selbst. »Aber es sieht so aus, als ob wir hier eine Sensation wären!«

»Ja«, nickte John. Er sah einen schmalen Durchgang zu noch engeren und dunkleren Gassen und deutete darauf. »Sollen wir uns auch einmal dort umsehen? Ich denke, da geht es wirklich in die Altstadt!«

Inge nickte voller Abenteuerlust. Schon nach wenigen Schritten öffnete sich der schmale Gang wieder zu einer breiteren Gasse. An kleinen Ständen wurde Essbares angeboten – kleine Bällchen, die in heißem Fett schwammen und mit einem Stück Brot und einer roten Paste den Hungrigen gereicht wurden. John angelte ein Geldstück der hiesigen Währung aus der Tasche. Der Maat hatte ihm das zugesteckt und dabei erklärt: »Mach dir einen schönen Tag, und genieß das Leben! Ich komme dieses Mal sowieso nicht vom Schiff – und keiner weiß, ob die Währung nächstes Jahr noch existiert.« Er gab das Geld dem Verkäufer mit den Bällchen, nahm sein Essen in Empfang und hoffte einfach, dass er jetzt nicht zu sehr übers Ohr gehauen worden war. Angesichts des zahnlückigen Lächelns, das der Händler ihm schenkte, war er sich allerdings alles andere als sicher.

Hungrig biss Inge in das erste Bällchen – und hielt überrascht inne. »Das ist ja köstlich – und es ist gar kein Fleisch!«

Geschwisterlich teilten sie sich dann die knusprigen Teilchen, die offensichtlich aus einer Art Getreide geformt waren. Die rote Paste erwies sich allerdings als extrem scharf und für ihren europäischen Geschmack ziemlich ungenießbar.

Danach erkundeten sie weiter die Hafenstadt. In einem Viertel wurden Gewürze verkauft, die Händler hockten in ihren nachthemdartigen Gewändern hinter Kegeln aus leuchtend rotem, grünem oder gelbem Pulver. Inge beugte sich tief darüber und roch daran. »Curry. Koriander. Kardamom. Kurkuma«, murmelte sie fast so andächtig, als würde sie einen Rosenkranz beten. Dann schien sie sich ein Herz zu fassen und drehte sich entschlossen zu John um. »Kannst du mir ein bisschen Geld leihen? Ich würde einfach zu gerne etwas davon kaufen. Schließlich habe ich keine Ahnung, mit welchen Gewürzen man in Neuseeland kocht – oder was da wächst.«

John reichte ihr den Rest seiner Barschaft. »Das leihe ich dir gerne – ich kann dich auch nicht sonderlich in Sachen neuseeländischer Küche beruhigen. Die meisten Neuseeländer halten Salz und Pfeffer für alles, was eine Hausfrau benötigen sollte, um ihren Mann satt zu kriegen!«

»Das habe ich befürchtet!«, nickte Inge und fing an, dem Händler mit viel Gefuchtel und Augenrollen zu verdeutlichen, was sie von ihm haben wollte. Mit Erfolg. Er füllte die gewünschten Gewürze in kleine Papiersäckchen, zählte ihr Geld ab, gab ihr sogar etwas heraus und legte schließlich alle Säckchen in einen kleinen, geflochtenen Korb – den wollte er ihr offenbar zum Einkauf dazuschenken. Längst war John zu der Erkenntnis gekommen, dass der Händler, bei dem sie die Bällchen erstanden hatten, wahrscheinlich das Geschäft seines Lebens gemacht hatte.

Ehe sie es sich versahen, brach mit einem Mal eine Dämmerung über die Stadt herein, die schon nach wenigen Minuten der Nacht wich. Inge sah sich suchend um. »Ich habe nicht viel Angst im Dunkeln, aber jetzt denke ich, dass wir zum Schiff zurückgehen sollten. Eine Hafenstadt bei Nacht ist womöglich doch etwas zu viel der Abenteuer für uns …«

Sie waren sich einig, in welche Gasse sie abbiegen mussten, um möglichst schnell zum Hafen zu kommen. Trotzdem: Es dauerte nur wenige Minuten, bis ihnen klar wurde, dass sie sich in der fremden Stadt heillos verlaufen hatten. Inge seufzte. »Zu Hause würde ich jetzt einfach nach dem richtigen Weg fragen. Aber ich habe meine Zweifel, dass hier irgendjemand deine oder meine Sprache spricht.«

Hinter einer Ecke roch es erbärmlich, ein merkwürdiges Jammern war zu vernehmen. Unwillkürlich schloss John seine Finger um Inges Hand. Sie wehrte sich nicht – eher im Gegenteil. »Was ist das?«, flüsterte sie beunruhigt.

»Weiß ich nicht«, war die Antwort. »Dem Geruch nach müssen wir im Viertel der Gerber und Färber sein – aber woher das Geräusch kommt …? Keine Ahnung!«

So schnell es ging, bewegten sie sich weiter durch die Dunkelheit, wollten Gestank und Jammern hinter sich lassen. Gerade, als John schon aufgeben wollte, bogen sie um eine Ecke und fanden sich nur wenige Meter vom Hafen entfernt wieder. Inge stieß erleichtert die Luft aus. »Puh, ich habe schon befürchtet, dass wir überhaupt nicht mehr aus diesem Gassengewirr herausfinden!« Sie drückte ein letztes Mal seine Hand, bevor sie sie losließ.

Nebeneinander liefen sie über den Kai, die Gangway nach oben und betraten den Frachter. John spürte, wie der Maat ihn beobachtete, und war insgeheim dankbar dafür, dass Inge seine Hand rechtzeitig losgelassen hatte. Sie winkte ihm zu und rief – für alle hörbar: »Danke für die Begleitung! Ohne Ihre Hilfe hätte ich nichts von der Stadt gesehen – und das wäre ewig schade gewesen!«

»Gerne geschehen. Wenn wir wieder anlegen, stehe ich zur Verfügung!«, entgegnete John. Dann wandte er sich ab und verschwand in Richtung Mannschaftskabine. Das Gefühl ihrer Hand in seiner blieb allerdings noch haften, bis er Stunden später einschlief. Er merkte, wie er sich um Inge mehr Gedanken machte, als er es eigentlich vorhatte. Warum nur wollte sie unbedingt nach Neuseeland? Was hatte sie veranlasst, sich für drei Jahre als Schneiderin zu verpflichten? Er nahm sich vor, dies eines Tages herauszufinden.

Während des Ablegemanövers am nächsten Tag und der letzten Meilen mit dem Land in Sichtweite bekam er sie allerdings nicht mehr zu Gesicht. In den Maschinenräumen wurde es allmählich wieder heißer, während die Aotearoa sich langsam dem Äquator näherte. Längst wusste John, dass sie noch einmal in Singapur anlegen wollten. Der Frachter nahm nun nicht den schnellsten Weg nach Neuseeland, sondern folgte den Aufträgen und der Fracht, die er unterwegs aufnehmen konnte. Inge sah er in den Tagen vor diesem Landgang nur von ferne. Sie nickten sich zu, grüßten einander – ließen aber ansonsten nicht erkennen, dass sie jemals ein persönliches Wort miteinander gewechselt hatten.

Langsam umschiffte der Frachter den riesigen Subkontinent Indien. Im Wasser tummelten sich Delfine, Fliegende Fische begleiteten das Schiff, und irgendwann konnten sie sogar von ferne einen Wal sehen. John war überrascht, für welchen Aufruhr dieser Anblick an Bord sorgte – selbst ältere Matrosen reckten den Hals, um wenigstens einen kurzen Blick auf diesen Meeresriesen zu erhaschen. In Neuseeland galten Wale schlicht als Tiere, die es zu jagen galt: ein harter Job, bei dem seit Jahrhunderten die Männer ihr Leben aufs Spiel setzten und dabei entweder zu Reichtum kamen oder ihr Leben verloren. Kein Grund, einen großen Wirbel zu veranstalten.

Als sie in Singapur anlegten, verhieß der tief hängende Himmel eine Abkühlung, die nicht kommen wollte. Es war unerträglich schwül und heiß, die Kleidung klebte bei der geringsten Bewegung feucht und unangenehm auf der Haut. Trotzdem war John wild entschlossen, sich auch diese Stadt ein wenig genauer anzusehen – und wieder schloss Inge sich ihm an, kaum dass er seinen Fuß auf feste Erde gesetzt hatte. Sie klopfte auf die Tasche ihrer dünnen Jacke. »Diesmal habe ich ein paar Singapur-Dollars dabei – ich lade dich also ein. Der Kapitän konnte mir ein paar davon für meine Deutschen Mark geben. Und hat mit Tipps nicht gespart.« Sie deutete in eine Richtung. »Hier müssen irgendwo die alte Chinatown und Little India liegen. Er meinte, dort fänden sich auch die Stände mit den kleinen Garküchen mitten auf der Straße, und hat mir erzählt, dass er selten besser gegessen habe als bei diesen Straßenköchen.«

John spürte zu seiner Überraschung einen winzigen Anflug von Eifersucht auf seinen Kapitän. Wie konnte er nur all seinen Matrosen den Kontakt mit den weiblichen Passagieren verbieten und gleichzeitig selbst mit dem einzigen

Exemplar an Bord über die Schönheiten von Singapur sprechen? Andererseits war er es, John, der mit Inge in Richtung Chinatown lief – und nicht der alte Kapitän mit seinen langweiligen Ratschlägen …

Tatsächlich tauchten die beiden wenig später in ein Stadtviertel mit engen, verwinkelten Gassen ein. Dunkelhäutige Frauen mit leuchtend bunten Saris sahen sie aus finsteren Türeingängen an und huschten vorbei, ein Geruch nach Curry und gebratenem Fleisch hing in der Luft. Ein Teil der Männer trug große Turbane, an einer Ecke stand ein Tempel, auf dem sich unzählige bunte Figuren drängten.

»Das ist wohl ein hinduistischer Tempel«, erklärte Inge. »Der Kapitän hat mir erzählt, dass ich hier in Little India sicher ein paar sehen würde. In Chinatown sind es dann eher buddhistische Tempel …« Sie sah sich die Front des hinduistischen Tempels genau an. Als eine Frau am Tor einladend winkte, ließen sich weder Inge noch John lange bitten. Wann würden sie in ihrem Leben schon noch einmal die Chance haben, einen solchen Tempel zu besichtigen? Das Innere war dann allerdings eher enttäuschend. Ein paar Statuen – und ansonsten nur ein gekachelter Boden und Wände in zartem Pastellgrün.

John neigte sich zu Inges Ohr und flüsterte ihr zu: »Hat ein bisschen den Charme eines Wartezimmers beim Arzt.«

Inge knuffte ihm in die Seite. »Ein bisschen mehr Respekt vor fremden Religionen, wenn ich bitten darf!«

Bei dieser Art von Vertraulichkeit sahen sie sofort zwei oder drei Männer strafend an. Inge und John nickten noch einmal freundlich in alle Richtungen, legten die Hände zum Abschied aneinander, wie sie es bei den anderen gesehen hatten, und verließen den Tempel wieder. Mit großen Augen gingen sie an den Kesselflickern, den Färbern und den Gewürzhändlern vorbei. Inge seufzte. »Ich würde einfach zu gerne noch mehr einkaufen … aber ich habe das Gefühl, mein Koffer ist jetzt schon voll von meinen Einkäufen aus Salala.«

»So viel war es doch gar nicht. Die paar Tütchen voller Gewürze können doch nicht so viel Platz beanspruchen«, beruhigte John sie. »Es sei denn, Du hast wirklich einen besonders winzigen Koffer.« John deutete auf einen kleinen Platz, auf dem sich eine Garküche an die andere drängte. Über den einfachen Bänken waren Segeltücher gespannt. »Dort drüben können wir versuchen, wie das Essen mit diesen Gewürzen schmeckt! Komm, wir schauen uns das mal an!«

In kleinen Töpfen schwammen Gemüse und Hühnchen oder anderes Fleisch in gelben, roten oder grünlichen Soßen. Die Köche priesen mit vielen Gesten ihre Schätze an – wenn es stimmte, was Inge und John an einem Stand verstanden, dann war es wohl tatsächlich Schlangenfleisch, was da auf einen mutigen Esser wartete. Dazu weißer, duftender Reis oder gebratene Nudeln, Chilis und haufenweise frische, grüne, wohlriechende Kräuter. Endlich sahen die beiden einen Stand, bei dem Streifen von Hähnchenfleisch auf einem Spieß über Holzkohle gegrillt wurden. Dazu gab es eine bräunliche Soße, Chilis und etwas Reis.

Kurz entschlossen deutete Inge auf die Spieße, zeigte mit den Fingern, dass sie gerne zehn Stück davon haben wollte – und fand sich einen Augenblick später mit einem großen grünen Palmenblatt, auf dem die Spieße lagen, wieder. Dazu zwei kleine Schüsselchen, in denen die Soßen und der Reis waren. Ein kleiner Tisch mit einer schmalen Holzbank war wohl der Ort, an dem sich die Einheimischen zu ihrem schnellen Essen niederließen. Inge machte eine einladende

Bewegung: »Komm, wir probieren das jetzt einfach! An Hähnchen kann ja so viel nicht verkehrt sein.«

Einen Augenblick später waren beide begeistert. Das Hühnchen war saftig und gegrillt, und die braune Soße erwies sich als scharf und schmeckte überraschenderweise kräftig nach Erdnuss. Inge strahlte nach dem zweiten Bissen über das ganze Gesicht. »Ich kann nicht glauben, wie lecker das ist … man sollte sofort ein Restaurant aufmachen – und würde wahrscheinlich ein Vermögen verdienen!«

»Vor allem mit dem Curry aus Schlangenfleisch«, entgegnete John trocken. »Unglücklicherweise hat Neuseeland keine Schlangen …«

»Nicht?« Inge sah überrascht hoch. »Wie kommt das? Habt ihr schon alle getötet?«

John lachte. »Nein. In Neuseeland gibt es nur Vögel, die nicht fliegen können, und Insekten. Säugetiere gab es nicht – bis die Europäer kamen und auf ihren Schiffen Katzen, Hunde und Ratten ins Land brachten. Seitdem geht es den Vögeln zunehmend an den Kragen, und die Ratten gedeihen. Bedauerlich ist das.« Er sah sie nachdenklich an. »Aber wie kommt es, dass du von einem Land, in das du auswandern willst, so wenig weißt? Hast du dir die Sache mit Neuseeland nicht lange überlegt?«

Nachdenklich biss Inge von ihrem Spieß ab. »Wie ich schon sagte: Eigentlich nicht. Ich habe nicht einmal ein einziges Buch über Neuseeland gelesen. Es gab das Angebot, ich habe keine ordentliche Zukunft für mich in Deutschland gesehen – und ich wollte einfach mehr Freiheit. Außerdem wollte ich endlich weg von zu Hause. Mein Vater schimpft immer nur, dass ich zu wenig Geld nach Hause bringe, meine Schwestern wollen von mir bloß noch mehr Kleider genäht bekommen – und die netten Männer sind wahrscheinlich alle im Krieg gefallen oder schon verheiratet. Ich fand die Idee eines Neustarts bestechend großartig. Aber hätte auf dem Plakat Australien oder Argentinien gestanden, hätte ich mich wahrscheinlich dort beworben.« Sie zuckte etwas verlegen mit den Achseln. »Ich wollte weg, da war das Ziel erst einmal zweitrangig. Tut mir leid für dich und deine Heimat – aber es war eher eine Entscheidung gegen Deutschland als für Neuseeland. Aber die Sache mit den fehlenden Schlangen klingt schon einmal so, als ob ich mich wohlfühlen könnte. Schlangen kann ich nämlich überhaupt nicht leiden.« Sie sah grinsend zu den dampfenden Töpfen hinüber. »Weder in einem Curry noch in meinem Garten …«

»Du hättest es wirklich schlechter treffen können, das kannst du mir glauben«, erklärte John ernsthaft. »Neuseeland ist voller Pioniere, alle glauben daran, dass sie mit einer Idee den ganz großen Reichtum erringen können. Also: Wer weiß … vielleicht funktionieren deine Erdnuss-Spießchen auch in Auckland oder Christchurch. Womöglich ist das die nächste große Idee, auf die alle gewartet haben?«

Inge ging auf seine letzte Bemerkung nicht weiter ein. Stattdessen sah sie ihm offen in die Augen. »Aber wenn wir schon bei den großen Wahrheiten sind: Was genau hat dich denn nach Deutschland verschlagen? Und was hast du in diesem Archiv gesucht?«

John zögerte. Er hatte mit seiner Vergangenheit abgeschlossen und entschieden, dass er seine Mutter endgültig vergessen wollte – warum sollte er jetzt also eine fremde Frau in sein Geheimnis einweihen? Er zuckte beiläufig mit den Achseln. »Ich wollte einfach einmal sehen, woher meine Familie eigentlich stammt. Und neben schottischen Wurzeln habe ich angeblich eben auch deutsche – Hamburger Wurzeln, um genau zu sein. Da wollte ich in dem Archiv einmal nachforschen, ob wohl noch jemand lebt, den ich besuchen könnte.«

»Und – hast du jemanden gefunden?« Sie sah ihn mit ehrlich empfundener Neugier an. Einen Moment lang bereute John es, dass er Inge nicht die Wahrheit über seine Hamburgreise erzählt hatte. Aber dann schüttelte er dieses Gefühl ab.

»Nein«, antwortete er. »Da war nichts und niemand, was den Krieg überdauert hätte. Es sieht so aus, als ob meine komplette Familie in Neuseeland zu Hause wäre. Ich habe wohl keine andere Heimat mehr.«

»Und – was macht deine Familie? Wo lebt sie?«

Jetzt zögerte er noch länger – dann nahm er einen weiteren Hühnerspieß und murmelte möglichst beiläufig: »Mit meiner Familie ist das eine lange Geschichte. Die erzähle ich dir ein anderes Mal. Ist ein bisschen kompliziert …«

Sie musterte ihn mit einem merkwürdig intensiven Blick, bevor sie sich wieder dem Treiben auf dem Markt zuwandte. »Ja, natürlich, irgendwann mal«, wiederholte sie dabei. John war sich nicht sicher, aber er glaubte, ein wenig Enttäuschung aus ihrer Stimme herauszuhören. Wahrscheinlich hatte sie eine größere Enthüllung von ihm erwartet – vor allem, nachdem sie so offen zu ihm gewesen war. Schweigend beendeten sie ihr Mahl und machten sich wieder auf den Weg, um sich Singapur anzusehen. Aber für den Rest des Tages drehten sich ihre Gespräche nur noch um Tempel, fremd gewandete Menschen mit exotischem Aussehen oder die verschiedenen Currys, die sie im Laufe des Tages probierten. Noch vor Einbruch der Dämmerung kehrten sie zur Aotearoa zurück. Inge verabschiedete sich mit einem fröhlichen Winken.

»Unser nächster Landgang ist wahrscheinlich Neuseeland. Versprich mir, dass du mir auch Auckland einen Tag lang zeigst – ich habe mich jetzt an dich als Fremdenführer gewöhnt!«

John lachte und nickte. »Und das ist dann das erste Mal, dass ich die Stadt wirklich besser kenne als du …«

Damit fand er sich allein auf dem Deck wieder. Mit einem Mal tat es ihm leid, dass er diese eigenwillige Frau nach der Besichtigung von Auckland wahrscheinlich nie mehr wiedersehen sollte. Er mochte ihre abweisende, schnippische Art inzwischen richtig gerne. Es war mehr als nur eine Ahnung, dass sie sich damit nur vor zu viel Nähe schützen wollte. Wer weiß, welche Geschichten noch hinter ihrer Flucht aus Deutschland steckten – was sie von ihrer Familie erzählt hatte, klang alles andere als glücklich.

Auf jeden Fall wollte John ihr am Ende dieser Reise ein ordentliches Abschiedsgeschenk machen. Am nächsten Morgen, wenige Stunden bevor die Aotearoa aus dem Hafen von Singapur auslief, ging er noch einmal in die Stadt zu den Gewürzhändlern. Mit viel Gestikulieren schaffte er es, dass sie begriffen, was er wollte: Die Zutaten zu der scharfen Erdnuss-Soße für die Fleischspieße, die die Straßenköche offensichtlich Satay nannten. Ein Gewürzhändler packte ihm Ingwer, Chili, geröstete Erdnüsse und ein paar getrocknete Kräuter in einem kleinen Sack zusammen. Er reichte ihm diese Mischung und nickte dabei heftig, immer wieder in Richtung der Straßenköche deutend. John blieb nichts anderes übrig, als zu nicken und zu zahlen. Hoffentlich hatte er jetzt nicht einen völlig wahllosen Haufen irgendwelcher Kräuter erstanden … Aber mit ein bisschen Glück machte Inge tatsächlich etwas aus ihrer Idee mit dem asiatischen Restaurant in Neuseeland.

Er versteckte den kleinen Beutel voller Gewürze zwischen seinen Siebensachen unter der kleinen Koje, als der Frachter aus Singapur auslief und seine Nase endgültig gen Süden drehte. Jetzt sollte es auf nahezu direktem Weg nach Neuseeland gehen – vorbei an den Inseln Indonesiens, Australiens Goldküste, Sydney und schließlich Tasmanien. Als dann wieder Land vor ihnen auftauchte, war allen an Bord klar: Das hier war Auckland, nach langen Wochen an Bord war jetzt das Ziel ihrer Reise endlich greifbar nah. John half beim Anlegemanöver mit und sorgte dafür, dass die Aotearoa schließlich fest vertäut am Kai in Auckland lag.

Als er sich endlich aufrichtete und ihm klar vor Augen stand, dass er gerade seine letzten Handgriffe als Matrose dieses Frachters getan hatte, tauchte mit einem Mal Inge vor ihm auf. Auch sie reiste jetzt nicht mehr mit leichtem Gepäck: Neben ihr standen ein großer Koffer, ein Rucksack und eine geräumige Tasche auf dem Kai. Sie sah ihn mit einem schrägen Lächeln an. »Ich muss zugeben, dass ich jetzt ausnahmsweise einmal einen starken Mann brauchen könnte … Und ich schwöre, dass es nicht nur Gewürze sind, die ich da in meinem Koffer habe!«

John stemmte die Hände in die Hüften. »Dann bin ich wohl der beste Mann für diesen Job! Ich muss nur noch meinen Sold abholen, meinen Seesack holen und abmustern – dann stehe ich dir voll und ganz zur Verfügung!«

Inge lehnte sich genüsslich an eine kleine Hafenmauer. »Ich warte auf dich!« Kein Wunder: Nach der drückenden Hitze am Äquator und den Stürmen in der Tasmansee erschienen jetzt die kristallklare Luft und der nur leicht bewölkte Himmel wie das Paradies. Nur noch zwei Tage bis Weihnachten, Hochsommer an diesem Ende der Welt.

Eine knappe Stunde später schleppte John das Gepäck seiner Reisebekanntschaft vom Hafen in die Stadt. Inge suchte nach einer einfachen, günstigen Pension – und das klang genau wie das, was John sich für seine erste Nacht auf festem Boden vorgestellt hatte. Merkwürdigerweise flatterte vor vielen Häusern die neuseeländische Flagge mit dem Kreuz des Südens oder des Union Jack, und zwischen den Häusern waren sogar ein paar Girlanden gespannt – ein Schmuck, auf den sich John und Inge keinen rechten Reim machen konnten. Sie entdeckten schließlich fast zeitgleich ein kleines, sauberes Häuschen, in dem ein paar Zimmer für wenige Pfund vermietet wurden.

Inge deutete auf das Schild »Rooms to let«: »Bedeutet das nicht, dass wir hier eine Chance auf ein Dach über dem Kopf haben?«

»Ja«, nickte John und betätigte auch schon den schweren Türklopfer. Eine energisch aussehende Frau Mitte vierzig öffnete, hörte sich ihr Anliegen an und nickte. »Ihr habt Glück, mir sind soeben zwei Mieter abgesprungen.« Sie sah das Pärchen misstrauisch an. »Ihr wollt doch nicht etwa nur ein Zimmer? Dann muss ich aber die Ehepapiere sehen! Unzucht hat in meinem Haus keinen Platz!«

»Nein, nein«, winkte John ab. »Wir sind nur Bekannte, die heute Nachmittag vom gleichen Schiff gestiegen sind. Wir wollen ganz bestimmt zwei Zimmer.«

»Dann ist das in Ordnung. Ihr müsst verstehen: Die Sitten verfallen seit dem Krieg immer schneller. Bald herrscht in Neuseeland nur noch die Sünde, und keinen kümmert es!« Zu diesen Worten nickte sie so ernsthaft, als ob sie ganz allein den Kampf gegen das Übel antreten wollte.

John und Inge warfen sich einen Blick zu. Beide mussten sich beherrschen, um nicht loszulachen. Aber sie unterschrieben brav den Anmeldezettel für die nächsten Nächte, die ihnen die Sittenwächterin hinschob. John wuchtete Inges schweren Koffer in ihr Zimmer und verstaute seinen Seesack in einem Schrank.

Noch bevor die Abenddämmerung einsetzen konnte, zogen die beiden wieder los – nicht ohne die Ermahnung ihrer Vermieterin, dass sie vor zehn Uhr wieder zu Hause sein sollten. »Später will ich schlafen, da dulde ich keine Heimkehrer mehr. Betrunkene möchte ich übrigens auch nicht in meinem Haus sehen!«, erklärte sie noch, bevor sie die Tür hinter ihnen schloss.

»Leider gibt es hier keine Tempel – und auch sonst recht wenig, was sich für eine Besichtigung lohnen würde«, meinte John, als sie die verlassenen Straßen in Richtung Innenstadt entlangliefen. »Außerdem ist mein Volk sehr bedacht auf die Einhaltung von kurzen Öffnungszeiten. Du wirst also am Wochenende oder nach achtzehn Uhr kein offenes Geschäft mehr finden.«

»Wie in Deutschland«, stellte Inge fest. »Bei uns ist allerdings auch noch mittwochnachmittags alles geschlossen …«

Sie liefen die prachtvoll ausgebaute Queen Street, die ebenfalls mit bunten Fähnchen und Flaggen festlich geschmückt war, entlang und entdeckten irgendwann wenigstens eine geöffnete Milkbar, in der man sich mit einem Sodawasser oder einem Bier an eine kleine Theke setzen konnte. Inge schlürfte durch ihren Strohhalm hingebungsvoll einen Milkshake. Über den Rand des Glases sah sie John neugierig an.

»Okay, was ich morgen vorhabe, ist klar: Ich nehme den Zug und reise nach Wellington. Aber ich habe immer noch keine Ahnung, was du eigentlich planst. Gehst du zu deiner Familie, von der du mir nichts erzählen willst? Oder bleibst du hier in der Stadt?« Ihre Stimme klang irgendwie energisch, so als ob sie sich diesmal nicht mit einer Ausrede zufriedengeben würde.

John räusperte sich verlegen, als er plötzlich eine Idee hatte. »Meine Familie ist auf der Südinsel zu Hause. Wenn du also nichts dagegen hast, würde ich dich gerne begleiten. Von Wellington kann ich dann die Fähre nach Picton nehmen, und dann bin ich so gut wie zu Hause. Ist das in Ordnung?«

Er bemühte sich, es nicht nach einer Idee klingen zu lassen, die ihm gerade eben erst gekommen war. So musste er sich nicht sofort von Inge verabschieden, wo sie ihm im Moment doch die engste Vertraute war, die er auf dieser Welt hatte.

Er war sich nicht sicher, was sie wirklich dachte – aber sie nickte und meinte leichthin: »Keine Ahnung, warum ich damit irgendwie gerechnet habe. Aber ich freue mich, wenn du mitkommst. Und bestehe dann auch auf die Stadtführung in Wellington!«

»Mache ich gerne!«, nickte John. »Aber ich fürchte, Wellington ist noch langweiliger als Auckland. Neuseeland ist voller toller Menschen mit großen Träumen – aber ich fürchte, es ist nicht das Land der großartigen Kirchen und beeindruckenden Bauten. Bei uns kann man die Städte vergessen – dafür ist die Natur umso großartiger. Das wirst du morgen sehen: Wir kommen in der Nähe des Ruapehu vorbei, das ist ein wunderschöner Vulkan. Dazu der Dschungel, die Farnbäume, die Berge und die Fjorde … irgendwann wirst du mein Land lieben.«

»Das hoffe ich«, erklärte Inge mit feierlichem Gesicht. Es schien ihr wirklich ernst zu sein. »Und morgen geht es also Richtung Süden … Weihnachten in Wellington!«

Gemeinsam kehrten sie in ihre Pension zurück. Noch während sie die Eingangstür hinter sich schlossen, tauchte die Vermieterin mit aufgeregter Miene auf. »Habt ihr überhaupt den Schmuck in der Stadt gesehen? Der wurde für die Queen aufgehängt, könnt ihr euch das vorstellen – es könnte ja sein, dass ihr auf eurem Schiff gar keine Nachrichten gehört habt. Und neue Zeitungen werden ja auch nicht in jedem Hafen verteilt, oder? Morgen Vormittag soll die SS Gothic einlaufen, dann beginnen für Auckland die prachtvollsten Wochen seit der Gründung der Stadt. Queen Elizabeth hier bei uns zu Besuch … ich kann gar nicht sagen, wie aufgeregt ich deshalb bin!«

John war wirklich überrascht. »Das haben wir an Bord der Aotearoa tatsächlich nicht mitbekommen! Wir haben uns nur den ganzen Abend gefragt, warum die Stadt so festlich geschmückt ist. Aber das ist jetzt ja klar …« Er wandte sich an Inge. »Wie sieht es aus: Sollen wir morgen erst einmal ein bisschen der Königin zujubeln? Unser Zug fährt schließlich erst am frühen Nachmittag!«

»Abgemacht!«, erklärte Inge. Und damit verschwanden beide in ihrem Zimmer. John war über sich selbst überrascht, dass er jetzt spontan Inge begleiten wollte – und er hatte das Gefühl, dass er eine der besten Entscheidungen seines Lebens gefällt hatte.

Inge konnte lange kein Auge zumachen. War es Zufall, dass sie ausgerechnet diesen blonden Matrosen schon in Hamburg kennengelernt hatte – oder war das womöglich doch Schicksal? Sie wurde das Gefühl nicht los, dass sich morgen ihr Leben entscheiden würde – und dass es viel mit diesem John zu tun hatte. Ein Weilchen stand sie noch aufgeregt an ihrem Fenster und sah das Kreuz des Südens an. Als sie endlich doch ins Bett ging und vom Schlaf übermannt wurde, spielte ein Lächeln um ihre Lippen.

Auckland, 23. 12. 1953

8.

Die aufgeregte Zimmerwirtin klopfte an alle Türen. »Steht auf, die Queen kommt! Schnell zum Hafen, sonst verpasst ihr was!« John konnte die Begeisterung zwar nicht ganz teilen, sprang aber trotzdem aus dem Bett und schlüpfte in seine Kleider. Als er vor die Tür trat, stand Inge schon vor ihm. Sie trug ein fröhliches, leuchtend gelbes Sommerkleid mit einem breiten, roten Gürtel. Beides hatte er noch nie an ihr gesehen. Er pfiff leise durch die Zähne. »Was ist das denn? Das königliche Outfit?«

Sie schüttelte den Kopf. »Eher das Outfit für meine Fahrt nach Wellington. Immerhin ist heute der allerletzte Abschnitt meiner Reise in ein neues Leben! Der Blick auf eure Königin ist da wohl eher Nebensache …«

John sah sie tadelnd an. »Wenn du schon in Neuseeland bist, dann solltest du dir als Erstes abgewöhnen, von ›eurer‹ Queen zu sprechen. Ab sofort ist sie auch deine Königin!«

»Das sage ich erst, wenn ich den richtigen Pass in der Hand halte«, entgegnete Inge. »Bis dahin muss es ihr reichen, wenn ich ihr heute ein bisschen zujubele!«

Aufgekratzt machten sie sich auf den Weg zum Hafen. So

leer Auckland am Vorabend gewirkt hatte – jetzt war es brechend voll, jeder, der in Auckland lebte und sich irgendwie vorwärts bewegen konnte, war auf dem Weg zum Hafen, um das Landemanöver der SS Gothic nicht zu verpassen. Als Inge und John endlich ankamen, war das schneeweiß gestrichene Passagierschiff nur noch wenige Meter von der Hafenmauer entfernt. John konnte eine schmale, weiß gekleidete Gestalt sehen, die schon an der Gangway bereitstand und allen Zuschauern mit einem freundlichen Lächeln entgegenwinkte. Die junge Königin Elizabeth schien sich in ihrer Rolle ziemlich wohlzufühlen – aber John kam sich Lichtjahre von ihr entfernt vor. Gewiss, sie war das Oberhaupt seiner Heimat – aber hatte sicher keine Ahnung von dem, was hier wirklich wichtig war und was die Menschen jeden Tag bewegte. Der Menge rings um ihn waren diese Gedanken offensichtlich fremd: Unter frenetischem Lärm schwenkten sie ihre Fähnchen, winkten mit Hüten und jubelten, so laut es ihre Lungen eben hergaben. So etwas hatte John noch nie gehört – und Elizabeth erschien ihm bei so viel Jubel nicht im Geringsten eingeschüchtert.

Minuten später lief sie über die Gangway und ging an der winkenden, jubelnden und Fähnchen schwingenden Menge vorbei zu einem wartenden Auto und stieg ein. Ihr Gatte bliebe die ganze Zeit wenige Schritte hinter ihr, was John sehr merkwürdig fand. Das figurbetonte weiße Kleid, der kleine weiße Hut und der weit schwingende Rock ließen die Königin dabei sehr jung aussehen. Unter dem Geschrei der Menge verschwand das Auto – wie einige Zuschauer rings umher ihnen sofort erklärten: Es ging zu einem Paradeplatz, ganz in der Nähe des Hafens. John sah Inge schulterzuckend an. »Ich fürchte, das ist alles, was wir heute von ihr zu sehen bekommen! Wir sollten unsere Sachen zusammenpacken und uns in Richtung Bahnhof aufmachen. Oder sollen wir uns noch die Parade ansehen?«

Inge schüttelte nur den Kopf. Ihr Gesicht sah merkwürdig ernst aus. »So hat man in Deutschland einst Adolf Hitler zugejubelt. Seitdem ich das als Kind mitbekommen habe – und dann später erfuhr, was wirklich passiert ist, fühle ich mich bei so viel Jubel nicht mehr wohl.«

»Das ist das Schöne an unserer Queen«, stellte John leichthin fest. »Wir können ihr zujubeln, und sie hat sonst wenig oder nichts zu sagen. Ein sehr angenehmes Arrangement für alle Beteiligten …«

Sie bogen in eine ruhigere Nebenstraße ein. Es war inzwischen richtig warm geworden, John zog seine Jacke aus und legte sie sich lässig über die Schulter. In der Pension hielten sie sich nicht mehr lange auf – sie waren ja auch die Einzigen, die sich überhaupt von dem Trubel um die Ankunft der jungen Königin etwas zurückgezogen hatten. Inge stellte ihren Koffer auf den Flur und warf einen letzten Blick in die leeren Räume. »Wahrscheinlich werde ich niemals eingebürgert, weil ich heute zu wenig gejubelt habe!«, scherzte sie dabei.

Im Bahnhof wartete der Zug schon auf seine Gäste. Eine große, schwarze Lokomotive mit einem Schild, auf dem »Ka949« aufgemalt war, stand mit dem Kohlewagen bereit. Dahinter die Wagen der zweiten Klasse. Alle Wagen der ersten Klasse waren ganz hinten. Kein Wunder: So bekamen die Passagiere weniger von dem Dreck und dem Funkenflug des Kohlefeuers mit.

Zu ihrer Überraschung waren alle Waggons bereits gut gefüllt. Offensichtlich wollten viele Menschen kurz vor Weihnachten zurück in ihre Heimat fahren. Erst im letzten

Wagen vor der ersten Klasse fanden sie noch zwei Sitzplätze. John bot Inge den Platz am Fenster an.

»Du möchtest doch sicher etwas von deiner neuen Heimat sehen!«, erklärte er.

»Das ist wirklich nett von dir!«, bedankte Inge sich, während John ihren Koffer in ein Gepäcknetz wuchtete. »Du hast keine Ahnung, wie gespannt ich jetzt bin!« Wenig später setzte sich der Zug langsam in Richtung Süden in Bewegung. Die Gleise schlängelten sich entlang von Flüssen, vorbei an dunklen Wäldern und endlos scheinenden Schafweiden. Überhaupt Schafe, Inge sah mit offenem Mund aus dem Fenster und murmelte nur immer wieder: »Wie kann ein einziges Land so viel von diesen Tieren haben? Was macht ihr damit?«

»Wir geben der Welt Schafwolle und Lammfleisch. Und dafür macht die Welt uns reich«, erklärte John. »Wobei der Begriff Welt nicht ganz richtig ist – was du in Wirklichkeit hier siehst, ist der Bauernhof für Großbritannien. Die Engländer sorgen dafür, dass wir kaum Arbeitslose haben und unser Einkommen immer weiter steigt. Irgendwann ist der neuseeländische Traum erfüllt, und alle haben ein Haus, ein Auto und ein Schiff.«

»Und ein deutsches Mädchen, das für euch schneidert«, ergänzte Inge trocken. »Ist das wirklich der Grund, aus dem ihr sogar in Deutschland nach Arbeitskräften sucht? Das neuseeländische Wirtschaftswunder?«

»Ja.« John nickte noch einmal. »Klingt merkwürdig, aber im Augenblick sind wir eines der reichsten Länder der Welt. Und das nur mit Schafen …«

Inge sah wieder aus dem Fenster. Sie kamen an einem malerischen See vorbei, auf dem sich ein paar schwarze Schwäne niedergelassen hatten. Trauerweiden und die allmählich einsetzende Abenddämmerung sorgten dafür, dass das Bild fast unerträglich romantisch aussah. Sie lehnte ihren Kopf an das Fenster. »Ob ich hier wohl wirklich mein Glück finden werde?«, murmelte sie. So leise, dass John es fast nicht verstehen konnte.

Er beugte sich ein wenig zu ihr hin. »Doch. Du wirst es sehen: Das hier ist ein Land, in dem man glücklich werden kann.«

Sie drehte sich ihm zu. »Und du? Du bist von hier und wirkst trotzdem tieftraurig. So, als ob du dem nicht trauen würdest, was da kommen könnte. Entschuldige, wenn ich so offen bin, aber du hast auch kein rechtes Ziel im Leben. Du fährst mit mir nach Wellington, weil du nichts Besseres vorhast, oder? Ich habe dich schon längst durchschaut, glaube ich!«

Für einen Augenblick hatte es John die Sprache verschlagen. Dann zuckte er verlegen mit den Schultern. »Das mag sein. Ich verstehe mich nicht wirklich gut mit meinem Ziehvater, musst du wissen. Aber das hat nichts mit Neuseeland zu tun. Mein Land bietet auch jemandem wie mir ungeahnte Möglichkeiten. Ich habe mich nur noch nicht entschieden, ob ich das gemeinsam mit meiner Familie oder ohne sie erleben will. Ich habe einen Halbbruder, den ich sehr liebe – aber muss ich dafür wirklich weiter mit meinem Ziehvater auskommen? Ich weiß es nicht … und deswegen wirke ich wohl so ziellos. Aber bei dir ist es doch nicht anders: Du ziehst für drei lange Jahre nach Wellington, weil dir gerade nichts Besseres einfällt. Das ist doch auch keine durchdachte Entscheidung.«

»Nein.« Inge schüttelte den Kopf. »Habe ich auch nie behauptet. Ich erkläre dir irgendwann einmal, was mich wirklich dazu bewogen hat, meiner Heimat den Rücken zu kehren. Bis dahin wirst du dich ein bisschen gedulden müssen.«

Sie griff in ihre Tasche und zog einen Papierbeutel hervor, aus dem sie zwei in Butterbrot gewickelte Sandwiches zog. »Einmal Hühnerbrust und einmal kalter Braten! Das habe ich gestern bei unserer Hauswirtin bestellt, und sie hat es mir heute Morgen trotz der ganzen Aufregung um die Königin gegeben. Wir sollten es uns schmecken lassen – wenn wir in Wellington ankommen, ist es ja schon fast wieder früh am Morgen.«

John biss mit Appetit ab. »Das ist wahrscheinlich das beste Sandwich meines Lebens«, meinte er mit vollen Backen. »Ich hätte dieser ständig aufgeregten Dame gar nicht zugetraut, dass sie auch kochen kann.« Er sah ein Weilchen aus dem Fenster und genoss die stille Vertrautheit mit der eigenwilligen Frau an seiner Seite. Einer Eingebung folgend wandte er sich ihr nach einigen Minuten zu. »Versprich mir, dass wir uns nicht aus den Augen verlieren, wenn du in Wellington bist. Egal, was wir dann machen – wir könnten doch … befreundet bleiben. Oder?«

Sie griff nach seiner Hand und drückte sie. »Das ist doch selbstverständlich. Ich mag dich. Wirklich.« Ein fast schüchternes Lächeln stahl sich auf ihr Gesicht. »Wer weiß – vielleicht sogar ein bisschen mehr als das.«

Vorsichtig legte John seinen Arm um ihre Schulter. »Das wäre schön, sogar sehr schön«, flüsterte er. Seine Stimme war vor Aufregung fast heiser. Ihm fiel nichts ein, was er noch sagen konnte. Alles fühlte sich irgendwie unpassend an, würde den Zauber des Augenblicks zerstören.

So blieben sie Arm in Arm sitzen und sahen zu, wie sich allmählich die Dämmerung in eine finstere Nacht verwandelte. John würde diese Stunde für den Rest seines Lebens nicht vergessen, in der er durch den dünnen Stoff von Inges Kleid ihre Körperwärme spürte und sah, wie es sich unter ihrem Atem hob und senkte. Zwei sommersprossige Kinder – offensichtlich Geschwister – rannten laut lachend durch das Abteil nach hinten. Sie deuteten auf Inge und John, riefen etwas von »Verliebt, verlobt, verheiratet!« in dem Ton, den nur Kinder haben, die schon viel zu lange wach sind. Eine alte Frau in einem schwarzen Kleid sah den beiden streng hinterher, murmelte etwas von der völlig missratenen Jugend, die dieses Land in den Abgrund reißen würde. John schloss für einen Moment die Augen. Vielleicht war das wirklich der letzte Abend, den er ohne Ziel und ohne Heimat verbringen musste. Morgen in Wellington würde er sich an der Seite von Inge ein neues Leben aufbauen. Die Sonne würde für sie beide aufgehen. Er spürte, wie ihre und seine Atmung allmählich tiefer wurden und in den gleichen Rhythmus fielen – und wie er langsam in einen glücklichen Schlaf sank …

Ohrenbetäubendes Kreischen weckte John aus seinen friedlichen Träumen. Der Zug bebte unter den Kräften, die auf ihn wirkten. John spähte aus dem Fenster, aber alles, was er erkennen konnte, war tiefe Dunkelheit. Wolken verbargen den Mond und die Sterne, von den Bäumen waren nicht einmal Schatten zu sehen. Das Kreischen kam ihm immer lauter und verzweifelter vor, dann ertönte ein schreckliches Krachen von den vorderen Wagen, das gleichsam heranraste. Kurz darauf schien der Waggon für Sekundenbruchteile in der Luft zu stehen – dann kippte er nach vorn und stürzte in die bodenlose Dunkelheit. John hatte Inge instinktiv in seine Arme genommen, um sie vor dem zu schützen, was da passierte. Als der Waggon nach einem endlos scheinenden Sturz aufschlug, wurde sie ihm entrissen.

Innerhalb von Sekunden zeigte sich, dass sie nicht auf festem Boden gelandet waren – durch ein geborstenes Fenster strömte Wasser in das Innere des Waggons, ohrenbetäubendes Rauschen erfüllte den Raum. Es herrschte absolute Dunkelheit, John tastete panisch um sich und fühlte Körper, Holzteile, Taschen und Stricke. Er versuchte verzweifelt herauszufinden, wo überhaupt oben war, während ein Teil seines Verstandes wie wild arbeitete, um zu begreifen, was geschehen war. Wie konnte eine so ruhige Fahrt in der Eisenbahn so plötzlich zu einer Katastrophe werden? Das Wasser erreichte John, innerhalb weniger Augenblicke stand es ihm bis zur Hüfte. Er musste aus diesem Waggon heraus, bevor der sich in eine tödliche Falle verwandelte. Mühsam bahnte John sich einen Weg durch Gepäck, Dreck und steigendes, kaltes Wasser zur Tür. Mit diesem Ziel war er nicht allein. Mehrere Menschen drängten sich bereits davor. Eine hysterische Frauenstimme schrie immer wieder: »Ich kriege es nicht auf! Es klemmt! Es geht nicht!« Ihre Stimme wurde panischer und überschlug sich, je höher das Wasser stieg.

John wandte sich ab. Wo war Inge? Und wie konnte er diesen Waggon verlassen und sich irgendwie retten? Seine Augen hatten sich inzwischen an die Dunkelheit gewöhnt, er konnte jetzt wenigstens erahnen, wo die Fenster waren, die sich etwas heller abhoben. Langsam schob er sich zu dem ihm am nächsten gelegenen Fenster. Er nahm die beiden Griffe in die Hand und versuchte, den Schiebemechanismus zu betätigen. Nichts rührte sich. Die Schreie von der Tür wurden immer lauter und verzweifelter. John zögerte einen Moment. Dann zog er entschlossen sein hellblaues Hemd aus und wickelte es sich um die rechte Hand. Damit holte er aus und schlug mit voller Kraft gegen das Fenster. Es rührte sich nicht. Er holte noch einmal aus, legte dieses Mal seine gesamte Kraft in den Schlag. Mit einem leisen Knacken gab die Scheibe nach – und Sekunden später spürte er, wie ihm noch mehr Wasser um den Oberkörper floss. So schnell es ging, griff er durch die Öffnung und zog sich mühselig nach draußen. Dann steckte er den Kopf in das Innere.

»Hierher! Kommt hierher, durch dieses Fenster kann man rauskommen!« Eine klamme Hand griff nach ihm. John hielt sie fest und zog eine schmale Gestalt nach draußen. Dann noch einen Mann, schließlich ein weiteres Kind.

Eine schwankende Laterne näherte sich dem umgestürzten Waggon. Eine Männerstimme rief: »Kann man hier helfen? Lebt hier noch jemand?«

John rief, so laut er irgend konnte: »Ja! Hierher! Ich habe Kinder, kommen Sie und nehmen Sie mir die Kleinen ab. Ich versuche noch mehr nach draußen zu ziehen!«

Der Mann kämpfte sich durch den tosenden Fluss zu ihm durch, nahm ein Kind an jede Hand und machte sich auf den Rückweg ans Ufer. Wenn John die Situation richtig einschätzte, dann lag der Waggon einfach auf der Seite in einem reißenden Fluss. Allmählich rutschte er tiefer und tiefer in die Mitte des Flusses. Was dann passieren würde, konnte man sich leicht ausmalen: Bald würde der Waggon untergehen, jeder, der dann noch im Inneren war, würde ertrinken.

Voller Panik steckte John noch einmal den Kopf ins Innere. Inzwischen war unter der Decke des Waggons nur noch etwa ein Meter frei. »Hallo! Wer mich hören kann, soll hierherkommen! Hier geht es ins Freie!«, brüllte er noch einmal. Die einzige Antwort, die er bekam, war das gurgelnde Geräusch, mit dem der Waggon allmählich volllief. »Hallo?!«, rief John noch einmal. Nichts.

Kurz entschlossen zog er sich durch das Fenster wieder ins

Innere. Tastend bewegte er sich durch das Abteil. War hier jemand eingeklemmt, den er noch retten konnte? Nach ein paar Metern spürte er einen schweren Stoff zwischen den Fingern. Leinen oder etwas Ähnliches, auf keinen Fall der leichte Sommerstoff, den Inge heute getragen hatte. Er zerrte ein wenig an dem Stoff, spürte, wie sich etwas löste – und hatte Sekunden später die ältere Frau, die ihn und Inge so missbilligend angesehen hatte, in den Armen. Schwer atmend kämpfte er sich zurück zu dem Fenster und schob sie nach draußen. Zum Glück war dort wieder der andere Helfer. Der nahm sie in Empfang und versprach: »Ich kümmere mich um sie. Retten Sie sich jetzt endlich selbst! Das Ding kann jede Sekunde abrutschen!«

John schüttelte nur den Kopf und verschwand wieder in dem nassen Dunkel des Abteils. Jetzt waren nur noch etwa vierzig Zentimeter über seinem Scheitel frei. Er versuchte mit Händen und Füßen weiter nach einem menschlichen Körper zu fahnden. Ein schwerer Koffer knallte ihm gegen den Kopf, für einen Augenblick wurde ihm schwarz vor Augen.

Genau in diesem Moment rutschte der Waggon ab und gab der Strömung des Flusses nach. Mit einem großen Schwung drehte er sich und wurde von den Wassermassen in die Mitte des Stromes geschoben. Für einige Meter bewegte sich der Waggon mit zunehmender Geschwindigkeit, dann landete er mit einem lauten Knirschen an einer Sandbank. Das Fenster, durch das John in das Innere des Waggons gestiegen war, verschwand mit einem Schlag unter dem Wasserspiegel. Und John erfasste zum ersten Mal blanke Panik. Was, wenn er diesen Waggon nie mehr verlassen konnte?

Sein Blick fiel auf das andere Fenster, das bereits beim Sturz des Zuges in den Fluss zerborsten war. Entschlossen fing er an, sich den Weg in diese Richtung zu bahnen. Immer wieder stießen dabei Gegenstände, Holzteile und Polster gegen seinen Körper. Aber sosehr er auch darauf hoffte: Er konnte nirgendwo auch nur einen einzigen weiteren lebenden Menschen sehen oder hören – und auch Inge blieb verschwunden.

Der Raum zum Atmen wurde indessen bedrohlich knapp. Während das schwere Metall ihn immer tiefer in das Flussbett zog, waren nur noch knappe zwanzig Zentimeter Luft unter dem Dach übrig. Jetzt war kein einziges Fenster mehr zu sehen. Erst als John sich irgendwo in der Nähe des lebensrettenden Ausgangs wähnte, holte er tief Luft. Er musste zu dieser Lücke tauchen, sonst würde sein Leben an diesem Tag in diesem brodelnden, kalten Wasser enden. Unter Wasser fiel es ihm noch schwerer, sich zu orientieren. Mühselig tastete er sich an einer Bank entlang, während seine Lungen immer heftiger brannten und nach Luft verlangten. Voller Panik hangelte er sich weiter – und griff ins Leere. Das Fenster. Ohne Rücksicht auf die Schmerzen zog er sich ins Freie – auch wenn ein Teil der Scherben ihm dabei seine rechte Hand und die Seite aufschnitten. Mit letzter Kraft schwamm er zurück an die Luft, durchbrach mit einem Schrei die Oberfläche des Wassers, machte drei schnelle Schwimmzüge und brach dann auf der Sandbank, an der der Waggon hängen geblieben war, zusammen. Für einen Augenblick hörte er nur das Rauschen des eigenen Blutes in seinen Ohren, dann senkte sich eine tiefe, schwarze Bewusstlosigkeit auf seinen Geist.

Es dauerte geraume Zeit, bis die Geräusche in sein Bewusstsein drangen. Das Geschrei von ein paar Männern, die suchenden Rufe der wenigen Helfer. Langsam hob er den

Kopf und versuchte etwas zu sehen. Wahrscheinlich war Mitternacht noch nicht lange vorbei, so finster, wie es war.

Zwei oder drei schwankende Lampen konnte er in der Dunkelheit ausmachen. Mehr Helfer waren offensichtlich noch nicht am Unglücksort angekommen. Im schwachen Schein sah man einen reißenden Fluss, der Unmengen von Treibholz mit sich führte und offensichtlich sein Flussbett verlassen hatte. Wo war der Zug nur hergekommen? Langsam ließ John seine Augen nach oben wandern – und hielt vor Schreck den Atem an. Weit über sich erkannte John einen Waggon, der halb über dem Abgrund hing und bereits heftig schwankte. Unwillkürlich bemühte er sich, auf alle viere zu kommen, um dieser Gefahr zu entrinnen. Keine Sekunde zu früh: Er hatte sich gerade an das andere Ende der Sandbank gerobbt, als der Waggon endgültig nachgab, etwa hundert Meter von ihm entfernt ins Wasser krachte und dann gegen das Ufer trieb. Die Lampen bewegten sich schnell auf diesen neuen Wagen zu und sammelten sich an seiner hinteren Tür. Dort schien man helfen zu können.

Zur gleichen Zeit versank der Waggon, in dem John und Inge gereist waren, endgültig in den Fluten. Wenn sie jetzt noch immer im Inneren war, dann konnte er sich keine Hoffnungen mehr auf ihr Überleben machen. Langsam ließ er den Kopf auf den feinen Kies sinken, der sich an seiner heißen Wange kühl anfühlte. Er wollte die Hoffnung nicht aufgeben. Inge steckte so voller Lebensfreude und Ideen für ihre Zukunft. Es konnte einfach nicht sein, dass sie so kurz vor dem Ziel einem Unglück zum Opfer fiel. Wenn er es geschafft hatte, aus diesem Waggon gleich zweimal herauszukommen, dann musste es auch ihr gelungen sein. Vielleicht musste er ja nur nach ihr suchen. Doch mit einem Mal überkam ihn eine bleierne Müdigkeit. Ganz kurz nur ausruhen, versprach er sich. Dann wollte er weiter nach Inge suchen. Es konnte ja nicht mehr lange dauern, bis es hell wurde. Wann war dieser Unfall überhaupt passiert? Und was war mit der Brücke geschehen? Er konnte in dem schwachen Licht nur ein oder zwei Brückenpfeiler erkennen – wer oder was hatte diese Brücke zerstört, damit er sein Glück nicht festhalten konnte? Seine Gedanken wurden immer wirrer, bis ihn endlich eine weitere gnädige Bewusstlosigkeit erlöste.

»Hier liegt noch einer!«

John bewegte vorsichtig einen Arm, dann den anderen. Die lauten Stimmen kamen immer näher. Was war nur passiert? Erst langsam kam Johns Erinnerung an Wasser, Dreck, Atemnot und das schreckliche Kreischen vor dem Unfall zurück. Hatte er das alles womöglich nur geträumt? Er schüttelte ungeduldig den Kopf, um sich von den merkwürdigen Gedanken frei zu machen. Eine Bewegung, die er fast sofort bereute – ihn überfielen rasende Kopfschmerzen. Mit einer Hand tastete er nach seiner Schläfe. Eine Beule, groß wie ein Taubenei, konnte er ertasten – und spürte bei dieser Bewegung auch Schmerzen an der Hand und an der Seite. Vorsichtig sah er an sich herunter. Sein Oberkörper war nackt, an der Seite hatte er einen langen Schnitt, aus dem auch jetzt noch ein wenig Blut sickerte. Ebenso an der Hand – aber hier war kein Blut mehr zu sehen; der Schnitt war offensichtlich nicht so tief gewesen. Seine hellen Hosen waren zerrissen und zerschnitten, die Füße nackt. Die Schuhe musste er im Laufe der Nacht verloren haben. Er zwang sich dazu, sich vorsichtig aufzusetzen und umzusehen.

Im fahlen Morgenlicht zeigte sich das Unglück in vollem Ausmaß. Überall lagen Waggonteile, Koffer, Taschen, Körper, Polster, dazwischen Äste und halbe Bäume, die der reißende Fluss der Nacht offensichtlich mit sich getragen hatte. Inzwischen war das Wasser in seine alten Bahnen zurückgekehrt, vom Hochwasser der Nacht zeugten nur noch die verschlammten, verdreckten Ufer. Wenn er sich nicht täuschte, war sogar die Strömung des Flusses schwächer. Der Kies auf dem er lag, war mit einem Film aus Ruß und Schlamm bedeckt, der sich wie eine zähe Decke über alles legte.

»Sir, wie geht es Ihnen?« Ein besorgt aussehender Mann mit einer Uniform beugte sich über John.

»Was ist passiert?«, brachte John heraus. Er erschrak selbst über seine heisere Stimme. »Wo finde ich die Überlebenden?«

Ein Ausdruck des Bedauerns war in den Augen des Mannes zu erkennen. Er schüttelte den Kopf. »Es sind nur wenige. Aus den Waggons, die in den Whangaehu gestürzt sind, haben wir bis jetzt nur ein Dutzend Menschen geborgen.«

John richtete sich weiter auf. Am anderen Ende der Uferbank, auf der er sich befand, lag der Waggon, in dem er mit Inge gesessen hatte, wie ein riesiger, gestrandeter Wal auf der Seite. Mit dem Sinken des Wassers waren auch die Fenster wieder frei zugänglich. »Haben Sie in diesem Wagen schon nachgesehen?«, fragte er.

Wieder dieser Blick. »Ich habe da nur reingesehen. Alles zerschmettert, die Bänke, die Inneneinrichtung … da kann keiner überlebt haben!«

»Aber ich war da drinnen!«, beharrte John. »Ich habe eine alte Frau, Kinder und einen Mann durch das Fenster gebracht. Das können doch nicht die Einzigen gewesen sein, die es geschafft haben.«

»Sir, Sie haben da ein Wunder vollbracht – aber wir haben sonst niemanden aus diesem Waggon gefunden. Wollen Sie vielleicht zu dem Zelt, in dem wir die Opfer erst einmal versorgen? Vielleicht finden Sie dort die Menschen, die Sie suchen.« Er streckte hilfsbereit seine Hand aus, und John kam mit seiner Hilfe auf die Beine. Er stöhnte und hielt sich die Seite. Durch die Bewegung hatte die Wunde wieder stärker angefangen zu bluten.

Er machte sich auf in Richtung des Erste-Hilfe-Zeltes, das der Uniformierte ihm gezeigt hatte. Davor saßen inzwischen etwa zwanzig Menschen. Sie musterten ihn hoffnungsvoll und wandten sich dann ab. Er war nicht derjenige, auf den sie gewartet und gehofft hatten. John sah sie sich genauso gründlich an. Der rußige Dreck ließ alle Gesichter wie Masken erscheinen. Trotzdem dauerte es nur kurz, bis ihm klar wurde, dass Inge sich nicht unter diesen Geretteten befand.

Eine Frau, offensichtlich von einer der umliegenden Farmen, bot Tee an. John nahm sich eine Tasse und trank einen tiefen Schluck. Dann gab er die Tasse der Frau mit einem Nicken zurück. Er musste weiter nach Inge suchen. Vielleicht lag sie ja auch irgendwo und war bewusstlos, so wie er selbst in den letzten Stunden am Fluss gelegen hatte. Als er sich umdrehen wollte, verstand die Frau, was er vorhatte. Sie legte ihm eine kühle Hand auf den Oberarm.

»Bleiben Sie doch hier! Ihre Wunde muss versorgt werden!«

John schüttelte den Kopf. »Das hat Zeit. Ich muss jemanden suchen. Vielleicht liegt sie irgendwo eingeklemmt und wartet auf Hilfe. Da kann ich nicht hier sitzen und Tee trinken!«

»Aber es sind so viele Männer da draußen und suchen …«

Ihre Stimme brach ab, als sie die Entschlossenheit in seinem Blick erkannte. John würde sich durch nichts und niemanden davon abhalten lassen, nach der Frau zu suchen, mit der er eine Zukunft geplant hatte. So grausam konnte das Schicksal doch nicht sein.

Langsam lief er an dem Ufer entlang zu dem Waggon, in dem er letzte Nacht um sein Leben gekämpft hatte. Am Ufer lagen einzelne Schuhe. Ausgetretene Arbeitsschuhe von Männern, höhere Frauenschuhe mit abgerissenen Absätzen und immer wieder Kinderschuhe. Der Anblick schnürte ihm den Hals zu. So viele Menschen, die in diesem Zug gesessen hatten. Und er hatte immer noch keine Ahnung, was eigentlich passiert war. Hatten die Brückenpfeiler unter dem Gewicht des Zuges nachgegeben?

Fast verborgen unter einem tief hängenden Gebüsch lag zusammengekrümmt der Körper eines Mannes. Seine Beine waren merkwürdig verdreht, und seine Augen starrten groß und rußverschmiert ins Leere. Mit einer sanften Bewegung schloss John ihm die Augen und zog ihn ins Freie. Sorgfältig bettete er ihn auf den Rücken, richtete sich auf und winkte nach einem weiteren Helfer, bevor er weitersuchte. Er wollte keine Zeit bei den Toten verschwenden – er war auf der Suche nach einer Lebenden. Sie musste leben!

Ein schwerer Baumstamm versperrte ihm den Weg. Er wollte schon darüberklettern, als ihm plötzlich die blasse Hand auffiel, die aus dem dichten Laub herausragte, schmal und leblos. Merkwürdigerweise bemerkte er sogar den abgebrochenen Fingernagel. Mit einer schnellen Bewegung drückte er die widerspenstigen Zweige zur Seite. Als Erstes bemerkte er den gelben Stoff des Kleides, der zerrissen und zerfetzt um den Körper der Frau hing. Der Schlamm hatte dafür gesorgt, dass die Farbe kaum noch zu erkennen war –

aber als er den roten Gürtel entdeckte, gab es für John keinen Zweifel mehr, wer es war. Inge lag auf der Seite, die Augen geschlossen, den Pferdeschwanz nass und mit Sand und Schlamm verdreckt an den Hinterkopf geklebt. Vorsichtig und fast zärtlich legte John zwei Finger auf ihren Hals. Er hoffte darauf, dass sie noch Wärme ausstrahlte, er noch einen Puls erspüren könnte. Aber ihr Hals fühlte sich merkwürdig kühl an, die Haut fest und steif. Er näherte sein Ohr ihrem leicht offen stehenden Mund. Konnte er einen Atem hören? Er konzentrierte sich nur auf dieses eine Geräusch, für den Moment das wichtigste Geräusch der Welt. Bildete er sich das nur ein, oder war da ein leises Röcheln? Mit einer Hand rüttelte er vorsichtig an ihrer Schulter. »Wach auf, Liebling, wach auf!«, murmelte er dabei, immer wieder, wie ein inständiges Gebet, das aber niemand hören wollte.

Er lauschte noch einmal auf das Röcheln, aber alles, was er hören konnte, waren das Wasser des Flusses, die fernen Rufe der Helfer und das leise Rauschen der Blätter des Baumes. Inge rührte sich nicht. Vorsichtig nahm John sie in die Arme, wollte sie aus ihrem Gefängnis unter dem Baum befreien. Erst jetzt fiel ihm auf, dass sie mit einem Bein unter einem Ast gefangen war. Mit seiner ganzen Kraft stemmte er sich gegen den Baum, der mit einem widerwilligen Ächzen ein paar wenige Zentimeter nachgab. Behutsam zog John an Inges Arm. Sie schien sich fast widerwillig von ihrem Baum zu lösen und glitt aus ihrem Gefängnis. Dabei drehte sie sich ein wenig, und John konnte zum ersten Mal die andere Seite ihres Kopfes sehen.

Bei dem Anblick sog er heftig die Luft ein. »Oh nein«, entfuhr es ihm unwillkürlich. Direkt entlang des Haaransatzes zog sich ein dunkles Mal. Es markierte eine eingedrückte Stelle ihres Schädels, die von Blutergüssen übersät war.

Mit diesen Verletzungen musste sie das Bewusstsein verloren haben – und der Fluss hatte sie dann hierhergetragen. Erst der Baum, der schon vorher als Treibgut hier liegen geblieben war, hatte ihre Reise beendet. John war sich nicht sicher, ob er diesen Umstand wirklich als Glück bezeichnen sollte. Vielleicht hätte es ihrem Wesen mehr entsprochen, mit der Strömung in Richtung Meer getragen zu werden …

Unendlich zärtlich nahm John den kalten Leib von Inge in den Arm und trug ihn nur wenige Meter von dem Baum fort. Auf einer saftigen Wiese ließ er sie vorsichtig zu Boden gleiten und kniete sich neben sie. Tränen rannen ihm über das Gesicht, während er sie noch einmal genau musterte. Er wollte niemals in seinem Leben diese Gesichtszüge vergessen. Nein, das Schicksal hatte in seinem Leben einfach kein Glück für ihn vorgesehen. Und für Inge wohl auch nicht. Ein lächerlicher Fluss hatte ihr Glück vernichtet – noch bevor man es wirklich Glück nennen konnte. Er ließ sich neben sie fallen, nahm ihre Hand in die seine und schloss die Augen. Wo sollte er jetzt hingehen? Zum zweiten Mal innerhalb weniger Wochen war ihm ein Ziel abhanden gekommen.

Während die Sonne am Himmel ganz langsam höher stieg, bewegte John sich keinen Millimeter weg von seinem Platz. Es schien ihm, als sei nur ein Moment vergangen, als eine Hand sich auf seinen Rücken legte.

»Sir? Wir müssen Ihre Frau jetzt zu den anderen Opfern bringen. Sie können sie doch nicht einfach so hier auf der Wiese liegen lassen.« Die Stimme klang warm und mütterlich. John sah auf. Die Frau, die ihm eben erst den Tee gegeben hatte – oder war es schon Stunden her? In ihm verschwammen die Ereignisse des Tages und der Nacht. Trotzdem schüttelte er den Kopf.

»Das war nicht meine Frau. Vielleicht hätte sie es werden können … Darf ich nicht noch ein Weilchen hier sitzen?«

Ein bedauerndes Kopfschütteln. »Nein. Wir müssen weitersehen. Listen mit den Überlebenden machen. Und den Opfern. Die Angehörigen wollen doch wissen, was passiert ist.«

John holte tief Luft, um wenigstens ein bisschen Kraft zu schöpfen. Er deutete auf den Fluss, der jetzt friedlich und harmlos wirkte. »Was ist überhaupt passiert? Wie konnte dieses harmlose Rinnsal zu einem so reißenden Strom werden?«

»Soweit wir das wissen, hat sich beim Ruapehu ein Lahar gebildet – ein riesiger Vulkansee. Nach einem kräftigen Regen oben in den Bergen hat die Wand des Lahars wohl einfach nachgegeben. Der komplette Inhalt des Sees hat sich mit einem Mal in das Flussbett ergossen. Manche meinen, dass diese Flutwelle wohl an die sechs Meter hoch gewesen sein muss. Sie hat die Eisenbahnbrücke nur Minuten vor dem Zug erreicht und die Pfeiler umgerissen. Mr. Ellis wollte mit seinem Auto über die Straßenbrücke und hat gesehen, was passiert ist. Er hat auch die Lampen von dem Zug gesehen, der näher kam. Er ist mit einer Taschenlampe auf den Zug zugerannt und hat versucht, den Lokführer zu warnen. Er behauptet, der Lokführer hätte ihn gesehen – er hätte nämlich die Bremsen gehört. Aber das war wohl etwa zwei- oder dreihundert Meter vor dem Abgrund – so schnell kann kein Zug bremsen. Wenn das überhaupt die Wahrheit ist …«

John nickte nur. »Doch. Ich bin aufgewacht von dem Kreischen der Bremsen. Es war ohrenbetäubend. Der Lokführer hat wirklich alles versucht, um uns noch zum Halten zu bringen.« Er ließ seinen Blick über das Flussbett schweifen, das immer noch ein Bild der Verwüstung bot. »Er muss als Erster heruntergestürzt sein. Haben Sie ihn …« Seine Stimme versagte.

Die Frau nickte. »Ja. Er ist wohl noch in den ersten Wagen gerannt, als klar wurde, dass er dem Sturz nicht entgehen konnte. Brachte ihm aber nicht mehr viel – im ersten Abteil haben wir keinen Überlebenden gefunden.«

John sah wieder herunter auf Inge und strich ihr geistesabwesend über die Stirn. »Wir waren im letzten Waggon vor der ersten Klasse«, erzählte er, ohne dass die Frau ihn danach gefragt hätte.

Sie nickte. »Aus dem Wagen haben wir recht viele Überlebende gefunden. Ein Mann hat im Inneren wohl einigen seiner Mitreisenden geholfen, noch ins Freie zu kommen.«

John nickte nur. Es mochte ja sein, dass er einige Menschen gerettet hatte. Aber nicht die eine, auf die es ihm am meisten ankam.

»Sir? Wir sollten jetzt wirklich …« Ihre Stimme hatte etwas Drängendes. Widerstrebend stand er auf und nahm Inge in seine Arme. Sie, die ihm so lebendig und leicht vorgekommen war, hing jetzt wie eine zentnerschwere Last an ihm. Mühsam ging er in Richtung des Sammelplatzes. Die Frau begleitete ihn schweigend. Was gab es in so einem Moment schon zu sagen?

Auf einem flachen Stück Wiese hatten Helfer ein provisorisches Zelt aufgeschlagen, in dem die Opfer des Unglücks gesammelt wurden. John kam sich wie ein Verräter vor, als er Inge in ihrem zerrissenen Sommerkleidchen auf die grobe Wolldecke legte, die dort bereitlag. Zärtlich strich er ihr noch einmal über die Stirn, bevor ein Helfer die Decke über ihr Gesicht zog. Es kam ihm vor, als ob ihr Tod erst mit dieser Geste Wirklichkeit geworden wäre.

Der Helfer zückte Block und Stift. »Wie hieß diese Frau?«

Sein Stift schwankte ein wenig und blieb kurz über dem Papier hängen. Er sah John aufmerksam an. »Sir? Den Namen?«

John schüttelte ein wenig den Kopf. Er wollte nicht auch noch das letzte bisschen Privatheit preisgeben, das Inge hatte. »Es war nur eine Deutsche, die hier ein bisschen Glück suchte. Die wird keiner vermissen«, erklärte er schließlich. Langsam drehte er sich um und verließ das stickige Zelt, in dem sich die Hitze des späten Nachmittags staute. Nicht mehr lange, und die Fliegen und der Gestank würden unerträglich sein.

Der junge Mann sah ihm hinterher, dachte einen Moment nach und kritzelte dann »unbekannte Deutsche« auf seinen Zettel, bevor er sich dem nächsten Opfer zuwandte. Er hatte zu viel zu tun, als dass er sich lange um ein einzelnes Opfer hätte kümmern können.

Vor dem Zelt sah John sich noch einmal um. Die Helfer durchkämmten immer noch die Uferböschungen, im Whangaehu hatten sich die zerschmetterten Waggons nicht bewegt. Nicht weit entfernt hatten Helfer Koffer, Taschen und Säcke aufgestapelt. Das Hab und Gut von über hundert Toten – wahrscheinlich würde man irgendwann die ganzen Sachen verbrennen.

John erkannte seinen eigenen Seesack, ohne dass er danach gesucht hätte: Er lag seitlich in der Sonne. Ohne sich wirklich dessen bewusst zu sein, was er tun wollte, ging John hin und nahm probeweise den Griff des Seesacks. Er war schwer, vollgesogen mit Wasser und Dreck. Wahrscheinlich war nichts im Innern noch zu gebrauchen. Einer Eingebung folgend wühlte John mit seiner unverletzten Hand in dem Sack, bis er einen aufgeweichten Papierbeutel fand. Er nahm ihn heraus, sah ihn lange an. Noch einmal spürte er, wie ihm Tränen in die Augen stiegen. Dann nahm er die Gewürze heraus, die er in Singapur für Inge gekauft hatte. Sie waren zu einer undefinierbaren Masse verklebt, die John mit einer einzigen Handbewegung in den Whangaehu warf. »Frohe Weihnachten, Inge«, flüsterte er dabei. Immerhin war heute der 24. Dezember.

Dann drehte er sich um und kletterte durch den Wald nach oben. Die Helfer hatten von der Straße einen breiten Pfad gebahnt, und keiner hielt ihn zurück. Oben angekommen stellte er sich an den Straßenrand und winkte den vorbeifahrenden Autos. Schon der erste Fahrer hielt, fuhr an die Seite und fragte besorgt: »Wie kann ich Ihnen helfen, Sir?«

John öffnete ohne Umschweife die Tür und ließ sich auf den Beifahrersitz fallen. »Bringen Sie mich nur weg von diesem Ort!«

»Ich fahre in Richtung Auckland. Ist das in Ordnung?«, meinte der Mann. Um dann nach einem weiteren Blick auf Johns Aussehen nachzufragen: »Sie sind sich sicher, dass ich Sie nicht in ein Krankenhaus bringen soll?«

John nickte. »Ganz sicher.« Er deutete auf die Unglücksstelle, die von der Straße aus gut einzusehen war. »Wie heißt der Ort hier überhaupt?«

»Tangiwai. Einen Namen, den man wohl nicht mehr vergessen wird«, meinte der Mann, während er langsam anfuhr. »Im Radio haben sie von über hundertdreißig Toten gesprochen. Bis jetzt haben sie wohl nur zwanzig Überlebende gefunden.« Er sah neugierig zur Seite. »Waren Sie etwa in diesem Zug?«

»Ja«, nickte John. »Und ich möchte diesen Tag so schnell wie möglich vergessen!«

Christchurch, 1998

9.

Das Telefon schrillte durch das stille Haus. Brandon und Sina zuckten zusammen. Ava hatte den ganzen Abend geweint, erst vor einer halben Stunde hatte sie endlich der Schlaf übermannt. Jetzt schlief sie, die Hände fest in ihren Kuschelhasen gekrallt. Brandon fluchte leise. »Hoffentlich wacht sie nicht auf!« Dabei sprang er, so schnell es ging, von der Couch und griff nach dem Hörer.

»Hallo?«

»Ich bin's, Katharina«, meldete sich die vertraute Stimme am anderen Ende. »Ich wollte mal hören, wie es euch geht. Und vor allem der Kleinen.«

Brandon seufzte. »Nicht gut. Sie baut jetzt jeden Tag ab, jammert, ist müde, hat Kopfweh und schimpft über den Gips an ihrem Arm. Das Schlimmste ist: Auch Ewan oder mein Großvater kommen als Spender nicht infrage. Es ist wie verhext, die internationale Datenbank hat auch nichts ergeben. Wir lassen jetzt noch Hakopa und seine Familie testen. Aber wahrscheinlich ist die Verwandtschaft zu entfernt.«

»Weiß Ewan davon?«, fragte Katharina nach. Soviel sie wusste, hatte Brandons Vater immer noch keine Ahnung davon, dass er der Sohn einer Maori und das Ergebnis einer Vergewaltigung war.

»Nein, das war ja auch nicht nötig«, meinte Brandon. »Mein Vater weiß nichts von diesem letzten Versuch. Er setzt seine ganze Hoffnung auf die Verwandtschaft meiner Mutter. Da gibt es aber nur die alleinstehende Schwester – also auch nicht so viele Chancen. Wie geht es denn mit deiner Suche nach John?«

»Schwierig.« Katharina seufzte. »Gibt es denn nicht einen einzigen Anhaltspunkt? Hat dein Vater ihn wirklich nie mehr gesehen oder irgendwie Kontakt aufgenommen? Was ist mit diesem geheimnisvollen Container mit all seinen Dingen, der angeblich existiert? Hast du den je gesehen? Was war da drin?«

»Nein, nein und nochmals nein.« Brandon schüttelte den Kopf, auch wenn er wusste, dass das am Telefon eine völlig sinnlose Geste war. »Ich habe nie genauer nachgefragt. Die Familienlegende besagte, dass John eines Tages einfach verschwand und nie mehr zurückkehrte. Angeblich war er bald dem Suff verfallen und trieb sich im Pazifikraum herum, und meine Familie lagerte seine Sachen in einem Container ein. So wurde mir die Geschichte erzählt, und ich habe sie nie infrage gestellt. Als John dann bei Ruihas Beerdigung auftauchte, war ich genauso überrascht wie alle anderen auch: Woher wusste er von der Beerdigung, und was machte er wirklich? Er sah ganz sicher nicht nach einem Säufer in einem Hafen irgendwo auf Vanuatu, Fidji oder den Salomonen aus. Aber dann war so ein Trubel auf dieser Beerdigung, dass keiner gemerkt hat, wie er wieder gegangen ist. Und du weißt ja: Sina und ich haben beschlossen, die Vergangenheit endlich zu begraben.«

»Dann solltest du sie jetzt wieder ausbuddeln«, erklärte

Katharina in einem Ton, der keinen Widerspruch zuließ. »Geh zu deinem Großvater und deinem Vater. Ich habe das Gefühl, einer von beiden weiß mehr, als er zugeben will! Und ich brauche irgendeinen Anhaltspunkt, damit ich mit meiner Suche weiterkomme.«

»Mache ich«, nickte Brandon. »Wie kann ich dich erreichen, wenn ich etwas herausgefunden habe?«

»Ich bin im Seaview Hotel in Auckland, du kannst mir beim Empfang sicher eine Nachricht hinterlassen«, meinte Katharina. »Und lass dir nicht zu viel Zeit, in Ordnung?«

»Keine Sorge, ich gehe morgen Vormittag gleich zu den beiden in der Reederei. Ich rufe dich dann sofort an. Ich denke, auch dort sollten allmählich die Aufräumarbeiten nach dem Erdbeben beendet sein.«

»Wie geht es denn bei euch voran?«, wollte Katharina noch wissen.

Brandon ließ seinen Blick durch das Zimmer wandern. Bis auf ein paar Bilder, die noch auf einen neuen Rahmen warteten, und ein paar fehlende Vasen sah alles wieder normal aus. Er zuckte mit den Achseln – noch so eine telefonuntaugliche Geste. »Bei uns im Haus und im Garten geht es wieder, der Supermarkt um die Ecke hat wieder seine Kühltheke. Auf den Straßen sieht es noch ziemlich wild aus, und in manchen Ecken der Stadt reißen sie jetzt die Häuser ein, die zu stark beschädigt sind. Wir können nur hoffen, dass wir nicht so schnell ein weiteres Beben haben …«

»Ich drück euch die Daumen«, versprach Katharina, bevor sie sich verabschiedete. Sie sah noch einen Augenblick lang sinnend den Telefonhörer in ihrer Hand an. Das Leben ihrer besten Freundin war in jeder Beziehung total auf den Kopf gestellt – aber um den besonnenen Brandon war sie wirklich zu beneiden.

Der ging wieder zurück ins Schlafzimmer. In der Tür blieb er einen Augenblick stehen, ein Lächeln breitete sich auf seinem Gesicht aus. Sina lag auf der Seite, die blonden Haare wirr ins Gesicht hängend und den Mund halb offen. Sie sah entspannt aus, im Schlaf waren die Sorgenfalten verschwunden, die sich in den letzten Wochen tief in ihrem Gesicht eingegraben hatten. Brandon setzte sich auf die Bettkante und streichelte ihr langsam die Haare aus dem Gesicht. Sie wachte nicht einmal richtig auf, seufzte nur leise und zog ihn in ihre Arme. »Komm, Schatz«, wisperte sie leise. »Ich muss mal wieder ein bisschen Leben spüren.«

So müde Brandon auch war – er beugte sich zärtlich über seine Frau und nahm sie in seine Arme. Während er sie küsste, schob er langsam mit einer Hand ihr weites T-Shirt nach oben. Wie immer musste er dabei lächeln – sie schlief einfach jede Nacht in einem seiner weiten T-Shirts, so als ob sie nichts Eigenes besitzen würde. »Ich fühle mich dir so näher!«, erklärte sie immer mit einem trotzigen Unterton, wenn er sie darauf ansprach. Jetzt zog er ihr den Baumwollstoff einfach über den Kopf und streichelte ihr weiter über die weichen Brüste. Sie drängte sich enger an ihn und gab kleine verschlafene Laute von sich. Fast wie nebenbei küsste sie ihn. Erst auf den Hals, dann auf den Mund, dann länger und fordernder. Er spürte, wie sie ihm ihr Becken entgegenschob. Eine Aufforderung, der er nur zu gerne nachkam. Er küsste sie lange und zärtlich, während er behutsam in sie eindrang. Mit einer Vertrautheit, die nur in Jahren des Zusammenlebens entstehen konnte, glichen sich ihre Körper im Rhythmus allmählich an. Brandon spürte, dass Sina endgültig erwachte, als ihre schläfrig-ruhigen Atemzüge schneller wurden. Die Küsse wurden immer fordernder, bis sie Brandon endlich mit einer schnellen Bewegung auf den Rücken drehte und dann selbst das Tempo bestimmte. Für ein paar Minuten gab es für die beiden nur sie selbst und das Universum, kein Gedanke an Krankheit und Katastrophen hatte noch Platz neben der nackten Leidenschaft, mit der sie sich liebten.

Etwas später lagen sie erschöpft da, die Beine noch ineinander verschlungen, während der Schweiß nur langsam auf ihrer Haut trocknete. Brandon streichelte über Sinas Haar und hörte, wie ihr Atem tiefer und ruhiger wurde, bis sie endlich einschlief. Er konnte noch lange keine Ruhe finden. Zu viele Gedanken fuhren in seinem Kopf Karussell, zu viele Fragen, für die er endlich eine Antwort finden musste.

Als er am nächsten Morgen aufwachte, war Sina schon weg, nur noch ein Abdruck auf dem Laken erinnerte an die letzte Nacht. Er lächelte versonnen, als er aufstand und in die Dusche ging. Sie wollte heute mit Ava in die Klinik – und er hatte offensichtlich den Aufbruch seiner beiden Frauen heute Morgen komplett verschlafen. Am Spiegel im Badezimmer klebte ein Zettel. »Wollte dich nicht wecken, du sahst so friedlich aus …«

Er war dankbar für diesen Tag, den er freihatte. Entschlossen rasierte er sich, zog eine leichte Hose und ein Polohemd an und machte sich auf den Weg in den Stammsitz der Pacific Shipping Company – die Reederei seines Großvaters, die inzwischen fast komplett von seinem Vater geleitet wurde und für die er selbst als Kapitän der verschiedenen Supertanker auf dem Pazifik fuhr. In der großen Eingangshalle der vertraute Anblick der Schiffsmodelle, ein Winken zu dem alten Portier – und schon war Brandon im Aufzug nach oben unterwegs. Als Erstes wollte er zu seinem Großvater.

Er hatte ihn nur noch selten besucht, seit er ihm die Wahrheiten über sein Leben, über Betrug und Gewalt an den Kopf geworfen hatte. Der alte Mann war zwar immer auf der Hut, wenn er bei Familienfeiern auf Sina traf – aber bis jetzt hatten sie ihn in Ruhe gelassen.

Ohne sich die Mühe zu machen, bei ihm anzuklopfen oder sich anzumelden, ging Brandon mit entschlossenen Schritten an der Sekretärin vorbei und baute sich vor dem Schreibtisch von George Cavanagh auf. Er hielt sich auch nicht lange mit Höflichkeitsfloskeln auf, dafür verbrachte er einfach zu ungern Zeit mit dem Mann. Stattdessen steuerte er direkt auf sein Ziel los.

»Wann hast du John das letzte Mal gesehen?«

George sah seinen Enkel aus dunklen Augen lange an. Es war unmöglich zu erkennen, was er wirklich dachte. »Warum willst du das wissen? Ich dachte, du wolltest längst Vergangenes hinter dir lassen? So habe ich dein Schweigen in den letzten Jahren gedeutet. Falsch?«

»Nein. Richtig. Bis Ava krank geworden ist und ich jetzt alle Verwandten, die sie hat, testen lassen muss, ob sie mögliche Knochenmarkspender sind. Also auch John.« Brandon sah seinen Großvater fordernd an.

Der wich dem Blick nicht aus, zuckte aber lässig mit den Schultern. »Was das angeht, habe ich nichts zu verbergen. Der Bengel ist weggerannt, und ich habe ihn nie mehr wiedergesehen. Ende der Geschichte.«

»Wo ist dieser legendäre Container, der angeblich auf die Rückkehr von John wartet?« Brandon wollte sich nicht so einfach abspeisen lassen.

»Du sagst es. Eine Legende. Ich konnte Ewan doch nicht einfach so sagen, dass ich nicht mit der Rückkehr seines geliebten großen Bruders rechnete. Also habe ich die Geschichte einfach erfunden. Von vorn bis hinten. John hat keine unaufgeräumte Wohnung zurückgelassen, er wohnte ja noch bei mir, als er verschwand. Die Sachen aus seinem Zimmer sind allerdings in einen Container gewandert. Einen Müllcontainer.« George Cavanagh schien die Überraschung im Gesicht seines Enkels zu genießen. Brandon hatte offensichtlich nicht damit gerechnet, einfach so die Wahrheit zu erfahren.

»Und die Geschichte vom Säufer? Der immer an irgendeiner Theke irgendeiner Hafenstadt hängt und sein Leben nicht auf die Reihe bekommt?« Jetzt wollte Brandon es genau wissen.

»Auch erfunden. Was sollte ich sagen? Ist verschwunden und wahrscheinlich schon lange tot? Es erschien mir menschlicher, Ewan wenigstens seine Hoffnung zu lassen – auch wenn ich mich später verflucht habe, dass ich mir so eine dämliche Geschichte ausgedacht habe. Habe mehr als einmal überlegt, ob ich nicht einen Tsunami oder eine üble Schlägerei mit tödlichem Ausgang für meinen missratenen Ziehsohn herbeizaubern soll. Muss allerdings zugeben, dass ich immer befürchtet habe, John könnte eines Tages auf der Matte stehen und seinen Teil der Firma einklagen. Was hätte ich dann machen können? Die wundersame Rettung aus dem Tsunami erfinden? Das wäre wahrscheinlich sogar deinem leichtgläubigen Vater irgendwann komisch vorgekommen.« George Cavanagh grinste selbstzufrieden, während er mit seinen Wahrheiten herausrückte.

»Er hat sich nie wieder gemeldet?«, hakte Brandon noch einmal nach. Bei dieser Aussage wollte er ganz sicher sein.

»Nein.« Sein Großvater schüttelte den Kopf. »Das Erste, was ich von ihm gehört habe, ist die Geschichte, dass er bei Ruihas Beerdigung aufgetaucht ist. Nachdem er danach allerdings auch wieder spurlos verschwunden ist, muss man wohl davon ausgehen, dass er uns in Ruhe lässt. Ich für meinen Teil bin an einem Wiedersehen auch nicht interessiert.«

Damit setzte er sich an seinen Schreibtisch, schlug eine Akte auf und sah seinen Enkel fragend an. »War das alles, was du wissen wolltest? Ich habe zu tun, entschuldige mich.«

Brandon sah den alten, arroganten Mann einen Moment lang an. Dann schüttelte er den Kopf. »Du hast recht – ich will nichts anderes von dir. Melde dich doch bitte, wenn dir noch etwas einfällt. Es könnte immerhin sein, dass das Leben deiner Urenkelin davon abhängt.«

Damit ging er wieder und schlug auf den langen Gängen den vertrauten Weg zum Büro seines Vaters ein. Der hatte schon vor Jahren die Leitung der Pacific Shipping Company übernommen. Zumindest auf dem Papier – in Wirklichkeit gab es immer noch keine wichtige Entscheidung, die nicht über den Schreibtisch von George Cavanagh lief. Ewan schien sich an dieser Regelung allerdings nicht zu stören.

Er sah überrascht auf, als sein Sohn plötzlich in seinem Büro auftauchte. »Brandon! Was machst du denn hier? Ich dachte, dir wäre die Büroluft hier viel zu trocken!« Er nahm ihn herzlich in die Arme und war offensichtlich wirklich erfreut, ihn zu sehen.

»Ein paar Stunden ertrage ich sogar dein Büro – solange du von mir nicht verlangst, dass ich für immer hier einziehe!«, erklärte Brandon und ließ sich unaufgefordert auf den Besucherstuhl fallen. Seine Abneigung gegen einen Schreibtischjob war für seinen Vater keine Neuigkeit mehr.

Ewan Cavanagh drückte auf den Knopf seiner Gegensprechanlage. »Einen großen Milchkaffee, bitte«, befahl er seiner unsichtbaren Sekretärin. Dann sah er seinen Sohn fragend an. »Ich hoffe, das ist immer noch dein Lieblingsgetränk?«

Brandon nickte. »Aus eurer Kaffeemaschine immer …«

Einen Augenblick lang herrschte Schweigen, während die ältliche Blondine, die, solange Brandon denken konnte, im Vorzimmer seines Vater gesessen hatte, den Kaffee und ein paar Kekse brachte. »Die magst du doch besonders!«, zwinkerte sie ihm zu – und Brandon kam sich eine Sekunde lang wieder wie der kleine Junge vor, der seinen Papa nur kurz im Büro besuchen durfte. Dann verschwand sie, und Ewan sah seinen Sohn fragend an.

»Du wirst nicht nur wegen unseres Kaffees hier sein …?«

»Nein.« Brandon schüttelte den Kopf. »Wir suchen weiter nach einem passenden Spender für Ava. Bis jetzt sind wir noch nicht fündig geworden, allmählich wird es eng … Deswegen wollen wir auch unbedingt John finden. Immerhin ist er ihr Großonkel. Was weißt du über ihn, seit er hier aus Christchurch verschwunden ist?«

Ewan sah seinen Sohn nachdenklich an. »Ich weiß wirklich nicht, wo er im Moment steckt«, sagte er nach ein paar Sekunden. »Das musst du mir glauben.«

»Aber?« Brandon sah seinen Vater lauernd an. »Das klingt, als würdest du etwas anderes wissen und wärst dir nicht so sicher, wie du es mir sagen sollst.«

Über Ewans Gesicht ging ein leises Lächeln. »Du kennst mich gut! Und du hast recht.« Er sah nachdenklich auf seine Hände, die mit einem Kugelschreiber spielten, dann gab er sich offensichtlich einen Ruck. »Ich habe John nach seiner Flucht aus Christchurch gesehen. Mehrere Male.«

»Wann?« Brandon konnte seine Neugier kaum bezähmen.

Sein Vater zuckte leicht mit den Schultern. »Immer dann,

wenn John es für richtig hielt. Mal hat er mich auf dem Weg zur Schule abgepasst, später dann in meiner Wohnung … Und jedes Mal ging es ihm darum, zu erfahren, wie es mir ergangen ist. Kein einziges Mal hat er von sich selbst geredet. Sicher, ich habe ihn gefragt – aber er hat immer nur gelächelt und gesagt, dass es ihm gut gehe. Wenn ich mehr wissen wollte, hat er geschwiegen. Ein einziges Mal habe ich einfach nicht nachgelassen, immer wieder gefragt – da ist er irgendwann aufgestanden und gegangen. Bis zu seinem nächsten Besuch vergingen damals mehrere Jahre …«

»Und wann hast du ihn das letzte Mal gesehen?« Brandon konnte kaum glauben, was ihm sein Vater da erzählte. Der geheimnisvolle Onkel war immer wieder hier in Neuseeland – sogar hier in Christchurch – gewesen!

»Das ist Jahre her. Als ich ihm erzählt habe, dass ich in die Reederei einsteige und das Ganze irgendwann wohl komplett übernehmen werde, da hat er zustimmend genickt. Wenig später hat er sich verabschiedet, mich fest in den Arm genommen und mir irgendetwas zugeflüstert, dass ich jetzt auf eigenen Füßen stehen würde … Dann ging er. Und tauchte nie wieder auf. Es ist nicht so, dass ich nicht versucht hätte, ihn zu finden. Aber bei einer Sache bin ich mir sicher: John wollte und will nicht gefunden werden. Und solange das so ist, so lange werden wir auch nicht erfahren, wo er wirklich lebt.«

»Du hast keine Möglichkeit, ihm eine Botschaft zukommen zu lassen?« Brandon konnte nicht glauben, dass der Kontakt so einseitig gewesen war.

Ewan machte ein nachdenkliches Gesicht. »Nein, nicht dass ich wüsste. Merkwürdigerweise ist John allerdings immer dann bei mir aufgetaucht, wenn es bei mir nicht gut lief oder ich irgendein Problem hatte. So, als ob er einen

Spion in meiner Nähe hätte. Ich bin allerdings nie dahintergekommen, wie das funktionieren konnte. Und vielleicht habe ich mir das alles auch nur eingebildet.«

Brandon erkannte, dass sein Vater nicht mehr wusste. Sie plauderten noch ein wenig über die Folgen des großen Erdbebens in Christchurch, waren sich einig, dass die Einwohner der Stadt ihre Heimat schnell wieder aufbauen würden. Auch Brandons kleine Schwester Caithleen war daran beteiligt: Sie hatte sich einem Freiwilligentrupp zur Rettung der Kathedrale angeschlossen. Sie schleppten jeden Tag Steine und versuchten, wenigstens einen Teil der alten schwarz-weißen Fassade wiederherzustellen. Schließlich verabschiedete Brandon sich von seinem Vater. Er warf noch einen letzten Blick auf die Karte, die anzeigte, wo welches Schiff der Reederei sich gerade befand. Er deutete auf das Symbol für die Adventure, mit der er im Moment immer unterwegs war. »Wann soll sie wieder auslaufen?«

»Bald«, erklärte sein Vater. »Wenn du Zeit brauchst, um dich um Ava und Sina zu kümmern, gib Bescheid. Dann müssen wir einen anderen Kapitän als Ersatz für dich anheuern.«

Daran hatte Brandon bis zu diesem Zeitpunkt noch nicht gedacht. Noch ein Problem mehr auf seiner Liste ... Er seufzte. »Dann fängst du am besten jetzt schon mit der Suche an. Ich kann mir nicht vorstellen, dass die beiden mich so schnell entbehren können ... Und ich kann im Moment wirklich nicht einfach auf große Fahrt gehen.«

Nachdem er in den Fahrstuhl eingestiegen war, der ihn zurück in die Eingangshalle befördern sollte, lehnte er sich an die verspiegelte Wand und schloss die Augen. Die Gespräche mit den beiden Männern hatten ihn nur wenig weitergebracht. Die Tatsache, dass John wohl doch kein Säufer war,

war ihm klar, seitdem er ihn gesehen hatte. Aber wo konnte er nur stecken? »Warum nur werde ich das Gefühl nicht los, dass er nicht weit von hier entfernt lebt?«, murmelte er immer wieder. Sein Spiegelbild im Neonlicht gab ihm keine Antwort.

Genau diesen Satz sagte er auch zu Katharina, als sie später am Tag miteinander telefonierten.

»Intuition – oder doch nur Wunschdenken?«, schlug sie vor. »Was auch immer es ist, es hilft uns nicht weiter. Ich werde einfach weiterhin meine Augen offen halten und jeden, den ich sehe, nach diesem John Cavanagh fragen. Du kannst dir sicher sein, dass ich mich melde, sobald ich auch nur das Geringste von ihm höre. Und sei es auch nur ein obskures Gerücht …«

Sie legte auf, schlüpfte in ihre Flip-Flops und machte sich noch einmal auf den Weg, um Auckland zu besichtigen. Heute stand die prachtvoll restaurierte Queen Street mit ihren vielen teuren Läden und Cafés auf ihrem Programm. Leise vor sich hin summend lief sie über den Aotea Square und suchte nach einem schönen Platz, um sich ein bisschen auszuruhen. In Wirklichkeit wollte sie sich nur ein wenig die Zeit vertreiben, um dann in ein paar Tagen Matiu wieder zu treffen. In Matamata würde ihre Reportage endlich ein bisschen farbiger werden – und heimlich musste sie sich eingestehen, dass sie sich auch auf die Gesellschaft des Halbmaori freute.

Einen winzigen Moment lang sah sie eine Plakette an einer Hauswand. »Hier starb Sharon!«, stand da. Ob das wohl eine Straßenschlägerei war, die noch nicht so lange her war? Katharina konnte sich nicht erinnern, etwas darüber gelesen zu haben. Dabei waren Rassenunruhen schon lange kein Thema mehr in diesem Inselstaat. Vielleicht sollte sie später einmal in ihrem Reiseführer dazu etwas nachlesen. Schon einen Moment später nahm die Schnitzerei eines Maori ihre Aufmerksamkeit gefangen. Was konnte das nur sein? Neugierig trat sie näher …

Auckland, Januar 1954

10.

Er hätte doch die Handschuhe annehmen sollen. Als der Vorarbeiter vor einer Stunde die alten, stinkenden Dinger unter Johns Nase gehalten hatte, hatte er nur angewidert abgewunken. Jetzt bereute er die hochmütige Geste, während er die hundertste aus unbehandeltem Holz gefertigte Kiste auf eine Palette stapelte. Die abstehenden Splitter und Spreißel bohrten sich tief in seine Hand, während er die Obstkisten ordentlich für den Transport vorbereitete. Allmählich sahen seine Hände aus wie die eines Arbeiters. Was er ja eigentlich auch war. Erst vier Wochen war es her, dass er in Auckland wieder angekommen war. Es erschien ihm allerdings merkwürdig unpassend, dass die Stadt immer noch festlich geschmückt war. Das fröhliche Treiben anlässlich des Besuches der Königin hatte nur einen kurzen Augenblick innegehalten, um der Opfer von Tangiwai zu gedenken; die Königin hatte eine bewegende Rede gehalten – dann hatte man einfach weitergefeiert. Wenigstens fiel John niemandem auf, wenn er in den Kneipen schweigend in der dunkelsten Ecke saß und in möglichst kurzer Zeit möglichst viel Bier herunterkippte.

Tagsüber ließ er sich im Hafen und an den Werften für wenig Geld zu kleinen Hilfsarbeiten anstellen. Es war ihm egal, was es zu tun gab, er wollte nur genügend Geld zusammenbringen, um seinen allabendlichen Kneipenbesuch zu finanzieren.

Heute waren es Lammhälften, morgen konnte es Butter, Obst oder Wolle sein – alles wanderte in die unersättlichen Schiffsbäuche und sicherte den Wohlstand Neuseelands. John interessierte sich eigentlich nicht für die Ware. Wenn ihm die Muskeln oder – wie jetzt – die zerschundenen Hände schmerzten, dann kam ihm das alles nur wie eine gerechte Strafe für sein Überleben in Tangiwai vor. So las er nicht einmal die Zeitungen, die immer wieder von einem geheimnisvollen Mann schrieben, der in dieser schrecklichen Nacht so viele Reisende aus einem Waggon gerettet hatte. »Ohne ihn wäre ich jämmerlich ertrunken!«, erklärte eine ältere Dame jedem Reporter, der ihre Geschichte hören wollte. Anfangs wurde intensiv nach dem Namen des Retters gefahndet, irgendwann waren sich alle sicher, dass er bei seinem letzten Rettungsversuch selbst ums Leben gekommen sein musste. Auch wenn John von diesen Nachforschungen erfahren hätte: Er hätte sich auf keinen Fall gemeldet. Die völlig nutzlose Suche in dem dunklen, mit Wasser vollgelaufenen Waggon wollte er vergessen. Viel zu oft wachte er nachts auf und schnappte nach Luft, weil er schon wieder von dem kalten Wasser und der Suche nach einem Ausgang geträumt hatte.

Auch andere Dinge nahm er nicht mehr wahr: Er merkte gar nicht, dass er an einem besonders strahlenden Sommermorgen Lammhälften auf die Paletten stapelte. Der Himmel spannte sich weit und wolkenlos dunkelblau über ihm, die wenigen Bäume am Hafen wiegten sich in der leichten Meeresbrise, die allen Arbeitern eine willkommene Abkühlung brachte. John arbeitete mit gesenktem Blick. Er wollte mit niemandem reden, und er schaffte es auch, dass keiner der anderen Hilfsarbeiter auch nur das geringste Verlangen danach verspürte, mit ihm ein Wort zu wechseln. Dem Vorarbeiter war der schweigsame junge Mann gerade recht: Der ließ sich nicht ablenken, arbeitete schnell und zuverlässig und hatte offensichtlich nichts außer seiner Arbeit im Sinn.

Er hatte keine Ahnung, was wirklich im Kopf seines Arbeiters vorging. John war in seinem Schmerz um den Verlust von Inge fast dankbar für seine geschundenen Hände – für ein paar Stunden lenkte ihn das schließlich von dem Verlust seiner großen Liebe ab. Eine neue Liebe konnte er sich in diesen düsteren Stunden im strahlenden Sonnenlicht nicht vorstellen. Fast widerwillig hörte er kurz vor Sonnenuntergang auf zu arbeiten. Ohne die Beschäftigung seiner Hände war er allein mit seinen Gedanken.

»Hey, trinkst du noch ein Bier mit uns?«

Einer der anderen Arbeiter stand plötzlich vor ihm und sah ihn auffordernd an. John schüttelte nur den Kopf und machte einen kleinen Bogen, der ihn an dem Frager vorbeiführen sollte. Aber der machte für einen so massigen Mann einen erstaunlich schnellen Schritt zur Seite und stand wieder vor ihm.

»Bist du dir etwa zu fein, um mit uns noch ein paar Stunden zu verbringen? Wie heißt du? John Cavanagh? Bist doch nur ein Söhnchen, das mit einem silbernen Löffel im Mund geboren wurde, oder? Und das hier ist jetzt dein Ausflug ins raue Leben, deine kleine Rebellion, oder was? Wenn du eines Tages genug davon hast, dann kehrst du wieder zurück in dein langweiliges und feines Leben. Aber weißt du was?« Die Stimme wurde lauter und drohender. »Unsereins kann nicht zurück in ein anderes Leben – weil wir kein anderes haben. Im Gegensatz zu dir, Mister Cavanagh!«

John schüttelte unwirsch den Kopf. »Von wem stammt denn dieser Blödsinn? Wäre ich wirklich ein reiches Reederei-Söhnchen, wäre ich sicher nicht hier. Ich heiße ja nicht einmal Cavanagh!«

»Sondern? Hinter welchem Namen versteckst du dich?« Der Sprecher machte einen Schritt auf John zu. Es wirkte nicht wirklich bedrohlich, machte aber deutlich, dass sich dieser Mann nicht mit einer Ausrede zufriedengeben würde.

»Erhardt. John Erhardt. Keine Ahnung, wer die Geschichte mit dem Cavanagh in die Welt gesetzt hat.« Er sah seinem Gegenüber direkt ins Gesicht. So lange, bis der die Augen senkte und sich geschlagen gab.

»Das hat aber der Zahlmeister gesagt«, beharrte er ein letztes Mal auf seiner Geschichte. »Ich frag ihn noch einmal. So leicht kannst du mich nicht verarschen!« Damit trat er zur Seite und machte den Weg frei. John nickte nur. Er musste unbedingt morgen mit dem Zahlmeister sprechen und dort seinen Namenswechsel erklären. Oder sich einen neuen Job suchen, bei dem er sich von Anfang an mit Erhardt vorstellen konnte. Zu tun gab es hier im Hafen überall reichlich.

Langsam ging er zurück zu seiner Unterkunft. Ein möbliertes Zimmer unweit des Hafens hatte die kleine Anzeige versprochen. Eine nette Umschreibung für das karge Zimmer, das lediglich von einem zu hoch gelegenen Fenster spärlich erleuchtet wurde. Um einen Blick auf einen schmutzigen Hinterhof zu erhaschen, musste John sich auf das schmale Bett in der Ecke stellen. Nicht, dass er sich diese Mühe gemacht hätte – ihm war es egal, wo er zu Hause war.

Bei der Besichtigung dieser Absteige hatte er so schnell zugesagt, dass der Vermieter ihn verblüfft gemustert hatte. Die Mühe, ihm die Vorzüge der Kammer aufzuzählen, hätte er sich sparen können …

In seinem Zimmer fühlte John sich alles andere als wohl. Aber er hatte ohnehin nicht das Gefühl, dass ihm auch nur ein Quäntchen Wohlbefinden vorbehalten war. Eher im Gegenteil. Er freute sich schon auf die kühleren Tage, an denen er für sein Überleben im eisigen Wind am Hafen Buße leisten konnte. Das einzige Gefühl, das er noch empfinden wollte, war Schmerz.

Auch an diesem Abend hielt er es nicht lange aus. Er schaltete das Radio ein und nach kürzester Zeit wieder aus. Wen konnte es schon interessieren, ob man sich einen Kühlschrank kaufen sollte oder nicht? In einer Schnulze jammerte eine Frau über eine für immer verlorene Liebe, es folgte ein weiterer überschwänglicher Bericht über die Queen und ihren Besuch in Neuseeland. Egal, wo sie auftauchte, sie sorgte überall für wahre Begeisterungsstürme. Das war der Moment, an dem John auf den Knopf drückte. Auch Inge hatte sich auf die vielen Male gefreut, an denen sie die Königin in Wellington sehen würde. Ein weiterer Traum, der unerfüllt blieb. Inge würde die Königin sicher nicht sehen und ihr auch nicht näher kommen als an ihrer Beerdigung. Die Königin hatte die Opfer von Tangiwai, die nicht identifiziert werden konnten, in einer schlichten Zeremonie gewürdigt. Zu den Leichnamen gehörte sicher auch der von Inge, nachdem John sich geweigert hatte, ihren Namen preiszugeben.

Nachdem er das Radio ausgeschaltet hatte, herrschte wieder Ruhe in dem kleinen Zimmer. Für ein paar Minuten saß John reglos an dem kleinen Küchentisch. Er sah seine zerschundenen Hände an, ohne irgendetwas wirklich wahrzunehmen. Erst das Knurren seines Magens machte ihm klar, dass er wenigstens ein bisschen auf die Bedürfnisse seines Körpers achten musste. Mit einem leisen Seufzer stand er auf und ging noch einmal die steilen Stufen hinunter auf die Straße. Ein kleiner Stehimbiss in der Nähe würde seinen Hunger stillen. Und wenn er danach noch ein Bier oder zwei in der benachbarten Bar trank, dann war ihm wenigstens auch ein traumloser, tiefer Schlaf sicher.

Er konnte später nicht sagen, warum er einfach an dem Stehimbiss vorbeigelaufen war. Nach der schweren Arbeit im Hafen war ihm eigentlich nicht nach Bewegung. Und seine Neugier auf Auckland war seit dem Tag mit Inge in dieser Stadt völlig verschwunden. Trotzdem lief er ziellos weiter, bog irgendwann in die breite Straße ein, die vom Hafen wegführte. Er kam an kleinen Geschäften und kleinen Restaurants vorbei – und fand sich schließlich vor einer Milkbar wieder. Eine schmale Theke, an der alle möglichen Getränke verkauft wurden – und keinesfalls nur so harmlose Dinge wie Milch. Dazu Sandwiches und Snacks, ein Laden genau nach seinem Geschmack. Ohne lang nachzudenken, ging er hinein, setzte sich auf einen der Barhocker und bestellte ein Bier und ein Sandwich mit kaltem Hühnerfleisch und viel Kartoffeln. Während er auf seine Bestellung wartete, sah er sich um. Viele der Plätze waren frei, in einer Ecke saßen fünf oder sechs Gäste in seinem Alter. Unwillkürlich hörte er ihrer Unterhaltung zu.

»… dann geh doch auf die Farm von deinem Alten, und mach die Scheiße von seinen Schafen weg!«, erklärte in diesem Augenblick ein junger Mann mit dunkler Tolle und schwarzer Lederjacke einem anderen. »Wenn du Glück hast, kannst du dir in ein paar Monaten schon ein Auto leisten. Das ist doch wohl ein bisschen Arbeit wert.«

Die anderen lachten laut. John erkannte noch nicht ganz den Witz in dieser Bemerkung. Aus dem Augenwinkel sah er zu, wie der Wortführer seinen Arm um eines der beiden Mädchen schlang und sie eng an sich presste. Das hatte John allerdings noch nie in aller Öffentlichkeit gesehen. Als die beiden dann auch noch einen innigen Kuss austauschten, konnte er seine Augen kaum noch abwenden. Das war nun wirklich ein Skandal. Unauffällig sah er sich in der kleinen Bar um. Teilte hier jemand seine Empörung? Aber er stellte schnell fest, dass er neben dieser Gruppe inzwischen fast der einzige Gast war. Nur ein dünner, asiatisch aussehender Mann saß noch in einer Ecke und löffelte eine Schale mit Suppe leer, ohne seine Augen auch nur ein einziges Mal zu heben.

Ein schlankes Mädchen kam aus der Küche, stellte das Sandwich vor John ab und ging dann mit wiegenden Hüften zu den anderen Besuchern. Er sah ihr fassungslos hinterher. Sie trug Jeans und ein Hemd, dessen Enden sie vor dem Bauch einfach zusammengeknotet hatte. Das hatte er ebenfalls noch nie gesehen. Sie schien seine Blicke in ihrem Rücken zu bemerken und drehte sich um. »Na, gefällt dir, was du da siehst?«, fragte sie mit einem neckischen Unterton. Nicht einmal bösartig. John zuckte mit den Achseln. »Wem würde das nicht gefallen?«, meinte er dann nur.

Die Gruppe brach in Gelächter aus. Sie waren zwar in Johns Alter – aber so ganz anders als er. Der Wortführer angelte eine Zigarettenschachtel aus seiner Hemdtasche und zündete sich eine Zigarette an. Dabei versuchte er ein möglichst lässiges Gesicht zu machen. »Stimmt. Wem würde das nicht gefallen«, wiederholte er Johns Bemerkung mit leicht näselnder Stimme. »Mal abgesehen von den Tausenden von Neuseeländern, die der Queen zujubeln, vom eigenen Auto, einem Kühlschrank und einem Boot träumen und am liebsten hätten, dass Mann und Frau nur in der Dunkelheit und nach der Hochzeit zusammenkommen. Die wollen lieber nicht, dass Frauen Hosen tragen. Oder man sich an ihren Kurven erfreut.«

John konnte nicht anders, er musste lächeln. Der Wortführer hatte wahrscheinlich recht. Und mit seinen sorgfältig zu einer Tolle frisierten schwarzen Haaren, seinen engen Hosen und der Lederjacke sah er wie der Albtraum eines braven Neuseeländers auf seiner Schaffarm aus. Bei diesem Mann konnte man nicht damit rechnen, dass er sich freiwillig die Hände dreckig machen würde.

Das Mädchen, das ihm eben noch das Sandwich gegeben hatte, winkte ihm zu. »Komm, setz dich an unseren Tisch. Du siehst nicht so aus, als ob du hier in der Stadt schon viele Menschen kennen würdest. Mit uns ist es lustig, das wirst du sehen!«

John zögerte nicht lange. Die gesamte Gruppe sah nicht so aus, als ob sie gerne Regeln befolgen würde, sondern lieber ein bisschen Spaß haben wollte. Spaß – das hatte er schon länger nicht mehr gehabt. Er setzte sich zu ihnen, lächelte in die Runde und stellte sich vor. »John. Du hast recht: Ich bin erst seit vierzehn Tagen hier.«

»Was machst du?« Sie schien wirklich neugierig zu sein.

»Kisten stapeln im Hafen.« Er wusste selbst nicht, warum er ihr so freimütig Auskunft gab.

»Puh«, murmelte sie. »Das klingt aber anstrengend.«

»Ja«, nickte John. »Aber damit verdiene ich meine Miete und mein Bier. Was will ich mehr?«

»Spaß und keine Anstrengung«, entgegnete sie wie aus der Pistole geschossen.

»Und wer finanziert das?« John bereute die Frage schon

in dem Augenblick, in dem er sie gestellt hatte. Diese Leute sahen nun wirklich nicht so aus, als ob sie länger darüber nachdenken müssten, wo denn das Geld herkam. Seine Vermutung wurde fast sofort bestätigt.

»Papa. Der denkt, dass ich hier in der Stadt was Vernünftiges lerne!«, erklärte sie ohne Umschweife. »Ist natürlich Blödsinn. Ich verdiene mir hier in der Bar noch etwas dazu, nehme sein Geld und habe eine gute Zeit.«

»Und dann?« John war verblüfft.

Sie schien ihn nicht zu verstehen. »Was meinst du mit ›Und dann‹?«

»Wenn du lange genug eine gute Zeit gehabt hast – dann musst du doch etwas anderes vorhaben. Oder etwa nicht?« Er war wirklich neugierig auf die Antwort.

Auf jeden Fall mehr als das Mädchen, das einem der Raucher die Zigarette aus dem Mund schnappte, einen tiefen Zug nahm, hustete und dann fröhlich erwiderte: »Davon kann man doch gar nicht genug bekommen. Ich hoffe, diese gute Zeit endet nie!«

Diese Sorglosigkeit, wenn es um die eigene Zukunft ging, faszinierte John. Er, der sich bis zu dem Unglück in Tangiwai jeden Tag Gedanken über seine Fähigkeiten, seine wahren Eltern und seine Ausbildung gemacht hatte, hörte zum ersten Mal von einem Leben ohne jeden inneren Antrieb und jedes höhere Ziel. Genau so, wie er es jetzt seit vierzehn Tagen machte, seitdem er sich einfach durch die Tage treiben ließ. Und er musste zugeben, dass er diesen Lebensstil faszinierend fand. »Trefft ihr euch hier jeden Tag?«, fragte er möglichst gelassen nach.

Sie sah ihn kurz an, schien einschätzen zu wollen, ob sie seinem harmlosen Blick einfach vertrauen konnte. Dann nickte sie. »Ja. Fast jeden Tag, wann immer das Wetter es zulässt.« Sie sah den Wortführer an, der fast unmerklich nickte. »Wenn du willst, kannst du gerne wiederkommen. Es wäre allerdings nett, wenn du dann nicht mehr diese Provinzmatte trägst.« Sie deutete auf seine halblangen Haare, die ihm bis auf die Schulter hingen. »Frag nach einer Tolle, wenn du dir einen Gefallen tun willst. Siehst doch gar nicht so schlecht aus!«

Verlegen fuhr sich John durch seine Haare. »Über meine Frisur habe ich mir bisher noch nie Gedanken gemacht …«

»Das sieht man«, stellte sie trocken fest. Dann breitete sich wieder ein Lächeln über ihrem Gesicht aus, und sie streckte ihm ihre Hand entgegen. »Ich heiße Maureen.« Sie deutete auf die anderen. »Und das sind Stuart, Sharon, Neville, Frederick und Simon.«

Er schüttelte der Reihe nach die Hände und fand sich wenig später an ihrem Tisch, mit dem zweiten oder dritten Bier in der Hand. Die anderen erzählten aus ihrem Leben, und schnell wurde ihm klar: Keiner aus dieser Gruppe hatte eine richtige Arbeit. Sie bekamen Unterstützung von ihren Eltern, jobbten in Bars oder in den Geschäften an der Queen Street und wollten vor allem ihren Spaß haben. Was die anderen über sie dachten, war ihnen völlig egal. John hörte begeistert zu. Konnte es sein, dass es noch andere Ziele als eine ordentliche Arbeit gab? Hatte er womöglich seine Zeit auf der Schule nur verschwendet? Den völlig falschen Weg gewählt, um seinem Ziehvater zu schaden?

Er konnte diesen Gedanken nicht allzu lange nachhängen. Maureen legte ihren Arm um seine Hüfte und zog ihn mit einer aufreizenden Bewegung an sich heran. »Wie sieht es denn aus bei dir? Hast du eine Freundin?«, flüsterte sie ihm dabei ins Ohr. Dann hauchte sie ihm einen Kuss auf die Wange – und das in aller Öffentlichkeit. John wurde rot und versuchte, sie unauffällig ein bisschen mehr auf Abstand zu bringen.

»Ja. Ich meine, nein. Sie ist …«, stammelte er und wand sich möglichst freundlich aus ihrem festen Griff.

Sie zeigte beim Lächeln ihre weißen Zähne. »Ich verstehe. Sie hat dich eben erst verlassen, du möchtest noch nicht darüber reden, es ist alles viel zu frisch, und du möchtest dich auf niemanden einlassen.« Sie beugte sich näher zu ihm und gab ihm einen Kuss direkt auf den Mund. »Mit mir musst du dich nicht näher einlassen. Ich möchte nur ein bisschen spüren, wie sich ein durchtrainierter Mann wie du so anfühlt. Die anderen bewegen sich nur dann, wenn es gar nicht zu vermeiden ist. Das sorgt nicht gerade für einen tollen Körper.«

Sie hatte etwas von einem Haifisch. In ihren Wünschen sehr einfach und völlig enthemmt in der Durchsetzung ihres Willens. Die anderen beobachteten sie – und Stuart beugte sich lachend zu John hinüber. »Nimm dich in Acht vor Maureen. Sie verschlingt dich mit Haut und Haaren und spuckt dann die kläglichen Reste aus. Glaub mir, ich spreche da aus Erfahrung!«

John zuckte mit den Achseln. »Vielleicht möchte ich das ja sogar …«

Alle lachten, Stuart wandte sich mit einer theatralischen Geste ab. »Dann ist dir wirklich nicht zu helfen!«

Es wurde spät, bis der Besitzer der Milkbar sie endlich auf die Straße beförderte. Als sie sich alle voneinander verabschiedeten, fühlte John sich zum ersten Mal seit Inges Tod wieder lebendig. Endlich konnte er wieder ein bisschen lachen und musste nicht nur seinem Atem zuhören und sich schuldig fühlen. Maureen drängte sich zum Abschied noch einmal an ihn und fuhr ihm mit den Fingern durch die

Haare. »Geh zum Friseur, ja? Tu es für mich! Und vielleicht noch in ein Geschäft, um dir etwas Ordentliches zum Anziehen zu kaufen. So ist das einfach noch viel zu sehr der Schaf-Chic der Farmen. Und der ist wirklich unerträglich.« Ein letzter Kuss, direkt auf den Mund – und weg war sie. Der Rest der Gang folgte ihr, mit lauten Rufen, Winken, Lachen und keinem Wort des Abschieds an John.

Der stand für einen Moment bewegungslos auf der Straße und sah ihnen hinterher. Dieses völlig sorglose Leben, bei dem nicht ein Gedanke an die Vergangenheit oder Zukunft verschwendet wurde, wirkte auf ihn wie eine Verheißung. Mit leicht schwankendem Gang machte er sich auf den Weg nach Hause. Die einsetzende Morgendämmerung über den Dächern von Auckland bemerkte er nicht einmal, als er sich in seinem kleinen Zimmer auf das enge Bett fallen ließ.

Es war später Vormittag, als er wieder im Hafen bei seiner Arbeitsstelle auftauchte – und er spürte mit einiger Überraschung, dass ihn die Schimpftirade seines Vorarbeiters unberührt ließ. Es gab so viele Jobs hier am Hafen – wenn er morgen nicht mehr Lammhälften stapeln würde, dann waren es eben Kisten mit Butter. Und egal, was es war: Es würde dafür sorgen, dass er sich am Abend wieder ein paar Bier mit den anderen aus der Milkbar gönnen konnte. Er fuhr sich durch das halblange Haar. Und vielleicht auch einen Haarschnitt. So schlecht sah es in der Tat nicht aus, was die anderen Männer aus der Gang trugen. Wenn er hier fertig war, wollte er mal bei einem Friseur nachfragen …

Sein Vorarbeiter sah etwas überrascht, dass sein fleißigster Arbeiter an diesem Morgen nicht nur einige Stunden zu spät gekommen war, sondern auch zum ersten Mal nach den festen Lederhandschuhen griff, die er bis zu diesem Tag immer abgelehnt hatte. Irgendetwas musste da passiert sein.

Der Vorarbeiter lächelte. Vielleicht hatte dieser John ja ein Mädchen gefunden. War ja kein übel aussehender Bursche, und so fleißig, wie er war, wäre er garantiert kein schlechter Fang. Vielleicht sollte er diesen John seiner Tochter vorstellen? Er ärgerte sich, dass er nicht früher auf diese Idee gekommen war.

»Chef?« John stand mit einem Mal vor ihm und riss ihn aus seinen Gedanken.

»Ja, was kann ich für dich tun?« Der Vorarbeiter war überrascht. Bis jetzt hatte John noch nie das Wort an ihn gerichtet.

»Ich hätte eine Bitte. Wegen meines Namens: Bei Ihnen bin ich noch als John Cavanagh eingetragen, aber das möchte ich ändern. Könnten Sie mich bitte künftig als John Erhardt führen?«

»Sicher kann ich das. Aber warum möchtest du deinen Namen ändern?« Der Vorarbeiter war ehrlich überrascht.

»Erhardt ist der Name meiner Mutter. Sie war deutschen Ursprungs, starb früh, und ich möchte sie mit diesem Namen etwas mehr in mein Leben holen. Ist das in Ordnung?« So wie John die Frage formulierte, klang es eher nach einem Befehl als nach einer Bitte. Aber der Vorarbeiter fand die Frage irgendwie sympathisch. Wer konnte schon etwas dagegen haben, dass ein Arbeiter seine Mutter ehren wollte? Außerdem trug wohl so mancher seiner Arbeiter nicht mehr seinen Geburtsnamen – aus welchen dubiosen Gründen auch immer.

»Kein Problem. Dann also künftig: Mr. Erhardt!« John nickte nur und ging wieder zurück zu seiner Arbeit. Ganz so, als sei es das Normalste der Welt, seinen Namen zu ändern. Er war zufrieden. So würden ihn in Zukunft seine Kollegen in Ruhe lassen. Und sollte sein Ziehvater jemals auf die Idee kommen, nach ihm suchen zu lassen, dann würden seine Bemühungen ebenfalls ohne Ergebnis bleiben.

Diesmal ging John nach der Arbeit nur nach Hause, um eine kurze Dusche zu nehmen. Dann zog er eine frisch gewaschene Hose und ein sauberes Hemd an. Beim ersten Friseur blieb er stehen und spähte durch das Fenster. Ältere Herren und grauhaarige Damen erhielten hier Haarschnitte, die wahrscheinlich vor zehn oder zwanzig Jahren modern waren. Die Angestellten sahen nicht so aus, als ob sie irgendeine Ahnung davon hatten, was er suchte. Es dauerte ein Weilchen, bis er endlich ein Geschäft fand, in dem auch jüngere Kundschaft auftauchte. Er versuchte, möglichst lässig zu wirken, als er es betrat.

»Sie wünschen?« Ein geschäftsmäßig dreinblickendes Mädchen sah ihn erwartungsvoll an.

»Ich hätte gerne etwas Moderneres.« John deutete auf seine Haare. »Ich habe da bei ein paar Männern so eine Frisur gesehen. Hinten kurz und …« Über seiner Stirn deutete er eine schwungvolle Bewegung an.

Sie zog eine Braue nach oben, während sie ihn belustigt musterte. »Dann werden Sie auch etwas Neues zum Anziehen brauchen. Aber den Haarschnitt kann ich Ihnen schon einmal verpassen. Bei mir werden Sie ein echter Bodgie.«

Damit griff sie zur Schere und fiel über Johns halblange blonde Haare her. Es dauerte nicht lange, und im Nacken waren sie sorgfältig ausrasiert, über der Stirn lag eine große Locke. Leider waren seine Haare so glatt, dass sie nur mit viel Brillantine eine Tolle formen konnte. Als sie endlich fertig war, trat sie zurück. »Jetzt noch eine neue Hose und eine Lederjacke, und dem Ärger steht nichts mehr im Weg! Und du solltest über etwas längere Koteletten nachdenken, damit sich die Sache auch wirklich lohnt.«

John fragte lieber nicht nach, was sie damit genau meinte, und machte sich auf den Weg zur Milkbar. Er sah mit einem Mal aber auch die verächtlichen Blicke der älteren Männer, hörte die abschätzigen Bemerkungen der Frauen und bemerkte sogar, dass der eine oder andere schnell die Straßenseite wechselte. Der Ruf dieser Bodgies war offensichtlich bei vielen Neuseeländern nicht der beste. Als John endlich die Milkbar erreichte, wünschte er sich fast, eine Mütze mitgenommen zu haben. Dann würde er auf der Straße nicht so sehr auffallen …

Als er die Tür öffnete, ertönte allerdings lauter Applaus. Maureen rannte auf ihn zu, umarmte ihn und verkündete allen anderen mit gespieltem Ernst: »Darf ich euch den neuen John vorstellen? Immerhin hat er den ersten Schritt in ein neues Leben gewagt!«

Die anderen stimmten in den Applaus ein. Bis Stuart einen Schritt zurück machte, ihn noch einmal musterte und dann meinte: »Jetzt wären neue Hosen und eine Lederjacke alles, was du noch brauchst, um ein echter Bodgie zu werden!«

John konnte seine Neugier nicht mehr bezähmen: »Was ist das? Ein Bodgie?«

»Na, Menschen wie wir!«, murmelte Frederick, der sich als Einziger der guten Laune seiner Freunde nicht anschließen wollte. »Damit erklären die Spießer, dass sie mit uns nichts zu tun haben möchten. Wir achten ja nur aufs Äußerliche …«

»Was gar nicht stimmt«, unterbrach ihn Maureen. »Wir wollten nur unseren Spaß. Und richtig gute Musik!« Wie zum Beweis ging sie zu einer Jukebox, die in der Ecke der Milkbar stand, warf ein paar Cent hinein und fing bei den ersten Klängen aus den Lautsprechern an zu tanzen. Auffordernd kam sie auf John zu – aber der schüttelte nur den Kopf. »Ich kann das nicht!« Fasziniert sah er zu, wie Frederick nach Maureens Hand griff und die beiden anfingen, wild miteinander zu tanzen. Es sah eher nach Akrobatik denn nach den ruhigen, gesetzten Gesellschaftstänzen aus, die John bisher kennengelernt hatte. Unwillkürlich wippte er mit. Als die letzten Takte verklungen waren, wollte er sofort wissen, was er da eben gehört hatte.

»Rock 'n' Roll!«, riefen die anderen fast im Chor. »Wo hast du bisher gelebt? Hinter dem Mond?«

Etwas beschämt zuckte John mit den Achseln. Minuten später waren sie zu einem Konzert unterwegs. »Rock 'n' Roll muss man live erleben!«, hatte Stuart verkündet – und im nächsten Augenblick waren sie auch schon in seinem alten Auto unterwegs zu irgendeiner Bar, in der jemand diese Art Musik live spielte.

John schloss in dem Auto für einen Moment die Augen. Im Moment kam er sich vor wie auf einem Karussell, das sich wild drehte. Es war losgefahren in der Sekunde, als er diese harmlos wirkende Milkbar betreten hatte, und jetzt saß er keine vierundzwanzig Stunden später auf eine Rückbank gedrängt neben einem Mädchen, das ohne Umstände ihren Oberschenkel gegen seinen drückte und ihn unauffällig mit dem kleinen Finger streichelte. Er spürte, wie er davon eine Gänsehaut bekam. Zum Glück erreichten sie bald ihr Ziel, drängten sich aus dem Auto und liefen lachend und übermütig zu der Bar, aus der schon laute Musik drang.

Neugierig sah John sich um. Seine Begleitung verschwand sofort auf die Tanzfläche, wo sich ähnlich gekleidete Männer und Frauen in wilden Verrenkungen bewegten. Vor allem die Frauen wurden durch die Luft und sogar in Überschläge geworfen, dass es ihm geradezu schwindlig wurde. Das wollte er auch können! Zögernd machte er einen Schritt in Richtung Tanzfläche und wippte probeweise ein wenig mit.

Ein Mädchen mit einem weiten Rock und unendlich vielen Sommersprossen lächelte ihn an und zog ihn ein Stück zur Tanzfläche hin. Die Musik war viel zu laut, als dass sie miteinander hätten reden können – aber sie merkte auch so schnell, dass sie einen Anfänger vor sich hatte. Es schien ihr allerdings nichts auszumachen. Sie stellte sich neben ihn und machte ein paar Schritte vor. Langsam bewegte er sich mit, wurde sicherer und machte schnellere Schritte. So schwer war das gar nicht – und die laute Musik sorgte dafür, dass nun wirklich jeder Idiot den Takt mitbekam.

Er wusste nicht, wie lange er schon auf der Tanzfläche gewesen war, als Maureen ihn endlich von hinten antippte und ihm ein großes, kaltes Bier in die Hand drückte.

»Ruh dich mal aus!« Sie musterte ihn genauer. Seine Muskeln zeichneten sich unter dem nass geschwitzten Hemd deutlich ab – und Maureen schien offensichtlich zu mögen, was sie da sah. Sie hob eine Hand und strich ihm über die Brust. »Ich wüsste, wo es hier in der Nähe ein ruhiges Plätzchen gibt!«, erklärte sie ohne Umschweife.

Ohne darüber nachzudenken, machte John einen Schritt nach hinten. Er hatte bisher nur Erfahrung mit Mädchen, die schon einen Kuss nur nach langem Nachdenken und vor allem einigen Liebesschwüren verschenkten. Dass ein Mädchen so freizügige Angebote machte, hatte er noch nie erlebt. Er kam allerdings nicht dazu, etwas zu sagen.

Das sommersprossige Mädchen drängte sich zwischen sie. »Den habe ich entdeckt!«, erklärte sie Maureen mit einem drohenden Unterton. »Wage es nicht, ihn mir einfach wieder wegzunehmen.« Es klang nicht, als ob sie einen Scherz machen würde.

Maureen stand dem Mädchen in nichts nach. »Und ich habe ihn hierher mitgebracht. Du durftest ein bisschen mit ihm spielen, das ist alles, was ich euch erlaubt habe. Sei dankbar und such weiter nach einem passenden Mann für dich. Der hier gehört mir.«

Eine Sekunde lang sahen sich die beiden jungen Frauen in die Augen. Ein unsichtbares Kräftemessen, das erst endete, als die Sommersprossige die Augen niederschlug und sich zum Gehen umdrehte. Maureen wandte sich wieder John zu. »Wie sieht es aus? Kommst du?«

Ohne lange nachzudenken, schüttelte John den Kopf. »Ihr habt um etwas gekämpft, das nicht zur Verfügung steht. Ich bin nicht auf der Suche nach Begleitung. Nicht einmal für eine Stunde.«

»Das war kein Kampf. Wenn ich kämpfe, nehme ich ein Messer«, stellte Maureen schlicht fest. »Und du bist dir hoffentlich klar darüber, dass du ein schrecklicher Spielverderber bist. Was ist schon dabei? Sex ist kostenlos und heutzutage auch folgenlos. Wir sollten dankbar sein, dass es so etwas gibt. Im Gegensatz zu Bier macht es sogar nicht einmal dick.«

Sie nahm ihm sein Bierglas aus der Hand, trank einen großen Schluck und drückte ihm dann das nur noch halb gefüllte Glas wieder in die Hand. Sie tätschelte seinen Oberarm. »Trink noch ein paar, vielleicht änderst du ja dann deine Meinung. Wenn ich bis dahin allerdings etwas Besseres als dich gefunden habe, hast du eben Pech gehabt.«

Mit wiegenden Hüften ging sie zurück an die Bar. John kam sie vor wie ein Raubtier, das nach neuer Beute Ausschau hielt. Ob sie die Bemerkung mit dem Messer ernst gemeint hatte? Waren seine neuen Freunde womöglich bewaffnet? Und – waren sie wirklich rücksichtslos genug, um diese Waffen auch einzusetzen? Er schüttelte den Kopf.

John trank sein Bier in wenigen Schlucken leer, besorgte sich ein weiteres und verschwand wieder auf die Tanzfläche. Die Sommersprossige lächelte ihm zwar von ihrer Seite der Tanzfläche aus zu, kam aber nicht mehr in seine Nähe. Maureen musste einen bestimmten Ruf haben. Und der hatte nichts mit Friedfertigkeit zu tun, wenn John das richtig beobachtet hatte.

Auckland, November 1954

11.

»Wenn du weiter so unpünktlich hier auftauchst, dann brauchst du überhaupt nicht mehr herzukommen!« Der Vorarbeiter schrie John direkt ins Gesicht. »Das geht jetzt seit Monaten so. Erst diese lächerliche Frisur, dann die albernen Klamotten – und jetzt bist du auch noch zu lässig, um vor der Mittagspause hier aufzukreuzen. Wenn du bis spät in die Nacht mit deiner Gang durch irgendwelche Bars ziehst und nur noch Rock 'n' Roll hörst, dann ist das dein Problem. Ich erwarte aber von dir, dass du rechtzeitig bei der Arbeit erscheinst. Okay?«

John trat einen Schritt zurück. Ihm tat der Kopf weh. Er hätte gestern wohl doch nichts Selbstgebranntes von Stuart annehmen sollen. Hatte er angeblich günstig von einem Freund erstanden und hatte wirklich scheußlich geschmeckt. Jetzt fühlte sich seine Zunge wie ein Stück Hartgummi in seinem Mund an. Ekelhaft. Probeweise fuhr er mit der Zunge über seine Zähne. Hätte er vielleicht auch mal wieder putzen sollen. Der Vorarbeiter hatte seine Schimpftirade beendet und sah John jetzt abwartend an. Offensichtlich wartete er auf eine Antwort. Leider fiel John in diesem

Moment gerade keine ein. Sein Hirn lag wohl immer noch im Tiefschlaf. Es fühlte sich an wie hinter einem dichten Nebel.

Mit einem tiefen Seufzer schüttelte der Vorarbeiter den Kopf. »Und dir fällt überhaupt nichts ein, was du dazu sagen könntest, Erhardt? Überhaupt, seit du diesen albernen Namen angenommen hast, bist du eigentlich nichts mehr wert. Ich wünsche mir wirklich den alten John Cavanagh zurück. Den hätte ich sogar meiner Tochter vorgestellt. Jetzt würde ich alles tun, damit sie sich von Leuten wie dir fernhält.«

»Dann sollte ich dich wohl von meiner Anwesenheit erlösen«, murmelte John. Er merkte selbst, dass er ein bisschen nuschelte. Der Schnaps von gestern forderte seinen Tribut. »Ich gehe. Das erspart dir die Kündigung.«

»Junge, du schmeißt dein Leben weg!« Der Vorarbeiter hatte Mitleid im Blick. »Ich wünsche dir viel Glück. Vielleicht wendet sich für dich doch noch alles zum Guten.« Er hob seine Hand zum Abschiedsgruß und wandte sich dann wieder seiner Arbeit zu.

John stand einen Augenblick lang bewegungslos herum. Er begriff erst allmählich, dass es ihm jetzt wie seinen Freunden von der Milkbar ging. Er konnte jetzt endlich auch tagsüber Spaß haben … Zufrieden mit sich selbst machte er sich auf den Weg in die Queen Street. Das einzige Problem, das er jetzt noch hatte, war die Sache mit dem Geld. Oder vielmehr das Fehlen davon. Im Gegensatz zu den anderen in der Gang hatte er keine Eltern, die er ständig um ein bisschen Unterstützung bitten konnte. Da half wirklich nur Arbeit. Morgen würde er sich darum kümmern, versprach er sich selbst.

Aber jetzt drehte er sich einfach um und trottete wieder

nach Hause. Ohne sich auszuziehen, ließ er sich auf sein Bett fallen und sank sofort wieder in einen traumlosen Tiefschlaf. Es war schon später Nachmittag, als er das zweite Mal an diesem Tag erwachte. Einen Moment lang sah er sich verwirrt in seinem Zimmer um. Von draußen klangen die Laute eines zu Ende gehenden Tages zu ihm. Menschen, die sich in den Feierabend verabschiedeten oder mit ihren Einkäufen nach Hause gingen. Ein Leben, an dem er keinen Anteil hatte.

Mühselig richtete er sich auf, stellte sich vor den Spiegel und kämmte mit reichlich Brillantine seine Haare wieder nach hinten. Er musste unbedingt seinen Freunden von der großen Neuigkeit erzählen, dass er jetzt endgültig den Job verloren hatte. Wie er die anderen kannte, würden sie ihn sofort auf ein Bier einladen, um seine neu gewonnene Freiheit zu feiern. Schnell schlüpfte er in die schmal geschnittenen Hosen, zog seine Lederjacke über und stieg in die mörderisch spitzen Schuhe, die er sich erst letzte Woche geleistet hatte. Dabei war ein großer Batzen von seinen Ersparnissen draufgegangen. Die könnte er jetzt gut brauchen … aber ein paar Tage lang würde er sicher trotzdem noch durchkommen. So hergerichtet machte er sich auf den Weg in die Queen Street. Die Milkbar war noch leer, er bestellte sich erst einmal einen schwarzen Tee, um wieder einen klaren Kopf zu bekommen.

Außer ihm war nur ein weiterer Kunde in der Bar. Dunkle Haare, dunkle Augen, stämmige Figur – wahrscheinlich ein Maori-Mischling. Je länger er ihn ansah, desto mehr fand er, dass dieser Gast seinem Bruder Ewan ähnlich sah – auch wenn der garantiert kein Maori-Blut in sich trug. Was der Kleine jetzt wohl machte? Inzwischen war er auch schon fast achtzehn. Er musste Pläne für die Zukunft haben, seine Ausbildung ins Visier nehmen. Ob George Cavanagh es geschafft hatte, seinen einzigen verbliebenen Sohn für die Schifffahrt zu begeistern? Immerhin musste er doch einen Erben für seine Reederei finden, nachdem John ihm abhandengekommen war. Oder hatte Ewan inzwischen begriffen, dass sein Vater einen durch und durch unguten Charakter hatte, bösartig und gewalttätig war? Wer weiß – vielleicht hatte auch Ewan gegen seinen Vater rebelliert, und der saß inzwischen ganz allein in seinem schönen Haus in Charteris Bay. Bei dem Gedanken konnte John sich ein Lächeln nicht verkneifen.

Der Maori zahlte und ging. Gleichzeitig flog die Tür auf, und Sharon und Frederick kamen herein – laut streitend. Offensichtlich hatten sie nichts dagegen, dass John ihnen zuhören konnte, sie senkten ihre Stimmen keinen Deut, als sie sich neben ihn setzten.

Frederick kochte vor Zorn. »Du hast einfach etwas mit diesem Ted angefangen, so als ob du eine kleine Hure wärst! Das kann nicht sein, du gehörst zu mir!«

»Und wo genau steht geschrieben, dass ich niemandem außer dir gehöre? Zu deiner Information: Wir haben 1954, nicht 1854. Ich kann mit jedem ins Bett gehen, der mir gefällt – und du kannst froh sein, wenn du auch dazugehörst.« Sharon hob ihr Kinn und starrte ihn mit herausforderndem Blick an.

Frederick sah sie mit flackernden Augen an. John war sich einen Moment lang nicht sicher, ob er seine Freundin schlagen würde. Aber dann senkte Frederick seinen Blick, winkte dem Besitzer der Bar zu und bestellte die ersten drei Bier des Tages. Dabei klopfte er John auf den Rücken. »Dich muss ich ja schon einladen, weil du einer der wenigen Typen bist, die es nicht auf meine Sharon abgesehen haben. Wenn ich es mir recht überlege, dann hast du es auf überhaupt kein Mädchen abgesehen.« Er sah ihn misstrauisch von der Seite her an. »Bist du womöglich ein warmer Bruder?«

John schüttelte den Kopf. »Blödsinn. Ich mag nur diese Herumhurerei nicht. Sharon gehört dir, und deswegen will ich nichts mit ihr anfangen. Und Maureen ist einfach nicht mein Typ …«

»Wer ist denn dann dein Typ?« Fredericks Neugier war offensichtlich geweckt.

John zuckte mit den Achseln. »Das letzte Mädchen, das mein Typ war, ist tot. Jetzt warte ich auf die nächste …«

»Und dann wird geheiratet, und ihr kauft euch eine Waschmaschine, einen Kühlschrank, ein Auto und ein Haus – oder?« Frederick sah ihn lauernd an. »Gib es zu – dann bricht wieder der wahre John hinter der Fassade eines Bodgie hervor.«

John war überrascht. »Nein, wieso? Ich will nicht heiraten, und im Moment ist meine Wohnung kaum groß genug für mein Bett, da träume ich von etwas anderem als einer Waschmaschine und einem Kühlschrank. Auch wenn ein kühles Bier im Bett eine schöne Idee ist – und dafür ist ein Kühlschrank nun einmal die Voraussetzung.« Er lachte bitter auf. »Aber jetzt habe ich erst einmal meinen Job verloren und kann froh sein, wenn ich überhaupt meine Wohnung behalten kann. Ab nächster Woche wird es eng mit der Miete …«

Frederick klopfte ihm kameradschaftlich auf die Schulter. »Wenn es knapp wird, gib Bescheid. Ich kann dir immer was leihen, mein Vater hat mir ein paar Reserven für das große, gefährliche Auckland gegeben.« Noch einmal ein Klopfen, dann bestellte Frederick die nächste Runde Bier. Keine Spur mehr von Misstrauen und Zorn.

Die nächsten Wochen vergingen in einem wilden Wirbel

von Rock 'n' Roll, zu viel Bier, Tanzen, Feiern und Schlaf erst ab den frühen Morgenstunden. Viel zu spät bemerkte John, dass er keinen Cent mehr besaß und ordentlich Schulden bei seinen Freunden angehäuft hatte. Besonders bei Frederick, dessen Launen immer unberechenbar waren. Er öffnete seine Schublade, in der er einst seine kümmerlichen Ersparnisse aufbewahrt hatte, und fand nur noch eine lächerliche Zehnpfundnote, die er bisher wohl übersehen hatte, weil sie eng zusammengefaltet in einer Ecke klemmte. Mit einem Stirnrunzeln sah er den Geldschein an. Es konnte doch nicht sein, dass er jetzt schon wieder arbeiten musste? In zwei Tagen war seine Miete fällig – bis dahin musste er dringend eine neue Einnahmequelle finden. John seufzte. Seine Lust auf schwere Kisten oder gefrorene Lammhälften war gering. Das Leben ohne Arbeit fühlte sich gut an, das ziellose Sich-treiben-Lassen mit seinen neuen Freunden machte ihm wirklich Spaß. So wollte er weiterhin leben.

Während er in die Schublade sah und auf ein Wunder irgendeiner Art hoffte, fiel ihm wieder der dunkelhaarige Kunde in der Milkbar ein. Ewan. Er sollte seine Freiheit ohne Job wenigstens dazu nutzen, auf die Südinsel zu reisen und seinen kleinen Bruder zu besuchen. Vielleicht brauchte Ewan ja dringend seine Hilfe? Oder einen Rat für seine Zukunft. Seufzend schob er die Schublade zu. Also zuerst einmal nach Charteris Bay, dann wieder Arbeit im Hafen suchen. Da er kein Geld hatte, blieb ihm nichts anderes übrig, als in Richtung Süden zu trampen und auf viele nette Mitbürger zu hoffen, die ihn ein Stück des Wegs mitnehmen würden. Entschlossen griff er nach der Zehnpfundnote, zog sich seine geliebte Lederjacke über und machte sich auf den Weg. Seine Freunde würden auch ein paar Tage ohne ihn zurechtkommen.

An der Straße in Richtung Süden stellte er sich hin und winkte den vorüberfahrenden Autos zu. Schon bald hielt ein Farmer mit einem Pick-up an und nahm ihn auf der Ladefläche mit bis in die Nähe des Lake Taupo. John machte es sich gemütlich, blinzelte durch halb geschlossene Augenlider in die Sonne und genoss die Fahrt. Immer wieder schlief er ein – und wurde aus seiner Träumerei erst gerissen, als der Fahrer anhielt und ihn am Straßenrand stehen ließ. Das Glück blieb ihm treu, nur wenige Minuten später hielt ein Lastwagenfahrer, der Ladung für die Südinsel fuhr. Er sah ihn und seine Kleidung zwar mit einer hochgezogenen Augenbraue an und murmelte etwas von »Hat man das jetzt so in der Stadt?«. Aber dann winkte er ihm zu, er solle ins Führerhaus springen. John konnte sogar die Überfahrt auf die Südinsel mit ihm verbringen – bei jedem Fahrzeug durften zwei Personen mit an Bord.

Erst einige Meilen nach Picton musste er sich wieder auf die Suche nach einer neuen mitleidigen Seele machen. Doch es war längst zu spät am Tag, es blieb ihm nichts anderes übrig, als ein Motel zu suchen. Oder – in Anbetracht seiner Finanzen – vielleicht besser eine unbenutzte Schafschererhütte oder einen Unterstand, in dem er es sich für die Nacht gemütlich machen konnte. Er hatte Glück: In einer kleinen Hütte, die wohl Fischern ab und zu als Unterkunft diente, fand er ein trockenes, geschütztes Plätzchen. Er legte sich auf die Bank und war schon fast eingeschlafen, als sich der Hütte Schritte näherten. John fuhr auf und lauschte in die Nacht. Zwei Männer unterhielten sich.

»Was willst du in der alten Bude übernachten? Nach Hause ist es nicht mehr weit!«, murrte der eine. Er hatte eine tiefe, grollende Stimme.

»Und was soll ich da? Meiner Frau erklären, dass wir

nichts mehr fangen? Das Geld leider knapp wird? Die Wale werden heutzutage woanders erlegt. Nicht mehr hier vor dieser Küste!« Der andere klang ärgerlich und sprach mit einem breiten Akzent, den John nicht zuordnen konnte.

»Ob du deiner Frau heute oder morgen erzählst, dass es erst einmal kein Geld gibt, macht keinen Unterschied«, grollte wieder der Erste. »Und ich habe keine Lust, auch nur eine Nacht auf mein bequemes Bett zu verzichten. Wenn ich es vermeiden kann, dann benutze ich keine Unterstände, Zelte oder Hängematten. Los, wir gehen heim.«

Die schweren Schritte der beiden entfernten sich wieder. John atmete langsam aus und spürte, wie sich die angespannten Muskeln in seinem Rücken wieder lockerten. In diesem Augenblick hätte er alles für ein kaltes Bier gegeben, aber der nächste Kühlschrank war ebenso weit wie die nächste Kneipe. Etwas zu essen wäre auch nicht schlecht gewesen … aber er hatte vergessen, sich im Laufe des Tages etwas zu kaufen. Also blieb ihm nichts anderes übrig, als die Augen zu schließen und sich von dem leisen Gesang des Windes in den Strandgräsern in den Schlaf singen zu lassen. Um die beiden Besucher, die ihn fast gestört hätten, machte er sich weiter keine Gedanken. Was sollte er sich um erfolglose Walfänger kümmern? Er hatte bis zu diesem Zeitpunkt nicht einmal gewusst, dass hier in der Gegend noch Walfang betrieben wurde. Als er einschlief, dachte er an alles Mögliche – meistens an Bier, aber ganz sicher nicht an Wale. Völlig unbemerkt von ihm zogen direkt vor der Küste eine große Pottwalkuh und ihr Kalb vorüber, ihr lauter Atem mischte sich mit dem Singen des Windes. Aber John schlief schon fest und traumlos.

Er wachte mit knurrendem Magen auf. Fast vierundzwanzig Stunden ohne etwas Festes zu essen – das machte ihm ernsthaft zu schaffen. Durst hatte er auch. Ein Bier zum Frühstück klang verlockend, aber in dieser Sekunde hätte ihm auch ein Kaffee oder einfach nur klares Wasser geschmeckt. Tatsächlich hatte er nichts, nur einen Blick auf den endlosen Pazifik mit seiner gewaltigen Brandung.

Schnell machte er sich wieder auf den Weg zur Hauptstraße. Sein Reiseglück blieb ihm treu, wieder nahm ihn ein Farmer mit nach Süden. Es war später Nachmittag, als er Charteris Bay erreichte – knapp zwei Jahre nachdem er die Stadt verlassen hatte.

Er sah sich neugierig um. Die Häuser lagen immer noch malerisch am steilen Hang und auf den Klippen, Bäckerei, Metzgerei und der Milchladen drängten sich wie eh und je so eng aneinander, als ob sie sich gegenseitig vor dem ständigen Wind des Pazifiks schützen müssten. Die Grundschule lag verlassen, die Kinder waren an diesem Tag alle schon nach Hause gegangen.

Langsam folgte John der Straße, die bergauf führte, bis er fast den höchsten Punkt des Ortes erreicht hatte. Vor ihm lag das herrschaftliche Haus seines Ziehvaters, hier war John mit einem atemberaubenden Blick auf das Meer aufgewachsen. Er schlüpfte durch das schwere Eisentor und hinter einen alten Eukalyptusbaum. Er lehnte sich gegen das glatte Holz und genoss für einen Augenblick die Aussicht. Das türkisgrüne Wasser mit den kleinen Schaumkronen, auf denen die unterschiedlichsten Boote tanzten. An diesen Ort hatte er sich seine ganze Kindheit über verkrochen, wenn sein Ziehvater ihm wieder einmal nichts außer Prügel zu bieten hatte, ihm immer wieder erklärt hatte, dass er ein kompletter Nichtsnutz sei. Langsam streichelten seine Finger über den Baum. Merkwürdig, dass sich sein ganzes Leben auf den Kopf gestellt hatte, sich hier aber nichts verändert hatte. Völlig versunken in seine Gedanken hörte er nicht, wie jemand durch den Garten näher kam.

»Wie siehst du denn aus?«, rief plötzlich eine Frauenstimme entgeistert neben ihm aus.

John fuhr herum.Vor ihm stand eine Frau Mitte zwanzig, die aschblonden Haare zu einem strengen Knoten zusammengefasst, der dafür sorgte, dass sie Jahre älter aussah, als sie wirklich war. Er lachte auf, als er sie erkannte.

»Fiona! Du bist immer noch bei meinem Vater!«

Die Haushälterin nickte. »Er behandelt mich gut und bezahlt mich anständig. Es gibt keinen Grund, dass ich mir eine andere Stelle suche!« Sie musterte ihn noch einmal. »Und du, mein Lieber, siehst aus, als ob dir die letzten Monate und Jahre nicht sehr gut bekommen wären!« Sie griff nach seinen Händen. »Erzähl mir, wie es dir ergangen ist …«

»Eigentlich wollte ich nur nach Ewan sehen und dann möglichst schnell wieder verschwinden«, entgegnete John zögernd und zog seine Hände zurück. Wollte er wirklich Fiona sein Herz ausschütten? Die Haushälterin hatte schon mit fünfzehn oder sechzehn bei George Cavanagh ihre erste Stelle angetreten. Damals war er neun oder zehn Jahre alt gewesen. Sie hatte ihn ins Bett gebracht, ihm sein Essen gekocht und seine Wäsche gewaschen. Trotzdem, wurde ihm jetzt klar, hatte er an sie nie einen Gedanken verschwendet.

»Komm erst einmal herein, und iss etwas Warmes. Du siehst nicht so aus, als ob du regelmäßig etwas vorgesetzt bekämest. Master Cavanagh kommt heute erst spätabends wieder nach Hause, er ist in der Reederei. Und Ewan kommt erst in zwei Stunden aus der Schule. Er macht im Moment seinen Highschool-Abschluss, da ist viel los, wie du dir denken kannst.

John konnte seine Neugier nicht zügeln. »Wie geht es

ihm? Ich hatte immer ein schlechtes Gewissen, dass ich ihn einfach hier allein zurückgelassen habe.«

Fiona schüttelte den Kopf. »Jetzt geht es ihm gut. Er hat dich monatelang vermisst, immer wieder gefragt, wann du endlich zurück nach Hause kommst. Aber irgendwann hat dein Vater erklärt, dass du dich entschieden hast, zur See zu fahren. Ewan war tief enttäuscht, dass du dich nicht verabschiedet hast. Aber er hat sich damit abgefunden, denke ich.«

»Und wie hat mein Vater erklärt, dass ich nie zu irgendeinem Landurlaub nach Hause gekommen bin?«, fragte John mit gerunzelter Stirn nach.

Fiona zuckte mit den Achseln. »Ewan fragt nur selten. Und Master Cavanagh hat ihm gesagt, dass du das freie Leben als Seemann ein bisschen zu sehr genießt – und deswegen lieber das wilde Leben in den Häfen auskostest und nicht in das beschauliche Charteris Bay zu deinem Bruder zurückkehrst.«

»So ein Blödsinn«, entfuhr es John.

Fiona wiegte ihren Kopf ein wenig hin und her. »Ich weiß nicht. Du bist nicht wieder nach Hause gekommen, da war die Erklärung doch so weit nicht von der Wahrheit entfernt, oder?« Sie sah ihn noch einmal von Kopf bis Fuß an. »Und du siehst wirklich aus wie einer von diesen jungen Menschen in Auckland oder Wellington, von denen ich in der Zeitung gelesen habe. Sex, Alkohol und kein Plan im Leben – so stand es da. Angeblich haben zwei Mädchen sogar ihre Mutter umgebracht – einfach so. In der Zeitung stand, dass es daran liegt, dass ihr Jugendlichen zu wenig Aufsicht von den Eltern habt. Die berufstätigen Mütter sind schuld – bei euch könnte das stimmen, ihr habt ja gar keine Mutter gehabt. Und ich bin sicher ein schlechter Ersatz gewesen.«

Bis zu diesem Augenblick hatte John keine Sekunde an Fiona als einen Ersatz für seine Mutter gedacht. Die Haushälterin war nie allzu herzlich zu den Brüdern gewesen – und selbst jetzt sah sie Johns Verschwinden und die Lügen seines Ziehvaters doch unter einem sehr praktischen Blickwinkel. Ihr hilfreicher Einsatz bei der Reparatur des zerbrochenen Schiffsmodells war wohl das Höchstmaß an Gefühlen gewesen, das sie zu investieren bereit gewesen war. Er sah sie nur kopfschüttelnd an. »Du solltest nicht alles glauben, was du in der Zeitung liest, Fiona. Die Jugendlichen haben nur keine Lust, immer nur nach dem nächsten Kühlschrank oder einer neuen Waschmaschine zu jagen. Ihnen geht es eben nicht nur um Besitz, sondern auch um ein Lebensgefühl.« Er schnaubte verächtlich durch die Nase. »Aber das ist etwas, das werdet ihr wohl niemals nachvollziehen können.«

»Vielleicht will ich das auch nicht. Ich finde es schön, wenn ich ein bisschen Sicherheit habe. Dein Lebensgefühl ist etwas, das wohl nur für Kinder von reichen Familien wichtig ist, oder?« Sie sah ihn aus ihren blassen, blauen Augen fragend an. Und John musste sich eingestehen, dass er keine Ahnung hatte, woher Fiona eigentlich kam oder welche Pläne sie haben mochte. Fiona war nur immer dafür da gewesen, Müll wegzuräumen, Essen zu machen und die Kleidung zu waschen. Er räusperte sich ein wenig verlegen.

»Das mag sein, Fiona. Aber es muss doch mehr im Leben geben als eine Waschmaschine, oder nicht? Es kann so schnell vorbei sein, da sollte man seine Zeit doch nicht mit Nichtigkeiten verbringen …«

»Und was machst du, wenn es denn keine Nichtigkeiten sind?« Ihre Frage war ehrlich gemeint, das merkte John.

»Ich verbringe meine Zeit mit Freunden. Wir haben Spaß.

Wir sind offen für alles Neue«, erklärte er. Es klang in dieser Sekunde in seinen Ohren ziemlich überzeugend.

Fiona nickte nur und winkte ihm zu, ihr zu folgen. »Komm jetzt mit in die Küche. Du bist dünn geworden.«

Sie gab ihm kalten Braten und knuspriges, frisch gebackenes Brot. Dazu ein paar frische Tomaten und einige Scheiben Gurke – und John kam es vor, als ob er niemals etwas Köstlicheres gegessen hätte. Er aß seinen Teller bis auf den letzten Krümel leer, unterdrückte das Verlangen, Fiona um ein Bier zu seinem Essen zu bitten. Sie sah ihm schweigend zu, schnitt eine weitere Scheibe von dem Braten ab und legte sie auf seinen Teller. Erst als er alles gegessen hatte, fragte sie noch einmal nach. »Wie ist es dir ergangen, John?«

Er biss sich auf die Lippen. »Mir geht es gut!«, meinte er. Es klang trotzig.

»Wenn du das sagst, dann muss ich dir wohl glauben«, antwortete Fiona. Ihre Stimme klang enttäuscht. Ohne ein weiteres Wort setzte sie einen Teekessel auf, räumte ihre Küche auf und wusch das Geschirr ab. Dann stellte sie John die große Teetasse hin, die er in seiner Kindheit immer benutzt hatte. »Immer noch mit einem Schluck Milch?«, fragte sie beiläufig. John nickte. Unglaublich, dass diese Frau sich das gemerkt hatte. Dann tranken sie schweigend das dampfende Getränk. Gerade als John die Stille schon fast nicht mehr aushielt, hörte er, wie die Eingangstür ins Schloss fiel – und wenig später die Schritte seines Bruders im Flur. Er sprang auf.

Ewan kam in die Küche, begrüßte unbefangen Fiona – und bemerkte erst dann den Besucher am Küchentisch. Er erstarrte. John machte einen Schritt auf ihn zu, um Ewan in die Arme zu schließen. Doch der sah ihn unverwandt an und machte unauffällig einen Schritt nach hinten.

»Da bist du also«, meinte er schließlich mit tonloser Stimme.

»Ich habe es einfach nicht mehr ausgehalten. Ich musste unbedingt sehen, wie es dir geht!«, sagte John.

»Du hast es lange genug geschafft, diesen Wunsch zu unterdrücken, oder etwa nicht?« In Ewans Stimme war der Schmerz über den Verlust seines geliebten Bruders zu hören. Fiona verließ unauffällig die Küche, um die beiden Brüder ungestört zu lassen.

»Ich konnte nicht vorher kommen«, erklärte John. »Ich war in Europa. Ich habe meine Mutter gesucht. Erinnerst du dich nicht? Unser Vater hat doch gesagt, dass ich gar nicht die gleiche Mutter habe wie du! Da musste ich doch sehen, warum sie mich hier in Neuseeland im Stich gelassen hat.«

»Und? Hast du sie gefunden?« Ewans Stimme war immer noch kühl.

»Ja, aber das ist eine lange Geschichte. Ich bin wieder abgereist, ohne ihr zu sagen, wer ich bin. Habe nicht einmal mit ihr geredet.« John zuckte mit den Achseln, bemühte sich um eine überlegene Miene. »War wahrscheinlich auch besser so.«

»Du bist um die halbe Welt gereist und hast zwei Jahre damit vertan, jemanden zu finden, mit dem du dann doch nicht geredet hast?« Ewan klang ungläubig. »Und dann bist du nach Hause gekommen und hast noch ein paar Monate auf dieses völlig lächerliche Aussehen verwendet – und jetzt kommst du einfach so aus heiterem Himmel wieder und erwartest, dass ich vor Begeisterung ohnmächtig werde? Lieber Bruder, das wird wohl kaum passieren!«

John war einen Moment lang fassungslos. Sein kleiner Bruder war offensichtlich wütend – und hatte beschlossen, dass John ein Versager war, der vor den Problemen davongerannt war. Er wollte schon etwas Gehässiges sagen und mit einem Fluch gehen, als ihm klar wurde, dass er damit wohl die letzte Tür zu seiner Familie und damit zu seiner eigenen Kindheit zuschlagen würde. Hier war er der Ältere, er musste vernünftig sein. Er machte noch einen Schritt auf Ewan zu und legte ihm eine Hand auf den Arm. »Ich verstehe, dass du wütend bist. Ich bin zu lange nicht hierhergekommen. Das lag nicht an dir – und auch nicht immer an mir. Es ist schon fast ein Jahr her, dass ich kommen wollte. Aber dann ist ein Unglück passiert, an das ich bis heute nicht denken mag und über das ich nicht reden kann. Das soll keine Ausrede sein. Ich will nur sagen, dass nicht immer alles so glatt und perfekt läuft, wie wir uns das in unseren Kinderträumen vorstellen. Jetzt lebe ich in Auckland, ich habe Freunde …«

»Sehen die alle so aus wie du?« Ewan war noch nicht überzeugt. »Und riechen die alle so streng? Dann kann man auf diese Freunde wohl kaum stolz sein, oder?«

Nach der Nacht in dem zugigen Unterstand am Strand hatte Ewan wahrscheinlich recht. John fiel ein, dass er auch vor seinem Aufbruch in Auckland nicht geduscht hatte. Das Geld für eine Reinigung seiner Hose und seines Hemdes hatte er sich auch gespart, es lieber für ein Bier in der Milkbar ausgegeben. Er fuhr sich durch die Haare. Die Brillantine verklebte die Haare, sie waren jetzt nur noch dreckig. Er seufzte.

»Es mag dir nicht so vorkommen, aber ich führe kein schlechtes Leben … Es mag im Moment ein bisschen schwierig sein, aber im Grunde ist es gut so, wie es ist.«

»Brauchst du etwa Geld? Bist du deswegen gekommen? Du siehst aus wie eine dieser Gestalten, die um Geld betteln.« Ewans dunkle Augen sahen ihn abfällig an. »Du kannst es ruhig sagen. Ich helfe dir gerne.«

Auf einen Schlag wollte John unbedingt ein Bier. Oder etwas Stärkeres. Einen Schnaps. Rum oder etwas Selbstgebranntes. Diese Überheblichkeit seines kleinen Bruders war unerträglich. Da hatte er Ewan jahrelang vor dem Zorn des Vaters geschützt – und nun behandelte ihn Ewan wie Abschaum aus der Gosse der Großstädte. Musste er Ewan erst an seine Vergangenheit erinnern?

»Bevor du mir Geld gibst – und das nehme ich gerne, danke! –, will ich von dir wissen, wie dein Vater dich behandelt. Hat er inzwischen begriffen, dass er nur noch dich hat? Was hast du vor? Oder wahrscheinlich sollte ich fragen: Was hat er mit dir vor?«

Ewan zuckte mit den Achseln. »Ich werde in einer hoffentlich sehr fernen Zukunft die Shipping Company von meinem Vater übernehmen. Wenn mein Bruder nicht mehr auftaucht, um seinen Teil des Erbes für sich zu beanspruchen.« Er sah ihn lauernd an. »Wirst du das tun?«

John winkte ab. »Kannst du behalten. Von George Cavanagh möchte ich nichts haben.«

Ewan schwieg etwas verblüfft. Mit dieser Antwort hatte er nicht gerechnet. »Wirklich? Weißt du, was du da in den Wind schlägst?«

»Ja. Ein Vermögen, das auf Boshaftigkeit und der Ausbeutung von Menschen beruht. Davon möchte ich nichts haben.« John sah seinem Bruder herausfordernd in die Augen. Wenn der ihm klarmachte, dass er zum Abschaum gehörte, dann musste er ihm wohl zu verstehen geben, dass er ein Erbe, das auf der brutalen Ausbeutung von Seeleuten beruhte, annahm.

Ewan drehte sich um und verschwand wortlos. Keine Minute später kam er wieder und drückte John einen Stapel Geldscheine in die Hand.

»Das ist alles, was ich gespart habe in den letzten Jahren. Fast fünfhundert Pfund. Ich hoffe, du kannst dir damit etwas Neues aufbauen. Etwas, das du nicht so sehr verachtest wie den Mann, der dich aufgezogen hat.« Ewan sah ihn herausfordernd an.

John zögerte. Er nahm das Geld, faltete es sorgfältig zusammen und steckte es in die Tasche. Er wählte die Worte für seine Antwort mit Bedacht. »Ich verspreche dir, dass ich damit etwas Gutes anfange. Genauso verspreche ich dir, dass ich immer wieder nach dir sehen werde. Bitte, lass nicht zu, dass dein Vater uns entzweit.«

»Und wie kann ich dich erreichen, wenn ich dich mal brauche?« Die Frage platzte aus Ewan geradezu heraus. Zum ersten Mal klang er wie der kleine Bruder, der von seinem großen Bruder zurückgelassen wurde. »Es kann doch nicht sein, dass du mich immer besuchen kannst, wenn dir gerade der Sinn danach steht – und ich habe keine Ahnung, wo du dich herumtreibst. Das ist doch nicht gerecht!«

»Leider …«, fing John bedauernd an – aber Ewan winkte ab.

»Ich weiß schon. Du weißt leider nie, wohin dich dein Lebensweg treibt. Mich treibt das Schicksal nur zur Shipping Company, da bin ich jederzeit zu finden …« Er hatte sich nach seinem kleinen Ausbruch wieder im Griff. Trotzdem sah er John bittend an. »Lass dir wenigstens nicht zu viel Zeit zwischen deinen Besuchen, okay?« Endlich nahmen sich die Brüder in die Arme. Ewan sah auf die Uhr und schob John in Richtung Tür. »Du musst jetzt gehen, bald kommt Vater nach Hause, und ich kann mir denken, dass er alles andere als erfreut ist, dich hier in der Küche zu sehen. Ich habe das Gefühl, ihm gefällt die Geschichte vom Seemann, der irgendwo in den Häfen festhängt, fast am besten …« Ewan musterte seinen Bruder noch einmal. »Und wenn ich ehrlich bin, dann ist er nicht so wahnsinnig weit von der Wirklichkeit entfernt. Bodgie in Auckland. Darauf wären wir nicht gekommen.«

»Das kann ich mir vorstellen«, nickte John, ohne weiter auf die Bemerkung einzugehen. Noch eine kurze Umarmung, und schon stand er wieder vor der Tür, huschte durch den Garten, schob sich durch das angelehnte Tor und lief die Straße wieder herunter. Als ihm ein Stück weiter ein teures, dunkles Auto entgegenkam, konnte er einen kurzen Blick auf George Cavanagh werfen. Die dunklen Haare hatten ein paar graue Strähnen, aber ansonsten sah er so aus wie in seiner Erinnerung. Schlank, athletisch, ein etwas verkniffener Mund und sehr zielbewusst. Er sah nicht nach rechts und nicht nach links – und nahm deswegen auch seinen Ziehsohn am Straßenrand nicht wahr. So wie man es von dem Gründer einer Reederei wohl erwartete.

John sah dem Wagen hinterher. Ewan wirkte nicht unglücklich. Etwas verwirrt, wütend auf seinen verschwundenen Bruder und unsicher, ob er den für ihn geplanten Weg wirklich einschlagen sollte. Alles nicht ungewöhnlich für einen Achtzehnjährigen. Um Ewan musste er sich fürs Erste wohl keine Sorgen machen.

Entschlossen machte John sich wieder auf den Rückweg nach Auckland. Dank Ewans Geld konnte er sich dieses Mal auch ein Busticket kaufen – morgen würde er wieder in seiner Wohnung sein, dann konnte er auch die Miete für die nächste Woche bezahlen. Alles würde gut werden. Ganz bestimmt.

Auckland, Februar 1955

12.

»Wo hast du denn gesteckt?« Maureen schlang die Arme um John, als ob er ein lang vermisster Liebhaber wäre. Inzwischen waren sie schon fast ein Jahr befreundet – und immer noch versuchte sie, ihn von ihren Vorzügen zu überzeugen.

»Ich habe meinen kleinen Bruder auf der Südinsel besucht«, erwiderte er wortkarg. Er hatte bisher nicht erklärt, wo seine Familie lebte, und wollte jetzt nicht damit anfangen.

»Ist er so niedlich wie du? Dann musst du ihn mir unbedingt vorstellen.« Sie drängte sich etwas enger an ihn. Zum ersten Mal überlegte John sich, ob er sie nicht doch einmal küssen sollte. Was hatte er schon von seiner ewigen Treue zu Inge? Die lag in einem Massengrab in Tangiwai, zusammen mit ihren zerstörten Träumen. Aber irgendwie fühlte es sich immer noch wie Verrat an. Entschlossen schob er Maureen zur Seite.

»Blödsinn. Mein kleiner Bruder ist viel zu gut für dich. Der Streber der Familie, der Erbe des Unternehmens. Kein Spielzeug für Mädchen wie dich, Maureen.« Er hatte es genauso gemeint, wie er es gesagt hatte. Aber einen winzigen Moment lang bereute er die Grobheit. Maureen wirkte verletzt.

Nur einen Wimpernschlag später schüttelte sie dieses Gefühl ab und lachte wieder. »Unternehmen? Und ich dachte immer, dass du aus einer Familie von ganz armen Schluckern kommst! So kann man sich täuschen …« Sie redete so laut, damit alle sie hören konnten. Aber Frederick und Sharon waren wieder einmal in eine ihrer endlosen Auseinandersetzungen verstrickt, und die anderen sahen sich lieber ihr Bierglas an, als dass sie sich über Maureens neue Erkenntnis ereifern würden. Sie stampfte enttäuscht auf den Boden auf.

»Mit euch ist auch nichts mehr los. Saufen, streiten und sonst nichts. Muss ich mir neue Freunde suchen?«

»Mit mir willst du ja keinen Sex«, grinste Stuart sie schräg an. »Du willst ja unbedingt unseren Seemann mit der schiefen Nase verführen!«

Maureen schüttelte den Kopf. »Spar dir deine Eifersucht. Wenn ich irgendwann mal auf Typen wie dich angewiesen sein sollte, erschieße ich mich. Ist das klar? Außerdem habe ich eine tolle Idee, was wir heute unternehmen können!« Ihre Stimme wurde etwas lauter. »Was haltet ihr von einem Besuch auf der Pferderennbahn? Ich war da noch nie, und ich habe gehört, das soll ein Riesenspaß sein. Wir könnten in der Sonne sitzen, trinken und wetten. Wer am meisten Geld gewinnt, muss die anderen einladen!«

Mit einem Mal kam Bewegung in die etwas träge Gruppe. Sogar Frederick unterbrach seine Schimpftirade in Richtung Sharon und drehte sich zu Maureen um. »Rennbahn? Das klingt super. Gehen wir hin!«

Keine Stunde später liefen sie zwischen den Ständen mit

Bier und Limonade herum und suchten sich einen Platz auf den steilen Tribünen. John hatte endlich seine Schulden bei seinen Freunden mit Ewans Geld bezahlt – so wie er auch seine Miete für die nächsten vierzehn Tage beglichen hatte – und lud alle zu einer Runde Bier ein. Auf dem Weg zum Ausschank kam er an einem Wettschalter vorbei. Er warf einen Blick auf die Liste, die ausgehängt war. Bei einem Pferd blieb sein Blick hängen. Pacific Princess. Wie ein Schiff seines Ziehvaters. Ob das wohl Glück brachte? Ohne lange nachzudenken, setzte er zehn Pfund auf den Sieg der Stute, besorgte dann das Bier und gesellte sich wieder zu den anderen auf der Tribüne.

Das Rennen startete, und das leise Gemurmel der Menge wurde zu einem einzigen lauten Schrei. Als die Pferde an der Tribüne vorbeijagten, sah John Pacific Princess das erste Mal – sie galoppierte kopfschlagend hinter den anderen her. Offenbar passte es ihr überhaupt nicht, dass der Jockey die Zügel recht kurz hielt. John behielt sie weiter im Auge. In der nächsten Kurve gelang es ihr mit einem Mal, dem Jockey die Zügel zu entreißen, und daraufhin jagte sie rasend schnell den anderen Pferden hinterher. Auf der Mitte der Gegengeraden hatte sie die ersten Konkurrenten überholt, vor der letzten Kurve lagen nur noch drei Pferde vor ihr. Sie war nicht mehr aufzuhalten. Am Eingang der Zielgeraden waren nur noch zwei vor ihr, und sie überholte beide so schnell, dass sie mit fast zehn Längen Vorsprung über die Ziellinie schoss. John stand auf seinem Sitz und feuerte sie lauthals an.

Nach dem Sieg dauerte es eine Weile, bis er endlich herunterkletterte und seinen Freunden mit dem Wettschein unter der Nase herumwedelte. »Ich habe auf sie gesetzt – und gewonnen!«

Maureen umarmte ihn wieder. »Du kennst unsere Vereinbarung: Du musst unsere nächste Runde bezahlen!«

»Mache ich gerne!« John entwand sich der Umarmung und lief wieder in Richtung Ausschank. Auf dem Weg ließ er sich seinen Gewinn auszahlen – immerhin hatte er für seine zehn Pfund dreiundsechzig Pfund bekommen! Fünfundzwanzig davon investierte er sofort wieder in das nächste Rennen. Diesmal sollte »sein« Pferd Tiger Hill heißen. Er balancierte die fünf Biergläser zurück auf die Tribüne und deutete auf das Starterfeld vor ihnen. »Dieses Mal müsst ihr auf den Fuchs da achten – dann ist eure nächste Runde gesichert.«

Aber egal, wie sehr sie johlten und anfeuerten: Der kleine Fuchshengst rannte erst als Vierter ins Ziel. Das Geld war weg. Maureen stieß ihn aufmunternd an. »Los! Wenn du deinen Verlust wieder wettmachen willst, dann musst du einfach beim nächsten Rennen wieder setzen. Mehr Geld diesmal! Und vergiss unser Bier nicht …«

Der Plan, wie man dieses Geld wieder reinholen konnte, klang für John und seinen bierbenebelten Kopf einleuchtend. Er machte sich erneut auf den Weg. Ein anderer Pferdename, ein anderes Rennen, fünf Bier. Und wieder kein Erfolg. Dafür ein Kuss von Maureen. Die nächste Wette war etwas teurer, eine Einlaufwette, bei der man sehr viel mehr Geld gewinnen konnte. Es klang einfach, und John suchte sich drei Pferde aus, die in einer bestimmten Reihenfolge über die Ziellinie gehen sollten. Den Sieger hatte er dieses Mal richtig – aber die beiden anderen Pferde hatten falsche Namen. Oder waren es die falschen Pferde? John war sich da nicht mehr so sicher. Er ließ sich lieber von Maureen noch einen »Glückskuss« geben, kaufte noch einmal Bier für alle und versuchte eine weitere Einlaufwette. Warum nur waren nicht mehr Pferde nach den Schiffen seines Großvaters benannt? Dann würde ihm die Auswahl leichter fallen. Maureen deutete auf einen Namen auf der Liste: Endless Love. »Wäre das nicht etwas für uns?«, scherzte sie. Obwohl John sich nicht so sicher war, ob es sich um einen Witz handelte. Er wollte nicht diskutieren, genoss ihre Nähe und setzte wieder. Der Erfolg blieb der gleiche wie bei den vorangehenden Rennen. »Seine« Pferde wollten nicht mehr gewinnen.

Allmählich wurde es dunkel, die Flutlichter gingen an, und John kam sich vor wie in einem Märchenland. In dem gleißenden Licht konnte man nur noch die schweißnassen Pferdeleiber sehen, dazu schrie und rief die Menschenmenge, feuerte ihre Lieblinge an oder unterhielt sich lautstark. So musste das wirkliche Leben sein. Er schloss für einen Augenblick die Augen, fühlte, wie der Boden unter ihm schwankte. Als Maureen ihm noch ein kaltes Glas Bier in die Hand drückte, öffnete er die Augen wieder und nahm einen tiefen Schluck. Ihre Hand auf seiner Hüfte fühlte sich gut an. Er erinnerte sich nicht mehr, was dagegen sprach, Maureen etwas näherzukommen. Irgendwelche Bedenken, die sicher keine Bedeutung hatten. Zum Glück sah er seine Freiheit jetzt klarer, wusste endlich, was er wollte. Maureen. Er schob seine Hand unter ihre Bluse und streichelte ihren Rücken, während er sie noch einmal küsste. Sie lächelte ihn an. »Siehst du jetzt endlich ein, was du die ganze Zeit verschmäht hast? Komm, ich bin mir sicher, wir finden hier irgendwo ein stilles Plätzchen, wo uns niemand stören kann.«

Er folgte ihr wie ein braves Hündchen. Herunter von der Tribüne und durch einen schmalen Spalt in den Brettern in den Raum unter den Sitzen und Stufen. John blinzelte. Hier hörte man das schnelle Jagen der Hufe nur noch von ferne, das Flutlicht drang durch einige Ritzen und warf scharfe Schatten auf den Boden. Maureen sah sich um und zog ihn dann zu einer dunklen Ecke. Der Boden war staubig und dreckig, aber das schien Maureen nicht sonderlich zu stören. Sie schlang ihre Arme um seinen Hals und zog ihn auf den Boden.

»Endlich …«, murmelte sie. »Ich dachte schon, du wirst nie vernünftig.« Dabei nestelte sie an den Knöpfen seines Hemdes herum, öffnete seinen Gürtel. John ließ es einfach geschehen. Er schloss die Augen. Bunte Farben wirbelten an ihm vorbei, er riss die Augen wieder auf, bevor ihm schlecht wurde. Maureen schien seinen Zustand nicht zu bemerken. Sie drängte sich an ihn, schob ihren weiten Rock mit den vielen Petticoats nach oben und setzte sich ohne Zögern auf ihn. Er spürte, dass sein Körper reagierte, seine Hüften sich gegen sie drängten. Maureen beugte sich nach vorn und küsste ihn auf den Hals, knabberte an seinen Brustwarzen und bewegte sich sanft auf und ab. Unwillkürlich entfuhr John ein Stöhnen, während die Menge über ihnen wieder lauter wurde. Offensichtlich war ein neues Rennen gestartet. John versuchte verzweifelt, sich daran zu erinnern, ob er wieder auf ein Pferd gewettet hatte. War überhaupt noch Geld in seiner Tasche?

Maureen biss ihn in den Hals und brachte ihn wieder zurück in die Wirklichkeit. Er spürte ihre schneller werdenden Bewegungen, und mit einem Mal wurde ihm klar, was da überhaupt passierte. Eine Frau schlief mit ihm, zum ersten Mal in seinem Leben – und er fühlte sich, als ob er nur beschmutzt würde. Vorsichtig versuchte er, Maureen von sich zu schieben – aber sie klammerte sich an seinen Hüften fest und sorgte dafür, dass er tief in sie drang. Er schloss noch einmal die Augen, hoffte einfach, dass es wenigstens schnell vorbei wäre. Aber Maureen war keineswegs damit zufrieden, wenn sie nur auf ihm sitzen durfte. Entschlossen sorgte sie dafür, dass er auf ihr lag, biss ihn, kratzte seinen Rücken – und John spürte, dass er in einen Rhythmus verfiel, der wohl seit Urzeiten überliefert war. Nach drei oder vier Stößen wurde das Geschrei über ihm unerträglich laut, er fühlte sich einen Moment lang eins mit der brüllenden Masse – und brach dann keuchend auf Maureen zusammen.

»Mein Schatz …«, flüsterte sie ihm ins Ohr, während er nur noch einmal tief durchatmete und dann innerhalb von Sekunden einschlief. Er bekam nicht mehr mit, dass Maureen zärtlich seinen Rücken streichelte und dann erst bemerkte, dass er leise schnarchend auf ihr lag. Mit einem leisen Fluch rollte sie ihn zur Seite, sah ihn noch einmal an, während sie ihn mit der Spitze ihrer Pumps wenig vorsichtig in die Seite trat. Er rührte sich immer noch nicht. Maureen schob ihren Rock nach unten und machte sich auf den Weg Richtung Eingang.

»Und morgen erinnert er sich an nichts, dieses Schwein!«, murmelte sie vor sich hin, während sie über Staub und Stützbalken leicht schwankend davonging. John blieb reglos im Dreck liegend zurück.

Irgendwann wurden die Geräusche der Menschen leiser. Das Flutlicht erlosch, die Pferde kamen wieder in ihre Ställe, mit einem lauten Knall schlossen sich die Läden an den Totalisatoren. John merkte nichts. Stunde um Stunde schlief er, bis das erste Licht der Dämmerung durch die Ritzen drang und den neuen Tag ankündigte.

Eine schmale, dunkle Gestalt kam durch den engen Eingang unter die Tribünen, nahm einen großen Korb und fing an, ihn mit dem Unrat zu füllen, der durch die Tribünenbretter nach unten gefallen war. Während ganz allmählich immer mehr einzelne Lichtstreifen an den düsteren Ort drangen, fing sie an, ein Lied zu summen. Es klang wie das Rauschen am Strand des Pazifiks, langsam ansteigend und wieder fallend. Irgendwann öffnete sie ihren Mund und fing an zu singen, hell und klar und geradezu unwirklich schön. Vom Meer und von den Menschen, von einem Wal, der die Menschen trug und der sich seine Menschen erwählt hatte. Es klang wie ein friedliches Wiegenlied, ein Gesang aus einer ruhigeren Zeit im unendlichen Werdegang der Erde.

Ihr Gesang drang nur langsam durch den Alkoholnebel, der Johns Sinne umwaberte. Anfangs baute er ihn in seinen Traum ein, phantasierte von einer wunderbaren Frau, die ihm den ersehnten Frieden in die Seele singen konnte. Erst allmählich drang die Wirklichkeit in sein Bewusstsein. Der dreckige, staubige Boden, auf dem sich die Zigarettenkippen von der Tribüne darüber sammelten. Sein dreckiges Hemd mit den geöffneten und abgerissenen Knöpfen, das seine ganze Brust entblößte. Einen Augenblick später wurde ihm klar, dass seine Hose bis zu den Knöcheln heruntergeschoben war. Hektisch wollte er sie hochziehen – in diesem Augenblick erreichte die Sängerin die Ecke, in der er lag. Ihr wundervoller Gesang verstummte mit einem Mal.

Unverwandt sah sie ihn an. Ein feines, dunkles Gesicht mit tiefschwarzen Augen und einer unglaublichen Menge schwarzer Locken die sich um ihren Kopf ringelten und ihr weit über den Rücken fielen, wo sie von einem ausgewaschenen roten Band lose zusammengehalten wurden. Schmale, zierliche Hände, die aus dem rot-schwarzen Flanellhemd ragten, das sie sich für die Arbeit übergezogen hatte. Ein Augenblick, der John wie eine Ewigkeit vorkam, verging.

Dann schüttelte sie den Kopf. »Was tust du nur deinem Körper an? Wie kann deine Familie es ertragen, dich überhaupt noch anzusehen – und spuckst du nicht jedes Mal aus, wenn du dein eigenes Gesicht im Spiegel sehen musst? Das Leben ist so wunderbar und so einmalig – und du wirfst es einfach weg. Das ist so erbärmlich.« Als wollte sie ihren Worten Nachdruck verleihen, nickte sie noch einmal, dann machte sie einfach ihre Arbeit weiter. Ignorierte schlicht, dass er dort lag, in einer entwürdigenden und peinlichen Art. Sie fing sogar wieder an zu singen, während sie all die achtlos weggeworfenen Wettscheine und Essensreste aufsammelte. Ihrer Laune und ihrer Würde konnte diese Arbeit offensichtlich nichts anhaben.

John rutschte unauffällig noch tiefer in die dunkle Ecke, zog seine Hose hoch und hielt das Hemd geschlossen, während er in Richtung Ausgang huschte. Gleichzeitig fuhr seine Hand prüfend in die Hosentasche. Kein einziger Penny war mehr dort, und er war sich nicht einmal sicher, ob Maureen ihm die letzten Pfund geklaut hatte oder ob er wirklich alles beim Totalisator gelassen hatte. Auf jeden Fall hatte er die Ersparnisse von Ewan in einer einzigen Nacht durchgebracht, nichts war mehr übrig.

In der kühlen Morgenluft wurde ihm erst einmal übel. Er übergab sich hinter einem dicken Pohutukawa-Baum und setzte dann mit unsicheren Schritten seinen Weg in Richtung Innenstadt fort. Die Melodie der zierlichen Arbeiterin ging ihm nicht aus dem Sinn, er summte sie immer wieder vor sich hin, ohne zu begreifen, um was es da eigentlich ging. Nur die Worte der Arbeiterin, die standen kristallklar vor ihm. Hatte er in der letzten Nacht wirklich seinen Körper entweiht? Das Andenken an Inge beschmutzt? War er gerade im Begriff, sein ganzes Leben wegzuwerfen? Auf dem langen Weg zum Hafen konnte er die Gedanken nicht mehr wegschieben. Was, wenn sie recht hatte?

Die Sonne stand schon hoch am Himmel, als er endlich das Schloss zu seiner Wohnung öffnete und über die Schwelle trat. Mit einer Sache war er sich absolut sicher: Er wollte heute nicht in die Milkbar. Stattdessen musste er duschen. Und dann ein wenig nachdenken. Über das Lied und die Worte dieser Frau. Sein zerrissenes Hemd warf er in den Abfall, seine Hose sollte nach einer gründlichen Reinigung wieder zu verwenden sein.

Als er endlich das heiße Wasser der Dusche auf seinem Körper spürte, schloss er für einen Moment die Augen. Es kam ihm vor, als ob der gesamte Schmutz der vergangenen Nacht im Abfluss landete. Während er sich mit seinem rauen, alten Handtuch trocken rieb, sah er sich im Spiegel genauer an. Die kurzen Haare mit der Tolle, die leicht schiefe Nase, die ihn an seine Reise nach Deutschland erinnerte. Unter den Augen tiefe Schatten, Bartstoppeln und sehr viel weniger Muskeln als in seiner Zeit als Heizer auf dem Frachter seines Ziehvaters. Er seufzte. Wenn die Frau recht hatte und er seinem Körper Schlimmes antat, ihn entweihte, dann tat er das wenigstens gründlich. Seine graue Gesichtsfarbe zeigte darüber hinaus, dass er zu viel in der Nacht unterwegs war. Und zu viel Alkohol trank. Völlig unbekleidet legte er sich danach in sein Bett, wo ihn ein tiefer Schlaf übermannte.

Es war früher Abend, als er wieder erwachte. Vor ihm lagen ein paar leere und öde Stunden – es dauerte nur wenige Minuten, bis er der Macht der Gewohnheit folgte, aufstand und Augenblicke später in Richtung Queen Street aufbrach. Aus einer Laune heraus verzichtete er allerdings dieses Mal auf die Brillantine im Haar und ließ seine Lederjacke zu Hause. Es fühlte sich anders an als in den Tagen vorher, als er die halbe Stunde Wegstrecke bis zur Milkbar zurücklegte. Seine Füße bewegten sich automatisch, während er weiter seinen Gedanken nachhing. Was erwartete ihn heute Abend? Ein Wiedersehen mit Maureen? Was sollte er nur sagen? Eine Entschuldigung war wohl unangebracht, immerhin war sie ja diejenige gewesen, die ihn unter die Tribüne gezogen hatte. Er hatte nicht einmal geahnt, dass man dort einen geschützten Ort fand.

Schon von ferne sah er das große, hell erleuchtete Fenster der Bar. Langsam ging er näher. Das übliche Bild. Maureen, die dieses Mal ihren Arm um Stuart gelegt hatte. Ihr Opfer, wenn John gerade nicht greifbar war. An der Bar Frederick und Sharon. Sie stritten. Ihre Haare sahen wie ein wilder, ungezähmter Busch aus, seine Augen funkelten, und die Hand auf der Bar war so fest geballt, dass die Knöchel weiß durchschienen. Überall Bierflaschen, die meisten schon leer. John wurde es an diesem Abend schon beim Anblick von Alkohol übel. Er schluckte, schüttelte leise den Kopf und beschloss zu gehen. Wenn er ein weiteres Jahr mit diesen Menschen verbrachte, dann würde er nur noch sein wie sie: mit einem frühzeitig gealterten Körper und ständig auf der verzweifelten Suche nach noch mehr Spaß, nach irgendetwas, das sich wie das richtige Leben anfühlte.

Er drehte sich um, fuhr sich mit beiden Händen durch das Haar und schlenderte langsam in Richtung Hafen. Es war einfach noch zu früh, um direkt in seine winzige Wohnung zurückzugehen. Lachende Menschen auf dem Weg in ein Restaurant oder ins Kino kamen an ihm vorbei. Sie wirkten allesamt glücklich und zufrieden. Oder zumindest nicht einsam.

Als John den Pier erreichte, sah er ein Weilchen auf das

Wasser, das träge gegen die Kaimauer schlug. Sein ganzes Leben hatte er am oder auf dem Wasser verbracht, er sollte hier wieder nach einer Aufgabe suchen. Vielleicht etwas Sinnvolleres, als Lammhälften zu stapeln. Er schloss die Augen, lauschte den leisen Wellen und sah seine Mutter vor sich. Wie stolz sie ihre Tochter angesehen hatte! Wenn sie ihn gestern Abend gesehen hätte, dann hätte sie sich genauso angeekelt abgewandt wie diese junge Maori am Morgen. Er war einfach niemand, auf den man stolz sein konnte. Die Mutter in seiner Phantasie lächelte ihm zu und verschwand. An ihre Stelle trat Inge. Sie musterte ihn mit diesem spöttischen Blick, den er an ihr so geliebt hatte. Er konnte fast hören, wie sie sagte: Und das ist alles, was du mit deinem Leben vorhast? Saufen und Tanzen? Ich bin beeindruckt … Dann kam dieses kleine, kehlige Lachen, mit dem sie sich über alles und jeden lustig gemacht hatte.

Langsam öffnete er die Augen und sah sich um. Neuseelands Wirtschaft gehörte zu den stärksten der Welt, hier am Hafen wurden jeden Tag Tausende von Gütern in alle Welt versandt. Ein kleines Bürohaus war im Erdgeschoss noch hell erleuchtet, das Schild verriet den Namen der Firma: Turners & Growers. Entschlossen ging John hin, klopfte an und drückte die Tür auf. Ein junger Mann in seinem Alter saß an seinem Schreibtisch und sah ihn überrascht an. »Sie wünschen? So spät am Abend haben wir keine Bürostunden mehr, tut mir leid …«

»Ich werde Ihre Zeit nicht über Gebühr beanspruchen, keine Sorge«, beschwichtigte John ihn. »Ich habe nur gesehen, dass hier noch Licht brennt, da wollte ich keinen Tag mehr verschwenden, um nachzufragen, ob Sie vielleicht einen Job haben. Ich kann alles – Lagerung, Planung …«

Das Gesicht des jungen Mannes verriet Neugierde. »Sie

kennen sich mit Früchten aus? Damit handeln wir, dafür benötige ich in der Tat einen Mann. Ist ja schwierig, jemanden zu finden, heutzutage. Was haben Sie denn bisher gemacht?«

John bemühte sich um ein gelassenes Gesicht. Er wollte sein neues Leben trotzdem nicht gleich mit einer Lüge anfangen. »Ich habe mich im letzten Jahr nur mit kleinen Jobs über Wasser gehalten – vieles hier im Hafen als Hilfsarbeiter im Lager. Da habe ich so einiges mitgekriegt. Davor war ich auf Frachtern unterwegs, als Heizer und als Schmierer. Aber jetzt habe ich beschlossen, dass ich etwas Beständigeres finden muss. Das unsichere Leben gefällt mir nicht mehr.«

Der Mann musterte ihn von Kopf bis Fuß, bevor er langsam nickte. »Ich gebe dir eine Chance. Aber wehe, du kommst zu spät oder betrunken zur Arbeit. Das wäre dein letzter Arbeitstag, ist das klar?« Er streckte ihm die Hand entgegen. »Ich bin Jason Turner, der Juniorchef. Willkommen in unserer Firma!«

John nahm dankbar die angebotene Hand und schüttelte sie. »Danke. Ich werde Sie nicht enttäuschen. Mein Name ist John Erhardt. Um wie viel Uhr soll ich morgen hier sein?«

»Um sechs Uhr ist bei uns Arbeitsbeginn!« Jason Turner sah auf die Uhr und gähnte. »Das bedeutet, es ist höchste Zeit, dass wir gehen. Sonst lohnt sich das Bett überhaupt nicht mehr.« Er räumte seine Papiere auf einen ordentlichen Stapel, schaltete das Licht aus und verließ gemeinsam mit John das Büro. Sie verabschiedeten sich vor der Tür und verschwanden in unterschiedlichen Richtungen in der Dunkelheit.

John lief langsam durch die dunklen Straßen zu seiner Wohnung. Leise summte er das Lied der Maori vor sich hin. Er hatte das Gefühl, dass sie ihm damit einen Einstieg in ein besseres Leben möglich gemacht hatte. An diesem Abend ging er das erste Mal seit einer Ewigkeit nicht betrunken und übermüdet ins Bett. Dieses Mal war er voller Hoffnung – und völlig nüchtern. Er stellte seinen Wecker und fiel in einen tiefen Schlaf, in dem er immer wieder das Lied hörte. In seinem Traum sah ihn die Maori allerdings nicht verächtlich an, sondern lächelte ihm zu. So, als ob sie ein gemeinsames Geheimnis hätten.

Der Wecker unterbrach seinen Schlaf mit schrillem Gebimmel. John war das egal: Heute war der erste Tag seines neuen Lebens. Er zog Jeans und ein einfaches Hemd an, strich die Haare mit seinen nassen Händen zurück und verzichtete auf die Brillantine, die er in letzter Zeit überreichlich benutzt hatte. Er hatte sich den Wecker sogar so rechtzeitig gestellt, dass er sich frisch rasieren konnte. Und statt der schicken, spitzen Schuhe zog er lieber die festen Arbeitsschuhe an, die ihn bereits nach Deutschland und zurück begleitet hatten. Pfeifend machte er sich auf den Weg, meldete sich bei Jason Turner und bekam seine Aufgabe zugewiesen: Er sollte Kisten mit Äpfeln überprüfen – wenn das Obst zu reif war, dann würde es auch gekühlt keinen Transport nach England mehr überstehen. Gut gelaunt machte er sich ans Werk, achtete nicht auf das Gerede der anderen Angestellten, die sich über irgendetwas angeregt unterhielten. Erst bei der kurzen Pause am Vormittag, bei der alle ihren Kaffee tranken, stellte er sich unauffällig daneben.

»Diese Kids aus der Milkbar haben doch noch nie etwas Gutes vorgehabt! Immer nur Spaß und bloß nicht arbeiten … das ist echter Abschaum. Es wird Zeit, dass die Regierung etwas gegen diese Kids unternimmt, bevor das noch völlig aus dem Ruder läuft!«, erklärte einer der Älteren im Brustton der Überzeugung.

John runzelte die Stirn. Wussten sie von seiner Vergangenheit und wollten ihn mit dieser Bemerkung dazu bewegen, etwas zu sagen? Aber sie beachteten ihn kaum, waren viel zu sehr ins Gespräch vertieft.

»Da waren doch erst vor ein paar Monaten diese Mädchen, die ihre Mutter umgebracht haben – und jetzt schlachtet dieser Möchtegernrebell seine Exfreundin ab? Angeblich wollte sie sich von ihm schon seit Wochen trennen, und er hat das einfach nicht verkraftet …« Der Hilfsarbeiter schüttelte den Kopf. »Ich meine, jeder weiß, dass das in anderen Gegenden der Welt passiert. Aber doch nicht bei uns, in Auckland!«

John räusperte sich. »Ich habe noch gar keine Nachrichten gehört. Was ist denn passiert?« Seine Stimme klang belegt, das hörte er selbst.

»In einer Milkbar in der Queen Street hat ein Junge, einer von diesen Bodgies, seine Freundin erstochen. Mit dem Messer! Sie hat wohl noch eine halbe Stunde gelebt, dann ist sie elendig verblutet! Keiner von ihren sogenannten Freunden hat einen Arzt gerufen – angeblich wollten sie keinen Ärger mit der Polizei. Das liegt wohl alles daran, dass die heutige Jugend keinen Halt mehr hat. Mutter und Vater arbeiten – das sorgt für viel Geld. Aber keiner hat mehr Zeit, sich um die Erziehung der Kinder zu kümmern. Und es sieht so aus, als ob wir jetzt allmählich die Quittung dafür präsentiert bekämen. Man darf seine Kinder eben nicht allein lassen!«

John war fassungslos. Er bemühte sich, ein möglichst unbeteiligtes Gesicht zu machen, als er noch einmal fragte: »Weiß man, wie das Opfer hieß?«

Der Hilfsarbeiter nickte eifrig. »Eine Sharon Soundso. Und der Mörder stand noch mit dem Messer in der Hand über ihr. Der heißt Frederick Foster. Das Schwein wird wohl den Knast lange nicht mehr verlassen ...«

John konnte nur nicken. In seinem Kopf wirbelten die Gedanken durcheinander. Ohne die singende Maori wäre er gestern wie an jedem anderen Abend des letzten Jahres zu seinen Freunden gegangen. Und wer weiß, was passiert wäre, wenn er auch dort gewesen wäre. Vielleicht wäre Sharon noch am Leben. Vielleicht wäre er aber auch selbst tot, bloß weil er sich vor Sharon gestellt hätte. Benommen schüttelte er den Kopf – eine Bewegung, die die anderen als eine Geste des Entsetzens begriffen.

Der Hilfsarbeiter musterte ihn kurz und fragte dann: »Wie heißt du denn? Was hast du bisher gemacht?«

Dankbar für die Möglichkeit, das Thema zu wechseln, erklärte John seine letzten Monate – dabei ließ er natürlich die Milkbar unter den Tisch fallen. Er redete lieber von Hilfsjobs, auch wenn es in der Realität nicht wirklich viele gewesen waren. Innerhalb weniger Minuten hatte er das Gefühl, dass seine neue Kollegen ihn in ihrer Mitte willkommen hießen. Er begann sich zu entspannen.

Allerdings wurde er für den Rest des Tages den Gedanken an Sharon nicht mehr los. Ihren Zorn, wenn sie mit Frederick immer wieder gestritten hatte. Fredericks geballte Fäuste, als er am frühen Abend in die Bar hineingesehen hatte. Die Lässigkeit, die ihn an dieser Gruppe so angezogen hatte, die Leichtigkeit, mit der sie über Probleme und Karriere gelacht hatten. Der Rock 'n' Roll, zu dem sie die Nächte durchgetanzt hatten. Wann genau war dieses leichte Lebensgefühl dem der Brutalität gewichen? Er hatte die Geschichte von den beiden Mädchen, die ihre Mutter umgebracht hatten, immer mit einem Achselzucken abgetan. Jetzt musste er zugeben, dass die Gewalt sich auch in die Milkbar gedrängt hatte. Er hatte es nur nicht gemerkt, nicht merken wollen.

Es wurde Abend, und John hatte wie im Flug seinen ersten Arbeitstag hinter sich gebracht. Als die anderen Arbeiter ihn aber noch zu einem Bier in eine der Kneipen am Hafen einluden, winkte er ab. »Ich trinke nicht«, erklärte er. »Ich wäre nur eine Spaßbremse. Wenn ihr irgendwann jemanden braucht, der auf euch aufpasst und Limonade trinkt, dann gebt Bescheid!«

Der Hilfsarbeiter sah ihn lange an, in seinem Gesicht zeigte sich so etwas wie Respekt. Dann murmelte er: »Eine gute Entscheidung, wenn man feststellt, dass man mit diesem Zeug nicht gut umgehen kann.« Als er sich mit einem letzten Winken zum Gehen wandte, war John fast sicher, dass dieser Mann viel von seiner Geschichte ahnte oder wusste – aber seinen neuen Weg respektierte. Er machte sich auf den Weg nach Hause. Es wurde Zeit, etwas zu essen – und dann zu schlafen. Seine neuen Arbeitstage fingen früh an …

Matamata, 1998

13.

Matiu schirmte seine Augen mit der Hand ab und spähte in Richtung des Eingangs. Das Filmgelände war strikt gegen die Blicke aller Neugierigen geschützt, der Regisseur wollte das Geheimnis um das Aussehen seiner Drehorte nicht zu früh lüften. Trotzdem gab es immer ein paar unbeirrbare Fans der »Herr der Ringe«-Bücher, die vor den Toren kampierten und darauf hofften, wenigstens einen winzigen Einblick in diese neu entstehende Welt zu erhaschen.

Dem jungen Maori ging es allerdings nicht um die Fans. Er war vielmehr gespannt, ob heute wirklich diese junge deutsche Journalistin auftauchen würde. Sie hatten sich zwar vor einer Woche verabredet, aber womöglich hatte sie inzwischen eine spannendere Story für ihre Zeitschrift entdeckt. Matiu musste sich eingestehen, dass ihn das wirklich enttäuschen würde. Er mochte ihre lebhafte Art und ihre Begeisterung, die sie den Dingen entgegenbrachte.

Wieder blinzelte er gegen die Sonne. Am Tor tauchte jemand in Jeans und einem weißen T-Shirt auf – und Sekunden später summte sein Walkie-Talkie, das jeder Mitarbeiter auf dem Gelände tragen sollte. »Te Whia, Besuch für dich!«, schnarrte der Wachmann. Matiu war sich nie sicher, ob das Gerät diesen schnarrenden Ton erzeugte oder ob der Mann in Uniform der Meinung war, dass man mit diesem merkwürdigen, künstlichen Ton in die Dinger hineinsprechen sollte. Er drückte auf den Knopf. »Bin schon unterwegs!«

Damit machte er sich auf den Weg. Als er etwas näher kam, konnte er sehen, dass sie ebenfalls unruhig nach ihm Ausschau hielt. Lächelnd ging er auf sie zu.

»Hi! Schön, dass du da bist. Ich habe schon befürchtet, dass du in der Stadt hängen bleibst und mich hier in meinem Provinznest vergisst!«

Sie machte eine wegwerfende Handbewegung. »Ich bin nicht der Typ für große Städte. Außerdem kann ich in Auckland schwerlich recherchieren, wie es mit einem der größten Projekte der Filmgeschichte vorwärtsgeht, oder?«

»Na, wenn es das ist, was du willst …« Matiu machte eine einladende Geste, die das gesamte Gelände umschloss. »Dann willkommen in meinem Reich. Oder anders: Willkommen in Hobbingen!«

Katharina zückte ihre Kamera und hob fragend eine Augenbraue. »Darf ich überhaupt Bilder machen?«

Matiu nickte. »Ja. Ich habe das mit den Chefs abgeklärt. Aber du musst leider alle Bilder vor der Veröffentlichung vorlegen. Sie wollen nicht, dass irgendetwas in die Presse gerät, das die perfekte Illusion zerstören würde. Obwohl das hier ziemlich schwer wäre. Hobbingen ist fast schon so, wie die Designer es sich ausgedacht haben …«

Sie bogen um einen letzten Zaun, der als Sichtschutz diente, und standen vor einer lieblichen Landschaft mit kleinen Wegen und grünen Hügeln mit Türen. Katharina hielt für einen Moment den Atem an. »Hier kann man sich ja wirklich vorstellen, dass jede Sekunde ein Hobbit um die Ecke kommt!«, rief sie aus.

Matiu nickte und zog sie weiter. »Warte nur, bis du die Häuser von innen siehst. Oder den Platz, auf dem irgendwann nächstes Jahr das große Fest der Hobbits stattfinden soll …«

Die nächsten Stunden verbrachten sie damit, zwischen den kleinen Hügeln umherzulaufen, über die sich das grüne Gras wie ein weicher Teppich legte. Katharina schüttelte immer wieder den Kopf, wenn sie sah, mit wie viel Liebe zum Detail die Welt aus »Herr der Ringe« zum Leben erweckt worden war. Und Matiu war so stolz auf das Gelände, als hätte er jeden einzelnen Grashalm persönlich gepflanzt.

»Wo werden denn noch andere Szenen gedreht?«, fragte sie schließlich, als Matiu sie endlich in einen flachen Wellblechbau, der als Kantine diente, gebracht hatte.

»Das ist unterschiedlich. Ein Teil wird in den Fiordlands gemacht, dort sorgen die steilen Wände für eine ganz eigene Stimmung. Und die ›Berge der Verzweiflung‹, die findest du im Tongariro-Nationalpark, beim Ruapehu. Da ist es immer kahl, Dämpfe steigen vom Boden auf, und selbst ohne irgendwelche Filmtricks kann man dort auch hin und wieder Geister sehen …«

»Da will ich hin!«, erklärte Katharina spontan. »Ist das weit?«

»Weit? Nein. Aber es ist noch nichts zu sehen von den Dreharbeiten. Auf dem Ruapehu hat die Natur die kompletten Drehorte geschaffen – wir müssen nur noch die Landschaft mit ein paar Elben, Hobbits und Zwergen darin aufnehmen.«

»Aber gerade das ist doch großartig für meine Reportage. Oder denkst du, dass ich nicht fit genug für so eine Tour bin?« Katharina war jetzt völlig begeistert von ihrer Idee.

»Okay, dann klettern wir da am Wochenende eben hoch. Wenn es dir so wichtig ist …« Matiu gab sich geschlagen. »Hast du wenigstens feste Schuhe mitgebracht?«

»Klar, ich wollte für alle Fälle gewappnet sein, keine Sorge!«, versuchte Katharina ihn zu beruhigen. Dann biss sie sich auf die Lippen. Mit einem Schlag war ihr klar geworden, dass sie die Wanderstiefel im Haus von Sina und Brandon gelassen hatte. »Mist. Ich habe sie vergessen. Aber ich kaufe mir welche, bis zum Wochenende habe ich alles, was ich brauche.«

»Das geht doch nicht!«, rief Matiu aus. »Ordentliche Wanderstiefel muss man einlaufen, sonst scheuern die ganz schrecklich. Und eine Wanderung mit Blasen an den Füßen ist das Letzte, was du dir wünschst!«

»Das mit dem Einlaufen ist mir schon klar. Ich wandere wirklich viel, kannst du mir glauben. Vor ein paar Jahren habe ich Sina auf jeden Treck, den es gibt, gejagt. Ich glaube, sie hat mich dafür gehasst! Ich habe nur nicht daran gedacht, dass ich für diese Reportage auch meine Wanderstiefel brauchen würde.« Fragend hielt Katharina ihm einen Fuß entgegen, während sie auf dem anderen balancierte. »Und du glaubst wirklich nicht, dass ich mit diesen Sneakers da hochkomme? Immerhin wollen bald auch die Schauspieler da hoch!«

»Ja. Mit Hubschraubern«, knurrte Matiu. »Wir würden doch nie das Risiko eingehen, dass die sich ein Bein brechen oder Schlimmeres.« Er zuckte mit den Achseln. »Meinetwegen kannst du mit deinen Turnschuhen nach oben rennen. Das tun schließlich jedes Jahr Hunderte von Touristen, ohne dass ihnen etwas passiert. Aber ich für meinen Teil ziehe lieber ordentliche Stiefel an!«

»Dann kannst du mich ja retten, wenn ich in Bergnot gerate«, grinste Katharina. »Wann holst du mich morgen ab? Um sechs Uhr?«

»Gleich morgen?« Matiu schien über seinen eigenen Elan etwas erschrocken zu sein.

»Na ja – morgen ist Samstag«, erklärte Katharina. »Hast du da nicht frei? Und hast du nicht etwas von Wochenende gesagt?«

»Ja«, nickte Matiu. Und murmelte gleichzeitig, halb für sich selbst: »Ich muss komplett wahnsinnig geworden sein! Ich stehe mitten in der Nacht für eine Bergwanderung auf …« Heimlich musste er sich allerdings eingestehen, dass er sich auf den Tag mit der deutschen Reporterin freute.

Als Katharina am nächsten Morgen in sein Auto kletterte, lagen zwei sorgfältig gepackte Lunchpakete auf der Rückbank – und daneben sogar eine Flasche Rotwein. »Damit können wir dann am Abend feiern, dass wir die Wanderung geschafft haben!«, erklärte Matiu, als er ihren etwas verblüfften Blick sah. Und damit wendete er und gab Gas.

Eine Zeit lang schwiegen die beiden wie altvertraute Freunde. Katharina genoss die Ruhe. Viel zu oft plapperten die Menschen in ihrem Gewerbe ohne Sinn und Verstand vor sich hin. »Wortinkontinenz« hatte Tom das immer genannt. Einer seiner besseren Witze. Und sie hasste das Geplapper aus tiefstem Herzen.

So dauerte es fast eine halbe Stunde, bis Matiu das Schweigen brach. »Glaubst du wirklich, dass du unsere Wanderung heute in deine Reportage einbauen kannst?«

»Warum nicht? Wenn du mir sagst, was genau ihr da oben plant, dann kann das doch ziemlich spannend sein. Aber ich gebe zu, dass ich es wirklich liebe zu wandern. Den Treck über den Tongariro haben wir damals nicht mehr geschafft, wir wollten schließlich noch auf die Südinsel.«

Matiu nickte nur. »Dann sei nicht zu enttäuscht – da oben ist hauptsächlich sehr viel Geröll. Es gibt einen Grund, warum wir uns diesen Ort ausgesucht haben, um Verzweiflung darzustellen …«

Mit einem Seitenblick reichte er ihr ein belegtes Brötchen. »Ich nehme an, du hast noch nicht gefrühstückt? Dann solltest du das jetzt nachholen – es hat keinen Sinn, ohne eine vernünftige Grundlage auf einen Berg zu rennen.«

Katharina fing an zu lachen. »Ich habe dir doch gestern schon gesagt, dass ich viel wandere. Selbstverständlich habe ich heute Morgen ein Müsli gegessen, keine Sorge.« Sie steckte das Brötchen in ihren schicken City-Rucksack, der heute als Bergrucksack dienen musste. »Aber trotzdem vielen Dank. Ich hebe es mir auf, später am Vormittag habe ich sicher Hunger.«

Matiu interessierte sich für den Hintergrund seiner Begleiterin. »Was macht denn der Rest deiner Familie?«

»Kein großes Geheimnis«, winkte Katharina ab. »Und nicht einmal wirklich spannend. Meine Mutter ist Hausfrau, mein Vater sitzt als Angestellter in irgendeinem Büro und freut sich auf seinen Feierabend – oder auf seine Rente in einem knappen Jahr. Und mein Bruder ist Banker. Langweiliger geht es fast nicht … Ich glaube, deine Geschichte ist spannender, oder?« Sie sah ihn neugierig an. »Wie ist es, wenn man heutzutage als Maori in Neuseeland lebt?«

Matiu bog mit Schwung auf einen kleinen Parkplatz ein, auf dem schon zwei Autos verloren neben einem windschiefen Baum standen. »Jetzt fangen wir erst einmal an zu laufen – hier fängt der Treck auf den Berg an.«

Er parkte sein Auto, wechselte von seinen Sneakers auf Trekkingstiefel, die deutliche Spuren von langer Benutzung aufwiesen. Katharinas Sneakers und ihren City-Rucksack sah er noch einmal mit missbilligendem Blick an, dann schulterte er seinen sehr viel geländetauglicheren Rucksack und winkte ihr, ihm zu folgen. Der Treck startete durch eine Ebene mit viel vertrocknetem Gras und wenigen Blumen, die sich irgendwie verzweifelt in dem steinigen Untergrund festkrallten. Schon nach kurzer Zeit verschwanden die letzten windschiefen Bäume und wurden durch fast mannshohe, harte spitze Gräser ersetzt.

Der Treck wand sich mehr oder weniger geradeaus in Richtung der Vulkangipfel durch diese Landschaft. Erst als er allmählich anstieg und das Wandern damit beschwerlicher wurde, verschwand auch dieser Bewuchs. Innerhalb weniger Hundert Meter liefen sie nur noch über Schotterhänge. An einer Stelle hing über dem rötlichen Geröll eine weiße Dampfwolke. Matiu deutete in die Richtung: »Dort dringen heiße Dämpfe aus dem Inneren des Vulkans nach außen. Das sehen wir weiter oben noch häufiger; im Film wird das wie Nebel wirken – auf jeden Fall sorgt es für einen gruseligen Effekt.

Katharina spürte, wie ihr der Schweiß über den Rücken zu laufen begann. Die Steigung wurde heftiger, gleichzeitig kletterte die Sonne schnell immer höher am Himmel. Sie querten eine große Geröllhalde und liefen dann über einen Weg, der an riesigen Gesteinsbrocken vorbeiführte. Matiu blieb stehen und deutete auf diese Felsen. »Hier werden unsere Hobbitfreunde ziemlich verzweifelt herumirren. Stell dir einfach vor, dass die Steine noch nass glänzen, es womöglich Nacht ist und wir zudem mit einer kleinen Nebelmaschine nachhelfen …«

Katharina wollte sich nicht anmerken lassen, dass sie über diese kurze Pause ziemlich froh war. Sie strich sich eine feuchte Strähne hinters Ohr und atmete tief durch, während sie sich die abweisend aussehenden Felsformationen ansah. »Es sieht sogar schon jetzt im Sonnenschein ziemlich gruselig aus.«

Matiu nickt. »Ja, deswegen haben wir es ausgesucht …« Er sah sie besorgt an. »Möchtest du eine kurze Pause machen? Du siehst ein bisschen angeschlagen aus.«

Mit einer abwehrenden Handbewegung setzte sich Katharina wieder in Bewegung. »Keine Sorge. Ich bin nur nicht mehr so fit, wie ich es einmal war – dieses Herumsitzen im Büro tut mir nicht gut. Aber wir sollten uns dringend einen besseren Aussichtspunkt suchen, um eine Pause einzulegen …«

Schweigend kämpften sie sich weiter den Berg nach oben. Katharina verfluchte insgeheim ihren Leichtsinn mit den Wanderschuhen: Immer wieder verlor sie in dem lockeren Geröll den Halt und knickte leicht um. Zum Glück lief sie hinter Matiu her, er konnte sie in ihrer Not nicht sehen. Nur wenige Hundert Meter später verließ er den markierten Pfad und deutete auf einen Grat, der sich über ihnen entlangzog. »Da oben werden wir hauptsächlich drehen. Das sollten wir uns ansehen!«

Katharina nickte nur. Ihr Atem ging inzwischen zu schwer, als dass sie noch ausführlich antworten konnte. Auf dieser kurzen Strecke gab es keine befestigten Wege mehr, die scharfkantigen Steine gaben jetzt beim Auftreten nach. Es fühlte sich an, als ob sie bei jedem Schritt einen halben Meter zurückrutschte. Der Schweiß rann ihr in Strömen den Rücken herunter, ihre Haare klebten ihr feucht im Nacken. Sie verfluchte sich insgeheim, dass sie auf diese dämliche Wanderung bestanden hatte. Was konnte sie hier schon sehen, das sie nicht auch in einem Reiseführer hätte anschauen können? Und heimlich nahm sie sich vor, dass sie in Deutschland wieder etwas für ihre Fitness tun würde. Zweimal die Woche joggen oder Fahrrad fahren – das war das Mindeste. Sie durfte es nicht zulassen, dass sie plötzlich zu einer dieser Bürofrauen wurde, die ihrer einstigen Sportlichkeit nachjammerten.

Matiu drehte sich um und musterte seine Begleiterin belustigt. Auf ihren Wangen zeichneten sich hektische rote Flecken ab, auf ihrer Oberlippe hatte sich der Schweiß zu kleinen Tröpfchen gesammelt. Ihr T-Shirt war nassgeschwitzt und auf ihrer Stirn zeigte sich eine steile Falte. Wahrscheinlich würde sie nie zugeben, dass sie eine kleine Pause benötigte … Er beschloss, dass er sie am Grat, der nur noch wenige Höhenmeter entfernt lag, endlich erlösen wollte. Entschlossen drehte er ihr wieder den Rücken zu und kämpfte sich weiter über den steilen Hang, als er mit einem Mal hinter sich einen Fluch und das polternde Geräusch von Steinen hörte. Matiu fuhr herum und sah, wie Katharina, die ausgerutscht und gestürzt war, ein Stück den Hang hinunterrutschte.

»Alles in Ordnung?«, brüllte er ihr zu, während er sich auf den Weg zu ihr machte.

»Sind nur ein paar Schrammen«, rief sie zurück und rappelte sich langsam wieder auf. Ihr schweißnasses Gesicht war jetzt mit dem feinen Staub der Steine bedeckt. Auf der hellen Hose zeigten sich Dreckspuren. Sie versuchte, den Staub abzuklopfen, und hörte fluchend auf, als sie merkte, dass sie es eher schlimmer als besser machte. Als Matiu sie erreichte, gab er ihr die Hand. »Diese Hänge sind wirklich schwierig, vor allem abseits der Wege. Von unten ist nur schwer zu sehen, wie steil das hier wirklich ist!«, erklärte er.

Katharina versuchte ein Lächeln, das ihr allerdings kläglich misslang. »Ich gebe zu, ich habe mich völlig verschätzt, was meine Kondition betrifft. War immer der Meinung, mich kann nichts umwerfen«, sagte sie und versuchte immer noch, ihren keuchenden Atem unter Kontrolle zu bekommen. Ohne Widerrede griff sie nach Matius Hand und ließ sich von ihm helfen. Es schien ihr wie eine Ewigkeit, bis sie den Kraterrand erreichten – und hier war sie für einen winzigen Augenblick wirklich sprachlos. Von diesem Punkt aus konnte man weit in die Ebene sehen, sie bildete sich sogar ein, in der Ferne den Pazifik zu sehen.

Matiu hatte sich auf den Boden gesetzt und lehnte gelassen an einem der großen Felsbrocken, die wie das Spielzeug eines Riesen herumlagen. Er klopfte einladend mit der Hand auf die Steine neben sich. »Komm, setz dich doch. Du siehst ganz so aus, als ob du eine Pause nötig hättest.«

Dankbar ließ Katharina sich neben ihm fallen – und wäre fast sofort wieder aufgesprungen. Der Boden unter ihr war so warm wie eine lebendige Hand! »Das ist ja merkwürdig!«, rief sie aus. »Spürst du das auch?«

»Aber natürlich«, nickte Matiu. »Das hier ist ein aktiver Vulkan, da ist der Boden natürlich warm. Es ist nur so, dass das jeder vergisst, der hier nur herumläuft.« Er griff in seinen Rucksack, holte eine Trinkflasche heraus und hielt sie Katharina einladend entgegen. »So wie du aussiehst, solltest du jetzt dringend etwas trinken! Bedien dich!«

Katharina hing an der Flasche wie eine Verdurstende. Über ihrem Sturz und dem Ärger mit diesem Geröll hatte sie ganz vergessen, wie durstig sie eigentlich war. Erst als sie endlich absetzte, bemerkte sie die himmlische Ruhe, die hier oben herrschte. Sie schloss einen Augenblick lang die Augen. »Schön friedlich hier«, murmelte sie.

Matiu lächelte und deutete auf den Pfad, den sie eine knappe Stunde vorher verlassen hatten und den man von ihrem Standort aus gut sehen konnte. Jetzt, am späten Vormittag, hatte er etwas von einer Ameisenstraße. Wanderer allein, zu zweit oder in Gruppen zogen in Richtung Gipfel. »Wenn du auf diesem Pfad geblieben wärest, würdest du jetzt nichts von Frieden erzählen. Hier sind so viele Menschen unterwegs, dass die Naturschützer erwägen, die Anzahl zu begrenzen. Für das Buschwerk am Eingang des Weges, durch das wir durchgekommen sind, ist es fast zu viel. Die Leute pinkeln gegen die Büsche, werfen ihren Müll weg und laufen auch mal auf Pfaden abseits des Hauptweges. Dafür ist die Natur hier eigentlich viel zu empfindlich.«

Katharina nickte, schloss die Augen und drehte ihr Gesicht in die Sonne. Der Wind streichelte ihre Haut, unter den Fingern spürte sie den warmen Stein, die Luft roch erdig und leicht schwefelig. »Ein magischer Ort«, bemerkte sie schließlich leise.

Matiu nickte. »Ja, in der Sagenwelt der Maori sowieso … Aber das erzähle ich dir später. Jetzt solltest du arbeiten.«

Er deutete auf ein paar große Felsen. »Dort werden nächstes Jahr die Hobbits kampieren und sich um das letzte Essen streiten.«

Katharina zückte ihre Kamera und machte Bilder von den scharfkantigen Felsen, die immer wieder von dampfenden Schwaden halb verborgen wurden. Sie bedauerte, dass es keine Möglichkeit gab, im Bild festzuhalten, wie warm der Boden war. Es wurde später Nachmittag, bis sie alle künftigen Drehorte zu ihrer Zufriedenheit abgelichtet hatte. Auch wenn sie keine gelernte Fotografin war: Sie wollte, dass diese Reportage auf jeden Fall mit ihren eigenen Bildern veröffentlicht werden sollte.

Endlich gab Matiu das Signal zum Aufbruch. »Wenn wir jetzt nicht allmählich loslaufen, dann wird es dunkel, bis wir wieder bei unserem Auto sind. Das sollten wir lieber nicht riskieren, es wird kalt in der Nacht – und man kann sich hier wirklich leicht verlaufen.«

Katharina nickte, schaltete ihre Kamera aus und machte sich hinter ihm her auf den Weg ins Tal. Wieder einmal schwor sie sich, dass sie nie wieder mit derart unpassenden Schuhen eine Bergwanderung machen würde. In dieser Sekunde glitt Matiu auf etwas losem Geröll aus, verlor das Gleichgewicht und polterte Hals über Kopf in Richtung Tal. Er wedelte verzweifelt mit den Armen, um den schnellen Sturz aufzuhalten – aber er hatte weniger Glück als Katharina einige Stunden zuvor: Kein Strauch und kein Felsen behinderten seinen immer schneller werdenden Weg. Er war fast zweihundert Meter von Katharina entfernt, als es ihm endlich gelang, seinen Sturz abzufangen.

Katharina stieß einen leisen Fluch aus, als sie erkannte, dass Matiu sich nicht mehr rührte. Hier waren sie abseits der markierten Pfade, es würden nicht zufällig ein helfender Arzt oder wenigstens hilfsbereite Touristen vorbeikommen. Sie machte sich, so schnell es ging, auf den Weg zu ihm, verlor immer wieder den Halt unter den Füßen und rutschte einen Teil der Strecke sogar auf allen vieren nach unten. »Matiu!«, rief sie immer wieder, aber der junge Mann rührte sich nicht. Es schien ihr eine Ewigkeit zu dauern, bis sie ihn erreichte.

Vorsichtig rüttelte sie mit der Hand an seiner Schulter. »Matiu! Kannst du mich hören!«, rief sie. Erst leise, dann immer lauter und in zunehmender Panik. Er sah so blass und wehrlos aus, wie er da zwischen den bräunlich-rötlichen Steinen lag. Mitten auf seiner Stirn lief ein dünner roter Faden über seine Nase bis hin zum Mund. Katharina beugte sich vor, um auf seinen Atem zu lauschen. Sie verfluchte sich, dass sie Sina nie genauer zugehört hatte, wenn sie die Grundlagen der Ersten Hilfe erklärt hatte. Und sie heulte fast vor Erleichterung, als sie seine tiefen, regelmäßigen Atemzüge vernahm. Was sollte sie jetzt tun? Ihn hier liegen lassen und Hilfe holen? Sie schüttelte den Kopf. Was, wenn er aufwachte und in Panik geriet, weil er glauben musste, dass sie ihn allein gelassen hatte? Nein, sie musste hier bei ihm bleiben. Aufgeregt wühlte sie in ihrem kleinen Rucksack, fand das Brötchen, das sie am Morgen verschmäht hatte, und schließlich auch den warmen Pullover, den sie zur Sicherheit zu den anderen Sachen gestopft hatte. Eine Regel in den deutschen Bergen war schließlich, dass man immer auf einen Wettersturz gefasst sein musste. Sie nahm den Pullover, schob ihn unter Matius Kopf und nahm dann seine Wasserflasche. Vorsichtig benetzte sie seine Lippen. Er stöhnte leise auf. Die Augenlider flatterten, dann schlug er sie mühsam auf und sah sie einen Moment lang verwirrt an.

»Wo …«, murmelte er und richtete sich langsam auf. »Au!« Mit schmerzverzerrter Miene griff er sich an seinen Fuß.

»Du bist abgerutscht und ein ziemlich weites Stück heruntergefallen«, erklärte Katharina ihm und deutete nach oben an den Ort, an dem sie vor wenigen Minuten zu zweit gestanden hatten. »Was tut dir denn weh?«

»Der Kopf«, stöhnte Matiu. »Und mein Knöchel. Den muss ich mir ordentlich verstaucht haben.«

Suchend sah Katharina sich um. Das Buschwerk fing einige Hundert Meter entfernt an, aber mitten auf dem

Geröllfeld gab es keinen Schutz vor der Nachmittagssonne. Ein leichter Wind kam auf und strich kühl über die Seite des Vulkans. Sie seufzte. Eine geschützte Stelle war von hier aus nur schwer zu erreichen.

Matiu nestelte an seinen Schnürsenkeln. »Ich sollte die Stiefel ausziehen, bevor der Knöchel zu dick anschwillt. Sonst müssen wir ihn auch noch aufschneiden.«

Mit vereinten Kräften gelang es ihnen, den Schuh auszuziehen. Matiu rollte seinen Socken nach unten und zog scharf die Luft ein. Der Knöchel war jetzt schon dick und fing an, blau zu werden. »Wenn der nur verstaucht ist, dann hast du sogar Glück!«, kommentierte Katharina. »Ich kenne mich da zwar nicht aus, aber das könnte auch ein Bruch sein …«

Mit einem etwas mühsamen Lachen zeigte Matiu auf Katharinas Sneakers. »Nicht zu fassen: Ich bin der mit den vernünftigen Schuhen, und ich liege hier mit kaputtem Knöchel herum. Und du mit deinen Tretern für dumme Touristen kommst davon. Ich muss die Schuhfirma für meine Bergstiefel verklagen!«

»Bevor du das tust, sollten wir lieber schauen, dass wir einen geschützteren Platz finden«, erklärte Katharina. Ausnahmsweise war ihr einmal nicht nach Scherzen zumute. »Kannst du da rüberhumpeln, wenn ich dir helfe?«

»Ich kann es probieren«, antwortete Matiu und versuchte mit Mühe, auf die Beine zu kommen. Mit beiden Rucksäcken auf dem Rücken gab Katharina ihm etwas Halt.

Rutschend, fluchend und stöhnend durchquerten sie das Geröllfeld, bis sie die Sträucher erreichten. Schwer ließ Matiu sich fallen. »Weiter komme ich heute nicht mehr!«, verkündete er.

Die Schatten auf der Bergwand waren schon lang, am

Horizont versank die Sonne. »Das können wir sowieso vergessen«, meinte Katharina. »Noch eine halbe Stunde, und es wird dunkel. Ich denke nicht, dass wir den Pfad vorher erreichen – und ich kann mir auch nicht vorstellen, dass jetzt noch jemand außer uns unterwegs ist.«

»Ich habe ein bisschen die Zeit da oben vergessen«, bekannte Matiu. »Wir hätten schon früher aufbrechen sollen.«

»Und jetzt?« Eine Übernachtung auf dem Berg war das Letzte, was Katharina wollte. Mit jeder Minute wurde der Wind frischer und unangenehmer. Ihr feuchtes, verschmutztes T-Shirt klebte ihr jetzt klamm am Rücken. Die feinen Härchen auf ihrem Unterarm standen in die Höhe.

Nach kurzem Wühlen holte Matiu aus seinem Rucksack eine dicke Jacke. »Zieh deinen Pullover an. Ich nehme die Jacke. Dann haben wir dein Brötchen, noch etwas Wasser und einen Apfel.« Er runzelte die Stirn. »Üppig ist was anderes, aber ich denke, bis morgen früh kommen wir durch. Im Hellen kann ich dann auch auf einem Bein zu dem Pfad zurückhüpfen – und die ersten Wanderer, die an einem Sonntagmorgen den Ruapehu besteigen, werden uns sicher helfen.« Er sah sich den Platz unter den Sträuchern an. Stein, etwas vertrocknetes Laub und ein paar dürre Äste. »Vielleicht können wir sogar ein Feuer machen!«

»Hast du etwa Feuer dabei?« Sie sah ihn zweifelnd an.

»Klar. Meine Mutter hat mir beigebracht, dass man immer auf alles vorbereitet sein sollte.«

Ohne ein weiteres Wort fing Katharina an, nach Zweigen und Blättern zu suchen. Als sie mit einem Arm voller Holz zurück zu ihrem Lagerplatz kamen, hatte Matiu schon einen Ring aus großen Steinen, die er in seiner Griffweite gefunden hatte, gelegt. Wenige Minuten später saßen sie an einem wärmenden Feuer, und es wurde fast gemütlich. Sie teilten sich das Brötchen und lehnten sich nebeneinander gegen einen Felsen.

Über ihnen blinkten zunächst ein paar Sterne, und als es endgültig Nacht wurde, sahen sie über sich das breite Band der Milchstraße. Neugierig legte Katharina den Kopf in den Nacken. »Merkwürdig – zu Hause kann ich nur ein paar Sternzeichen benennen, aber hier weiß ich sofort, dass mir der Himmel fremd ist. Fast, als hätte sich mir im Laufe der Jahre ein Bild des Sternenhimmels ins Hirn eingebrannt.« Sie drehte den Kopf ein wenig und deutete auf drei Sterne, die in einer Reihe standen. »Schau dir das an: Das ist der Orion – nur er steht auf dem Kopf. Den erkenne ich immer …«

»Orion auf dem Kopf?« Matiu fing an zu lachen. »Vergiss es. Das hier ist die Pfanne des Teufels. Siehst du nicht den Griff?«

»Der Griff ist das Schwert! Bloß weil Orion auf dem Kopf steht, muss er doch sein Schwert nicht abgenommen haben …«

»Aber das da, das heißt auch bei euch Kreuz des Südens, oder?« Matiu deutete auf das tief über dem Horizont hängende Wahrzeichen der südlichen Halbkugel.

»Ja, das kann man bei uns nicht sehen, das dürft ihr behalten«, grinste Katharina. Dann wurde sie ernster.

»Du hast gesagt, dass es eine Sage über den Ruapehu gibt. Willst du mir die nicht erzählen? Jetzt haben wir doch genug Zeit!«

»Gerne«, nickte Matiu. »Tatsächlich ist sie der Grund, warum im Film der Berg nie zu sehen sein wird. Die Filmemacher wollen den Maori Respekt erweisen, indem sie zwar die Gegend hier als Mordor verkaufen – aber eben nicht den Ruapehu.«

Er lehnte sich zurück und fing an zu erzählen. Erst jetzt fiel Katharina auf, was für eine tiefe, angenehme Stimme er hatte.

»Ruapehu war einst eine wunderschöne, junge Frau. Sie war verheiratet, so wie wunderschöne Frauen das leider so häufig sind – und zwar mit Taranaki. Der ging eines Tages jagen und dachte, sie würde ihm in der Zwischenzeit sicherlich seine Hütte sauber halten. Leider hat Ruapehu sofort die Gelegenheit ausgenützt und sich mit Tongariro eingelassen. Zu allem Überfluss hat Taranaki an diesem Tag rasch Erfolg mit seiner Jagd gehabt und kam viel früher als geplant nach Hause. So traf er seine Ruapehu in den Armen von Tongariro an. Das hatte nicht etwa zur Folge, dass er Ruapehu verstoßen hätte, sondern dass er mit Tongariro um die wunderschöne Ruapehu gekämpft hat. Der Kampf der beiden Krieger währte einige Tage, am Ende verlor Taranaki. Er musste sich zurückziehen – als schwerer Kerl, der so ein Berg nun einmal ist, hat er dabei das Flussbett des Whanganui ausgehoben. An der Küste angekommen, hat er sich nach Norden gewandt. Da hat er sich ein bisschen ausgeruht – dabei ist leider sofort ein Sumpf namens Te Ngaere entstanden. Und da sitzt er jetzt: tief im Westen und starrt seine geliebte Ruapehu an. Cook hat ihn irgendwann Egmont genannt, aber wir Maori haben immer gewusst, dass dieser Berg eigentlich der unglücklich verliebte Taranaki ist. Als Zeichen seiner Liebe hängt an seinem Kopf meistens ein bisschen Nebel, der in Richtung Ruapehu zieht. Und Ruapehu hat längst ihren Fehler erkannt und seufzt von Zeit zu Zeit. Dann bebt bei dieser gewaltigen Dame die Erde.« Er machte eine Pause.

»Und was wurde aus Tongariro? Er hat doch immerhin den Kampf gewonnen. Dafür sollte er doch ein bisschen Spaß mit seiner Ruapehu haben!«, wollte Katharina wissen.

»Na ja – Ruapehu hat ja erkannt, dass eigentlich Taranaki ihre wahre Liebe ist. Also sitzt Tongariro nur herum und qualmt und rumpelt ein bisschen vor lauter Wut, weil er Ruapehu zwar gewonnen hat – aber nicht besitzen kann.«

»Warum lässt er sie dann nicht einfach ziehen – sie könnte doch auch den Whanganui herunterrutschen und sich zu ihrem Taranaki setzen.« Katharina lachte.

Matiu blieb ernst. »Ich denke, wir sollten froh genug sein, dass alle drei schön da bleiben, wo sie sind. Sonst hätte Neuseeland ein gewaltiges Problem. Schlimm genug, dass unsere Streithähne immer mal wieder ausbrechen.« Er deutete in Richtung der Berge. »Die sehen jetzt harmlos aus, aber lass dich nicht täuschen. Immer wieder rumpeln sie kräftig und sorgen auf die eine oder andere Weise dafür, dass hier Menschen ums Leben kommen.«

»So ist das mit der Liebe. Nichts als Ärger, und am Schluss muss jeder leiden.« Katharina spürte selbst, dass ihr das ein bisschen bitter über die Lippen gekommen war.

Im Halbdunkel sah Matiu sie neugierig an. Er schwieg ein bisschen, bevor er vorsichtig fragte: »Was ist dir denn passiert, dass du so gar nicht an die Liebe glaubst? Immerhin hat es doch bei deiner Freundin Sina ganz gut geklappt – oder etwa nicht?«

»Sina ist ein Glückspilz!«, seufzte Katharina. »Sie und Brandon sind eines der wenigen Paare, die ich wirklich um ihre Beziehung beneide. Aber denk doch mal nach: Bei wie vielen deiner Freunde denkst du aus vollem Herzen ›Das hätte ich auch gerne!‹? Ich finde, das ist erschreckend selten der Fall. Meine Eltern haben sich gestritten, seit ich denken kann, bei meinem Bruder läuft gerade alles auf eine Scheidung hinaus – und andere Freundinnen hat es noch schlimmer erwischt. Alkohol, Gewalt, Spielsucht. Oder er denkt nur an Fußball. Oder betrügt sie …«

»Und was ist dir passiert?«, unterbrach Matiu sie. »So wie sich das anhört, ist es dir ja auch nicht sonderlich gut ergangen.«

Mit einem Achselzucken lehnte sich Katharina zurück und sah ein Weilchen die funkelnden Sterne an. Dann fing sie an zu reden. »Tom hat nicht verstanden, dass ich mehr vom Leben will als nur Rucksackreisen und billige Spaghetti. Meine Karriere hat angefangen, und er begann, an mir herumzumäkeln. Warum ich plötzlich Kostüme trage. Oder mich schminke. Und vor allem: Warum ich plötzlich weniger Zeit für ihn habe. Als ich ihm erklärt habe, dass unser nächster großer Urlaub leider ausfallen muss, hat er mich verlassen.« Sie schluckte. »Ich bin mir sicher, er hat eine nette Studentin gefunden, die rund um die Uhr Zeit für seine Abenteuer hat.«

»Hat es sich gelohnt?« Matius Stimme klang so, als ob ihn ihre Antwort wirklich interessieren würde.

»Aber natürlich! Mein Chef hat mich auf diese Reise geschickt, ich bin auf vielen Partys und Empfängen, ich lerne spannende Menschen kennen!«

»… ja, sicher. Aber ich habe dich gefragt, ob es sich wirklich für dich gelohnt hat. Damit meine ich: Macht dir dein Leben jetzt mehr Spaß als vorher? Oder ist es nur hektischer und einsamer geworden?« Seine Stimme klang jetzt eher drängend.

Um ein Haar wäre sie wütend geworden. Was bildete er sich ein, ihr komplettes Lebensmodell infrage zu stellen? Dann atmete sie tief durch und sah noch einmal in den Sternenhimmel über sich. Die Stille, die sich rings um sie ausgebreitet hatte, war so intensiv wie nur wenige Dinge vorher in ihrem Leben. Ihre Stimme klang brüchig, als sie endlich antwortete. »Keine Ahnung. Es erschien mir wie die richtige Entscheidung. Ich wollte etwas in meinem Leben ändern, und Tom wollte alles beim Alten belassen. Keine Ahnung, ob es bei mir jetzt besser ist. Auf jeden Fall ist es wirklich anders geworden, das ist mir wohl gelungen.« Für einen langen Moment herrschte Schweigen zwischen ihnen. Bis Katharina ihre ursprüngliche Frage wieder einfiel. »Du hast mir noch nicht gesagt, wie es um dich steht. Glaubst du an die Liebe? Kennst du Vorbilder für die Beziehung, die du wirklich haben willst?«

»Ja.« Katharina konnte mehr spüren als sehen, dass Matiu bei diesem Wort nachdrücklich nickte. »Die Liebe meiner Eltern – das ist wirklich großartig. Sie sind nicht verheiratet. Aber sie wirken so glücklich miteinander, als wären sie sich erst gestern begegnet – und nicht irgendwann vor vierzig Jahren.«

»Hast du Geschwister?« Katharina wollte nicht neugierig sein, aber mit einem Mal war sie wirklich an seiner Familie interessiert.

»Aber sicher. Gleich vier davon. Ich bin der Jüngste – ich habe tatsächlich vier Schwestern, die allesamt älter als ich sind. Wir machen immer Witze darüber, dass sie so lange Kinder bekommen hätten, bis endlich mal ein Junge geboren worden sei. Das Pech meiner Mutter, dass ich erst die Nummer fünf war …« Er lachte leise. »Ernsthaft: Wir Kinder waren meinen Eltern unglaublich wichtig. Ich hatte immer das Gefühl, dass wir das sichtbare Zeugnis ihrer Liebe waren. Und sie haben uns mit Liebe überschüttet. Mein Vater hat sich so sehr bemüht, uns ein warmherziger Vater zu sein. Er hat bis heute immer ein offenes Ohr für alle unsere Probleme …«

»Und deine Mutter?«

»Sie musste ihr ganzes Leben damit fertigwerden, dass ihre Eltern meinen Vater abgelehnt haben. Sie haben bis zum Schluss immer nur von dem ›Pakeha‹ gesprochen – so als ob sie sich weigern würden, seinen Namen auszusprechen. Sie waren gegen die Verbindung mit einem Weißen im Allgemeinen und mit ihm im ganz Besonderen … Sie starben, ohne ihren Frieden mit ihm gemacht zu haben. Ich denke, meine Mutter leidet bis heute darunter. Dabei ist sie eine wirklich starke Frau!«

Stirnrunzelnd fragte Katharina nach: »War es denn in den Sechzigerjahren wirklich so schlimm? Ich dachte immer, Neuseeland sei eines der wenigen Länder, in denen die Sache mit der Gleichberechtigung nie ein großes Ding gewesen ist?«

Matiu schnaubte verächtlich durch die Nase. »Ja, das Gefühl will unsere Regierung auch allen unseren Besuchern vermitteln. Aber kannst du dir vorstellen, dass 1960 die All Blacks eine Tour nach Südafrika unternommen haben – und wegen der südafrikanischen Apartheidgesetze mussten die Maori in der Mannschaft einfach zu Hause bleiben? Immerhin haben fast hundertfünfzigtausend Neuseeländer damals unterschrieben, dass man diese Tour absagen sollte. Die Mitglieder einer Mannschaft sollten nicht nach ihrer Rasse ausgewählt werden … Aber allein die Tatsache, dass es Leute gab, die so eine Mannschaft für denkbar hielten, spricht doch Bände! Außerdem haben die Maori bis heute den Ruf, faul und behäbig zu sein. Wenn es darum geht, echte Karrieren zu machen, dann sind wir nicht gerade die erste Wahl!«

»Und ich habe fast nicht bemerkt, dass du Maori bist …« Katharina musste lachen.

»Wie du jetzt weißt, bin ich ja auch nur ein halber Maori.«

Matiu stimmte in ihr Gelächter ein. »Noch dazu einer, der sich eher um Fragen nach perfekten Kettenhemden in Mittelerde oder dem präzisen Erscheinungsbild von Hobbingen kümmert …«

Wie selbstverständlich legte er einen Arm um Katharina. Sie genoss seine Nähe und seine Wärme und rückte näher an ihn heran. »Es wird ziemlich kühl«, stellte sie dabei entschuldigend fest.

»Mein Glück, mein Glück«, grinste Matiu. Er spürte, wie Katharina sich allmählich entspannte und regelmäßiger atmete. Zufrieden blinzelte er in den Nachthimmel, ignorierte den leise klopfenden Schmerz in seinem Knöchel und fing an zu singen. Ein altes Lied von Wellen, Meer, Pazifik und einem großen Tier, das sich seinen Weg durch die Weiten des Meeres bahnte. Über der zauberhaften Melodie schlief er schließlich selbst ein. Nur Katharina sah weiter die Sterne an. Die Frage nach dem Glück, das ihre Karriere in ihrem Leben bedeutete, beschäftigte sie noch lange. Die erste Dämmerung im Osten ließ bereits die Sterne verblassen, als sie endlich ihre Augen schloss und einschlief – ohne eine Lösung gefunden zu haben. Die perfekte Balance zwischen Job und Privatleben zu finden, das war wohl eine der schwierigen Aufgaben des Lebens.

Als Matiu aufwachte, spürte er die Kälte mit aller Gewalt. Es kam ihm vor, als ob seine Arme und Beine fast taub wären – nur der verletzte Knöchel pochte und schmerzte. Katharina lag eng an ihn geschmiegt und schlief noch fest. Er sah sie nachdenklich an. Die hohen Wangenknochen, die leicht gebogene Nase, auf die sich ein paar Sommersprossen verirrt hatten, und der Mund, den sie meistens energisch zusammengepresst hatte. Erst jetzt, als sie schlief, fiel ihm der weiche Schwung ihrer Oberlippe auf. Vorsichtig strich er ihr eine Strähne ihres halblangen, dunkelbraunen Haares hinter das Ohr – und ermahnte sich gleichzeitig, dass es sich wirklich nicht lohnte, sich in eine deutsche Journalistin zu verlieben. Sie hatte mit der Geschichte von ihrem Exfreund klargemacht, dass sie ihre Karriere vor ihr privates Glück stellte. Wahrscheinlich verbrachte sie ihre Zeit nur deswegen mit ihm, weil sie von ihm möglichst viele Informationen über diesen Film haben wollte.

Mit einem kleinen Seufzer drängte Katharina sich noch enger an ihn heran. Matiu streichelte ihr sanft die Schulter und sah der aufgehenden Sonne zu. Nicht mehr lange, und es würde wieder warm werden – höchste Zeit, dass sie sich langsam auf den Weg zurück zum Hauptweg machten und dort endlich Hilfe bekamen. Er schüttelte Katharina leicht, und sie schlug langsam die Augen auf. Sie sah ihn einen Augenblick lang verwirrt an, dann wurde ihr wohl klar, wo sie war. Sie lächelte verschlafen. »Wie geht es deinem Knöchel?«

»Genauso schlecht wie gestern – nur die Farben sind beeindruckender geworden. Schau dir das an!« Er deutete auf seinen Knöchel, der lila, blau und dunkelrot schillerte. An der Seite zeigte sich ein fast schwarzer Strich.

»Autsch!« Katharina legte ihm mitfühlend die Hand auf die Schulter. »Wenn sich das nur halb so schlimm anfühlt, wie es aussieht, dann wird der Heimweg kein Spaziergang.« Energisch stand sie auf, schüttelte ein paar trockene Ästchen und Blätter aus ihrem Pullover und bot ihm ihre Hand. »Komm, du wirst dich auf mich stützen müssen!«

Mühselig kam er auf die Beine. Beide Rucksäcke wanderten auf Katharinas Rücken, er legte ihr seinen Arm um die Schulter und hüpfte auf einem Bein los. Dabei biss er die Zähne zusammen, damit er nicht bei jedem Schritt vor

Schmerzen aufstöhnte. Mitfühlend sah Katharina ihn an und drückte ihm aufmunternd die Schulter. »Ich hoffe, wir schaffen es möglichst schnell!«

Ihre Hoffnung erwies sich als trügerisch. Die Sonne stand schon fast senkrecht über ihnen, als sie endlich mit vielen Pausen und noch mehr Flüchen den Hauptweg erreicht hatten.

Sie ließen sich auf den Weg fallen und klatschten sich ab. »Geschafft!« Mit gerunzelter Stirn sah Katharina den schmalen Pfad entlang. Dann fing sie an zu lächeln. »Da vorn kommt schon eine ganze Gruppe – mindestens die Hälfte sind Männer, die können dich sicher besser stützen als ich.«

Mit einem halben Lächeln versuchte Matiu einen Scherz: »Aber vielleicht werde ich dann doch lieber von dir als von irgendeinem schwitzenden Mann gestützt. Die Jungs da sehen nicht ganz taufrisch aus!«

Katharina machte eine abwehrende Handbewegung, wirkte für einen Augenblick fast verlegen. »Habe ich gerne gemacht, das ist doch selbstverständlich!« Für einen Augenblick sah sie noch einmal zu der nahenden Gruppe der Wanderer. Dann beugte sie sich vor und drückte ihm einen flüchtigen Kuss auf die Wange. »Und es war trotz allem eine schöne Nacht!«

»Das letzte Mal, als das eine Frau zu mir gesagt hat, musste ich mehr tun, als mich nur gegen einen Felsen zu lehnen und eine alte Sage zu erzählen«, lachte Matiu – bis er sah, dass es Katharina wohl ernst mit dem gewesen war, was sie gesagt hatte. Mit einem Schlag verschwand das Lächeln wieder aus seinem Gesicht. Er packte sie an beiden Schultern und sah ihr in die Augen. »Entschuldige, Katharina, ich wollte keine geschmacklosen Scherze auf deine Kosten machen! Und ich gebe dir recht: Die letzte Nacht war eine ganz besondere …« Damit beugte er sich vor und drückte ihr einen Kuss auf die Lippen. Erst sanft und freundschaftlich, dann weniger sanft – aber sehr viel fordernder.

Katharina hob ihre Arme und schlang sie um seinen Hals. »Wenn es von dieser Nacht mal eine Neuauflage unter anderen Vorzeichen gibt, bin ich mit von der Partie!«, flüsterte sie ihm dabei ins Ohr.

»Das wird passieren! Versprochen!« Matiu wunderte sich selbst über den belegten Klang seiner Stimme.

In dieser Sekunde ertönte die Stimme einer munteren Endvierzigerin. »Muss Liebe schön sein! Da kann man sogar mit nur einem Schuh und einem Socken auf einem neuseeländischen Vulkan herumstehen …«

Matiu und Katharina schossen auseinander. Er zog eine Grimasse. »Ich habe mich gerade nur bei meiner bezaubernden Retterin bedankt …«

»Ich habe von Nasereiben als Begrüßung gehört – aber wenn diese Art Küsse das Dankeschön nach einer Rettung sind, dann möchte ich sofort in Not geraten«, erklärte die Frau trocken. Dann zeigte sie auf den Knöchel. »Das sieht nicht gut aus. Brauchen Sie Hilfe?«

»Ja«, nickte Matiu. »Wir müssen runter zum Parkplatz, damit meine Freundin mich zurück in die Zivilisation und damit auch zu einem Arzt fahren kann. Ich fürchte, ich brauche ein Röntgenbild von diesem Knöchel …«

»Und ich fürchte, Ihnen wird nicht gefallen, was Sie auf diesem Röntgenbild sehen!«, lächelte die Frau, während sie mit befehlsgewohnter Miene zwei Männer aus der Wandergruppe zu sich winkte. »Ihr seid die Jüngsten – könnt ihr diesen Mann zum Parkplatz begleiten? Dann könnt ihr uns wieder folgen, wir treffen uns spätestens in der Hütte oben am Pass!«

Die beiden sahen sich an, zuckten mit den Achseln und nahmen Katharina als Erstes die Rucksäcke ab. Einer von beiden musterte Katharinas reichlich mitgenommenes Aussehen. »Habt ihr da draußen übernachtet?«

Wie Marionetten an einem gemeinsamen Faden nickten Matiu und Katharina. »Wir waren zu spät dran«, erklärte Matiu. »Und es war nicht sicher genug, diese Hopserei auf einem Bein in der Nacht zu versuchen«, ergänzte Katharina. »Außerdem hätten wir uns im Dunkeln heillos verlaufen.«

»Na, dann mal los …« Damit griff der Größere von beiden Matiu kräftig unter die Arme und machte sich auf den Weg. Katharina drehte sich noch einmal um. Der Ruapehu lag still und sehr groß im Sonnenlicht. »Blöde Kuh«, murmelte Katharina. »Wenn man seine große Liebe gefunden hat, dann sollte man nun wirklich nicht mit einem anderen ins Bett steigen. Da hilft es auch nicht, wenn man danach ständig der großen Liebe hinterherschmachtet. Oder raucht.«

Damit drehte sie sich um und folgte dem Trio, das inzwischen schon einige Meter entfernt in Richtung Parkplatz humpelte.

Auckland, November 1957

14.

»Kannst du dich künftig um diese Dinger kümmern? Sind höllisch empfindlich, schmecken aber unglaublich gut. Ich könnte mir vorstellen, dass wir da was draus machen können!« Jason Turner streckte seinem Vorarbeiter eine kleine, braune, pelzige Frucht entgegen.

John Erhardt nahm sie ihm mit einem Stirnrunzeln ab. »Egal, wie sie schmeckt, ich finde, sie sieht wie etwas aus, das ich nicht einmal mit Handschuhen anfassen will!« Sein Ton verriet, dass er mit seinem jungen Chef einen sehr vertrauten Umgang hatte. Der lachte über die Unverschämtheit.

»Du bist und bleibst ein Landei, John. Man muss auch mal Mut zu neuen Dingen haben, glaube mir!« Er nahm sein Taschenmesser aus der Hose, klappte es auf und schnitt die Frucht in zwei Hälften.

John betrachtete das Innere neugierig. Leuchtend grün mit vielen schwarzen Kernchen, die um ein weißes Zentrum angeordnet waren. »Sieht nett aus«, gab er widerwillig zu.

Jason streckte ihm einen kleinen Löffel entgegen. »Warte erst einmal ab, bis du es probierst … außerdem sind die Dinger total gesund, jede Menge Vitamine drin und so.«

Vorsichtig probierte John den ersten Löffel. Frisch, nicht zu süß – ein völlig neuer Geschmack. Er löffelte bedächtig seine Hälfte leer und genoss jeden einzelnen Bissen. Schließlich nickte er. »Wenn du die Leute dazu bringst, das Zeug zu probieren, dann könnte das wirklich etwas werden. Wie heißt es denn?«

»Yang Tao.« Jason wirkte nicht glücklich, als er das sagte.

Und genauso reagierte auch John. »Eine kommunistische Frucht? Wer will denn so etwas? Wenn ich zu viele davon esse, verwandle ich mich vielleicht in einen von diesen suspekten Chinesen, weiß man ja nie! Gibt es dafür keinen besseren Namen?«

»Nein. Manche nennen sie ›Chinesische Stachelbeere‹ – aber das finde ich noch schlimmer. Ich nenne sie lieber weiterhin Yang Tao. Der Geschmack muss für sich sprechen. Und deine Aufgabe ist es sowieso nur, dass die Ware ohne Druckstellen in den USA und Europa ankommt. Bring den Arbeitern bei, dass man damit nicht so grob umgehen darf wie mit Äpfeln oder Lammhälften!«

»Das kann ich schon machen«, erklärte John nachdenklich. »Aber ich meine, wir brauchen auch ganz besondere Kisten für diese Dinger. Sonst können wir niemals mehrere Kisten übereinanderstapeln. Vielleicht flache Kisten, die wir mit Stroh auskleiden? Ich mache mal ein paar Tests …«

»Genau deswegen habe ich dich für diese Aufgabe ausgesucht«, lächelte Jason zufrieden und stand auf.

John blieb zurück und sah seinem jungen Chef lächelnd hinterher. Seit fast drei Jahren arbeitete er bei Jason in dem Handelsunternehmen, das dessen Vater aufgebaut hatte und in dem Jason bereits eigenverantwortlich bestimmte Bereiche unter seinen Fittichen hatte – und in dieser Zeit hatte sich in Johns Leben einfach alles zum Guten gewandt. Er liebte die Arbeit in dieser Firma, die große Mengen Obst nach Übersee verfrachtete. Und er mochte das Gefühl, für den Kontakt von Neuseeland zur Außenwelt zuständig zu sein. Dazu kam, dass er hier immer wieder einbringen konnte, was er in der Reederei seines Ziehvaters gelernt hatte, ehe er ihr für immer den Rücken zuwandte. Jason war zwar hin und wieder überrascht von Johns Wissen, über das er als einfacher Hilfsarbeiter verfügte – aber er stellte keine Fragen und hatte so niemals herausgefunden, wer sich eigentlich wirklich hinter John Erhardt verbarg. Schon nach wenigen Monaten hatte Jason Turner John zu seiner rechten Hand gemacht.

John bewies seine Dankbarkeit mit unzähligen Überstunden, die er in dem kleinen Haus am Pier ableistete. Wenn noch spätabends eine Lieferung erwartet wurde, dann war immer er derjenige, der sich freiwillig meldete, um das Löschen der Ladung zu überwachen. Bis heute lebte er in seinem kleinen Zimmer aus den Milkbar-Tagen – er sah einfach keine Notwendigkeit, sich eine bessere Bleibe zu suchen. »Ich bin sowieso immer am liebsten in der Firma!«, erklärte er seinen Kollegen, die etwas überrascht waren, wenn sie von seiner Unterkunft erfuhren. Und von Frauen hielt er sich fern. Das Erlebnis mit Maureen war ihm als eine schreckliche Erfahrung in Erinnerung geblieben; zudem plagten ihn heftige Schuldgefühle, wenn er an seinen Zustand in jener Nacht und am Morgen danach dachte. So etwas wollte er wirklich nicht wiederholen.

Hin und wieder träumte er nachts allerdings von einem Maori-Mädchen, das mit einem viel zu großen Flanellhemd vor ihm stand und ein Lied aus einer anderen, besseren Welt sang. Dann konnte er sie fast vor sich sehen mit ihren langen, schwarzen Locken und den Augen, die wie

Kohlestücke schimmerten. Wenn John dann allerdings aufwachte, stürzte er sich wieder in seine Arbeit. Das Mädchen seiner Träume war wahrscheinlich einfach zu gut für ihn. Oder schon vergeben. Vielleicht beides. Sehr selten erlaubte er sich die Frage, wo dieses Mädchen wohl wohnte. Oder was passieren würde, wenn er sie jemals wiedersehen sollte.

Aber jetzt war sein Problem erst einmal klein, braun und pelzig. Er nahm eine zweite Frucht und drückte mit dem Daumen leicht darauf. Sie gab nach. John seufzte. Das Ding hatte nicht nur einen extrem merkwürdigen Namen, sondern war auch noch empfindlich. Mit einer flachen Packkiste machte er sich an die Arbeit – es musste schließlich einen Weg geben, wie man dieses Ding ohne Verluste über das Meer transportieren konnte.

Am Ende des Tages hatte er ein halbes Dutzend von den Früchten gegessen, eine Lösung für den Transport gefunden – und konnte sich immer noch nicht vorstellen, dass man irgendwo in der freien Welt so etwas wie Yang Tao freiwillig essen würde. Er leckte sich noch einmal über die Lippen. Womit ließ sich dieser Geschmack nur vergleichen? Melonen vielleicht?

Mit einem Achselzucken ging er den kurzen Weg zurück in das kleine Bürogebäude am Pier. Jason sah nur kurz auf, als er hereinkam. »Na, was treibt dich noch her?«

Mit einer entschuldigenden Geste ließ John sich auf einen Stuhl fallen. »Ich wollte noch ein paar Sachen überprüfen …«

»Willst du nicht nach Hause gehen? Seitdem du mir hier ins Büro geschneit bist und ich dich angestellt habe, machst du keinen Urlaub, gönnst dir keine Pause und machst ständig Überstunden. So gut ich das als Chef finde – du machst dich auf Dauer kaputt, wenn du weiter so arbeitest. Geh aus, hab Spaß, Auckland ist voller Mädchen, die gerne einen Kerl wie dich kennenlernen würden. Und am Wochenende ist Johnny Devlin in der Stadt. Echter Rock 'n' Roll, gemacht von einem echten Kiwi – das ist doch phantastisch. Willst du da nicht hingehen?« Jason schien wirklich besorgt.

Kopfschüttelnd setzte John sich hinter seinen Schreibtisch. »Mach dir keine Sorgen um mich. Ich hatte genug Rock 'n' Roll für ein ganzes Leben, kannst du mir glauben. Sollen andere hinter Johnny Devlin herlaufen und ihn bejubeln …«

Die letzten Jahre hatte John sich von der Szene ferngehalten. Er wollte nicht erkannt werden, wollte niemanden treffen, der ihn aus seinen Zeiten in der Milkbar womöglich wiedererkannte. Also war er kein einziges Mal auch nur in der Nähe der Queen Street aufgetaucht und hatte Rock-'n'-Roll-Konzerte gemieden. Gleichzeitig trug er seine Haare jetzt kurz, hatte einfache Tuchhosen und Jacken an, wie sie auch die Hafenarbeiter liebten: aus festem Stoff, mit einem Reißverschluss und einem Gürtel. Selbst bei seinen Schuhen verzichtete er auf jede Extravaganz, er hatte einfache, feste Arbeiterschuhe mit einer runden Kappe – weit entfernt von den alten Zeiten, als er diese spitzen Tanzschuhe besaß. Wenn ihm auf der Straße doch einmal gleichaltrige Bodgies entgegenkamen, verschwand er in einer Nebenstraße. Er wollte keinen Ärger mehr. Und noch viel weniger wollte er aus Versehen Maureen treffen!

Nachdenklich sah er auf den Zettel, auf den er seit ein paar Minuten gedankenverloren herumkritzelte. Melonen. Minimelonen. Minilonen. Er stand auf und drehte das Radio an. Eine der unzähligen Bands mit drei oder vier Frauen sang etwas von Liebe und Verlust – die Tenderettes. Vielleicht ließ sich daraus etwas machen? Er malte nachdenklich einen Kreis. Melone. Melonettes. Das war es!

Begeistert sah er auf, um seinem Chef von seiner neuen Idee zu erzählen – und war überrascht, dass er inzwischen allein in dem halbdunklen Büro saß. Offensichtlich war er so vertieft in seine Aufgabe gewesen, dass er es einfach nicht gemerkt hatte, als Jason Turner den Raum verlassen hatte. John lächelte, schrieb ordentlich auf einen Zettel »Melonettes« und legte ihn Jason auf den Tisch. Erst dann löschte er das Licht und machte sich auf den Weg nach Hause.

Als er vor das kleine Bürohaus trat, atmete er tief durch. Nach all den Jahren liebte er immer noch diesen Geruch nach Salzwasser, Tang, Öl und exotischen Früchten, der immer über den Lagerhäusern von Turners & Growers lag. Hier fühlte er sich wohl …

Am nächsten Morgen begrüßte ihn Jason, indem er begeistert mit dem Zettel von John herumwedelte. »Das ist genial! Ich habe mich schon darum gekümmert, dass die Dinger künftig unter diesem Namen vermarktet werden. Pass nur auf, das wird ein Riesending – und deine Eingebung hat es möglich gemacht. Ist das nicht großartig?«

Den Rest des Tages verbrachten sie damit, neue Packzettel für die flachen Transportkisten, die John am Vortag ausgewählt hatte, zu entwerfen und zu bestellen. Jason war überrascht, als er zwischendrin einmal einen Blick in eine der Kisten warf und einen Pappkarton herausfischte. »Was ist das?«

»Eierkartons«, belehrte John ihn. »Ich habe gestern alles ausprobiert, um deine neue Lieblingsfrucht gut zu verpacken. Was als Einziges wirklich funktioniert, ist diese Verpackung mit Eierkartons. Dann fliegen die Früchte nicht durcheinander und bekommen keine Druckstellen. Wirst sehen, damit bekommen wir nur ganz wenige Reklamationen für matschige Früchte!«

»Sie werden uns die Teile aus der Hand reißen, egal ob Druckstellen oder nicht!«, erklärte Jason. »Schließlich sind Melonettes einfach der neueste Schrei in den USA. Nicht mehr lange, und es gibt Melonette-Marmelade und Melonette-Limonade!«

Wie so oft wollte Jason seinen Freund noch zu einem Bier einladen. »Mach eine Ausnahme! Wir müssen unseren Erfolg feiern!«, bat er.

Aber John machte eine abwehrende Handbewegung. »Ich habe für den Rest meines Lebens ausreichend getrunken, damit will ich nie wieder anfangen, kannst du mir glauben. Ich möchte lieber noch etwas nachsehen.« Er winkte und verschwand wieder in dem Bürohäuschen. »Wir müssen unsere Melonettes schließlich auch beim US-Zoll anmelden – ich kümmere mich dann schon einmal um die Formalitäten.«

Wenige Minuten später saß er wie versunken vor einem dicken Buch, das alle Einzelheiten der amerikanischen Zollgesetze enthielt. Wenn er die komplizierte Amtssprache richtig übersetzte, dann verlangten die USA eine Sondersteuer für Melonen. Ausgerechnet Melonen. Es würde wohl schwierig werden, zu erklären, warum Melonettes zwar so hießen wie kleine Melonen, aber eigentlich Chinesische Stachelbeeren waren. Die aber wiederum nichts mit Stachelbeeren zu tun hatten. Er war realistisch genug, um zu wissen, dass er am Zoll scheitern würde. Seine Melonettes waren ein Flop, noch bevor sie das erste Mal die weite Reise ins Ausland antraten. Und was sollten sie nun mit den ganzen Etiketten anfangen, die Jason heute Vormittag voller

Optimismus bestellt hatte? Die Dinger würden höchstens in einem Museum für Kuriositäten einen Platz finden. Zornig starrte John auf den Entwurf der Etiketten.

»Melonettes. New Zealand.« Die Aufschrift war unglaublich schlicht. Daneben noch die neuseeländische Flagge, der Firmenname »Turners & Growers« und der schwarze Umriss eines Kiwis. Der Wappenvogel des Pazifikstaates – er konnte nicht fliegen, war fast blind und leckte in der Nacht mit seiner langen Zunge, die in einem ebenso langen Schnabel steckte, Insekten und anderes Getier aus dem Boden. Eigentlich sahen nicht einmal die Federn dieses Vogels aus wie Federn, sondern eher wie dicke zottelige Haare. Rund, braun, borstig. Wie seine Melonettes.

Für einen Moment schloss John die Augen. Vor seinem inneren Auge sah im Moment alles ein bisschen wie diese Früchte aus. Selbst der Kiwivogel sah aus wie eine Kiwifrucht ... Leise lächelte er über diesen Namen. Klang irgendwie gut. Fast wie die Melodie, die dieses Mädchen einst gesungen hatte. Dann runzelte er die Stirn und sah noch einmal die Etiketten an, die sie schon übermorgen geliefert bekämen. Was, wenn man einfach über die Melonettes den Schriftzug »Kiwifrüchte« klebte?

Er wühlte noch einmal in den Zollvorschriften. Über Früchte, deren Namen reine Phantasie waren, stand da nichts. Darauf konnte es wohl keine Sondersteuer geben. Wie viel Zeit hatten sie für die neuen Beschriftungen? Und wie genau ließen sich diese Früchte vermarkten? Der Rest der Welt konnte schwerlich wissen, was Kiwis waren. John seufzte leise und fing dann an, eine Liste für die Vermarktung dieser neuen Frucht zu machen. Sonderstände in den Gemüseläden, vielleicht Anzeigen in den lokalen Zeitungen – ob man die eine oder andere Zeitschrift wohl dazu bringen konnte, über diese neue Vitaminbombe zu schreiben? Wie besessen fing er an, auf seiner Schreibmaschine herumzuhämmern. Er merkte nicht, wie vor der Tür das Leben im Hafen zum Erliegen kam, nur noch ein paar Katzen über den Pier huschten und schließlich die ersten Besatzungsmitglieder wieder über die noch dunklen Gangways auf ihre Schiffe liefen und sie zum Auslaufen klarmachten, während sich am Horizont der erste helle Streifen zeigte. John fuhr erst auf, als sich ein Schlüssel im Schloss drehte und Jason Turner in das Büro kam.

»Du bist wahnsinnig! Bist du die ganze Nacht hiergeblieben? John, du musst endlich auch einmal an dich selbst denken! Geh raus, feier ein bisschen … Und überhaupt: Wie siehst du denn aus?« Jason war sowohl besorgt als auch wütend wegen seines Mitarbeiters, der den Weg ins Bett nicht gefunden hatte.

Um seinen Redefluss zu unterbrechen, hob John seine Hand. »Jetzt lass mich erst einmal etwas sagen, bevor du mich weiter beschimpfst. Du erinnerst dich, dass ich gestern noch kurz in die Zollvorschriften hineinsehen wollte? Genau das habe ich auch gemacht. Und leider habe ich dabei entdeckt, dass wir deine kleinen Dinger auf keinen Fall Melonettes nennen dürfen … Also pass auf!« Damit fing er an, Jason haarklein das Problem zu erläutern – und auch die Lösung. Während er redete, spürte er, dass seine Augen brannten und es in seinen Ohren klingelte. Er brauchte wohl wirklich eine Pause. Aber nicht jetzt – jetzt wollte er seinem Chef erklären, wie man diese Chinesischen Stachelbeeren doch noch in die USA schicken konnte. Es verging fast eine halbe Stunde, bis John endete. Jason sah ihn fassungslos an.

»Das hast du in einer einzigen Nacht gemacht?«

»Sicher«, nickte John. »Der Frachter soll in drei Tagen auslaufen, wir haben keine Zeit mehr zu verlieren. Und deine Lieferung an Früchten musst du sonst in den Hafen kippen, die halten nicht noch länger!«

Jason nickte. »Du bist ein Genie!«

Grinsend klopfte John ihm auf die Schulter. »Vergiss das bloß nicht, wenn du einmal nicht so zufrieden mit mir bist, hörst du?«

»Nie …« Jason lachte. »Und jetzt übernehme ich. Du gehst nach Hause und schläfst eine Runde, ich kümmere mich um die neuen Etiketten und die Werbekampagne für unsere Kiwifrüchte. Pass nur auf, damit werden sie ein noch größerer Erfolg, als unsere Melonettes es jemals hätten sein können.«

Müde und zufrieden lief John in sein kleines Zimmer. Es wurde wirklich allerhöchste Zeit, dass er sich eine andere Unterkunft suchte. Dieses enge, fast fensterlose Loch hatte allmählich ausgedient …

Tagelang kümmerten sie sich nur um die Etiketten und den Versand – irgendwann sahen sie mit vor Müdigkeit brennenden Augen dem Frachter hinterher, der den Hafen von Auckland in Richtung USA verließ. »Jetzt können wir nur noch hoffen, dass die amerikanischen Hausfrauen unsere Früchtchen auch zu schätzen wissen«, murmelte Jason. »Wie sieht es aus? Kann ich dich wenigstens heute Abend auf einen kleinen Schluck überreden? Oder wenigstens auf ein Abendessen mit einem großen Glas frischen Wasser?«

»Da kann ich nicht widerstehen!«, lachte John. »Vor allem, wenn deine Frau kocht …«

An einem der nächsten Wochenenden blieb John gegen alle seine Gewohnheiten zu Hause. Es gab beim besten Willen nichts in der Firma zu tun, was seine Anwesenheit irgendwie gerechtfertigt hätte. Als er am Samstagmorgen die

Augen aufschlug, lag das Wochenende lang und öde vor ihm. Noch während er bewegungslos dalag und die fleckige Decke anstarrte, fiel ihm wieder das Mädchen von der Rennbahn ein. Ihr Gesang war immer noch irgendwo in seinen Gehörgängen, er erinnerte sich sofort an ihre glockenhelle Stimme und die wundersame Melodie. Wenn sie in seiner Nähe wäre, dann würde er seine freie Zeit sicher mehr genießen. Langsam richtete er sich auf und setzte sich auf die Bettkante. Vielleicht war es ja an der Zeit, dass er sie endlich suchte. Wer weiß – vielleicht hatte er Glück, und sie erinnerte sich nicht an ihn? Das hoffte er inständig, er wollte auf keinen Fall mit dem besoffenen halb nackten Mann unter der Tribüne in Verbindung gebracht werden …

Ein Blick in die Zeitungen sagte ihm, dass an diesem Samstag Rennen abgehalten wurden – mit ein bisschen Glück würde sie also morgen früh wieder singend über die Rennbahn ziehen und den Müll der Pakeha wegräumen, die sich am Tag vorher auf der Rennbahn vergnügt hatten. Die Aussicht auf dieses Wiedersehen verbesserte seine Laune schlagartig. Fröhlich vor sich hin summend stand er auf, putzte sein kleines Zimmer und ging endlich einmal wieder einkaufen. Als er am späten Vormittag mit einer Zeitung in einem Café saß, fand er sein Leben doch ganz brauchbar.

Am nächsten Morgen stand er noch vor der Morgendämmerung auf und machte sich auf den langen Weg zur Pferderennbahn. Als er ankam, lag ein märchenhafter, leichter Nebel über dem Geläuf, während sich der Himmel rosig verfärbte. John lehnte sich an den Zaun, der die Rennbahn einschloss, und kam sich vor wie in einem Traum, als auch noch zwei verschwitzte, schwer atmende Pferde aus dem Nebel auftauchten, Seite an Seite an ihm vorübergaloppierten und wieder verschwanden. Die Jockeys riefen sich hin und wieder Befehle zu, die über die menschenleere Bahn hallten. Ohne die schreiende Menschenmenge und die Unmengen von Bier war diese Rennbahn fast ein schöner Ort. Nur der Reinigungstrupp ließ auf sich warten. John sah weiter Pferden bei der Morgenarbeit zu, hörte schimpfende Trainer und sah immer wieder diese schweißnassen, schwer atmenden Leiber in rasendem Galopp. Das Treiben zog ihn so sehr in den Bann, dass er fast die fünf Frauen übersehen hätte, die sich auf der menschenleeren Tribüne zu schaffen machten. Erst als zwei von ihnen ein Lied anstimmten – ein ganz anderes als jenes, das sich vor Jahren in seine Gehörgänge gebrannt hatte –, wurde er auf sie aufmerksam und rannte die Treppen zu ihnen nach oben.

Eine ältere Frau mit einem runden Gesicht und grauen Haaren sah ihm neugierig entgegen und stützte sich dabei auf ihren Besen. Er streckte ihr die Hand hin und versuchte ein freundliches Lächeln.

»Entschuldigen Sie, ich bin auf der Suche …«

»Wir haben nichts gefunden!«, unterbrach sie ihn mit einem sehr bestimmten Ton in der Stimme.

»Nein, keine Sache. Eine Frau. Ich habe …«

Sie ließ ihn nicht ausreden. »Eine Frau, die Sie interessieren sollte, haben wir ganz bestimmt auch nicht bei uns!«

»Doch. Ich habe sie vor Jahren in Ihrer Gruppe gesehen. Eine kleine, zierliche, mit sehr langen Haaren. Sie hat gesungen …«

Einen winzigen Augenblick schien die Frau zu zögern. Dann schüttelte sie wieder den Kopf. »Wir singen alle hin und wieder, das hat nichts zu bedeuten. Und wir fühlen uns alle klein und zierlich.« Etwas überraschend kam ein tiefes, donnerndes Gelächter tief aus ihrer Brust. Die anderen Frauen stimmten ein.

So schnell wollte John sich nicht abspeisen lassen. »Sie war noch zierlicher als Sie alle. Mit einem karierten Männerhemd in Rot-Schwarz. Und einem ganz eigenen Lied. So eine Melodie habe ich noch nie vorher gehört …«

Energisch fing die Frau wieder an, mit ihrem Besen die Zigarettenkippen zusammenzukehren. Fast unwirsch antwortete sie ihm über die Schulter: »So eine Frau gab es hier nicht. Für Sie gibt es bei uns überhaupt keine Frau, das sollten Sie wissen!« Jetzt legte sie all ihre Energie in das Kehren. John war klar, dass er von ihr nichts erfahren würde – auch wenn er sich sicher war, dass sie wusste, von wem er da redete. Fast flehend hob er die Hand, um sie doch noch zu einer Antwort zu bewegen. Aber sie sah ihn nicht einmal mehr an.

In Gedanken ging John ein paar Stufen hinunter und sah nachdenklich den Pferden bei der Morgenarbeit zu. Die Rennbahn war seine einzige Spur zu der geheimnisvollen Maori gewesen. Wahrscheinlich musste er den Traum aufgeben, sie jemals wiederzusehen oder das Lied noch einmal zu hören.

In dieser Sekunde legte sich eine schwielige Hand auf seinen Arm. »Sie heißt Paikea. Sie ist dem Ruf ihres Namens in den Süden gefolgt – ich habe keine Ahnung, wohin.«

Er fuhr herum und sah einer jüngeren Frau aus dem Reinigungstrupp ins Gesicht. Sie sah ihn eindringlich an. »Du siehst aus wie ein guter Mann, und wenn du sie suchst, dann sollte man dir helfen. Höre nicht auf Keisha, die glaubt nicht mehr an das Gute im Menschen …« Sie warf einen Blick auf die Frau, die John gerade eben keine Auskunft gegeben hatte. »Und sie hält nichts davon, dass Maori und Pakeha miteinander befreundet sind.«

John nahm ihre Hand und umschloss sie mit beiden Händen. »Ich kann nicht sagen, wie dankbar ich bin. Wie lange ist es her, dass sie gegangen ist?«

»Paikea? Die verschwand vor zwei Jahren oder so. Hat sowieso nie wirklich zu uns gehört. Nicht nur, dass sie von einem anderen Stamm kam und andere Lieder gesungen hat – sie war sich auch immer sicher, dass sie nicht in alle Ewigkeit den Dreck der Weißen wegräumen will. Wie ich gesagt habe: Sie ist dem Ruf ihres Namens gefolgt. Hat sie selbst gesagt, was immer sie damit gemeint hat.« Sie zuckte mit den Achseln. »Wir wissen alle, dass es kaum eine andere Arbeit als so etwas wie das hier für uns gibt.«

»Wirst du fürs Reden oder fürs Putzen bezahlt?« Die ältere Frau rief in einem befehlsgewohnten Ton nach ihrer Mitarbeiterin. Die ließ Johns Hand so schnell los, als sei sie giftig, und ging die wenigen Schritte zurück an die Stelle, an der sie ihren Besen liegen gelassen hatte.

»Danke!«, rief er ihr noch nach.

Doch sie ließ sich nicht anmerken, ob sie ihn gehört hatte. Mit verbissener Miene kehrte sie den Abschnitt der Tribüne, der vor ihr lag. Auch die anderen schenkten John jetzt keinen einzigen Blick mehr. Die Alte hatte sie offensichtlich gut im Griff.

Hier konnte er wohl keine Information mehr holen. Mit einem leichten Achselzucken wandte John sich ab und machte sich auf den Nachhauseweg. Zeit für ein Frühstück. Aber er hatte einen Namen, den er den ganzen Weg in die Stadt leise vor sich hin sagte. Paikea. Das klang, fand er, wie eine wunderbare Melodie …

Einige Wochen später erst erfuhren John und Jason, dass die Kiwifrüchte allesamt verkauft waren. Kein reißender Absatz, aber die meisten Hausfrauen hatten bei ihrer Suche nach einem neuen und exotischen Geschmack für ihre Dollars irgendwann die haarige, grüne Frucht gefunden und gekauft. Jason entschied sich, mit dem Export der Kiwifrüchte weiterzumachen.

»Jeder, der die Dinger einmal probiert hat, wird sie wieder kaufen – wir können nur gewinnen!«, erklärte er an einem ruhigen Nachmittag im Büro. Um dann nach einer Mappe zu greifen und sie John in die Hand zu drücken. »Und hier habe ich auch schon meine nächste Idee! Es gibt jetzt die ersten komplett gekühlten Frachter, die trotzdem halbwegs wirtschaftlich sind. Wenn wir unser Lamm damit verschicken, dann können wir in die ganze Welt liefern!«

»Du willst Frachter kaufen?« John sah seinen Chef überrascht an. »Das ist eine ungeheure Investition. Weißt du überhaupt, was man alles braucht, um eine Flotte rentabel über die Meere zu schicken? Da ist so viel zu bedenken … Wo heuerst du die Mannschaft an? Wer kümmert sich darum, dass die Schiffe immer auf dem neuesten technischen Stand sind? Was …«

»Ruhig, ruhig. Ich habe gar nicht vor, mir selbst so ein Ding zu kaufen«, meinte Jason. »Du musst nicht sofort in Panik verfallen. Nein, ich habe mir gedacht, dass ich eine Kooperation mit einer großen Reederei eingehe. Die sollen sich um den Frachter – oder später vielleicht auch mehrere Frachter – kümmern, die Mannschaft anstellen und die Instandhaltung besorgen. Und ich übernehme vorab eine garantierte Anzahl von Aufträgen und Lieferungen, damit eine Auslastung dieser Frachter gewährleistet ist. Was hältst du von so einer Idee?«

»Klingt machbar«, gab John zögernd zu. »An welche Reederei hast du gedacht?«

»Die Pacific Shipping Company. Der Chef scheint mir ein guter Geschäftsmann zu sein, der hat schon beim ersten Kontakt verstanden, was ich mir vorstelle. Er kommt Anfang nächster Woche zu Besuch, dann können wir alle Einzelheiten besprechen. Und ich hätte gerne, dass du bei diesem Treffen dabei bist. Keiner weiß so viel über die richtigen Bedingungen für den Transport – und du hast Ahnung von Frachtern und Schiffen und kannst mich dabei unterstützen.«

Zum Glück war Jason so begeistert von seiner neuen Idee, dass ihm nicht auffiel, wie blass sein Mitarbeiter plötzlich wurde. John schluckte schwer, bevor er etwas hilflos nachfragte: »Warum denn ausgerechnet die Pacific Shipping Company? Sitzen die nicht in Christchurch? Es wäre doch sicher sehr viel praktischer, wenn unser Partner vor Ort wäre, hier in Auckland.«

»Ich habe mich hier im Hafen umgehört. Keiner ist daran interessiert, sich einen Kühlfrachter zu kaufen. Nein, es muss schon der alte Cavanagh sein.« Jason sah John lauernd an. »Kennst du den etwa von früher?«

»Nein, nein«, winkte John ab. Etwas zu schnell, etwas zu hastig, als dass es nicht aufgefallen wäre. »Ich habe nur viel von ihm gehört. Nichts Gutes. Der soll nicht wirklich ein guter Chef für seine Leute sein. Und vor Jahren bin ich als Heizer auf einem seiner Frachter mitgefahren. Keine gute Mannschaft, wenn du mich fragst. Er zahlt so wenig, dass er wirklich nur den Abschaum auf seine Schiffe bringt.«

»Ich will ja nicht bei ihm anheuern.« Jason zuckte mit den Schultern. »Mir reicht es, wenn ich Kubikmeter auf seinem neuen Kühlfrachter buchen kann, ohne mir selbst so ein Ding kaufen zu müssen. Wie er seine Leute behandelt, ist seine Sache.« Er legte eine Hand auf Johns Schulter. »Aber wenn ich mit ihm verhandele, dann musst du mir helfen!«

John nickte mechanisch. »Du kannst auf mich zählen.« In seinem Kopf rasten die Gedanken. Ob sein Ziehvater ihn wohl erkennen würde? Wie würde er darauf reagieren, seinen entlaufenen Sohn so überraschend wiederzusehen? Ob er wohl immer noch die Geschichte von John als Taugenichts verbreitete? Wie ging es Ewan? John biss sich auf die Lippen und bemerkte nicht, dass Jason ihn fragend ansah. Offensichtlich wartete er auf eine Antwort – leider hatte John die Frage gar nicht gehört. Er verzog seine Lippen zu einem Lächeln. »Was … Ich war gerade in Gedanken. Die letzten Tage mit den Kiwifrüchten waren wohl doch anstrengender, als ich dachte.«

Jason nickte »Das kann ich verstehen. Du solltest ein paar Tage nach Coromandel fahren und ein bisschen ausspannen. Aber bitte erst nach dem Treffen mit Cavanagh. Ich habe dich gerade gefragt, ob du bis nächsten Montag etwas vorbereiten kannst für dieses Meeting.«

»Du kannst dich auf mich verlassen«, antwortete John noch einmal. Nächsten Montag also. Noch drei Tage bis zum Wiedersehen mit dem Ziehvater. Mit einem Mal spürte er ein gewaltiges Bedürfnis nach einem kalten, frischen Bier – zum ersten Mal seit mehreren Jahren. Er schüttelte den Kopf. Wenn er jetzt in eine Kneipe loszog, dann hatte sein Ziehvater gewonnen.

»Also bis nächsten Sonntag, so gegen siebzehn Uhr?«, unterbrach Jason seine Gedanken. Einen kleinen Moment lang fürchtete John, dass er schon wieder nicht zugehört hatte – aber dann fiel ihm die Essenseinladung ein. Er zwang sich zu einem Lächeln. »Sicher, ich freue mich drauf! Soll ich irgendetwas mitbringen?«

»Gute Laune und vielleicht einen Blumenstrauß für meine Frau. Die mag so etwas«, erklärte Jason. John konnte nur nicken. In diesem Augenblick war er sich noch nicht einmal sicher, wie er die Zeit bis zum Sonntag herumbringen sollte – geschweige denn bis nächsten Montag. Wie sollte er sich nur vorstellen?

»Guten Tag, mein Name ist John Erhardt … nein, ich glaube nicht, dass wir uns schon einmal begegnet sind …« Konnte er mit so einer dreisten Lüge einen ganzen Nachmittag bewältigen? Nachdenklich machte er sich auf den Nachhauseweg. Warum nur holte ihn seine Vergangenheit ausgerechnet in einem Moment ein, in dem er es endlich geschafft hatte? Dieses Neuseeland war vielleicht doch zu klein für einen Neuanfang …

Zum hundertsten Mal sah John auf die Notizen, die er vorbereitet hatte. Mengen, Volumen, Frequenz – er hatte in den letzten Tagen wirklich alles berechnet, was mit dem Einsatz eines neuen Kühlfrachters für ihre Zwecke zusammenhängen konnte. Er hatte sich sogar so ein Ding angesehen, als es in Auckland angelegt hatte. Hatte sich mit dem Kapitän und mit Offizieren darüber unterhalten, was wichtig war bei so einem Kühltransport. Es gab so viel zu bedenken – spielten die Wetterverhältnisse tatsächlich keine Rolle? Welchen Einfluss hatten die Schwankungen des Preises für den Kraftstoff auch auf den Fleischpreis? Und: Wer haftete für den Schaden, wenn die Kühlung auf offener See versagte? Er fühlte sich perfekt vorbereitet und war sich sicher, dass ihn jetzt keine Frage mehr überraschen konnte. Er schluckte. Das Einzige, wozu er noch keine Vorstellung hatte, war dieses Wiedersehen mit George Cavanagh. Er hatte jede Nacht wach gelegen und versucht, sich dieses Treffen vorzustellen, jede Möglichkeit durchgespielt. Was, wenn sein Ziehvater ihn erkannte? Was, wenn er es nicht tat? John war so nervös wie noch nie in seinem Leben. In wenigen Minuten würde er ihn wiedersehen – nach sechs langen Jahren und noch sehr viel mehr Lügen.

Er hörte die aufgeregten Stimmen vor dem kleinen Bürohaus am Pier, das in den letzten Jahren fast so etwas wie eine Heimat für ihn geworden war. Vorsichtig schob John den Vorhang ein wenig zur Seite. Der Gast der Firma stieg gerade aus seinem großen, schwarzen Auto. Hochgewachsen, einen Hut tief in die Stirn gedrückt und mit einer Ausstrahlung, als ob ihm die ganze Welt gehören würde. Unverkennbar George Cavanagh.

Unwillkürlich versteckte John sich etwas mehr hinter dem Vorhang. Der Schweiß rann in Strömen seinen Rücken hinunter, obwohl es nicht einmal ein heißer Tag war. Nervös rieb er sich das Gesicht. Er würde ihn erkennen – und seine Nervosität riechen wie ein Hund. Und er würde das auch ausnutzen, ihn an die Wand spielen und dafür sorgen, dass Jason Turner seine schöne Idee nur unter erheblichen Verlusten umsetzen konnte. Verluste, die Cavanaghs Geschäfspartner selbstverständlich ganz allein tragen würde, dafür sorgte ein George Cavanagh, wann immer sich ihm die Gelegenheit dazu bot. Erneut spähte John durch das Fenster.

Genau in diesem Augenblick drehte der alte Cavanagh sich um und musterte das bescheidene Bürohäuschen, vor dem er stand. Sein Blick fiel auf den jungen Mann am Fenster, der ihn mit nervösem Blick ansah. Cavanagh runzelte die Stirn. Woher kamen ihm diese Augen und dieses Gesicht nur bekannt vor? Aber noch bevor er einen zweiten Blick auf das Gesicht des jungen Mannes werfen konnte, war der auch schon verschwunden.

Mit zwei schnellen Schritten entfernte John sich von dem Fenster und sah sich mit gehetztem Blick um. Er fühlte, wie Panik ihn überwältigte und jedes Denken verhinderte. Sein Blick fiel auf die Tür zu einer kleinen Kammer – von hier aus führte ein ebenerdiges Fenster direkt auf den Pier. Ohne lang nachzudenken, machte John drei oder vier schnelle Schritte und verschwand dahinter – zur gleichen Zeit hörte er, wie sich die Vordertür öffnete und Jason seinen Gast ins Innere führte.

John wollte nur noch eins: fort. Fort von diesem Ort, an dem er seinem mächtigen Ziehvater entgegentreten musste. Ohne auch nur eine Sekunde nachzudenken, schob er das Fenster nach oben, griff in den Fensterrahmen und schwang sich mit einer einzigen Bewegung nach draußen. Einen Moment lang stand er atemlos in dem scharfen Wind, der an diesem Tag um jede Ecke pfiff. Dann drehte er sich um und rannte los. Nur weg von seinem Ziehvater. Erst als er das Ende einer langen Landungsmole erreicht hatte, blieb er schwer atmend stehen. Und erst in diesem Augenblick setzte sein Hirn wieder ein. Wie sollte Jason jetzt erklären, dass sein Fachmann für alles, was mit Frachtern zusammenhing, von einem Augenblick auf den anderen verschwunden war? Noch vor wenigen Minuten hatten sie zusammengesessen, hatten heikle Stellen in den Verhandlungen durchgesprochen und sich eine gemeinsame Strategie für das Gespräch mit dem mächtigen Reeder ausgedacht. Ein guter Plan. Bis John die Nerven verloren hatte und einfach weggerannt war – wie ein kleines Kind, das die Strafe seines Vaters fürchtete.

Langsam ließ sich John auf eine große Rolle mit Tauen fallen. Er hatte sein Gesicht verloren. So konnte er Jason nie wieder treffen, da war es schlicht egal, dass sie am Sonntag miteinander gegessen und gelacht hatten, als seien sie die besten Freunde. Er hatte keine Ahnung, wie er seinem Boss noch einmal unter die Augen treten sollte. Er hatte ihn blamiert, da war es mit einem einfachen »Entschuldige, bitte, aber ich habe die Nerven verloren!« wohl kaum getan! John stöhnte auf. Schon wieder hatte er seine Zukunft verloren – und dieses Mal konnte er keiner Naturgewalt die Schuld geben, dieses Mal war er ganz allein der Verursacher seiner Katastrophe.

Für einen Moment überlegte er, ob er vielleicht doch noch in das Büro von Turners & Growers zurückkehren sollte. Aber allein der Gedanke, seinem Ziehvater gegenüberstehen zu müssen, versetzte sein Herz wieder in einen rasenden Rhythmus. Mit einem Seufzer entschied er sich dafür, nicht noch einmal die Begegnung zu suchen. So blieb er einfach sitzen. Der Platz am Ende des Piers war einsam. Niemand kam vorbei, nur ein paar Möwen kreischten, das Meer schlug in seinem endlosen Rhythmus an die Mauer, und irgendwann senkte sich tiefe Dämmerung und schließlich die Nacht über ihn.

Nach einer Weile stand John wieder auf. Er hatte Hunger, er hatte Durst, und er konnte seine Bedürfnisse nicht für immer unterdrücken. Auf dem Weg in die Stadt kam er an dem Bürohaus vorbei. Es lag dunkel und verlassen da, leise fragte John sich, welche Szenen sich in diesem Haus wohl am Nachmittag abgespielt haben mochten. Er kannte seinen Ziehvater gut genug, um zu wissen, dass er keine Schwäche ungenutzt verstreichen ließ. Wenn Jason auch nur ein bisschen unsicher gewesen war, dann hatte Cavanagh das ganz sicher für sich ausgenutzt. John seufzte. Er hätte Jason von Anfang an die Wahrheit sagen sollen, dann würde sein Leben jetzt nicht komplett in Scherben liegen.

Gerade als er sich zum Gehen wandte, sah er, dass da doch noch ein schwaches Licht in einem Fenster brannte. Nur eine leise vor sich hin flackernde Kerze in dem Büro von ihm und Jason. Neugierig ging er näher und spähte durch die Scheiben. Jason saß an seinem Schreibtisch, den Kopf schwer in die Hände gestützt. John klopfte an das Fenster. Erschrocken hob Jason den Kopf, sah ihn und schien mit einem Mal wieder alles andere als müde und erschöpft. Herrisch winkte er ihm zu hereinzukommen. Als Jason Sekunden später in das Zimmer kam, trat eine Ader an Jasons Schläfe hervor. Er vergeudete keine Sekunde mit Höflichkeitsfloskeln.

»Ich habe dich aus der Gosse gezogen, und dir fällt nichts Besseres ein, als mich an einem so wichtigen Tag in meinem Leben einfach alleinzulassen? Weißt du eigentlich, wie peinlich das Treffen mit diesem Cavanagh dank deiner Flucht war? Wann immer er irgendetwas wissen wollte, konnte ich nur hilflos etwas von Dingen, die wir noch klären müssen, faseln. Du hast dafür gesorgt, dass ich in diesem Meeting wie ein kleiner Junge vorgeführt wurde … Hast du denn überhaupt irgendetwas zu deiner Entschuldigung hervorzubringen? Hat dich einer der anderen Spediteure bezahlt? Hast du etwas getrunken? *Wolltest* du mir schaden?« Seine Stimme wurde lauter, den letzten Satz schrie er John ins Gesicht: »Was zum Teufel hast du dir gedacht? Hast du überhaupt *etwas* gedacht?«

Wie benommen schüttelte John den Kopf und hob beschwichtigend die Hände. »Ich …« Er brach ab. Es gab keine Entschuldigung für das, was er getan hatte. Wie sollte er Jason Turner erklären, dass er die Nerven verloren hatte. Statt sich zu verteidigen, murmelte er nur: »Tut mir leid. Das habe ich so nicht geplant.« Er merkte selbst, dass das alles andere als überzeugend klang.

»Und was *hast* du geplant?« Jason schrie immer noch.

Langsam griff John in seine Hosentasche und förderte den Zettel, auf dem er alle entscheidenden Fakten zusammengetragen hatte, ans Licht. Er reichte Jason das verknitterte Ding. »Das wollte ich alles fragen und sagen, ich wollte wirklich den bestmöglichen Deal für dich herausschlagen. Aber dann habe ich die Nerven verloren. Ein völliges Blackout, ich bin einfach weggelaufen.« Er zögerte, bevor er die nächste Frage stellte. »Kannst du mir verzeihen?«

Mit dieser Frage brachte er Jason endgültig zum Toben. »Bist du des Wahnsinns fette Beute? Ich soll dir noch eine Chance geben, damit du mich womöglich noch einmal bis auf die Knochen blamierst? Vergiss es! Ich möchte, dass du diesen Raum verlässt und ihn nie wieder betrittst. Ich habe dich sogar zu mir nach Hause eingeladen – und du dankst es mir mit deinem Verschwinden bei einem wichtigen Treffen. Nein, ich werde dieses Risiko kein zweites Mal eingehen. Ich will dich nicht mehr sehen, und ich werde jeden, der darüber nachdenkt, ob er dich anstellen will, wissen lassen, aus welchem Holz du wirklich geschnitzt bist. Verschwinde!«

»Aber …« Hilflos sah John den Mann an, den er für seinen Freund gehalten hatte. Abende und halbe Nächte hatten sie gemeinsam in diesem Büro verbracht, hatten neue Ideen ausgeheckt und Verordnungen gewälzt. Das sollte jetzt vorbei sein?

»Wie deutlich muss ich noch werden?«, schnaubte Jason. »Langt dir ein einfaches ›Verschwinde‹ nicht?«

Langsam wandte John sich zum Gehen. »Doch, doch«, murmelte er. »Bin schon weg, keine Sorge.«

Und damit drehte er sich um, ging die wenigen Schritte nach draußen und zog die Tür zu dem kleinen Bürohäuschen hinter sich zu. Einen Moment lang blieb er stehen und atmete tief die salzige Luft.

Er war mal wieder allein. Zeit für einen neuen Anfang.

Schon wieder.

Kaikoura, 1998

15.

»Du wirst es lieben!«, erklärte Matiu. »Ich kenne niemanden, der es nicht großartig findet!«

Katharina sah skeptisch das Schlauchboot an, das, am Landungssteg festgeknüpft, träge in der Sonne schaukelte. Ein Platz für den Steuermann, acht Sitze – und am hinteren Ende zwei riesige Motoren. »Du bist dir sicher, dass du damit umgehen kannst?«

»Natürlich. Damit habe ich mir früher Geld in den Schulferien verdient! Mein Vater hat mir alles über diese Boote beigebracht, was man wissen muss. Du musst dich nur gut festhalten!«

Vorsichtig stieg Katharina über die kleine Leiter in das Boot, das ihr jetzt erstaunlich wackelig vorkam. »Wo sind denn die anderen Gäste dieser Tour?«, fragte sie vorsichtig nach. Matiu machte eine wegwerfende Handbewegung und deutete auf ein kleines Schiff mit hohem Aufbau, das in diesem Moment hinaus in die weite Bucht Kaikouras fuhr. »Die anderen Gäste sind alle auf diesem Ding – aber ich verspreche dir: In unserem Boot ist es noch ein echtes Abenteuer, einen Wal zu beobachten. Wenn du willst, kannst du ihn sogar berühren! Bei dem anderen Schiff ist alles so weit weg, dass man vergisst, wie riesig so ein Tier ist …«

Bedächtig schlüpfte Katharina in die Rettungsweste – ein steifes Ding in einer verblichenen Farbe, die vor einer ordentlichen Anzahl von Jahren wohl einmal Orange gewesen war. Mühsam schloss sie die Schnallen – die Gurte waren steif vom jahrelangen Kontakt mit dem Salzwasser. Dann setzte sie sich neben Matiu. Er grinste ein letztes Mal beruhigend und gab ihr noch den Tipp: »Halt dich fest, wenn wir schneller werden!« Damit tuckerte das Schlauchboot hinter dem großen Schiff her, hinaus in die Bucht.

Katharina sah sich neugierig um. Die Berge standen hoch hinter dem kleinen Städtchen Kaikoura, ein Teil von ihnen hatte sogar noch Reste von Schnee auf den höchsten Gipfeln. Das Städtchen lag lang hingestreckt auf dem schmalen Landstreifen, der zwischen Meer und See lag. Eine große, sanft geschwungene Bucht – alles wirkte friedlich. Das Schlauchboot fuhr an einer kleinen Kolonie von Robben vorbei, dann bog Matiu in einem weiten Bogen hinaus ins offene Meer.

»Achtung! Festhalten!«, rief er ihr zu, während die beiden Motoren aufheulten. Mit einem Mal hob sich die Spitze des Bootes aus dem Wasser, die plötzliche Geschwindigkeit drückte Katharina mit aller Kraft in ihren Sitz. Kaum hatten sie die schützende Bucht verlassen, wurde die Dünung größer. Das kleine Schlauchboot hüpfte jetzt von Welle zu Welle, prallte immer nur kurz hart auf, bevor es wieder weiterraste. Nichts für Menschen mit Rückgratproblemen, dachte Katharina. Ob Matiu das nicht an seinem Knöchel wehtat? Möglichst unauffällig sah sie zu der Schiene, die Matiu jetzt seit einer Woche um den Knöchel trug. Einen mehrfachen Bänderriss hatte der Arzt in der Klinik festgestellt. Sechs Wochen mit einer Schiene, und Matiu wäre wiederhergestellt. Das hatte Matiu offensichtlich nur zu neuen Abenteuern ermutigt.

Erst hatte er ihr noch weitere Drehorte von »Der Herr der Ringe« in Kaitoke und Harcourt Park gezeigt, dann hatte er darauf bestanden, sie noch auf die Südinsel zu begleiten. »In den Canterbury Plains werden die Ringgeister Arwen verfolgen, hier wird die Heimat der Reiter von Rohan sein!«, hatte er ihr erklärt. Und dann hinzugefügt: »Noch dazu kann ich dich zu einer einmaligen Tour nach Kaikoura einladen. Das hat nichts mit dem Film zu tun – aber alles mit meiner Familie. Du musst die Wale sehen. Das ist eines der größten Erlebnisse überhaupt! Du musst einfach Ja sagen, eine Absage akzeptiere ich nicht.«

Katharina hatte nur genickt. Heimlich war sie enttäuscht, dass Matiu sie nicht noch einmal geküsst hatte. Seit der Nacht am Ruapehu verhielt er sich wieder so zurückhaltend wie zuvor. Fast kam es ihr hin und wieder so vor, als ob sie alles nur geträumt hätte. Aber warum nur bestand er dann darauf, dass er sie überall hinbegleitete? Und jetzt dieser wahnsinnige Ritt über die Wellen vor Kaikoura – selbst wenn sie keinen Wal sehen würden, wäre dieser Geschwindigkeitsrausch einfach unvergesslich.

Ohne dass sie irgendetwas sehen konnte, drosselte Matiu plötzlich die Geschwindigkeit und stellte die Motoren ab. Die plötzliche Stille war geradezu ohrenbetäubend – und mitten in dieses Schweigen kam ein lautes Atemgeräusch. Wie von einem großen, schweratmigen Menschen, der zu lange die Luft angehalten hatte. Katharina starrte in die Richtung des Geräusches – und sah nur wenige Meter neben dem Boot eine kleine, dunkle Erhebung – und darunter einen riesigen, schwarzen Fleck.

»Das ist ein noch nicht ganz ausgewachsenes Tier«, erklärte Matiu mit ruhiger Stimme. »Er ist knapp zwanzig Meter lang, ich habe gerade eben gesehen, wie er aufgetaucht ist. Jetzt bleibt er ein paar Minuten lang hier oben, um seine Sauerstoffvorräte aufzufüllen – dann geht es wieder runter. Du musst wissen, dass es hier in Kaikoura unter Wasser fast so weitergeht wie über Wasser – das heißt, die Berge fallen nicht nur bis auf Meereshöhe so steil ab, sondern das geht unter Wasser weiter. Wir sind hier schon bei über zweitausend Meter Tiefe. Ideal für die Pottwale, die tauchen hier tief nach unten und finden ihre geliebten Tintenfische. Das hat dafür gesorgt, dass hier in Kaikoura schon immer Jagd auf Wale gemacht worden ist. Heute allerdings nur noch mit der Kamera …«

Der große Körper bewegte sich langsam näher an sie heran, holte Luft, glitt unter ihrem kleinen Boot hindurch. Es schien eine Ewigkeit zu vergehen, bis Katharina sah, dass die riesige Schwanzflosse unter ihnen hindurchglitt.

»Ist das nicht gefährlich?« Unwillkürlich hatte sie die Frage geflüstert. »Der könnte uns doch mit einer einzigen Bewegung seines Schwanzes zu Kleinholz verarbeiten!«

»Fluke«, korrigierte Matiu sie lächelnd. »Der Schwanz von einem Wal heißt Fluke. Und du hast recht: Wenn er es darauf anlegen würde, hätten wir keine Chance. Tatsächlich sind das aber friedliche Gesellen, die Geschichten von Kapitän Ahab und dem bösen Moby Dick sind allesamt Seemannsgarn. Selbst ein harpunierter Wal greift ein Schiff nicht an – Glück für all die Männer in der Geschichte Neuseelands, die ihr Geld mit dem Walfang verdient haben …«

Er sah weiter auf den Schatten unter ihnen und hob die Hand. »Pass jetzt auf, der taucht gleich ab …«

Mit einem Mal stellte sich der Wal senkrecht und verschwand wie ein riesiges Geschoss in der Tiefe. Einige endlos scheinende Momente lang schwebte die riesige Fluke über ihren Köpfen – dann verschwand sie fast geräuschlos im Meer. Eine ovale, völlig glatte Stelle kennzeichnete den Ort, an dem der Wal in die Tiefe des Pazifiks abgetaucht war. »Das nennen wir den Fußabdruck«, erklärte Matiu und deutete auf diese Stelle. »Jetzt wird er bis zu einer Stunde unten bleiben und fressen – wir sollten uns einen anderen Wal suchen.«

Wieder heulten die Motoren auf, wieder schossen sie umher, und erneut blieben sie urplötzlich fast stehen – diesmal für zwei noch jüngere Wale. Matiu gab kurz über Funk Bescheid, und dieses Mal kam auch das große Whale-Watching-Boot herbeigeeilt, um die riesigen Meeressäuger zu sehen. Matiu winkte dem Skipper zu.

»Woher kennst du diese Leute?«, fragte Katharina nach.

Aber Matiu winkte nur ab. »Wie ich schon gesagt habe: Ich komme aus Kaikoura, hier im Ort kennt jeder jeden. Da hilft man sich auch … Außerdem ist das hier das alte Boot der Whale Watch Kaikoura. Ich muss mich ja irgendwie bedanken dafür, dass ich es mir nehmen durfte. Und wie ich schon gesagt habe: Früher habe ich mein Geld mit diesen Walbeobachtungs-Trips verdient.«

Katharina nickte nur. Fasziniert beobachtete sie jetzt eine ganze Schule kleiner Delfine, die sich ihnen näherte. Sie schossen mit ihren silbern glänzenden Körpern aus dem Wasser, drehten Schrauben und Salti, als ob sie in einem Zirkus dafür bezahlt würden. »Das sind Spinnerdelfine«, erklärte Matiu. »Wir nennen sie auch die Clowns der Meere. Sie haben so viel Spaß an ihren Kunststücken …«

Die Stunden verflogen nur so. Katharina spürte ihre Enttäuschung, als Matiu das Boot endlich wieder in Richtung

Land lenkte. »Schade, das hätte ich mir noch stundenlang ansehen können …«, meinte sie.

»Warte nur«, grinste Matiu. »Ein Highlight habe ich noch für dich.« Diesmal hielt er direkt auf die Robbenkolonie auf der vorgelagerten Halbinsel zu. Unweit der gelblichen, aus dem Wasser aufragenden Felsen stellte er wieder den Motor ab. Er griff in eine Kiste unter einem der Sitze und zog etwas Weiches, Schwarzes hervor, das er Katharina mit einer schnellen Handbewegung zuwarf.

»Das ist ein Neoprenanzug, ziemlich dick. Das Wasser hier ist subantarktisch, hat nur um die zehn Grad, da willst du so etwas anhaben, bevor du ins Wasser springst.« Seine Erläuterung klang so, als ob der Sprung in kaltes Meerwasser etwas Wunderbares wäre. Dabei klang in Katharinas Ohren schon das Wort »subantarktisch« wie eine klare Absage an einen Schnorchelausflug.

Sie hob zweifelnd den Anzug hoch und deutete auf das Wasser. »Was soll ich da drin? Die Robben kann ich doch von hier aus auch sehen!«

»Nicht so, wie du sie im Wasser sehen kannst!«, erklärte Matiu, der sich schon zur Hälfte in den unbequem engen Anzug hineingepresst hatte.

Katharina war dankbar, dass sie in der Früh einen Badeanzug unter Jeans und Sweatshirt gezogen hatte. So musste sie sich vor Matiu wenigstens nicht komplett entblößen. Der Anzug war dick und unhandlich. Als sie die dazupassende Haube aufsetzte, kam sie sich vor, als ob sie sich in eine unförmige, schwarze Wurst verwandelt hätte. Zum Glück sah Matiu keinen Deut besser aus. Er gab ihr noch Taucherbrille, Flossen, Bleigürtel und Schnorchel, legte selbst alles an und ließ sich, ohne eine Sekunde zu zaudern, über den Rand des Bootes nach hinten fallen. Dabei bemerkte Katharina, dass er an seinem verletzten Fuß auf die Flosse verzichtet hatte. Er verließ sich wohl darauf, dass er auch mit nur einer Flosse zurechtkommen würde.

Prustend tauchte er ein paar Meter von dem Boot entfernt wieder auf. »Ist nur im ersten Moment ekelhaft kalt, komm, trau dich!«, rief er. »Um das Boot musst du dir keine Gedanken machen, den Anker habe ich gerade zwischen zwei Felsen verkeilt – da kann nichts passieren!«

Katharina zögerte. Aber dann sah sie einen Schatten direkt unter der Wasseroberfläche auf Matiu zuflitzen. »Achtung!«, brüllte sie.

Aber er lachte nur, drehte sich gemächlich um und tauchte mit einer trägen Bewegung ab. Katharina sprang ihm, so schnell es ging, nach. Was, wenn er angegriffen wurde? Gab es hier eigentlich auch Haie? In der Sekunde, als das eiskalte Wasser über ihr zusammenschlug, nahm ihr die plötzliche Kälte fast den Atem. Sie rang nach Luft, als sie auftauchte und Matiu nirgends entdecken konnte. Zum Glück wärmte ihr Körper das eingedrungene Wasser in dem Neoprenanzug sofort auf, und sie konnte sich ein wenig entspannen.

Neugierig senkte Katharina den Kopf und sah sich unter Wasser um. Durch das tiefe Blau schossen dunkle Gestalten, eine blieb direkt vor ihr stehen und sah sie aus großen, neugierigen Augen an. Eine Robbe. Das Tier drehte sich um seine eigene Achse, schien fast einladend ein paar Meter zu schwimmen und dann wieder innezuhalten, damit sie ihm folgen konnte. Vorsichtig tat Katharina die ersten Flossenschläge. Dann ließ sie sich nach unten gleiten – mit dem Bleigürtel um die Hüfte kein Problem. Jetzt schienen die Robben um sie herum zu tanzen. Der Anblick in den Sonnenstrahlen, die schräg durch das blaue Wasser drangen, war fast unwirklich schön. Mit einem Mal sah Katharina auch Matiu wieder. Er war offensichtlich mit einer Robbe abgesunken und schien jetzt aus den Tiefen des Meeres wieder aufzutauchen – dabei sah er selbst wie eine verspielte Robbe aus.

Sie bewegten sich etwas näher an die Felsen, und jetzt flogen auch noch kleine Vögel durch das Wasser. Katharina sah ihnen fassungslos zu, bis ihr dämmerte, dass es sich wohl um Pinguine handelte. Diese Welt unter Wasser wirkte wie ein verwunschener Traum aus einem Märchen – und sie bedauerte es sehr, als Matiu ihr zuwinkte und auf das Handgelenk tippte. Es war schon spät, sie mussten nach Hause.

Erst als Katharina sich schwer atmend wieder an Deck des Schlauchbootes zog, merkte sie, wie kalt ihr eigentlich war. Matiu hatte vorgesorgt: Die Kiste unter dem Sitz beinhaltete auch Handtücher. Katharina rubbelte sich trocken und zog sich schnell wieder Jeans, T-Shirt und Kapuzenjacke an. Trotzdem zitterte sie weiter.

»Ich habe gar nicht gemerkt, wie sehr ich ausgekühlt bin«, brachte sie etwas mühsam heraus.

»Wir sind ja auch über eine Stunde im Wasser geblieben«, erklärte Matiu und zauberte aus seinem Rucksack eine Thermoskanne hervor. »Ich habe mich allerdings daran erinnert, dass ich nach dem Schwimmen mit den Robben immer erbärmlich gefroren habe – ich habe Tee mitgenommen.« Er reichte ihr eine dampfende Tasse und holte aus dem Rucksack noch einen Schokoriegel. »Mit etwas Heißem zu trinken und ein paar Kalorien fühlst du dich aber gleich wieder wie neu!«

Er trank selbst einen Schluck aus seiner Tasse und nahm einen großen Bissen Schokolade.

»Waren das wirklich Pinguine?«, fragte Katharina nach.

Das Abenteuer im Wasser kam ihr jetzt schon wie ein wahnsinniger Traum vor.

»Kleine, blaue Pinguine. Die kleinsten der Welt«, nickte Matiu. »Die leben zusammen mit den Robben an den Felsen – und sind mindestens genauso neugierig.«

»Wie bist du auf die Idee gekommen, mit Robben zu schwimmen?«, wollte sie wissen.

»Ach, Kinder probieren doch alles Mögliche aus. Wir sind alle immer zu den Felsen gerannt und ins Wasser gesprungen. Die Robben sind wahnsinnig neugierig und schwimmen jedem Neuling entgegen – und man weiß immer, wo sie sind. Das macht sie zu einer zuverlässigeren Attraktion als die Delfine …«

»Delfine?« Allmählich kam sich Katharina wirklich wie in einem Fantasy-Land vor. Und Matiu erschien ihr als eine Art neuseeländischer Doktor Dolittle, der immer wusste, was man mit diesen Tieren anstellen konnte.

»Klar. Mit denen kann man auch toll schwimmen und tauchen. Wenn sie Lust haben. Wenn nicht, springst du mitten in einer Delfinschule ins Meer, machst die Augen auf und bist allein. Aber wenn sie um einen herumschwimmen, dann ist es natürlich das Größte. Wird inzwischen auch an die Touristen verkauft – ›Schwimm mit den Delfinen‹ und so. Ist mindestens genauso unglaublich … Wenn du willst, können wir das das nächste Mal machen.« Er drehte sich zu den Motoren um und fummelte ein wenig an den Anlassern. Fassungslos sah ihm Katharina zu. Das nächste Mal? Das klang einfach viel zu verlockend …

Er sah sie über die Schulter an. »Wir fahren jetzt wieder zurück, in Ordnung? Ich würde das Boot gerne aufräumen, bevor es dunkel wird. Und dann hat uns meine Mutter zum Essen eingeladen. Du wirst es mögen …«

»Deine Mutter?« Irgendwie hatte er bisher versäumt, ihr zu sagen, dass sie seiner Mutter vorgestellt werden sollte. Musste man sich da nicht erst einmal besser kennenlernen? Oder waren bei den Maori die Sitten komplett anders?

Die Motoren heulten auf und verschluckten Matius Antwort. Wenn er ihr denn eine gegeben hatte – da war sie sich nicht einmal sicher. Sie ließ sich in einen der Sitze zurückfallen, trank den letzten Schluck Tee, bevor sie ihre volle Geschwindigkeit erreicht hatten – und genoss dann wieder den Tanz über die Wellen. Der Fahrtwind blies ihr ins Gesicht, die nassen Haare hatte sie unter die Kapuze ihres dicken Sweatshirts gesteckt. Während sie in Richtung des Anlegestegs dahinschossen, sah sie sich Matiu verstohlen noch einmal an. Seine nassen Haare hatten sich mit dem Salzwasser eng um seinen Kopf gekringelt. Er sah konzentriert auf die Strecke vor sich, die Augen in der tief stehenden Sonne etwas zusammengekniffen. Um seinen Mund spielte ein Lächeln – sie war sich aber nicht sicher, ob das nicht fast angeboren war – wie bei einem Delfin …

Sie fuhr aus ihren Gedanken auf, als das Boot allzu bald wieder an Geschwindigkeit verlor und sich dann gemächlich und mit harmlos tuckerndem Motor dem Anlegesteg näherte. Das große Schiff für das offizielle Whale Watching lag schon wieder fest vertäut am Steg, alle Zugänge waren verschlossen oder mit einer Plane abgedeckt. Matiu nickte in Richtung des Bootes. »Die letzte Tour kommt etwa um siebzehn Uhr rein, das ist fast zwei Stunden her. Der Skipper putzt alles, macht die Luken dicht und kümmert sich darum, dass morgen alles wieder gut aussieht, wenn die Touristen zur ersten Tour kommen. Whale Watching ist ein Big Business hier in Kaikoura.«

Mit diesen Worten sprang er auf den Steg, landete auf seinem gesunden Fuß und reichte ihr seine warme, feste Hand, damit sie ihm folgen konnte. Sie winkte ab. »Du fällst um, wenn ich mich an dir hochziehe. Schon vergessen, dass du im Moment nur halb einsatzfähig bist? Ich war dabei, als es passiert ist!«

»Das geht schon …« Unbeirrt hielt er ihr weiter die Hand hin. Zögernd griff Katharina zu. Er umschloss ihre Hand mit der seinen und zog sie geschickt nach oben – und in seine Arme. Einen winzigen Moment lang hielt sie es für ein Versehen. Dann spürte sie, wie er ihren Rücken streichelte – und ihr wurde klar, dass er genau das mit seinem Hilfsangebot bezweckt hatte.

»Ich habe wirklich dagegen angekämpft«, flüsterte er ihr leise ins Ohr. »Es hat doch keinen Sinn, sich in eine Pakeha vom anderen Ende der Welt zu verlieben! Du verschwindest wieder, gerade dann, wenn ich anfange, mich an dich zu gewöhnen.«

»Ich weiß«, murmelte Katharina. »Das sage ich mir auch die ganze Zeit. Ich werde nach Hause reisen, wieder in meine Redaktion gehen und den Artikel über Neuseeland schreiben – da kann ich doch kein gebrochenes Herz brauchen, oder? Das ist doch unvernünftig, und dafür bin ich doch inzwischen viel zu alt. So einen Blödsinn macht man nur, wenn man sehr jung ist. Oder?«

Gleichzeitig fing sie an, ihn auf die Wange zu küssen.

Dann auf den Hals.

Den Mund.

Als er ihren Kuss erwiderte, hörte sie auf zu sprechen. Seine Lippen schmeckten noch salzig vom Schwimmen und Tauchen. Als ihre Küsse heftiger wurden, schmeckte sie Schokolade – ein so überraschender Gegensatz, dass sie einen Moment brauchte, bis ihr die Schokoriegel einfielen.

Dann hörte sie auf zu denken, küsste ihn und vergaß die Welt. Zumindest für die nächsten paar Minuten. Dann schob Matiu sie schwer atmend von sich.

»Aber es ist wirklich völlig unvernünftig!«, erklärte er mit gespielter Verzweiflung.

Katharina sah ihn an. Seine hellen Augen waren voller Verlangen. »Wer will schon sein ganzes Leben von Vernunft regieren lassen«, murmelte sie. »Lass uns einfach das tun, was wir beide wollen. Seit der Nacht am Ruapehu …«

»… ich wollte dich nicht bedrängen!«, flüsterte er, »… wollte nicht, dass du denkst, ich wäre einer dieser Männer, die einfach ein dummes Touristenmädchen aufgabeln und ihren Spaß haben. Ich meine es ernst mit dir. Sehr ernst sogar …« Und wieder beugte er sich über sie und gab ihr einen langen Kuss, den sie bis in die Zehenspitzen spüren konnte. Sie ließ ihre Hände über seinen Rücken fahren, zog ihn näher an sich heran. Selbst durch die Jacken hindurch spürte sie die Hitze seines Körpers. Er stöhnte leise auf.

»Später … Wir müssen das Boot aufräumen! Wenn es zu dunkel wird, schaffen wir das nicht mehr. Und meine Mutter …«

»… wartet. Ich weiß«, ergänzte Katharina seinen Satz. Sie sah ihn komplizenhaft an. »Keine Sorge, ich denke, wir haben danach noch eine lange Nacht … Das heißt: Wo übernachten wir eigentlich?« Erst jetzt fiel ihr ein, dass sie nicht wusste, was eigentlich geplant war.

Matiu zog eine Grimasse. »Ich hab dich in das Gästezimmer bei meinen Eltern einquartiert. Keine Sorge, das ist wirklich sehr schön, sogar mit Blick aufs Meer …«

»Der Blick aufs Meer ist mir jetzt im Moment ziemlich egal«, erklärte Katharina und errötete ein wenig. »Ich dachte in dieser Nacht eher an einen Blick auf dich!«

Matiu lachte verlegen. »Wenn ich meiner Mutter plötzlich sage, dass wir doch im Motel übernachten, dann weiß sie sofort Bescheid, sie ist sehr feinfühlig in solchen Sachen. Nicht, dass mir das etwas ausmacht – aber ein bisschen Platz für uns wäre mir doch wichtig.«

Katharina streckte ihre Hand aus und fuhr ihm mit einer liebevollen Bewegung über die Wange. »Wir finden schon einen Weg zueinander«, murmelte sie dabei. Er nickte.

Die nächsten Minuten brachten sie damit zu, das Boot mit Süßwasser abzuspritzen, die Motoren unter Planen zu packen und die Neoprenanzüge auszuwaschen und zum Trocknen aufzuhängen. Als endlich alles verpackt war, stiegen sie schweigend in das Auto und fuhren zu Matius Elternhaus. Als er den Wagen parkte, brach Katharina das Schweigen.

»Hier bist du also aufgewachsen!«, stellte sie fest und sah sich das hellgelb gestrichene Haus mit der weißen Veranda und den weißen Fensterläden an. Eines der letzten Häuser von Kaikoura, bevor die Felsen mit der Robbenkolonie begannen. Mit einer unbeholfenen Handbewegung deutete Matiu auf Garten, Einfahrt und Haus. »Mein Paradies!«

In dieser Sekunde flog auch schon die Haustür auf, und eine zierliche Frau flatterte mit wehenden Haaren heraus und schloss Matiu in ihre Arme. Soweit das möglich war bei einer Frau, die fast zwei Köpfe kleiner war als Matiu. »Wie geht es dir? Zeig mir deinen Fuß! Tut er noch weh? Mein armer Liebling!« Erst dann fiel ihr Blick auf Katharina. Sie runzelte die Stirn und sah sie von oben bis unten an. Katharina fühlte sich unter den Blicken wie nackt und wand sich innerlich bei dieser Musterung. Nach außen ließ sie sich natürlich kaum etwas anmerken – nur guten Freunden wäre nicht entgangen, dass sie hektisch am Nagel ihres kleinen Fingers herumspielte.

Doch die Frau schien zufrieden mit dem, was sie da sah. Auf ihrem Gesicht breitete sich ein gewaltiges Lächeln aus, und sie reichte Katharina die Hand: »Schön, dass du auch da bist. Du musst Katharina sein. Willkommen in meinem Haus!«

Damit drehte sie sich um und ging ins Haus – sie ging wohl selbstverständlich davon aus, dass ihr Sohn und seine deutsche Begleitung ihr folgen würden.

Neugierig sah Katharina sich im Inneren um. Insgeheim hatte sie damit gerechnet, dass bei Maori sicherlich jede Menge polynesischer Schnitzereien oder Ähnliches herumstehen würden. Aber hier war nichts davon zu sehen – und Katharina führte sich vor Augen, dass Matiu, seine Schwestern oder seine Mutter ja auch nicht im Baströckchen herumliefen. Sie sah ein paar Familienbilder an der Wand, zahnlückige Mädchen, die in Kaikoura auf den Felsen tobten und ihre zerschrammten Knie in die Kamera hielten, ordentliche Familienfotos, für die sich die komplette Kinderschar herausgeputzt hatte. Gerade wollte Katharina etwas nähertreten und vor allem den geheimnisvollen Vater genauer betrachten, als Matius Mutter in der Tür auftauchte. »Das Essen ist fertig! Hoffentlich magst du Fisch!«

Katharina nickte und folgte ihr in einen hellen Raum, aus dem ein riesiges Panoramafenster einen unglaublichen Blick auf die weit geschwungene Bucht von Kaikoura bot. Nur die Veranda, ein Streifen Gras und ein geschotterter Weg trennten diejenigen, die sich hier niederließen, vom Pazifik. Katharina blieb einen Moment lang die Sprache weg.

»Das ist unglaublich!«, rief sie schließlich. »Wenn ich hier wohnen würde, gäbe es keinen Tag, an dem ich nicht ein paar Stunden auf das Meer schauen würde. Oder wenigstens für ein paar Minuten.«

Matius Mutter lachte. »Das geht mir heute immer noch genauso. Wir haben das Haus vor über zwanzig Jahren gebaut, damals ist es mir wie die Erfüllung eines viel zu großen Traumes vorgekommen. Jetzt wohne ich schon so lange hier, meine Kinder sind in diesen vier Wänden groß geworden, und ich kann es an manchen Tagen immer noch nicht glauben, dass ich hier wohnen darf.«

Sie machte eine einladende Bewegung in Richtung des einfach gedeckten Tisches. »Komm und setz dich, das Essen ist schon fertig.« Erst jetzt merkte Katharina, wie hungrig sie war. Sie setzte sich und berührte unter dem Tisch verstohlen Matius Knie. Er lächelte sie an, während er ihr die Speisen erklärte.

»Das ist Hoki – ein wirklich leckerer Fisch, den sie in den USA unter dem hässlichen und vor allem irreführenden Namen Delfin verkaufen. Soweit ich weiß, ist es aber eine Seehechtart … Dazu gibt's Süßkartoffeln, Zucchini und eine Gewürzpaste, bei der nur meine Mutter weiß, was da eigentlich drin ist. Ich fürchte, sie wird ihr Geheimnis eines Tages mit ins Grab nehmen, und ich muss dann für immer um sie weinen. Um die Gewürzpaste, meine ich.« Beim letzten Satz machte sich ein lausbubenhaftes Grinsen auf seinem Gesicht breit.

Seine Mutter knuffte ihm scherzhaft in die Seite. »Wenn du eines Tages eine eigene Familie hast, dann werde ich deiner Frau schon erklären, wie sie diese Paste zubereiten soll …«

Katharina nahm den ersten Bissen und verdrehte fast die Augen. Matiu hatte nicht übertrieben, als er von den Kochkünsten seiner Mutter geschwärmt hatte. Die süßlichen Kartoffeln, das feste Fleisch des Fisches – und dazu die grüne Paste, die nach der dunklen Wildnis der Regenwälder im Süden des Landes schmeckte. »Für dieses Geheimnis würde es sich fast lohnen, dich zu heiraten, Matiu!«, murmelte sie.

»Klar«, lachte er. »Wenn ich dereinst heiraten werde, dann nicht wegen meines Charmes und meines liebreizenden Aussehens, sondern nur wegen der Rezepte meiner Mutter.«

Aus der Nähe sah Katharina jetzt auch die vielen feinen Fältchen, die sich rings um die Augen der Maori-Frau zogen. Und sogar in den langen, schwarzen Locken zeigten sich einige silbern glänzende Fäden. Ihre schmale Gestalt und ihre lebhaften Bewegungen täuschten zunächst über ihr Alter hinweg. Ihre Augen glitzerten neugierig, als sie Katharina ins Visier nahm. »Jetzt, wo du mir nicht mehr entkommen kannst, will ich alles wissen: Woher kommst du? Was machst du? Wo hast du meinen Matiu kennengelernt? Weißt du eigentlich, dass er noch nie ein Mädchen mit nach Hause gebracht hat? Ich bin fast ohnmächtig geworden, als er mir erzählt hat, dass er Besuch mitbringt …«

»Du hättest mich umgebracht, wenn ich Besuch nach Kaikoura mitgebracht hätte und nicht bei dir vorbeigekommen wäre …«, unterbrach Matiu ihren Redeschwall mit einem verlegenen Lächeln in Katharinas Richtung. »Und findest du es nicht reichlich unhöflich, dass du meinen Besuch so ausfragst?«

»Sie muss ja nicht antworten!«, entgegnete seine Mutter selbstbewusst.

»Und es ist kein Problem, wirklich. Wer mir so köstliches Essen auftischt, der darf eigentlich alles von mir wissen!«, lachte Katharina. »Die meisten Fragen sind ja auch schnell beantwortet …« Sie fing an zu erzählen, warum sie nach Neuseeland gekommen war, erzählte von ihrer Arbeit bei der Zeitschrift – und musste dabei feststellen, dass diese

Frau sich nicht mit einfachen Antworten zufriedengab. Alles wollte sie ganz genau wissen – und als es draußen längst dunkel war, servierte sie noch einen kräftigen, heißen Tee und verabschiedete sich mit einem etwas überraschenden »Jetzt muss ich aber endlich schlafen!« in Richtung ihres Schlafzimmers. Katharina sah ihr hinterher. Ohne diese temperamentvolle, lebendige Frau wirkte das Wohnzimmer mit einem Schlag leer und unbewohnt.

»Ist sie immer so?«, wollte sie von Matiu wissen.

»Und noch viel mehr«, nickte der. »Meine Mutter ist einfach durch nichts und niemanden zu stoppen. Nicht einmal mein Vater kann sie zum Schweigen bringen. Oder zum braven Zuhören, wenn jemand anders redet. Sie unterbricht immer, hat immer eine Meinung – und meistens ist es nicht die Meinung der Mehrheit.« Er sah stolz aus. »Sie ist wunderbar. Und jetzt hat sie gemerkt, dass wir sie nicht mehr in unserer Nähe haben wollen, dass wir ein bisschen Zeit für uns brauchen.«

Mit einem Mal war Katharina schrecklich klar, dass sie immer noch vom Salzwasser verklebte Haare hatte, dass ihre Nase dank des pfeifenden Meereswindes und der Sonnenstrahlung anfing, sich zu pellen. Sie fühlte sich so begehrenswert wie ein Gartenschlauch oder ein altbackenes Brötchen – nämlich überhaupt nicht. »Weißt du, was ich jetzt richtig toll finden würde? Eine lange, heiße Dusche, dann ein kaltes Glas Weißwein und dann ein bisschen von der Zweisamkeit, die deine Mutter für uns vorgesehen hat.«

Wortlos nahm Matiu sie an der Hand und führte sie in ein Badezimmer mit weißen Fliesen, hell lasierten Holzmöbeln, ein paar Grünpflanzen und schon wieder einem Meerblick, den man direkt aus der Badewanne genießen konnte. »Soll ich dir ein Bad einlassen?« Er streichelte ihr mit seinem Zeigefinger sanft über den Handrücken, während sie begeistert nickte und er den Wasserhahn aufdrehte.

»Ich lass dich dann mal allein«, erklärte er und zog leise die Tür hinter sich zu. Katharina sah durch das Fenster auf das Glitzern des Pazifiks im Mondlicht, entdeckte die fernen Positionslampen von einem Frachter, der irgendwo am Horizont vorüberzog, um dann in Wellington oder Auckland anzukommen. Die Sterne blinkten hoch über dem Strand, der feine Kies glänzte im Abendlicht.

Sie ließ sich mit einem wohligen Seufzer langsam in das warme Wasser gleiten und schloss die Augen. So hörte sie auch nicht, dass die Tür zu dem Badezimmer sich noch einmal öffnete. Eine Hand glitt in ihre Badewanne und streichelte ihr erst über den Bauch und die Brüste und suchte sich dann vorsichtig den Weg in tiefere Regionen. Sie blinzelte Matiu an. »Ganz schön gewagt«, murmelte sie leise und öffnete ihre Beine ein bisschen weiter.

»Ich höre auf, wenn du mich darum bittest«, flüsterte Matiu heiser.

»Bloß nicht. Ich schreie das ganze Haus zusammen, wenn du aufhörst.« Sie schloss wieder die Augen, konzentrierte sich auf die leise Brandung, die man durch die Fensterscheiben hören konnte – und ihren Atem, der ganz langsam den gleichen Rhythmus wie die Wellen bekam. Matiu streichelte sie unendlich zärtlich und langsam, so als hätte er alle Zeit der Welt. Immer wieder zog sich seine Hand zurück, kreiste um ihren Bauchnabel und fand dann erst wieder ihren Weg zurück. Mit einem leisen Stöhnen griff sie nach seinem Handgelenk und hielt ihn zwischen ihren Beinen fest.

»Meinst du nicht, dass in dieser Wanne Platz für zwei ist?«, fragte sie, ohne ihre Augen zu öffnen.

»Sicher.« Sie hörte das Lächeln in seiner Stimme. »Aber

erst einmal will ich sehen, ob du dich so richtig wohlfühlen kannst mit meiner Aufmerksamkeit. Ich will, dass du spürst, wie sehr ich dich begehre.«

Sie wollte sich nicht mehr wehren, streckte sich und öffnete sich für seine Liebkosungen. Erst als sie nicht mehr anders konnte, als nur noch eines zu wollen: ihn endlich auch bei sich zu haben, wandte sie sich halb ab. »Zieh dich endlich aus und komm!«, erklärte sie ernst. Und Matiu tat genau das, was sie ihm befohlen hatte.

Auckland, 1959

16.

Johns Entschluss stand fest: Er wollte nach Amerika. In den USA konnte er ein neues Leben anfangen, ohne dass er ständig Gefahr lief, seinem Ziehvater wieder zu begegnen. Mit seinen Erfahrungen konnte er sicher in einem Hafen auf eine Anstellung hoffen. Vielleicht beruhigte sich ja sogar Jason Turner noch, sodass John für den kleinen Ableger von Turners & Growers in Los Angeles arbeiten konnte? Obwohl John sich andererseits sicher war, dass er seinen nachtragenden Chef, der einen einzigen Fehler zum Anlass nahm, jahrelange gute Arbeit nicht mehr zu schätzen, eigentlich nicht mehr haben wollte.

Also USA. Los Angeles. Vielleicht San Francisco, das sollte eine aufstrebende, lebendige Stadt sein. Oder doch die Ostküste? Boston, New York oder Philadelphia. Die Welt stand ihm offen. John atmete tief durch. Es gab einfach nichts mehr, was ihn hier halten konnte. Seine Besitztümer in diesem kleinen Zimmer passten in einen Koffer – und der musste nicht einmal besonders groß sein. Ein paar Bücher, einige Kleidungsstücke, eine Mappe mit den Zeitungsausschnitten zu dem Mord innerhalb der Milkbar-Gang. Ihm war nicht klar, warum er sie noch nicht weggeschmissen hatte. Aber sie kamen ihm wohl so vor wie eine ständige Mahnung, wie viel Glück er in seinem Leben gehabt hatte. Diese Ausschnitte und seine schiefe Nase erinnerten ihn an so manches …

Doch bevor er Neuseeland für immer den Rücken kehrte, hatte er noch ein Ziel. Er musste sich von seinem kleinen Bruder verabschieden. Ihm das geliehene Geld endlich wiedergeben. Das letzte Treffen war fast fünf Jahre her, die Arbeit bei Turners & Growers hatte dafür gesorgt, dass John keine Zeit für einen Ausflug auf die Südinsel gefunden hatte. Außerdem hatte er sich immer vorgestellt, wie er dereinst als gemachter Mann zu seinem Bruder kommen würde. Mit einem schicken Auto, einem teuren Anzug und vielleicht sogar mit einer eleganten Frau am Arm. Aber leider waren diese Wünsche in den letzten Jahren nur Träume geblieben. Jason Turner hatte ihm zwar immer eine Gehaltserhöhung in Aussicht gestellt – aber dieses Versprechen dann nie eingelöst. Trotzdem: Einmal noch wollte er Ewan in den Arm schließen – und sich dann endgültig von ihm und dem Leben in Neuseeland verabschieden. Mit diesem Land waren einfach zu viele schlechte Erinnerungen für ihn verbunden.

Immerhin hatte er dieses Mal einiges gespart, er konnte sich eine Reise mit dem Zug nach Wellington leisten – und musste sich dann auch nicht mehr als zweiter Passagier eines Lastwagens auf die Fähre schmuggeln. Entschlossen legte er seinen Koffer auf das Bett und fing an, seine wenigen Habseligkeiten einzupacken.

Kaum hatte er den Bahnhof erreicht, machten sich auch schon die Erinnerungen breit. Damals, als er den Bahnhof das erste Mal betreten hatte, war die Frau seines Lebens an seiner Seite gewesen. In einem gelben Sommerkleid, das so herrlich frei um ihre Beine schwang. Sie hatte sich gut gefühlt, hatte gelacht, an eine Zukunft geglaubt. Und dann war alles vernichtet worden durch eine Laune der Natur, einen Berg, der keine Ruhe fand. John spürte, wie die Innenfläche seiner Hände schweißnass und sein Atem flacher wurde.

»Sie wünschen?« Die Frau hinter dem Schalter sah ihn aufmerksam an. »Wohin soll die Fahrt denn gehen, Sir?«

»Ich ...« John machte einen Schritt nach hinten. Rempelte dabei die Frau in der langen Schlange der ungeduldig Wartenden hinter ihm an. »Entschuldigen Sie!«, rief er fahrig aus, bevor er sich, ohne ein weiteres Wort zu sagen, umdrehte und aus dem Bahnhof rannte. Er konnte nicht mit dem Zug fahren. In seinen Ohren kreischten die Bremsen, als sei es erst gestern geschehen. Er hörte wieder die Schreie der Menschen, die die Tür nicht öffnen konnten. Und sah Inge vor sich, die so friedlich aussah – nur ein Fingernagel war abgebrochen.

John merkte nicht, dass ihm die Tränen über das Gesicht liefen, als er auf die Straße stürzte. Er ging einfach weiter, bis er einen kleinen Platz erreichte und sich schwer auf eine Bank fallen ließ. Es verging fast eine halbe Stunde, bis sein Atem allmählich wieder ruhiger wurde und die schrecklichen Bilder in seinem Kopf verblassten. Dann atmete er tief durch und griff nach seinem Koffer. Mit dem Zug wollte er nicht fahren, das war ihm jetzt klar. Er würde also wieder eine Reise als Anhalter machen, angewiesen auf die Gnade seiner Mitmenschen. Ihm erschien das trotzdem eine sehr viel bessere Wahl. So würden ihn wenigstens nicht Erinnerungen quälen, die er am liebsten für immer aus seinem Gedächtnis vertreiben wollte.

Sein gepflegtes Aussehen und der einfache Koffer sorgten dafür, dass er sehr viel schneller als noch ein paar Jahre zuvor willige Autofahrer fand, die ihn ein paar Kilometer mitnahmen. Immer Richtung Süden ging seine Reise, auf der Ladefläche von klapprigen Pick-ups, auf der Rückbank mit lärmenden Kindern oder als Beifahrer von Vertretern, die in ihm das perfekte Unterhaltungsprogramm für ihre Reise sahen. Er übernachtete in einem einfachen Motel, setzte irgendwann von Wellington nach Picton über, ohne sich auch nur eine Stunde zu lange in der Hauptstadt aufzuhalten. Weiter nach Süden, bis es auf seiner Reise zum zweiten Mal dunkel wurde. Er konnte den Namen des kleinen Küstenstädtchens am Ortseingang nicht erkennen, aber das störte ihn nicht. Er war unterwegs, und zwar in der richtigen Richtung. Wenn er aus dem Fenster der Autos sah, dann nur, um innerlich Abschied von seiner Heimat zu nehmen, die einfach nicht genug Platz für ihn und seinen Ziehvater bot.

Nach einer unruhigen Nacht in einem kleinen Motel wachte er viel zu früh auf. Über dem Horizont kündete nur ein schmaler Silberstreif von dem nahenden Tag, einzelne Vögel sangen probeweise ein paar Takte und machten sich für das große Konzert zum Sonnenaufgang warm. John schloss die Augen und versuchte noch einmal einzuschlafen. Ohne Erfolg. Wenn ihn das Glück nicht völlig verließ, dann würde er an diesem Tag seinen Bruder wiedersehen. Den kleinen, inzwischen erwachsenen Ewan. John lächelte. Sein Bruder war bestimmt immer noch nicht besser auf ihn zu sprechen. Kein Wunder. Er hatte sein Versprechen, sich hin und wieder blicken zu lassen, nicht eingelöst. John, der Unzuverlässige, der Bruder, der einfach nie da war.

Er schlug die Augen wieder auf. Seine Nervosität machte es ihm schlicht unmöglich einzuschlafen. Er konnte genauso einen Spaziergang machen und ein wenig auf das Meer sehen. Ohne lange nachzudenken, stand er auf, griff nach seiner Hose und dem Hemd und machte sich auf den Weg nach draußen. Auf der Straße zwischen den letzten Häusern und dem Pazifik umfing ihn die perfekte Einsamkeit. Das Rauschen des Meeres, der anschwellende Gesang der Vögel und die verblassenden Sterne über ihm sorgten dafür, dass er sich wie einer der ersten Menschen vorkam. Damals, als die Welt noch das unschuldige Paradies war und in diesem Land nur ein paar Vögel zu Hause waren, die nicht einmal fliegen konnten.

John atmete tief durch und wandte sich zur Seite, um der Straße entlang des Meeres zu folgen. Sie machte einen weit geschwungenen Bogen, an dessen Ende ein paar verrostete Gleise und ein wenig bröckelnder Beton von irgendeinem längst aufgegebenen Traum erzählten. Dann wurden die Felsbrocken größer und das Tosen der Brecher, die an ihnen zerschellten, lauter. John setzte sich auf einen flachen Felsbrocken und lehnte sich gegen einen zweiten, der direkt daneben lag. Ein Weilchen sah er dem unablässigen Herannahen und Zerschellen der gewaltigen Wellen an den vorgelagerten Brocken zu. Jeder Brecher kam ihm wie der letzte vor, noch viel länger konnten diese Felsen doch wohl kaum dem unablässigen Angriff standhalten. Aber es ging weiter.

Ganz in der Nähe von seinem Aussichtsplatz konnte er in der immer heller werdenden Morgendämmerung ein paar Robben erkennen. Sie sahen ihn mit ihren großen, feuchten Augen an, wedelten träge mit einer Flosse und schliefen dann wieder ein. Mit einem Mal spürte auch John, dass die letzten zwei Tage ihren Tribut forderten. Er schloss langsam die Augen, versprach sich selbst, dass es nur für einen ganz kurzen Moment wäre – und fuhr wieder auf, als eine Stimme weit entfernt, fast wie in einem Traum, sang. Ein Lied wie Ebbe und Flut, das er jetzt seit vier Jahren in seinen Träumen immer wieder hörte. Jetzt war es so wirklich, wie es ein Lied nur sein konnte. Die gleiche helle Stimme mit dem kehligen Unterton. Er sprang auf die Füße und sah sich um, mit einem Schlag hellwach. Der Gesang kam näher, und noch bevor er daran zweifeln konnte, dass es sich um die gleiche Stimme handelte, kam sie über einen Felsen geklettert.

John starrte sie an wie eine Vision. Seit Jahren dachte er an diese schmale Frau mit den unbändigen Locken und dem karierten Männerhemd. Gewiss, jetzt trug sie einen grünlichen Parka, und die Haare waren in einem dicken Zopf gebändigt. Aber das war sein Schutzengel, die Frau, die ihn vor dem Absturz gerettet hatte. In diesem Augenblick nahm sie ihn allerdings überhaupt nicht wahr. Sie sang und sah dabei mit konzentriertem Blick auf die Felsen, über die sie mit ihren nackten Füßen stieg. Hin und wieder bückte sie sich, hob etwas aus einem der zahlreichen flachen Becken, in denen das Meerwasser sich sammelte, und ging dann weiter.

Sie bemerkte ihn erst, als sie fast über seine Füße stolperte. Überrascht hob sie den Blick und sah ihn verwundert an. »Um diese Zeit ist hier sonst niemand unterwegs«, erklärte sie mit ihrer melodischen Stimme, die John unter Hunderten erkannt hätte. Das war seine Retterin!

»Ich bin früh aufgewacht und wollte ein wenig am Meer sein …« John kam sich furchtbar unbeholfen vor. »Tut mir leid, wenn ich dich erschreckt habe, das war nicht meine Absicht …«

»Es gehört mehr dazu, mich zu erschrecken«, antwortete sie mit einem freundlichen Lächeln. »Und diese Felsen sind ganz bestimmt nicht mein Eigentum. Hier ist genug Platz für alle …«

»Was sammelst du hier?«, wollte John wissen und sah dabei neugierig in ihren Korb. Eigentlich wollte er nur verhindern, dass seine Entdeckung sofort weiterzog und ihn nur mit einer weiteren Erinnerung an eine geheimnisvolle Begegnung zurückließ.

»Schnecken und Muscheln.« Sie zeigte ihm bereitwillig ihren Fang. »Mit den richtigen Kräutern wird das heute Abend fein zu ein bisschen Süßkartoffelbrei schmecken. Aber du bist wahrscheinlich nicht an einem Rezept interessiert …«

»Nein«, lachte John. »Ich kann nicht kochen, und im Moment habe ich nicht einmal eine Küche. Mein einziger Beitrag zum Kochen ist mein Hunger …«

»Keine Küche?« Sie sah ihn an. Täuschte er sich, oder las er etwas wie Mitleid in ihrem Blick? »Das klingt nicht schön. Wie kann man denn ohne eine Küche leben?«

»Ich will auswandern. Meine Habseligkeiten habe ich in einen Koffer gepackt, der Herd hat da leider nicht hineingepasst.« Er versuchte ein Lächeln, das möglichst fröhlich wirken sollte, und hatte sofort das Gefühl, dass ihm das gründlich misslang.

Sie erwiderte sein Lächeln nicht und musterte ihn nur ernst. »Das ist aber traurig. Man sollte das Land, in dem man geboren wird, nicht verlassen. Da verliert man nur seine Verbindung zur Familie.«

»Ich habe keine große Verbindung zu meiner Familie, und meine Ahnen liegen auch nicht in Neuseeland. Da wird es mir also bestimmt leichter fallen, meine Zelte abzubrechen«, erklärte John.

Als Antwort erntete er ein ernstes Stirnrunzeln. »Wie kann man nur so leben? Eine Verbindung zur Familie ist unendlich wichtig, nur so erdet man sich im Leben. Ein Mensch ohne solche Wurzeln muss doch völlig haltlos sein, arm und einsam. Das ist nicht richtig!«

Wenn er sich bis jetzt nicht sicher gewesen wäre, dass diese Frau genau dieselbe war wie vor ein paar Jahren auf der Rennbahn – diese wenigen Sätze hätten die letzten Zweifel ausgeräumt. Dieses kompromisslose Verurteilen einer bestimmten Lebensweise klang ihm noch von damals in den Ohren. Er hob hilflos die Hände. »Das Leben und die eigene Familie sind nicht immer so, wie man es sich erträumt. Manchmal ist es besser, keinen Kontakt mehr zu haben, als einen falschen, der nur auf Lügen und Hass beruht.«

»Hass muss immer von zwei Seiten kommen …«, begann die Frau mit ernstem Gesicht. Ein lautes Atemgeräusch vom Meer her unterbrach sie. Ihre Augen leuchteten auf, als sie sich umdrehte und nach dem Urheber des Geräusches suchte. »Wo sind sie denn … Da! Kannst du sie auch sehen?«

John folgte ihrem Blick und sah die hohen Schwerter von fünf oder sechs Killerwalen ganz dicht an der Küste vorüberziehen. Mit einem Schlag hatten sich die Robben alle auf das Festland gerettet, keiner von ihnen wollte den schwarzweißen Walen als Frühstück dienen. Er konnte nicht glauben, dass die großen Tiere so nah an die Küste heranschwammen – und wie riesig sie waren. »Sie sind wunderschön!«, war das Einzige, was er herausbrachte.

Die Frau nickte. »Ja, das sind sie. Sie kommen fast jeden Morgen vorbei. Ich rede mir gerne ein, dass sie kommen, um meinem Gesang zu lauschen. Ist natürlich Unsinn, sie hoffen auf eine Robbe oder einen Pinguin, der dumm genug ist, sich von ihnen fangen zu lassen. Trotzdem … ich sehe in ihnen fast meine Freunde.«

»Ein Killerwal als Freund wäre wohl auch ziemlich gefährlich, oder?«, versuchte John einen kleinen Scherz.

Sie ging nicht darauf ein, verzog nicht einmal ihren Mund

zu einem Lächeln. »Wale können die besten Freunde sein – sie sind es zumindest für mein Volk. Ganz besonders für mich. Ich heiße Paikea, das heißt ›Die den Wal reitet‹. Nach einer Legende sind meine Vorfahren auf dem Rücken eines Wales über das Meer nach Neuseeland gekommen … Das muss doch eine Verpflichtung sein, oder?«

»Verpflichtung zu was?« John war etwas verwundert.

»Wir sollten sie vielleicht nicht einfach abschlachten. Nicht diese hier – Killerwale werden von uns Menschen nicht gejagt. Aber weiter draußen die Pottwale, die Glattwale, die Minkwale … Sie werden seit der Ankunft der Pakeha in Mengen abgeschlachtet. Bald gibt es keine mehr. Dann werden die Meere leer und traurig. Keiner mehr, der meinen Gesängen lauscht. Keiner mehr, der singt.« Sie wirkte ernsthaft betrübt, als sie über die Wale redete.

»Habt ihr Maori denn nicht auch Wale gejagt?«, wollte John wissen. Er musste sich eingestehen, dass er wenig Ahnung vom Walfang hatte. Neuseeland war anfangs von Robben- und Walfängern besiedelt worden, die hatten hier wohl eine Art Paradies vorgefunden. Mal abgesehen von der Tatsache, dass sie dafür auf jede Bequemlichkeit verzichten und Frauen mit verwegenen Versprechen, die sie meistens nicht halten konnten, nach Neuseeland locken mussten.

»Ja, kein Ruhmesblatt in unserer Geschichte, wenn du mich fragst«, meinte Paikea. »Aber wir hatten keine großen Schiffe und haben uns nur einzelne Tiere holen können. Von denen wurde dann wirklich alles verwertet. Das haben die Weißen zwar meistens auch so gehalten. Allerdings in sehr viel größerem Maßstab. Komm, ich zeige dir etwas.«

Damit nahm sie ihn an der Hand, als sei es das Selbstverständlichste der Welt, und führte ihn wieder in Richtung

Kaikoura. Direkt nach den schroffen Felsen, in denen sie sich getroffen hatten, deutete sie auf ein großes, flaches Viereck, auf dem noch die Fundamente einer Halle zu erkennen waren. John erinnerte sich, dass er kurz zuvor achtlos an dieser Ruine vorübergegangen war.

»Hier wurden früher Wale verarbeitet«, erklärte sie. »Die Schienen dienten dazu, die Riesen von den Schiffen an Land zu bringen. Hier wurde dann der Tran gekocht und in riesige Fässer gefüllt. Das Fischbein wurde gesäubert und für die Korsetts der feinen Damen nach Europa geschickt, das Fleisch in Dosen gefüllt und verkauft. Von den Walen blieb nicht viel übrig … Aber so eine Fabrik konnte einfach Unmengen von Walen verarbeiten – und die Schiffe brachten genug Nachschub. Damals waren die Gewässer rings um Neuseeland noch voll von singenden, springenden und miteinander redenden Walen. Das Paradies.«

»Wann wurde diese Fabrik aufgegeben?« John sah sich neugierig um.

Paikea zuckte mit den Achseln. »Ich denke, das war irgendwann in den Zwanzigerjahren. Damals hat sich der Walfang allmählich immer weniger gelohnt. Die Männer mussten zu lange zur See fahren, um endlich mit einem Fang zurückzukehren … Geduld ist noch nie Sache der Männer gewesen.« Sie sagte das in einem Ton, der keinen Widerspruch zuließ.

John musste lachen. »Männer haben keine Geduld und schlagen gerne Wale tot? Du hast eine merkwürdige Vorstellung von uns.«

»Wenn du wüsstest, was ich schon erlebt habe. Ich habe jahrelang in Auckland gelebt und dabei gesehen, wie der Abschaum der Welt aussieht.« Sie schnaubte vor Empörung. Heimlich dachte John sich, dass er in ihrer Erinnerung sicher keinen Ehrenplatz einnahm. Er konnte wirklich nur hoffen, dass sie ihn niemals erkennen würde.

»Warum bist du hierher zurückgekommen?«, wollte er wissen.

Sie musterte ihn einen Moment lang kritisch. »Du willst viel wissen für einen Mann, der schon bald das Land verlässt«, stellte sie fest. Dann zuckte sie mit den Achseln. »Ich habe gespürt, wie ich meine Wurzeln verloren habe. Es wurde Zeit, wieder zu meiner Familie zu gehen. Seitdem versuche ich, hier in Kaikoura ein Auskommen zu finden. Schwierig, denn die meisten Wale sind verschwunden, selbst die hartnäckigsten Walfänger geben allmählich auf, und das Städtchen sucht nach einer neuen Einkommensquelle.«

»Es gibt wirklich nur die Wale?«

»Schafe und Ziegen auf den Weiden, Langusten im Meer ... daher kommt überhaupt der Name – Kaikoura bedeutet so viel wie Langustenmahl. Die Dinger sorgen wenigstens dafür, dass wir sehr häufig ein Festmahl haben, noch dazu ganz kostenlos. Jeder, der ein bisschen tauchen kann, holt sich hier direkt vor der Küste sein Abendessen aus dem Meer. Dazu ein paar Muscheln, Süßkartoffeln aus dem Garten, Kräuter – und kein Gourmetrestaurant in Auckland könnte mithalten.«

»Könntest du da nicht ein Restaurant aufmachen? Für alle, die nicht so gut kochen können?« John hielt seinen Vorschlag für gar nicht so schlecht.

Aber Paikea lachte nur auf. »Was für ein Blödsinn! Hier in Kaikoura hat niemand Geld – erst recht nicht die Maori. Die Pakeha würden kaum in ein Restaurant von einem Maori gehen, sie denken doch alle, dass wir in einem fort nur zerkochtes Schweinefleisch aus irgendwelchen Erdöfen holen.

Nein, ich muss etwas anderes finden.« Sie setzte ein trotziges Gesicht auf. »Und ich bin mir sicher, dass mir da etwas einfallen wird!«

Mit einem Mal sah sie erschrocken zum Himmel. »Es muss schon nach acht sein! Ich muss los, ich habe meiner Mutter versprochen, dass ich mich heute um meine kleinen Geschwister kümmere!« Sie drehte sich um, rannte ein paar Schritte, drehte sich dann wieder um und winkte ihm zu. »Wenn ich dich nicht mehr sehe, dann wünsche ich dir viel Glück in den USA! Mögen alle deine Wünsche dort in Erfüllung gehen!« Dann drehte sie sich wieder um und rannte, so schnell es ging, über den kiesigen Strand in Richtung der Häuser davon.

Mit einem verwunderten Lächeln im Gesicht sah John ihr hinterher. »Jetzt, wo ich dich gefunden habe, will ich gar nicht mehr so schnell weg«, murmelte er leise. Paikea schien ihm wie ein wahr gewordener Traum. Seinen Schutzengel gab es wirklich. Ohne Arbeit und mit einem Haufen Probleme – und trotzdem gut gelaunt. Lächelnd ging er zurück zu dem Motel, in dem er übernachtet hatte. Bei der Rezeption gab er Bescheid, dass er noch ein paar Tage bleiben würde – dann legte er sich erst einmal schlafen.

Schon am nächsten Tag trafen er und Paikea sich wieder an dem Felsen. Sie war überrascht, dass er überhaupt noch da war – und er gab zu, dass er sich so gefreut hatte, sie kennenzulernen, dass er seine Pläne einfach erst einmal umgestellt hatte. »Die USA warten auch in vierzehn Tagen noch auf mich!«, meinte er.

Mit gerunzelter Stirn nickte Paikea. »Das mag sein. Aber wenn ich mich an dich gewöhnt habe und mich auf die Begegnungen mit dir freue, und du verschwindest einfach – dann bist du auch in den USA nicht sicher vor meinen Flüchen. Ich will mich nicht jemandem vertraut machen, der dann einfach wieder aus meinem Leben verschwindet.«

»Das werde ich nicht tun, das verspreche ich dir!«, erklärte John feierlich. Und er fühlte sich in diesem Moment so, als hätte er einen heiligeren Eid als das Ehegelöbnis abgelegt.

Sie lachte. »Als ob du wegen mir auf deine USA verzichten würdest … Das hätte ich dir nicht einmal als kleines Mädchen geglaubt!«

Er antwortete nicht. Stattdessen sah er ihr in die dunklen Augen. »Aber erst einmal will ich wissen, warum du überhaupt von hier weggegangen bist. Wenn Familie wirklich so wichtig für dich ist, warum hast du sie dann verlassen?«

»Wegen der Familie bin ich weg. Kein Job, mein Vater hat damals ein bisschen viel getrunken, und meine Mutter war schwanger mit meiner jüngsten Schwester. Wir brauchten Geld, und ich wusste, dass man als Putzfrau und Hausmädchen in Auckland ein paar gute Dollars verdienen kann. Also bin ich los, habe mich jeden Abend in den Schlaf geweint und meine Bucht, meine Robben, meine Wale und meine Delfine vermisst. Bis ich es nicht mehr ausgehalten habe. Jetzt bin ich wieder hier, und meiner Familie fehlt schon wieder das Geld. Sie wollen nicht bei den Pakeha arbeiten, Maori haben keinen Job. Bleibe nur ich – und ich bin hier die Helferin beim Flicken der Fischernetze, die Verkäuferin im Milchladen – aber nur, wenn die Besitzerin keine Zeit hat – und das Mädchen, das auf einer Farm im Hinterland jeden zweiten Tag die Ziegen melkt. Alles keine tollen Jobs, aber sie sorgen dafür, dass wir gerade so über die Runden kommen …« Zum ersten Mal fiel John auf, dass sie zwar ein mädchenhaftes Gesicht und eine sehr schmale Figur hatte – aber dass sie auch Augenringe hatte und unter der honigfarbenen Haut der Maori ein wenig fahl wirkte.

»Du sorgst für alle – wer sorgt denn dann für dich?«, fragte er vorsichtig nach.

»Na, ich muss mich um mich selbst kümmern. Ich bin doch die große Kümmerin.« Sie versuchte ein Grinsen. »Aber jetzt habe ich genug von mir geredet – jetzt will ich auch etwas von dir wissen: Woher kommt deine Familie? Warum ist die so schrecklich, dass du sie unbedingt hinter dir lassen willst und darauf erpicht bist, einen kompletten Ozean zwischen euch zu bringen?«

»Meine Mutter hat mich verlassen, als ich zwei Jahre alt war, und hat in ihrer Heimat ein neues Leben gefunden. Mein leiblicher Vater starb noch früher bei einem Unglück. Und mein Ziehvater wusste nicht viel mit mir anzufangen. Ich noch weniger mit ihm. Ich bin mit neunzehn von zu Hause weggelaufen. Seitdem habe ich ihn nur einmal gesehen und bin verschwunden, noch bevor er mich erkennen konnte. Du siehst: Familie ist bei mir Fehlanzeige.« Er bemühte sich sehr, nicht zu bitter zu klingen – aber er sah in ihrem Gesicht, dass ihm das nicht gelang. Sie legte ihm eine Hand auf den Arm. Er registrierte erstaunt, dass sie sogar kleine Hände hatte – alles an Paikea war zierlich. Dann erst bemerkte er, dass ihr Tränen in den Augen standen.

»Das ist das Traurigste, was ich seit langer Zeit gehört habe. Wer nimmt dich in den Arm, wenn du traurig bist, wer hört sich deine Probleme an, und wer teilt deine Träume und Hoffnungen? Du musst so schrecklich einsam sein …« Sie schüttelte den Kopf und sah schon bei der Vorstellung seiner Einsamkeit traurig und verlassen aus.

»Nun, es gibt Freunde, die können so eine Familie durchaus ersetzen. Und es ist nicht so, dass ich jeden Tag in mein Kissen weine, weil ich so allein bin. Immerhin habe ich auf diese Weise auch keine Verpflichtungen, mir kann niemand das Leben schwermachen. Ich muss für niemanden in eine Stadt, in die ich nicht will!« Er sah in ihren Augen, dass sie seiner Erklärung keine Sekunde lang glaubte.

»Du musst meine Familie kennenlernen! Sie sind schrecklich, sie sind zu laut, sie wissen alles besser, sie können allesamt nicht länger als zehn Minuten ruhig sitzen bleiben … aber sie sind das Liebevollste, was ich je kennengelernt habe. Du wirst sie lieben!« Es schien ihr wirklich wichtig zu sein. »Ich will, dass du einmal siehst, was Familie sein kann.«

Zögernd nickte John. »Wenn du darauf bestehst …«

Sie fiel ihm um den Hals und drückte ihm einen Kuss auf die Wange. »Dann ist es also abgemacht? Am Sonntagabend. Ich hole dich von deinem Motel ab. Dann hast du in den USA wenigstens etwas, woran du denken kannst, wenn du einsam bist. In Ordnung?«

Ihre Begeisterung war ihm fremd. Aber seine Wange brannte für den Rest des Abends, er konnte ihre Lippen auf seiner Haut noch lange spüren. Er wollte es sich nicht eingestehen, aber er hatte sich verliebt. Zum ersten Mal seit dem Verlust von Inge fing sein Herz an zu klopfen, wenn er an eine Frau dachte. Paikea mit ihrer ernsten Art, ihren tiefgründigen Überlegungen zu allem, was sie tat, faszinierte ihn. Sie wirkte auf ihn wie eine Naturgewalt, wie eine der Vorfahrinnen der Maori – eben ganz und gar eines der mythischen Wesen, das einen Wal geritten hatte. Sie schien mit ihren Wurzeln eins zu sein, war im Einklang mit Vergangenheit und Zukunft. Und er wollte mit ihr zusammen sein – vielleicht war das ja leichter, nachdem er ihre Familie kennengelernt hatte. So sehr, wie sie an all ihren Geschwistern hing, war es sicherlich wichtig, dass er sich mit ihnen gut vertrug. Insgeheim fragte er sich allerdings, ob ihn diese Familie wirklich willkommen heißen würde. Immerhin weigerte Paikeas Mutter sich sogar, auch nur für die Weißen zu arbeiten. Ob sie da mit einem weißen Freund ihrer Tochter einverstanden war?

Die Frage beantwortete sich am darauffolgenden Sonntag innerhalb weniger Sekunden. Paikeas Mutter musterte ihn mit zusammengekniffenen Augen, bevor sie sich an ihre Tochter wandte: »John Erhardt. Weißt du wenigstens, seit wie vielen Generationen er in diesem Land unser Volk schon unterdrückt?«

Paikea stellte sich unauffällig vor John – sie tat das sicher unbewusst, denn sie war so klein, dass sie ihm kaum an die Brust reichte. Trotzdem wirkte die Geste beschützend. »Johns Familie kann man kaum einen Vorwurf machen. Seine Mutter war nur wenige Jahre in Neuseeland, sein Vater ist schon gestorben – damit sollte er genug gebüßt haben; seine Sünden an uns sind vergeben. Könntest du dich jetzt bitte auf deine guten Manieren besinnen und meinen Freund in deinem Haus willkommen heißen?«

Widerwillig trat die Frau zur Seite. Halblaut murmelte sie dabei vor sich hin: »All die Mühe für das Essen für einen Pakeha. Wenn ich das geahnt hätte …«

»Mama!« Paikea war jetzt wirklich aufgebracht. »Den größten Teil des Essens habe ich gemacht. Hör sofort auf, Boshaftigkeiten von dir zu geben!«

John ging durch einen schmalen Flur in ein vollgestopftes Wohnzimmer. Bilder von den Kindern in allen Lebensaltern bedeckten die eine Wand, eine weitere wurde durch eine dunkle Schnitzerei beherrscht. Mitten im Raum stand der große Esstisch, der ihm in dieser Sekunde ein wenig wie ein Gerichtstisch vorkam. Hier würde Paikeas Familie über ihn urteilen – und er hatte den Verdacht, dass alle Indizien gegen ihn sprachen. Fünf Augenpaare sahen ihm neugierig entgegen. Einen Augenblick herrschte Schweigen, dann erklärte die Jüngste: »Du hast gar nichts davon gesagt, dass er ein Pakeha ist!«

»Weil es nicht wichtig ist«, fauchte Paikea. Sie musste jetzt auch merken, dass die Sache mit der Einladung in ihre Familie nicht zu ihren besten Ideen zählte. »Ich wollte nur, dass wir einen netten Abend miteinander verbringen, das ist alles!«

Paikeas Mutter kam aus der Küche, knallte eine Platte mit dampfenden Muscheln auf den Tisch und murmelte etwas wie: »Schweigt jetzt, Kinder. Am besten bringen wir es schnell hinter uns.«

»Guten Appetit«, versuchte John sich mit ein wenig Höflichkeit. Keiner reagierte – bis auf Paikea, die ihm zunickte. Er sah kleine Schweißtröpfchen auf ihrer Oberlippe. Ganz offensichtlich hatte sie mit einem so groben Empfang durch ihre Familie keine Sekunde gerechnet.

»Er wandert demnächst in die USA aus«, begann sie mit bemüht fröhlicher Stimme ein Gespräch. Der Rest der Familie kaute unbeteiligt weiter auf den Muscheln herum, tunkte Weißbrot in den hellen Sud, in dem die Muscheln gekocht worden waren, und hielt den Blick fest auf die Teller vor sich gerichtet. »Und vorher hat er lange in Auckland gelebt, genauso wie ich.« John suchte den Blickkontakt mit Paikea und schüttelte kaum merklich den Kopf. Sie musste sich nicht verzweifelt um ein Gespräch bemühen, wenn außer ihr keiner reden wollte.

Erst als Paikea die Teller mit den Muschelschalen heraustrug, blickte ihre Mutter auf. »Wir haben kein Land, in das wir einfach so gehen können«, erklärte sie. »Das Land unserer Vorväter haben sich deine Leute genommen, wir sitzen jetzt hier fest und müssen mit eurer falschen, weißen Lebensweise zurechtkommen. Immer nur Geld, Geld, Geld – als ob es nichts Wichtigeres auf dieser Welt geben würde.«

»Nun, Sie sitzen nicht wirklich fest – Sie können ja auch in die USA. Und sind dort genauso fremd, wie ich es sein werde, wenn ich von Bord des Schiffes steige.« Er konnte nicht anders – wenigstens ein bisschen wollte er widersprechen.

Zu viel für Paikeas Mutter. Sie hob den Kopf und musterte John aus merkwürdig glitzernden Augen. »Wenn wir unser Land verlassen, dann lassen wir unsere Wurzeln hinter uns. Du bist der Abkömmling von Menschen, die ihre Heimat mit einem Lächeln hinter sich gelassen haben, du kannst also nicht wissen, wie es ist, wenn man mit dem Wind, den Felsen und dem Meer eine Einheit bildet.«

Seinen Blick fest auf den Tisch gerichtet, konnte John sich nicht mehr beherrschen. »Ein Lächeln auf den Lippen? Wer hat Ihnen denn solchen Unsinn erzählt? Die Auswanderer hatten Tränen in den Augen, allesamt. Sie sind gekommen, weil sie in ihrer Heimat nichts mehr zu erwarten hatten außer dem Tod. Sie hatten Hunger, sie wurden verfolgt, sie hatten allesamt keine Zukunft bei sich zu Hause, sie hatten keine Wahl. Was bringt Sie auf die Idee, dass alle Schotten, Iren, Deutschen, Franzosen mit Begeisterung von Europa ins Unbekannte gestartet sind? Außerdem – wenn ich das richtig sehe, dann hat Ihr Volk tausend Jahre zuvor genauso seine Heimat verlassen und sich lässig auf einen Wal geschwungen, um neue Ufer zu finden. Oder nicht?«

Die Alte wurde jetzt erst wirklich wütend. »Wir haben ein Paradies gefunden, in dem noch niemand wohnte, das nur darauf wartete, von uns in Besitz genommen zu werden. Wir mussten es niemand wegnehmen!«

»Das sah der Moa sicher anders«, versuchte John einen

kleinen Scherz, um die Situation wenigstens ein bisschen zu entspannen. Der Riesenvogel war von den ersten Maori in Rekordtempo ausgerottet worden, weil er sich so leicht jagen ließ.

»Das ist doch Blödsinn. Man kann doch uns Maori nicht mit dem Moa vergleichen. Aber ihr habt uns bekämpft, unser Land gestohlen …« Die Stimme von Paikeas Mutter überschlug sich fast. Ihre Kinder sahen sie jetzt mit großen Augen an, die Jüngste regelrecht ängstlich.

»Ich hole jetzt die Langusten«, unterbrach Paikea ihre Mutter, als die einmal Luft holte. Sie war schon halb aufgestanden, als sie angefahren wurde.

»Untersteh dich, für diesen Abschaum auch nur irgendetwas aus unserer Küche zu holen. Er ist mir nicht willkommen an unserem Tisch.« Damit stand sie auf und verließ den Raum. Ihre Kinder, Paikea eingeschlossen, sahen ihr verwirrt hinterher.

»Ich weiß, dass sie keine Pakeha mag – aber ich ahnte nicht, wie hässlich sie dabei sein kann«, murmelte sie. »Ich hoffe, du kannst mir verzeihen. Mein Plan, dir eine wunderbare Familie zu zeigen …« Sie brach mitten im Satz ab. Ihr ältester Bruder stand auf, nahm seinen Teller.

»Ich kann mich Mutter nur anschließen. Wie kannst du so gedankenlos sein und einen Weißen hierher bringen? Seitdem du in Auckland warst, hast du einfach jedes Maß verloren von dem, was sich gehört und was nicht. Du bist kein Teil mehr von uns – und das haben wir alle heute Abend gelernt.« Damit drehte er sich um und verschwand hinter seiner Mutter im Nachbarraum. Paikea war mit einem Schlag bleich unter ihrem dunklen Teint. »Das kannst du doch nicht ernst meinen …«, murmelte sie und sah ihren drei verbliebenen Geschwistern ins Gesicht. »Findet ihr das auch?«

Alle drei nickten, ohne ein Wort zu sagen. John spürte, wie Paikea unter dem Tisch ihre Hand auf seinen Oberschenkel legte und ihn leicht streichelte. Sie schien einen Moment nachzudenken, dann räusperte sie sich. »Dann ist es wohl an der Zeit, dass ich mein Geld, das ich bei den bösen Pakeha verdiene, endlich nicht mehr für euch, sondern für mich ausgebe. Wenn ihr das alle so seht, dann muss ich mir wohl eine eigene Wohnung kaufen. Eine Wohnung, in der sich niemand dafür interessiert, mit wem ich mich treffe. Für heute Abend lasse ich euch allein mit dem Essen, das ich gefangen und das ich gekocht habe. Ich hoffe, es bleibt euch im Halse stecken.« Damit stand sie auf und griff nach Johns Hand. »Komm, wir gehen. Jede Fish-and-Chips-Bude kann nur gastlicher sein als meine eigene Familie.«

Er ließ sich von ihr aus dem engen Wohnzimmer und auf die Straße führen. Sie drehte sich das erste Mal zu ihm um, als sie schon einige Hundert Meter von ihrem Elternhaus entfernt waren. Zu seiner Bestürzung sah er, wie ihr die Tränen in Strömen über das Gesicht liefen. »Es tut mir so leid«, schluchzte sie. »Ich wusste, dass meine Mutter nichts von Weißen hält. Sie gibt euch allen die Schuld daran, dass mein Vater angefangen hat zu trinken.«

»Wo war er denn heute Abend? Wäre er vielleicht ein bisschen weniger hart zu dir gewesen?«, fragte John unsicher.

Sie lachte leise. »Nein. Das Leben im Knast macht nicht gerade einen besseren Menschen aus einem Säufer. Mein Vater ist derjenige, der zuerst die Idee hatte, dass an allem nur die Pakeha die Schuld tragen. Als ob es bei meinem Volk in Ordnung gewesen wäre, einem anderen den Schädel einzuschlagen.«

»Dein Vater hat doch nicht etwa …«

»Doch.« Sie schluchzte noch heftiger. »Der Idiot hat gesoffen und einem Kumpel, der neben ihm am Tresen stand und eine andere Meinung in Sachen All Blacks hatte, ein Bierglas über den Schädel gezogen. Leider ist mein Vater ein sehr starker Mann … Aber das ist Jahre her. Wir leben eigentlich sehr zufrieden, meine Mutter schimpft hin und wieder über die Ungerechtigkeiten des Lebens, und damit ist alles gut. Ich wusste nicht, *wie* groß ihr Hass auf dein Volk ist – bis heute Abend.«

»Mein Volk trifft die Sache nicht ganz«, murmelte John. »Wir sind Schotten und Deutsche, Iren und Italiener …«

»Das weiß ich doch«, unterbrach ihn Paikea ungeduldig. »Aber für sie – und wahrscheinlich den Rest meiner Geschwister auch – seid ihr einfach alle ein Volk. Die, die in unser Land gekommen sind und nichts als Krieg und Unheil gebracht haben.«

Sie hatten inzwischen die Straße erreicht, die direkt am Strand entlangführte. Unter ein paar Bäumen stand eine Bank, von der man die Aussicht auf die weit geschwungene Bucht genießen konnte. Paikea ließ sich auf die Bank fallen und verschwendete keinen Moment an die Aussicht. Stattdessen wischte sie mit dem Handrücken trotzig die Tränen aus dem Gesicht. »Ich brauche eine Wohnung. Ich möchte nicht mit Menschen zusammenwohnen, die so sehr und beständig die Schuld für ihr Unglück bei anderen suchen.«

Vorsichtig legte John ihr den Arm um die Schultern – und war für einen Augenblick fast beschämt, weil sie sich so zerbrechlich unter seinen Händen anfühlte. »Hast du dir das auch gut überlegt? Du hast mich heute Abend in dein Haus gebracht, weil du unbedingt wolltest, dass ich wenigstens einmal eine glückliche Familie erlebe. Und jetzt willst ausgerechnet du darauf verzichten – wegen eines dummen Streits?«

»Ich …«, fing sie an und brach dann ab. Dann wandte sie sich ihm zu. »Gehst du wirklich in die USA? Ist das immer noch dein Plan? Auf ein Schiff steigen und auf Nimmerwiedersehen verschwinden?«

»Ich weiß es nicht«, erklärte John und war in diesem Augenblick so ehrlich wie selten in seinem Leben. »Ich hänge an diesem Land, ich mag die Alpen, die Fjorde und die Geysire. Und am meisten mag ich dich.« Jetzt hatte er es ihr endlich gesagt. Er beobachtete genau ihre Reaktion. Aber Paikea nickte nur, so als hätte er eine Selbstverständlichkeit gesagt.

»Und wann wirst du dich entscheiden?«, fragte sie schlicht.

Er hob die Hände. »Bald. Ich muss mich bald entscheiden, weil mich das Motel hier in Kaikoura ruiniert. Wenn ich noch eine Woche hierbleibe, dann kann ich mir bald nicht mehr die Passage in die USA leisten und starte mein neues Leben ohne einen Cent in der Tasche.« Er zog eine Grimasse. »Das ist zwar keine neue Erfahrung für mich, aber ich lege eigentlich keinen Wert darauf, das immer wieder zu erleben …«

»Was ist die Alternative? Wenn du nicht nach Amerika gehst, was willst du dann tun?« Ihr Ton war jetzt sachlich. Wenn er nicht den Arm um ihre Schulter gelegt hätte, wäre ihm dieses Gespräch wie ein amtliches Verhör vorgekommen.

»Hier in Kaikoura kann ich nicht bleiben. Es gibt keine Jobs, das hast du selbst gesagt. Also bleibt nur Christchurch. Wenn es mir gelingen würde, dort ein funktionierendes Geschäft aufzumachen, könnte ich jedes Wochenende hierherkommen.« Er zögerte. »Das heißt natürlich, nur wenn du das willst.«

»Was verstehst du unter ›funktionierendes Geschäft‹? Was hast du vor?« Sie sah ihn immer noch forschend an.

»Ich möchte nicht wieder am Hafen arbeiten.« Er zuckte verlegen mit den Schultern. »Da würde ich aller Wahrscheinlichkeit nach meinen Ziehvater treffen und würde immer wieder davonlaufen. Das will ich aber nicht. Ich bin ein erwachsener Mann, ich möchte nicht den Rest meines Lebens vor den Geistern meiner Kindheit fliehen. Also habe ich da eine Idee, etwas, das noch nie dagewesen ist … Aber zuerst muss ich wissen, wie dir der Gedanke gefällt, dass ich hierbleibe.«

Sie lachte leise. »In Christchurch zu leben und zu arbeiten bedeutet nicht unbedingt, dass du hierbleibst. Wir würden uns nur jedes Wochenende sehen.« Sie schwieg einen Moment lang. Dann fügte sie hinzu: »Das würde ich allerdings sehr gerne.«

Mit einem festen Griff drückte John ihre Schulter. »Dann ist es entschieden. Ich fahre nach Christchurch und sehe, was sich machen lässt. Vielleicht wird aus meinen Plänen nichts. Und am Wochenende komme ich hierher und besuche dich. Ich fürchte, weitere Besuche bei deiner Familie stehen allerdings nicht auf dem Plan.«

»Wann willst du abreisen?«

»Schon morgen. Ich muss mir in Christchurch ein kleines Zimmer nehmen, bei einer Bank nach Kredit fragen – und dann sehen, ob ich einen guten Ort für mein Geschäft finde.« Mit einem Mal hatte seine Ziellosigkeit ein Ende. »Und nächstes Wochenende bin ich wieder hier – vielleicht brauchst du dann ja auch schon Hilfe bei einem Umzug …«

»Und den will ich unbedingt«, murmelte Paikea. »Die Atmosphäre bei meiner Mutter ist zu vergiftet … auch wenn ich sicher weiterhin fast jeden Tag bei ihr vorbeisehen werde.« Sie wandte sich ihm zu. »Von was für einer Art Geschäft redest du da überhaupt?«

»Noch hat die Idee nicht ausreichend Gestalt angenommen. Aber schon bald werde ich dir davon erzählen.«

»Ich muss verrückt sein«, murmelte Paikea. Und John war sich nicht sicher, worauf sich dieser Satz bezog. An diesem Abend war er einfach nur zufrieden, mit ihr im Arm hier am Meer zu sitzen. Der Rest würde sich schon fügen.

Christchurch, 1959

17.

»Das hier ist genau das Richtige für Sie!« Der Vermieter schob die Tür zu dem schlichten Zimmer mit dem schmalen Bett mit einer Geste auf, die eines Palastes würdig gewesen wäre. John sah sich um. Ein kleines Waschbecken mit ein paar Kalkflecken in der Ecke hinter einem wackeligen Sichtschutz, ein Schrank aus dunklem Holz, das schmale Bett mit dem ovalen Couchtisch davor. Genau das, was man wohl erwarten durfte, wenn man sich ein günstiges Zimmer ansah, das nur zum Schlafen dienen sollte. Aber am Ende des Zimmers zeigte sich eine hübsche Aussicht auf den Park und den Fluss, auf dem junge Männer mit Stocherkähnen zu sehen waren.

»Ich nehme es«, erklärte er ohne Umschweife. »Gibt es noch ein Bad oder eine Küche, die ich mitbenutzen kann?«

Der Vermieter nickte. »Sicher, im Hinterhaus finden Sie ein Waschzimmer, daneben sind eine kleine Küche und ein Aufenthaltsraum. Einige meiner Mieter kochen jeden Abend.«

»Und die nächsten Einkaufsmöglichkeiten?« John merkte selbst, wie geschäftsmäßig seine Stimme klang.

Der Vermieter schien sich daran allerdings nicht zu stören. Er wischte gemächlich die Hände an seiner speckigen Hose ab, während er antwortete: »Metzger und Bäcker sind um die Ecke. Wenn Sie etwas Gemüse oder Obst suchen, dann ist der Weg weiter. Und im Park finden Sie eine Bude, die die besten frittierten Muscheln der Südinsel verkauft.«

John bot ihm die Hand. »Gut, dann sind wir uns also einig. Ich kann sofort einziehen?«

»Ja.« Der Mann sah ihn noch einmal misstrauisch an. »Sie sind sicher am Wochenende nie in der Stadt? Ich muss mich darauf verlassen können!«

»Was haben Sie vor?« John versuchte einen Witz. »Wollen Sie meine Wohnung am Wochenende noch einmal vermieten?«

Unwirsch schüttelte der Mann den Kopf. »Unsinn. Ihr Nachbar bekommt Besuch von der Frau, die er außerhalb seiner Wohnung Cousine nennt. Die Geräusche aus der Wohnung klingen allerdings alles andere als verwandtschaftlich. Mir kann es ja egal sein – und er zahlt extra für seine ungestörten Wochenenden.«

»Die wird er haben!«, versprach John. Er freute sich viel zu sehr auf sein Wiedersehen mit Paikea, als dass er auch nur ein einziges Wochenende hier in Christchurch hätte verbringen wollen. Aber als Erstes brauchte er einen Job. Er legte seinen Koffer auf das Bett, überprüfte sein Aussehen im Spiegel und machte sich auf den Weg. Zuerst musste er noch etwas anderes erledigen. Ein Besuch, der schon seit Jahren überfällig war.

Fiona ordnete sorgfältig die Blumen für das Wohnzimmer. Sie liebte diese Tageszeit. Die beiden Männer waren aus dem Haus und würden vor dem frühen Abend nicht wiederauftauchen. Sie konnte sich den Einkäufen und ihrer ganz eigenen Ordnung in dem großen Haus widmen. Ein raschelndes Geräusch aus dem Garten ließ sie aufschrecken. Mit gerunzelter Stirn hob sie ihren Blick von den leuchtend roten und orangefarbenen Blüten auf dem Tisch und sah durch die geöffneten Flügel der Terrassentür nach draußen. Ein kleiner schwarzer Vogel machte sich an einem leeren Korb zu schaffen. Der Wind vom Meer her fuhr durch ein paar trockene Blätter, die sich in einer Ecke gesammelt hatten und die sie unbedingt noch wegkehren musste. Sonst nichts.

Mit einem leichten Achselzucken machte Fiona sich wieder an die Arbeit. Vielleicht wurde sie ja allmählich wunderlich – immerhin arbeitete sie seit über fünfzehn Jahren für George Cavanagh. Ihr dreißigster Geburtstag war nicht lange her, und ganz allmählich hatte sie sich damit abgefunden, dass sie hier bei dem strengen Patriarchen wohl alt werden würde. Dass ihr jemals ein heiratswilliger Mann den Hof machen würde, hoffte sie längst nicht mehr. Wieder dieses Geräusch. Fiona hob noch einmal den Kopf und stieß einen leisen Schrei aus, als ein breitschultriger, großer Mann im Türrahmen an der Terrasse auftauchte. Im Gegenlicht konnte sie sein Gesicht nicht erkennen, aber seine Haltung wirkte angespannt.

»Wer sind Sie?« Ihre Stimme klang ängstlich.

»Ich bin es. John!« Der Mann machte zwei Schritte in den Raum. Sie sah ihn prüfend an. Aus dem weichen, ovalen Jungengesicht, an das sie sich so gerne erinnerte, war ein kantiges Männergesicht geworden. Die Nase ein wenig schief, am Kinn eine kleine Narbe, die Haut gebräunt, wie bei einem Mann, der viel in der Sonne arbeitete. Dazu hatte die Sonne die blonden Haare so sehr ausgebleicht, dass sie fast weiß waren. Die leuchtend blaugrünen Augen ließen keinen Zweifel daran zu, wer da vor ihr stand.

Sie lächelte. »John. Du bist wieder hier. Und ich habe schon befürchtet, dass dein Besuch vor ein paar Jahren dein letzter Auftritt hier in Charteris Bay war …« Fiona zögerte kurz, dann nahm sie John kurzerhand in den Arm. Eine Geste, zu der sie sich kaum je durchgerungen hatte, als er noch ein kleiner Junge war – der alte Cavanagh hatte das streng verboten. Jetzt war er nicht in der Nähe – und es gab wohl auch kaum noch die Gefahr, dass sie diesen Mann verweichlichte. Einen Augenblick lang spürte sie seine Überraschung, seinen steifen Rücken, dann entspannte er sich und erwiderte ihre Umarmung. Danach schob er sie auf Armeslänge von sich weg und sah sie an.

»Du hast dich überhaupt nicht verändert, Fiona!«

Sie lachte verlegen. »Doch, habe ich. Ich werde allmählich zu einer wunderlichen alten Jungfer, die ihren einzigen Lebensinhalt darin sieht, deinem Vater und deinem Bruder zu Diensten zu sein.« Sie griff nach seinen Händen und zog ihn in Richtung Küche. »Komm, erzähl, wie es dir ergangen ist – und ich mache dir einen schönen Tee dazu.«

Bereitwillig ließ sich John in die Küche führen. Es fühlte sich alles merkwürdig vertraut an, auch wenn es Jahre her war, dass er hier ein und aus gegangen war. Er sah sich schweigend um, während Fiona mit dem Kessel und der alten, schwarzen Kanne hantierte. Erst als er einen langen Schluck von dem heißen Gebräu genommen hatte, fing er an zu reden. »Bevor ich von mir erzähle, will ich unbedingt wissen, wie es Ewan ergangen ist. Was hat er nach der Schule getan?«

»Nach eurem unglückseligen letzten Gespräch? Als du

ihm im Handstreich die Hälfte der Reederei geschenkt hast?«

John nickte.

»Nun, er hat sich darauf eingestellt, der Alleinerbe der Pacific Shipping Company zu werden. Er hat direkt bei eurem Vater angefangen zu arbeiten, hat sich auch wirklich ganz auf seine neuen Aufgaben eingelassen. Ewan war sich für nichts zu schade, er hat Akten sortiert, war sogar ein halbes Jahr lang draußen an den Docks, um zu verstehen, was eigentlich mit den Schiffen passiert. Irgendwann ist er auch nach Europa mitgefahren – aber ich habe das Gefühl, dass ihm das Leben an Bord und unter Matrosen nicht gefallen hat. Kann natürlich auch sein, dass er als Sohn des Besitzers wenig zu lachen hatte …«

Eingedenk seiner eigenen Erfahrungen an Bord der Pacific Maiden konnte John an dieser Stelle nur nachdrücklich nicken. Nein, Ewan hatte garantiert keinen Spaß gehabt. Und Matrosen beschränkten sich weiß Gott nicht nur aufs Verprügeln; es gab jede Menge Möglichkeiten, einem anderen das Leben schwer zu machen. Allein die Erinnerung ließ in Johns Nase wieder den scharfen Geruch nach Urin und Schweiß aufsteigen. Er schüttelte den Kopf, um die Erinnerung zu vertreiben. »Und dann?«

»Als Nächstes hat er den Mitarbeitern in der Buchhaltung über die Schulter gesehen – und sich dabei wohl sehr geschickt angestellt. Es dauerte nur ein paar Wochen, bis er Fehler entdeckt, Verbesserungen eingeführt und den älteren Mitarbeitern in der Buchhaltung das Leben schwer gemacht hat. Eine der Frauen hat sogar gekündigt, weil sie sich von so einem Jungspund nichts sagen lassen wollte.«

»Das sieht Ewan ähnlich«, lachte John. »Er hat doch schon

die Lehrerinnen mit seiner Besserwisserei auf die Palme getrieben! Und heute?«

»Leitet er die Buchhaltung. Keine Rechnung und kein Gehalt, die nicht über seinen Tisch gehen. Dein Vater behauptet, dass er noch nie einen so guten Buchhalter hatte wie Ewan. Ich denke, er ist mächtig stolz auf ihn. Seit ein paar Monaten trifft Ewan sich auch mit einem sehr netten Mädchen. Ich müsste mich sehr täuschen, wenn ich da nicht schon die Hochzeitsglocken in der Ferne höre – aber Ewan lässt sich auch dabei ordentlich Zeit. Er hat noch nie etwas überstürzt.«

Sie sah ihn neugierig an. »Jetzt habe ich aber genug von Ewan erzählt – wie geht es dir? Ist bei dir ein Mädchen in Sicht? Oder … hast du etwa schon geheiratet?«

»Nein«, winkte John ab. »Es gibt da ein Mädchen, sicher. Aber ich fürchte, ihre Eltern würden in den Hochzeitsglocken ein Geräusch direkt aus der Hölle hören.« Er lachte. »Da muss ich wohl noch ein bisschen Überzeugungsarbeit leisten, bis sie mich akzeptieren.«

»Und was machst du? Wie ist es dir ergangen? Das letzte Mal, als wir uns gesehen haben, ging es dir nicht so gut wie heute …« Fiona sah ihn neugierig an.

»Ich habe ein paar Jahre in Auckland gearbeitet, bei einem großen Obst-, Gemüse- und Fleischhändler. Jetzt suche ich etwas Neues hier in Christchurch. Allerdings etwas, wo ich mir sicher sein kann, dass ich meinen Ziehvater nicht sehen muss. Eigentlich will ich ihn überhaupt nicht mehr sehen, ich habe heute nur darauf gehofft, Ewan zu treffen.« Er lächelte verlegen. »Ich weiß, ich habe mich lange nicht gemeldet, aber ich habe trotzdem oft an euch gedacht.«

»Dein Bruder und dein Vater haben es eher vermieden, von dir zu sprechen. Wenn jemand fragt, dann erzählen sie immer, dass du haltlos über die verschiedenen Inseln des Pazifiks irrst. Kein Tresen sei vor dir sicher … Und wenn ich mich daran erinnere, wie du bei unserem letzten Treffen ausgesehen hast – damals hatte ich das Gefühl, dass sie nicht so weit entfernt von der Wahrheit lagen …« Sie lächelte entschuldigend.

»Ich trinke schon seit ein paar Jahren nichts mehr«, erklärte John. »Offensichtlich gehöre ich zu den Menschen, die damit nicht sonderlich gut umgehen können. Also halte ich mich heute nur an einer starken Tasse Tee fest.« Er stand auf und stellte seine Tasse ordentlich in die Spüle. »Ich gehe dann lieber, es hat ja keinen Sinn, auf Ewan zu warten. Vor allem, wenn er mit Vater hier auftaucht …«

Ohne über die Vertraulichkeit dieser Geste auch nur einen Augenblick nachzudenken, legte Fiona ihm eine Hand auf den Arm. »John, verschwinde nicht einfach wieder aus unserem Leben. Gib mir eine Adresse, unter der ich dich erreichen kann, ich bitte dich. Was, wenn Ewan etwas passiert? Du würdest es dir nie verzeihen, wenn du davon erst Wochen nach der Beerdigung erfahren würdest!«

»Ich möchte aber weder meinen Bruder noch meinen Vater sehen!«, erklärte John mit einem störrischen Unterton.

»Keine Sorge, ich werde ihnen nichts davon sagen, dass ich Kontakt zu dir habe. Sie können weiter die Geschichte von dem Trunkenbold erzählen, ich weiß es besser und schweige fein zu den Lügen. Bitte, vertraue mir!« Sie nahm die Hand nicht von seinem Arm, während sie auf seine Antwort wartete.

»Warum hast du uns nie vor seinen Schlägen bewahrt?«, brach es mit einem Mal aus John heraus. »Warum hast du schweigend zugesehen, wenn George Cavanagh seine Launen an uns ausgelassen hat?«

Sie breitete die Arme aus. »Was hätte ich denn tun sollen? Mich zwischen seine Schläge und euch werfen? Das hätte ihn nur noch wütender gemacht. Nein, ich konnte euch nur eine heiße Schokolade machen, um euch nachher zu trösten, mehr zu tun war mir nicht möglich. Bitte verzeih …« Immer noch sah sie ihn flehend an. Er spürte, wie er weich wurde.

»Ich habe mir heute Morgen eine kleine Wohnung gemietet«, fing er an. »Wenn du mich erreichen willst, dann wohl unter dieser Adresse. Aber melde dich nur, wenn es wirklich wichtig ist, hörst du? Eine Grippe meines Ziehvaters interessiert mich nicht.« Er reichte ihr den Zettel, auf dem er am Vortag die Adresse der Wohnung notiert hatte.

Fiona faltete ihn sorgfältig zusammen und steckte ihn in ihre Schürzentasche wie einen kleinen Schatz. »Ich werde dein Vertrauen nicht missbrauchen, das musst du mir glauben!«

Damit machte John sich endgültig auf den Weg zurück in die Stadt. Insgeheim war er sich nicht sicher, ob er überhaupt jemals mit einem Brief oder einer Nachricht der Haushälterin rechnen sollte. Wahrscheinlich würde er nie wieder von ihr hören …

Zwei Tage später rührte John energisch in seinem Tee, den er sich in einem kleinen Café in der Nähe von Cathedral Square geleistet hatte, und dachte über seine noch so unausgegorene Geschäftsidee nach. Am Samstag wollte er Paikea nicht wiedersehen, ohne ihr wenigstens von bescheidenen Fortschritten bei der Entwicklung seiner Pläne berichten zu können, aber noch war er sich nicht darüber im Klaren, was er am besten als Erstes angehen sollte. Er sah aus dem Fenster. Ein weiterer sonniger Tag, obwohl es noch reichlich kühl war – es war eben doch erst Oktober. Hausfrauen eilten mit ihren schweren Einkaufskörben von einem Geschäft in das nächste, Geschäftsleute liefen mit ihren Aktentaschen vorbei. War ihm diese Welt jetzt verwehrt? Er schüttelte leise den Kopf und rührte heftiger in seinem Tee. Er musste sich genauer überlegen, was er in Zukunft tun wollte. Wo lagen seine Erfahrungen? Im Geschäft der Reederei – bloß da wollte er ja nicht mehr arbeiten. Im Bereich Einkauf, Verkauf und Lagerung von Lebensmitteln – aber mit diesem Wissen wollte er auch nicht mehr in die Gegend des Hafens. Er sah, wie eine der Hausfrauen in einem Laden gegenüber verschwand. Das Gemüse in der Auslage lag in der Frühlingssonne, es würde nicht mehr lange frisch bleiben. Er zog seine Augenbrauen zusammen. Was, wenn man so einer Hausfrau wirklich frische Ware anbieten würde? Mit moderner Kühlung, wie es in den Lagerhäusern am Hafen schon seit Jahren üblich war. Aus dieser Idee musste sich doch etwas machen lassen …

John lächelte Paikea siegessicher an. »Womit verbringt eine Hausfrau überflüssig viel Zeit? Sie geht zum Milchgeschäft, stellt sich an, bezahlt. Geht zum Metzger, stellt sich an, bezahlt. Geht zum Fischhändler, stellt sich an, bezahlt. Geht zum Gemüsehändler, stellt sich an, bezahlt. So vergeht ein ganzer Vormittag, und das einzige Ergebnis ist ein voller Vorratsschrank oder ein voller Kühlschrank. Wie wäre es, wenn man alle Geschäfte unter einem Dach hätte? Ein Laden, in dem es Fleisch, Brot, Butter und Kartoffeln gibt? Ein Laden, in dem eine Kühlung dafür sorgt, dass die Ware frischer ist als in jedem der kleinen Läden. Wo sie mit ihrem Auto bequem einen Parkplatz finden. Jason Turner hat mir von den USA erzählt, dass diese sogenannten Supermärkte mit ihrem ›Alles unter einem Dach‹-Konzept seit ein paar Jahren der Renner sind. Wäre das nicht großartig?«

Zweifelnd sah Paikea ihn an. »Und woher willst du die ganze Ware holen? Du wirst deine Sachen nicht kostenlos bekommen, egal wie gut deine Idee ist.«

»Ich leihe mir das Geld! Jeder Fabrikant arbeitet mit Krediten, die Banken leben davon, dass man sich bei ihnen das Geld ausleihen kann!«

Paikea schien schon den Gedanken an geliehenes Geld abstoßend zu finden. »Lass das! Wenn du es nicht zurückzahlen kannst, dann wirst du deines Lebens nicht mehr froh. Ich kenne zu viele Leute, die den Rest ihres Lebens darum kämpfen, dass die Bank sie nicht aus ihren Häusern wirft, oder schlimmer noch: der Pfandleiher nicht irgendwann seine Jungs vorbeischickt!«

»Du hast zu viele miese Krimis im Kino gesehen«, erklärte John. »Das muss doch nicht immer schlecht ausgehen. Es kann auch eine Möglichkeit sein, eine Geschäftsidee Wirklichkeit werden zu lassen.«

»Ich war noch nie im Kino«, sagte Paikea schlicht. »Meine Erfahrungen sind aus der echten Welt. Maori sind keine ebenbürtigen Handelspartner, die werden von den Banken einfach über den Tisch gezogen.«

»Ich bin aber kein Maori! Wenn ich einen Anzug anziehe und sie wissen lasse, wessen Sohn ich bin – dann spiele ich in ihrer Liga!«

»Und dein Ziehvater? Was wird er dazu sagen? Und willst du dich wirklich bei ihm bedanken, wenn deine Geschäftsidee funktioniert? Oder wieder in seiner Reederei arbeiten, um am Ende deine Schulden zu begleichen? So wirst du doch nicht glücklich!« Sie legte ihm eine Hand auf den Arm. »Höre auf mich! Suche dir doch einen Job, bei dem du mit deiner Hände Kraft dein Geld auf ehrliche Weise verdienen kannst!«

»Das ist ein ehrlicher Job, wenn ich als Händler Waren verkaufe! Und: Mein Ziehvater muss davon doch gar nicht erfahren. Ich denke, ich werde im Gespräch nur fallen lassen, dass er mein Vater ist – und schon wirke ich viel glaubwürdiger …«

Langsam nickte Paikea. »Dann versuche es. Aber ich habe kein gutes Gefühl dabei!«

Es vergingen keine drei Tage, bis John in einem der tiefen Ledersessel bei einem Banker Platz nahm. Der lächelte ihn an wie ein gütiger Arzt. »Nun. Herr …« Er suchte auf seinen Unterlagen nach einem Namen, wurde fündig, lächelte ihn an und redete weiter. »… Erhardt. Was kann ich für Sie tun?«

John holte tief Luft und fing an, dem dicklichen Mann seine Idee zu erläutern. Am Ende seiner Rede sah er ihn erwartungsvoll an. »Ich brauche nur noch eine Anfangsfinanzierung für meine Idee. Ich habe sogar schon den perfekten Ort gefunden, eine ehemalige Lagerhalle in einem Vorort von Christchurch.«

»Das mag eine tolle Idee sein, Herr Erhardt. Was bieten Sie denn als Sicherheit?« Er sah ihn fragend an.

Er bemühte seine Trumpfkarte. »Mein Vater ist George Cavanagh, das sollte doch wohl ausreichen als Sicherheit!« Er versuchte, ein kleines bisschen arrogant zu klingen.

Stirnrunzelnd sah der Banker auf den Zettel, auf dem er sich alle Fakten notiert hatte. »Dann verstehe ich nicht, dass Cavanagh in eine so gute Idee nicht sein eigenes Geld steckt. So, wie Sie das darstellen, besteht doch recht wenig Risiko bei dieser Idee, oder?«

»Mein Vater und ich sind nicht wirklich die besten

Freunde«, gab John zu. »Deswegen möchte ich diese Sache allein durchziehen.«

»Eine Unterschrift von ihm als Bürgen werde ich dennoch benötigen«, erklärte der Bankangestellte. Dabei klappte er die Unterlagen, die vor ihm lagen, mit einem so endgültigen Geräusch zu, dass John sofort klar wurde, dass hier weitere Worte nutzlos waren. »Dann freue ich mich auf Ihren Kreditantrag.« Der Mann sah ihn auffordernd an. Er wollte seinen Besuch loswerden, das war klar.

John stand auf, verabschiedete sich und lief aus dem Bankgebäude heraus, während es in seinem Kopf fieberhaft arbeitete. Wie konnte er seinen Vater zu dieser Bürgschaft bewegen – am besten, ohne dass er etwas davon merkte?

Entnervt steckte er seine Hände in die Tasche. Nichts, aber auch gar nichts, wollte ihm gelingen, seit er Turners & Growers verlassen hatte. Vielleicht hätte er sich doch einem Treffen mit seinem Ziehvater stellen sollen? Wenigstens war das letzte Wochenende mit Paikea auf eine wunderbare Art friedlich gewesen. Sie hatten sich nur stundenweise treffen können, und ihre Mutter durfte von diesen Treffen nichts wissen – aber sie hatte fest an ihre gemeinsame Zukunft geglaubt. Wenn auch nicht an seine Zukunft mit einem großen Markt.

Fiona. Mit einem Mal musste er wieder an die unauffällige Haushälterin seines Ziehvaters denken. Wenn es überhaupt einen Menschen gab, der George Cavanagh eine Bürgschaft unterjubeln konnte, ohne dass der alte Mann es bemerkte, dann wahrscheinlich diese Frau. Er sah auf seine Uhr. Es war noch nicht einmal Mittag. Er konnte locker in Charteris Bay sein, bevor sein Ziehvater und sein Bruder wieder nach Hause kamen. Und dieses Mal wollte er wirklich Fiona besuchen.

Fiona schien nicht im Mindesten überrascht von seiner Bitte zu sein. Er hatte sie in der Küche gefunden, wo sie in aller Ruhe das Abendessen vorbereitet hatte. Während er ihr seine Idee erläutert hatte, rührte sie gelassen in einem großen Topf mit Gemüse und Fisch. Es roch aromatisch nach Kräutern, die sie mit geübten Bewegungen darüberstreute. Als er geendet hatte, zeigte sie keine Reaktion. Unbeirrt rührte sie weiter. John wartete.

Nichts.

»Was denkst du?«, platzte es schließlich aus ihm heraus. »Könntest du mir eine Unterschrift besorgen?«

»Nein«, antwortet sie ihm, ohne dass er aus ihrer Stimme irgendetwas heraushören konnte. »Wenn der Alte das mitbekommt, dann weiß er schnell, was passiert ist. Man kann ihm ja viel unterstellen, aber dumm ist er nicht. Wir müssen eine andere Lösung finden.«

»Es gibt aber keine andere Lösung«, erklärte John. »Ich habe über alles nachgedacht, was soll denn sonst passieren? Es wird sich niemand finden, der mir auf der Straße das Geld in die Hand drückt. Auch wenn ich verspreche, dass ich es in einem einzigen Jahr verdoppeln kann.«

»Und das kannst du wirklich?« Sie musterte ihn mit wachen Augen.

Er nickte. »Das ist das, worauf die Frauen gewartet haben, das kannst du mir glauben. Sicher, wir brauchen Werbung. Und es dauert vielleicht ein paar Wochen, bis sie es einmal ausprobieren. Aber dann …« Er machte eine verächtliche Handbewegung. »Das ist ein Selbstläufer. Ein Wunder, dass außer mir noch niemand auf diese Idee gekommen ist …«

»Nimm mein Geld.« Er glaubte für einen Augenblick, dass Fiona einen Scherz gemacht hatte. Aber sie sah ihn ohne eine Spur von Schalk in den Augen an.

»Ich brauche aber ziemlich viel«, wehrte John ab. Was sollte er mit den kleinen Ersparnissen von seinem ehemaligen Kindermädchen? Er brauchte kein Almosen, das ihn trösten sollte. Er brauchte einen Batzen Geld, um seinen Traum zu verwirklichen.

»Ich habe viel.« Sie sah bei diesem Satz immer noch nicht so aus, als würde sie scherzen.

»Woher?« Die Frage entschlüpfte ihm, bevor er sich bremsen konnte.

Sie lächelte ihn nachsichtig an. »Jetzt denk einmal nach. Ich lebe hier kostenlos, ich esse hier, ich kann sogar das Auto benutzen, wenn ich es will. Ich mache keine Ferien. Und dein Ziehvater zahlt mir ein ordentliches Gehalt. Also habe ich einiges gespart. Deine Idee klingt gut, ich glaube, dass du recht hast – du wirst mein Geld vermehren.«

»Du meinst es also ernst?« John konnte es immer noch nicht glauben. Fiona. Die farblose Fiona.

»Ja. Wir setzen einen Vertrag auf, in dem wir die Zinsen festlegen. Oder sollte ich besser Anteile an deinem Unternehmen halten? Was wäre geschickter?« Sie sah ihn fragend an. Fiona, pragmatisch wie immer.

»Das hängt davon ab, ob du lieber dein Geld nach einem Jahr zurückhaben willst – oder in Zukunft jedes Jahr etwas von meinen Gewinnen abbekommen möchtest. So eine Art Rente.« John konnte immer noch nicht glauben, was sie da redeten.

Aber Fiona nickte nur noch einmal bekräftigend. »Die Sache mit der Beteiligung klingt gut. Ich werde in den nächsten Tagen einen Anwalt aufsuchen, der uns einen Vertrag aufsetzen soll. Wie soll dein Großmarkt überhaupt heißen?« Sie sah ihn fragend an.

Darüber hatte John noch keine Sekunde nachgedacht.

Aber jetzt erschien ihm die Antwort sonnenklar. »Fiona's Foodmarket – Alles unter einem Dach.« Er lachte sie an. »Keiner wird jemals vermuten, dass du diese Fiona bist.«

Zum ersten Mal zeigten sich in ihren Augenwinkeln ein paar Lachfältchen. »Kaum. Kindermädchen haben kein Geld, schon vergessen?«

Überschwänglich lehnte John sich vor und nahm sie in die Arme. »Du hast keine Ahnung, wie dankbar ich dir bin, Fiona. Ich werde dich sicher nicht enttäuschen!«

»Wenn du mir jedes Jahr einen Teil der Gewinne abgeben musst, wirst du mich weniger wunderbar finden«, erklärte sie trocken.

John nahm ihre Hand in die seine. »Ich verspreche dir, dass ich dir dein Geld jedes Mal mit einem Lächeln gebe. Wir gehen wunderbar essen und feiern den Erfolg von Fiona's Foodmarket. Versprochen!«

In diesem Augenblick konnte er sich einfach nicht vorstellen, dass sein Plan misslingen würde. Noch vor dem Ende der Woche hatte er die alte Lagerhalle mit dem großen Parkplatz in dem Vorort gekauft – und nur er und Fiona wussten von dem Vertrag, der in einem Bankschließfach lag.

Und Paikea. John sah sie am nächsten Wochenende und schloss sie in die Arme. »Wir haben es geschafft!«, erklärte er ihr. Sie hob spöttisch eine Augenbraue. »Falsch, du hast dir Geld geliehen und jetzt unglaublich viel Arbeit vor dir. Aber es könnte tatsächlich sein, dass es funktioniert!«

Er schlang den Arm um ihre Schulter und ging mit ihr langsam am Strand entlang. »Was gibt es denn Neues bei dir? Ich erzähle immer nur von mir, meinen Plänen, meiner Wohnung … Was passiert hier in deiner Welt?«

Sie verdrehte ein wenig die Augen. »Meine Mutter hält mich für die größte Verräterin in der Geschichte der Maori.

Weil ich mit einem Pakeha herumlaufe und weil sie von mir weniger Geld bekommt. Wobei ich mir nicht sicher bin, was sie mehr getroffen hat. Ich habe ein Zimmer gefunden, in das ich Anfang Dezember einziehen kann.« Sie nahm ihn an der Hand und zog ihn weiter. »Komm, ich zeige es dir. Ich habe schon die Schlüssel!«

Wenige Minuten später öffnete sie die Tür zu einem kleinen Zimmer, das direkt über eine Garage gebaut war und über eine kleine Holztreppe zu erreichen war. John trat ans Fenster und war einen Moment sprachlos. »Dieser Blick ist eine Million Pfund wert!«, rief er aus. »Die Idioten, die dieses Haus gebaut haben, haben der Garage den besten Blick verpasst? Wenn das nicht dämlich ist.«

Er sah sich um. »Wofür haben sie dieses Zimmer überhaupt gebaut?«

»Ihren Sohn. Der wollte nicht mehr unter einem Dach mit seinen Eltern leben. Eine dieser Geschichten, wie sie ständig passieren ... auf jeden Fall ist er vor ein paar Wochen nach Auckland gezogen. Mein Glück!«

John sah sich genauer um. Der Teppich war in einem dunklen Rot, die Ziegelwände unverputzt, die Möbel aus hellem Holz. Es sah ungewöhnlich aus – aber sehr gemütlich und sehr schön. »Warum kannst du erst Anfang Dezember einziehen? Es sieht nicht so aus, als ob man hier noch viel herrichten müsste.«

»Eine Toilette und eine Dusche wären noch schön, findest du nicht?« Der Schalk tanzte in Paikeas Augen. »Du solltest darauf achten, dass in deinem Foodmarket nicht am Ende die Kasse fehlt, so wenig, wie du auf die wichtigen Dinge achtest.«

John nahm sie in den Arm. »Dafür habe ich ja dich!«, flüsterte er ihr ins Ohr und küsste sie vorsichtig auf den

Mund. Sie erwiderte seinen Kuss, und er bildete sich für einen Augenblick ein, dass er wilde Kräuter und Eukalyptus schmeckte. Blödsinn. Er küsste sie noch einmal und hatte fast das Gefühl, als würde er das Rauschen des Meeres hören. Paikea schlang ihre Arme um ihn, die Küsse wurden allmählich leidenschaftlicher, bis Paikea plötzlich zurückwich. »Nicht hier. Nicht jetzt.« Sie zog ihn in Richtung Tür. »Wenn ich wirklich deine Frau werde, dann in einem Zimmer, das ich auch abschließen kann. Oder am Strand. Aber so … Wenn meine Vermieter uns erwischen, ist mein Ruf in Kaikoura endgültig ruiniert. Und mit ein bisschen Pech werde ich dann auch noch eines dieser Mädchen, das ledig mit einem dicken Bauch herumrennt. Nein, nicht mit mir.«

»Ich würde dich nie so herumlaufen lassen«, erklärte John. »Ich meine es ernst mit dir.« Er zögerte einen Moment. »Ich liebe dich. Das habe ich von der ersten Sekunde an getan!«

»Bei den Robben?«, lachte Paikea. »Da hast du mich angesehen, als ob ich ein Gespenst wäre und nicht deine Traumfrau!«

Während sie mit ihm redete, waren sie die Stufen wieder heruntergestiegen und liefen am Strand entlang zu »ihrem« Robbenfelsen, wo sie sich das erste Mal getroffen hatten. John biss sich auf die Lippen. Sollte er ihr die Wahrheit über sich sagen? Wann er sie das erste Mal gesehen hatte? Was, wenn sie ihn nie mehr wiedersehen wollte? Er ließ den Moment verstreichen, nahm sie in den Arm und lauschte mit ihr dem Rauschen der Wellen. Dazu nahm er sie zärtlich in die Arme und küsste sie noch einmal. Und noch einmal. So lange, bis sie auch den Ozean nicht mehr hörten.

Sie schob ihre Hände unter sein Hemd und zog ihn sachte

an sich. »Was hältst du denn von dem Vorschlag mit dem Strand?«, flüsterte sie leise.

Einen kleinen Augenblick lang fühlte John sich, als ob ihm das Herz zerspringen würde, so sehr klopfte es. Heiser murmelte er: »Strand? Hier? Der beste Ort der Welt – hier ist das Paradies, meinst du nicht?«

Vorsichtig streichelte er ihr über die Arme, die Beine, den Bauch – und irgendwann war beiden egal, dass die Robben ihnen mit großen, feuchten Augen neugierig zusahen.

Christchurch, 1960

18.

»Der Text lautet: Wegen Überfüllung sollten Sie heute auf einen Besuch bei Fiona's Foodmarket verzichten! Wir freuen uns auf Ihren Besuch in den nächsten Tagen!«, rief John verzweifelt in das Telefon. »Haben Sie mich verstanden? Verzichten! Die Leute sollen nicht kommen!«

Die Frau am anderen Ende der Leitung war offensichtlich schwer von Begriff. »Dann ist es doch keine Werbung, mein Herr. Sie wollen doch nicht etwa Ihre Kunden davon abhalten, zu Ihnen zu kommen und etwas zu kaufen?« Ihre Stimme wurde misstrauisch. »Oder handelt es sich bei diesem Foodmarket womöglich um einen Konkurrenten? Dann wäre das aber ein ganz besonders böser Trick!«

Entnervt blickte John von seinem Schreibtisch in einer kleinen Kammer neben dem Verkaufsraum auf. Durch die Glasscheibe sah er eine Menschenmenge, die sich durch seine Gänge schob und die Regale und Kühltruhen bewunderte. Mehr konnten sie nicht tun, die meisten Waren hatten bereits ihren Besitzer gewechselt. Heute war die groß angekündigte Eröffnung von Fiona's Foodmarket, seit Tagen hatte er in der Presse und im Radio erklärt, was an seiner

Idee so neu und revolutionär war. Die Berichte waren samt und sonders begeistert gewesen. »Kurze Wege«, »Alles unter einem Dach«, »Frisch gekühlt« und ähnlich lauteten die Überschriften. In jedem Interview hatte er erläutert, was er vorhatte – und immer darauf geachtet, dass man zwar seine Verkäuferinnen oder den Verkaufsraum ablichtete, aber nicht ihn selbst. George Cavanagh sollte ihn nicht finden.

Wieder sah er durch das Fenster. Zwei Frau stritten sich um das letzte Paket Butter, als sei es das letzte verbliebene Stück in ganz Neuseeland …

»Ich bin nicht der Konkurrent, sondern der Besitzer«, rief John in das Telefon. »Und ich habe keine Ware mehr. Die Leute sollen morgen wiederkommen, dann habe ich wieder mehr im Angebot als leere Regale. Das dürfen Sie Ihren Hörern gerne sagen.« Damit legte er den Hörer auf. Langsam drehte er sich um. Paikea war für diesen wichtigen Tag extra nach Christchurch gekommen. Sie sah ihn mit einem merkwürdigen Glitzern in den Augen an.

»Ich habe es gewusst, John Erhardt, ich habe es gewusst. Wenn du wirklich für eine Idee brennst, dann kannst du alles erreichen …«

»Jetzt lass mal gut sein«, winkte John ab. »Es könnte doch sein, dass sie alle nur hier sind, weil sie unbedingt über den neuen Laden in der Stadt reden wollen. Wer weiß, ob die alle morgen wiederkommen!«

»Die kommen wieder!«, lachte Paikea und drückte seinen Arm. »Die kommen alle wieder, du wirst schon sehen!«

John beugte sich zu ihr herunter und küsste sie auf den Mund. »Bloß weil du mein Glücksbringer bist …«

Eine Frau klopfte an die Glasscheibe zu dem kleinen Büro. Vorsichtig öffnete John. »Sie wünschen?«

»Ich wollte fragen, ob Sie morgen schon wieder frisches

Obst haben. Ich würde so gerne bei Ihnen einkaufen, aber jetzt ist ja schon alles weg … Wann muss ich denn hier sein?« Bittend sah sie John an. Der schüttelte verblüfft den Kopf.

»Sicher, alles ist nachbestellt, morgen früh sind alle Regale wieder gefüllt.«

»Dann ist ja gut!« Mit einem Lächeln eilte sie weiter.

Paikea warf einen Blick auf die Uhr, die an der Wand hing. »Du musst in ein paar Minuten schließen. Sollen wir irgendwo etwas essen gehen, um deinen Triumph zu feiern?«

»Nichts lieber als das!« John legte die Arme um sie und küsste sie noch einmal hingebungsvoll. Sein Leben war nur durch sie wieder ins Lot gekommen. Dieser Frau verdankte er einfach alles.

Sie erwiderte seinen Kuss und zwinkerte ihm dann zu. »Ich muss erst morgen zurück nach Kaikoura – wenn du also heute Nacht ein bisschen Zeit für mich hast …«

»Und wenn die Welt zusammenbrechen würde, ich hätte trotzdem Zeit für dich!« John streichelte ihr über den Rücken und war wie immer ein bisschen überrascht, wie klein und schmal sie eigentlich war.

Nachdem sie mit einiger Mühe – und der Hilfe der beiden Verkäuferinnen – die letzten Gäste aus dem Geschäft getrieben hatten, schloss John voller Besitzerstolz ab. Mit einem zufriedenen Lächeln sah er das leuchtend blau-rote Schild »Fiona's Foodmarket«, das über dem Eingang schwebte. »Das könnte der Beginn von etwas Wunderbarem sein!«, murmelte er fast ein bisschen zu sich selbst. Dann nahm er Paikeas Hand und ging mit ihr in das kleine Restaurant in der Nähe der Kathedrale, das sie in den letzten Wochen und Monaten am liebsten besucht hatten.

John bestellte das Essen. Lamm, junge Kartoffeln, ein wenig Kürbis und danach eine große Portion Pavlova – ein köstliches Gebilde aus süßem Eischnee, Sahne und sehr vielen Früchten. Zu seiner Überraschung aß Paikea heute allerdings nur wenige Bissen und sah immer wieder fahrig zur Tür oder sinnend vor sich hin auf den Teller, auf dem sie ein paar Stücke Fleisch von links nach rechts schob, ohne wirklich etwas davon zu essen. John gab ihr ein bisschen Zeit – aber irgendwann nahm er ihre Hände in die seinen. »Du wirkst abwesend, mein Schatz. Was ist denn los?«

»Meine Mutter kann dich nicht leiden!«, brach es aus Paikea hervor. »Nie wird sie mir ihren Segen geben, nie!«

»Aber – das ist doch nichts Neues«, antwortete John ein wenig verblüfft. »Warum ist es ausgerechnet heute ein Drama für dich?«

»Ich würde ihr so gerne sagen, was für einen tollen, erfolgreichen Mann ich an meiner Seite habe – aber ich sehe sie fast vor mir, wie sie verächtlich durch die Nase schnaubt, wenn ich dich auch nur erwähne!« Die Tränen liefen Paikea jetzt über das Gesicht. »Ich bin so stolz auf dich, aber ich kann es mit niemandem teilen!«

»Wir teilen es doch miteinander, das ist doch das Wichtigste.« John versuchte, sie ein wenig zu beruhigen. Ohne Erfolg.

»Ist es nicht.« Paikea wischte trotzig ihre Tränen weg. »Ich meine, das ist es natürlich schon, aber ich hätte so gerne meine Familie dabei …«

»Wo hättest du sie denn gerne dabei?« Er versuchte wirklich, sie zu verstehen. Was war nur los? Er wollte heute Abend doch eigentlich nur feiern.

»Wenn …« Sie zögerte. Dann holte sie tief Luft und sah ihn aus ihren großen, dunklen Augen an. »Ich …« Sie stockte.

»Was denn?« John wurde langsam ungeduldig.

»Wir bekommen ein Baby!« Mit einem trotzigen Ausdruck im Gesicht wartete sie auf seine Reaktion.

»Bist du dir sicher?« Schon als er diesen Satz sagte, hätte John sich am liebsten auf die Zunge gebissen. Wenn Paikea so etwas sagte, dann war sie sich garantiert sicher. Er beugte sich vor und küsste sie. »Lass uns heiraten! Bald! Am besten morgen! Wie lange vorher muss man das Aufgebot bestellen? Wann, denkst du, kommt das Baby? Und was wird es wohl? Junge oder Mädchen? Wo wollen wir es aufwachsen lassen? Hier? In Kaikoura? Gibt es da denn gute Schulen?«

Paikea beugte sich nach vorn und hielt ihm sanft mit einem Zeigefinger den Mund zu. »Schhh«, lächelte sie, während ihr noch die Tränen auf der Wange glitzerten. »Wir heiraten nicht. Nie. Nicht ohne den Segen meiner Eltern.«

»Aber … du wolltest doch nie eines dieser Maori-Mädchen werden, die mit einem dicken Bauch herumlaufen und nicht verheiratet sind.« Er war überrascht.

»Meine Eltern lassen mir keine Wahl, sie zwingen mich zu dieser Entscheidung.« Sie nickte, wie um ihre Worte noch einmal zu unterstreichen. »Deswegen wird mein Kind ganz sicher meinen Namen tragen, egal ob es ein Junge oder ein Mädchen ist.« Sie lächelte ihn an. »Denn das werden wir dann erst bei der Geburt erfahren. Die übrigens irgendwann im Winter sein wird. Juni oder Juli, denke ich.«

»Und ich habe überhaupt nichts dazu zu sagen?« John war überrascht. Und ein bisschen ärgerlich. »Es ist immerhin auch mein Kind.«

»Sicher«, nickte Paikea. »Und ich möchte auch gerne, dass wir wie eine Familie zusammenleben. Zumindest dann, wenn du in Kaikoura bist oder ich dich in Christchurch besuche. Ich rechne damit, dass meine Mutter schon bald ihren Widerstand aufgibt. Dann kannst du mich zu einer ehrbaren Frau machen. Wenn du das dann noch willst.«

»Ich will! Du hast keine Ahnung, wie sehr ich will!«, rief John aus. »Bloß nicht erst in ein paar Jahren. Es ist doch unser Leben, unser Glück …«

Wieder legte ihm Paikea den Zeigefinger auf die Lippen. »Jetzt sei schon still. Du solltest dich wirklich nicht beschweren. Heute hat dein eigenes Geschäft eine sensationelle Eröffnung hingelegt, du wirst Vater … feier ein bisschen!«

Er war noch nicht restlos überzeugt und nickte nur widerstrebend. »Dann lass uns hier bezahlen und zu mir nach Hause gehen. Wir können noch ein bisschen feiern – und ich muss morgen schon früh zu den Großmärkten. Ich muss doch sehen, dass mein Geschäft weiterhin so gut läuft. Jetzt, wo ich für drei verantwortlich bin.«

Arm in Arm liefen sie durch die dunklen Straßen zu Johns kleiner Wohnung. Als er den Schlüssel umdrehte, stand sie fast reglos neben ihm. Erst als er das Licht anmachte, bemerkte er, dass sie still vor sich hin lächelte. »Was ist?«, fragte er zärtlich.

»Ich bin glücklich«, sagte sie. »Und ich versuche gerade, mir diesen Augenblick für schlechtere Zeiten einzuprägen.«

Vorsichtig legte er ihr die Hand auf den Bauch. »Kann man ihn schon spüren?«

»Wenn es ein Mädchen ist, dann wird sie dafür sorgen, dass du in den nächsten Wochen nichts von ihr spürst – weil sie nämlich beleidigt ist. Was bringt dich auf die Idee, es könnte ein Junge sein?« Sie grinste ihn an.

»Habe ich im Gespür«, erwiderte er.

»Wenn bis jetzt hier irgendeiner unser Kind im Gespür

hat, dann bin ich das«, erklärte Paikea und beugte sich vor, um ihm einen langen Kuss zu geben. »Und dieses Gefühl ist bis jetzt ziemlich ungenau … außer, dass ich gerade jetzt unglaublich Lust auf ein Nusseis habe. Am liebsten mit einer Schokosoße.«

»Das hättest du vielleicht im Restaurant gerade eben sagen sollen«, murmelte John, während er noch einmal nach seiner Brieftasche griff. »Aber ich glaube, in dem kleinen Restaurant vorn an der Ecke könnte ich noch Glück haben.«

Paikea legte sich auf dem Bett zurück und strahlte ihn an. »Ich warte auf dich! Und bring doch eine große Portion. Ich glaube, unser Kind hat tüchtig Hunger.«

Als er wenige Minuten später die Wohnungstür wieder aufdrückte, schlief Paikea tief und fest. Sie trug noch immer ihre Jeans und das weiße Hemd, das sie sich am Morgen von ihm ausgeliehen hatte, lag auf der Seite und war in etwa so zusammengerollt wie das Baby in ihrem Bauch. Auf ihren Lippen lag ein leichtes Lächeln. John setzte sich auf den Bettrand und sah sie an. Es mochte ja sein, dass sie ihn nicht heiraten wollte, aber sie war in seinen Augen so sehr seine Frau, wie es nur irgendwie ging. Ein paar Gesetze könnten an seinen Gefühlen nichts mehr ändern. Seine Gedanken wanderten in die Zukunft. Wenn sein neuer Foodmarket wirklich so ein Erfolg war, dann musste er unbedingt eine größere Wohnung für seine Familie suchen. Besser noch ein Haus. Am besten ein Haus am Meer, in dem mehr als ein Kind Platz hätte. Mit diesem Gedanken legte er sich zu Paikea auf das Bett, umschlang sie und schlief mit ihr im Arm, die Hand auf ihrem Bauch, ein.

Das Nusseis verschmolz derweil auf dem Nachttisch mit der Schokolade zu einer braunen Masse, bei deren Anblick Paikea am nächsten Morgen sofort schlecht wurde. Während John das Zeug in den Ausguss kippte, übergab sie sich in eine Schüssel – und er wünschte sich vor allem ein Badezimmer in seinem Haus am Meer, das er sicher einmal bauen würde …

Paikea wuchtete ihren schweren Körper aus einem der Eisenbahnsessel und ging langsam zum Ausgang. Sie fing allmählich an, ihre Trägheit und Behäbigkeit zu hassen. Der Arzt meinte, dass sie sich wohl noch ein paar Wochen bis zur Geburt gedulden müsste – aber sie fühlte sich längst wie einer der gewaltigen Wale vor der Küste von Kaikoura. Heute hatte sie sich zum letzten Mal nach Christchurch aufgemacht – danach wollte sie auf diese Reise lieber verzichten. Sie wollte ihr Kind schließlich nicht in einem Abteil der Eisenbahn zur Welt bringen. Oder gar in Christchurch, wo sie weder das Krankenhaus noch eine Hebamme kannte. Aber heute … heute wollte sie noch einmal mit ihrem John ihre Liebe fern dem Gerede und den bösen Blicken von Kaikoura genießen.

Nicht wenige hielten sie für das Flittchen eines reichen Pakeha aus Christchurch. Und zumindest mit dem Reichtum hatten sie inzwischen auch fast recht. Fiona's Foodmarket hatte sich innerhalb von einem halben Jahr zu einer echten Institution entwickelt. Jeden Morgen lieferten die Großhändler gewaltige Kisten an – und jeden Abend schloss John die Türen zu einem fast leer gekauften Laden zu. Die Hausfrauen genossen die kurzen Wege, den Parkplatz – aber vor allem war es wohl das Gefühl, eine echte moderne Frau zu sein, die in einem Supermarkt wie in den USA einkaufen konnte. Die Tüten, die John mit dem Aufdruck »FiFo« hatte drucken lassen, wurden zu einem wahren Statussymbol in der Stadt. Frauen, die zeigen wollten, dass sie es sich leisten konnten, liefen stolz mit den Taschen herum.

Mühsam kletterte sie die steile Treppe aus der Eisenbahn – und sofort entdeckte sie John, der mit besorgter Miene nach ihr Ausschau hielt. Aus einem Grund, den sie noch nicht herausgefunden hatte, hatte er jedes Mal panische Angst, wenn sie mit dem Zug fuhr – und er selbst schien in den ratternden Abteilen jedes Mal in Todesangst zu verfallen. Für die regelmäßigen Fahrten nach Kaikoura hatte er sich vor ein paar Wochen ein altes, gebrauchtes Auto gekauft. »Dann bin ich nicht von den Fahrplänen abhängig, wenn ich plötzlich Vater werde und so schnell wie möglich zu dir muss!«, hatte er erklärt. Mit einem Lächeln hatte Paikea es dabei belassen. Wenn er ihr nicht verraten wollte, aus welchem Grund ihm Züge unheimlich waren, dann wollte sie ihn nicht zu einer Erklärung zwingen. Und das Auto war tatsächlich ziemlich praktisch.

Zärtlich nahm John sie in die Arme, küsste sie auf den Mund und streichelte kurz über ihren Bauch. »Na, wie geht es meinen beiden?«

»Baby geht es gut, Mama hat keine Lust mehr auf den dicken Bauch und das Sodbrennen. Aber sonst ist alles prima!«, gab sie Auskunft. Hand in Hand liefen sie zu dem blauen Ford, der am Straßenrand auf sie wartete. Sie warf einen Blick auf John. Der Erfolg tat ihm gut – seine Haare waren kurz geschnitten, die schiefe Nase erzählte von seiner Vergangenheit, die muskelbepackten Oberarme wurden auch von dem hellblauen Hemd nicht versteckt. Er wirkte zufrieden mit sich und der Welt.

»Ich habe schon einen Tisch in unserem Restaurant bestellt!«, verkündete er. »Du hast doch sicher Hunger, mein Schatz.«

»Sicher, ich habe immer Hunger – aber ich würde doch zu gerne noch einmal bei Fiona's Foodmarket vorbeigehen!« Sie lachte. »Das hier ist vor der Geburt meine letzte Chance, noch einmal all diese Hausfrauen mit ihren gierigen Gesichtern zu sehen, wie sie Angst haben, dass die Regale wieder einmal leer sind, bevor sie alles gekauft haben, was sie brauchen … Wenn unser Baby erst einmal da ist, werde ich wohl eine ganze Zeit lang Kaikoura nicht verlassen können. Meine Mutter wird jedenfalls kaum den Pakeha-Bastard hüten, damit ich mal einen Tag nach Christchurch kommen kann.«

»Deine Mutter ist eine uneinsichtige Hexe!«, knurrte John, während er wendete und in Richtung seines Supermarktes fuhr. »Hin und wieder wünsche ich ihr einfach die Pest an den Hals. Was kann ein unschuldiges Baby für die Verbrechen der Weißen?«, fragte er.

»Böse Gene, mein Schatz … unser Kind kann gar nicht anders, als ein fieser Ausbeuter zu werden. Reg dich nicht auf«, Paikea legte ihre Hand auf seinen Oberschenkel, »ich denke, sie wird sich in unser Baby verlieben, in der Sekunde, in der sie es das erste Mal sieht …«

Schwungvoll bog John auf den Parkplatz vor dem Supermarkt ein. Es waren nur wenige Plätze frei, offensichtlich war der Markt immer noch gut besucht. Er parkte seinen Wagen an einem Zaun, öffnete ihr die Tür und ging mit ihr Hand in Hand in Richtung des Marktes. »Ich muss dir unbedingt etwas zeigen«, teilte er ihr mit. »Wir haben da eine neue Abteilung, in der wir …«

In diesem Augenblick kam eine stark geschminkte Blondine auf ihn zugeschossen. Ganz offensichtlich lagen ihre besseren Zeiten hinter ihr, obwohl sie noch keine dreißig Jahre alt war. Der schmale Ledergürtel um ihre Taille stammte aus deutlich schlankeren Zeiten, er drückte sich tief in ihre Speckröllchen. Paikea runzelte die Stirn. Die fahrigen Bewegungen waren ihr viel zu vertraut. So sah ihr Vater aus, wenn er zu viel Alkohol getrunken hatte. Die Frau wollte von ihr allerdings nichts wissen. Stattdessen fiel sie John um den Hals und küsste ihn. Ein bisschen zu heftig für Paikeas Geschmack. Und wer war diese Frau, die so gar nicht zu John passte?

»Was für ein Zufall, dass ich dich hier treffe!«, rief sie. Eine Spur zu laut und eine Spur zu theatralisch. »Vor einem Supermarkt, das hätte ich ja nie geglaubt! In Christchurch!«

Erst jetzt bemerkte Paikea, dass der Mann an ihrer Seite leichenblass geworden war. Er sah die geschmacklose Frau so fassungslos an, als sei sie von den Toten auferstanden. »Ich glaube nicht, dass wir uns kennen …«, sagte er zögernd.

»Rede doch keinen Blödsinn! Ich bin's, Maureen!«, trompetete sie quer über den Parkplatz. »Wir kennen uns aus Auckland! Aus der Milkbar! Erinnerst du dich nicht?«

»Milkbar? So eine Lokalität ist mir nicht bekannt«, versuchte John auszuweichen. Paikea sah ihn mit wachsendem Misstrauen an. Es gab gar keinen Zweifel, dass er diese Frau kannte, dafür war sie viel zu vertraut mit seinen Gesten und seiner Stimme, wenn er unsicher wurde. Und in Gegenwart dieser Frau wirkte er so angespannt, wie sie ihn selten erlebt hatte.

Die Frau ließ nicht locker. Hätte sie nicht so viel Wein oder Bier oder was auch immer im Blut gehabt, dann hätte sie ihn vielleicht in Ruhe gelassen – so aber beharrte sie auf ihrem Wissen, wie Betrunkene es nun einmal gerne tun. »John! Du hast fast ein Jahr lang praktisch in der Milkbar gelebt! Bei uns ist aus dir Landei ein echter Mann geworden …« Sie lachte ein sehr lautes und scheußlich anzügliches Lachen.

John griff nach Paikeas Hand. »Bitte lassen Sie mich und meine Frau in Ruhe. Ich weiß nicht, wer Sie sind, und ich will es auch nicht wissen. Einen guten Tag noch!« Damit wollte er Paikea in Richtung seines Supermarktes ziehen. Doch Paikea zögerte. Es sah so aus, als ob diese Frau etwas aus Johns Jahren in Auckland wissen würde. Und sie war sich nicht sicher, ob sie es hören wollte – oder lieber davonlaufen sollte. Das winzige Zögern gab der Blondine die Gelegenheit, sich wieder vor John aufzubauen. Sie fuhr ihm sogar mit einem Finger über die Wange.

»Erinnerst du dich nicht? Die Nacht auf der Rennbahn? Ich wette, das war dein erstes Mal, so besoffen, wie du warst. Und seither bist du nie wieder bei uns aufgetaucht. War vielleicht auch besser so, der Tag auf der Rennbahn war der letzte der leuchtenden, großartigen Tage unserer Gang … Frederick, der Idiot, hat wirklich alles kaputt gemacht.«

Paikea spürte, wie ihr ein Schauer über den Rücken lief. Rennbahn? Jahrelang hatte sie zusammen mit den anderen Maori-Frauen den Unrat der Weißen nach den Renntagen weggeräumt. War ihr friedliebender und ruhiger John etwa bei diesem wettsüchtigen Mob gewesen? Und dann erst die Paare, die sie so oft am nächsten Morgen aus dem leider allzu bekannten Versteck unter der Tribüne aufgescheucht hatte …

»Mein erstes Mal geht Sie überhaupt nichts an!«, wehrte John sich. Erneut versuchte er, sich an der Frau vorbeizuschieben. »Ich kenne Sie nicht, und ich will Sie auch nicht kennen. Komm, Paikea!«

Endlich trat die Frau zur Seite. »Bist jetzt wohl ein Spießer geworden!«, höhnte sie. »Dann werde mal schön glücklich mit deinem Maori-Flittchen. Wenn das alles ist, was du jetzt noch brauchst, kann ich allerdings wirklich nicht verstehen, warum du mich so lange verschmäht hast. Trottel!«

Sie spuckte das letzte Wort fast aus, drehte sich um und stolzierte auf ihren hohen Absätzen wenig elegant über den Parkplatz.

Paikea sah ihr einen Moment lang hinterher, dann wandte sie ihren Blick dem Mann an ihrer Seite zu. Der war unter seiner Bräune bleich geworden, ein Schweißtropfen rann von seiner Schläfe herab. Er wich ihrem Blick aus.

»Was für eine besoffene Kuh«, kommentierte er schließlich, nahm Paikeas Hand und wollte sie zum Eingang des Supermarktes ziehen. Sie sträubte sich.

»Verkaufe mich nicht für dämlich, John Erhardt!«, erklärte sie mit einem drohenden Unterton. »Diese Frau kannte deinen Namen. Und ich kenne dich gut genug, um zu wissen, dass du gelogen hast. Du kennst diese Maureen.«

»Wie kannst du …«, versuchte John ein letztes Mal auszuweichen. Dann sah er den drohenden Ausdruck in Paikeas Gesicht und schüttelte den Kopf. »Es war eine dunkle, wilde Zeit in meinem Leben, mit der ich abgeschlossen habe. Ich wollte dich damit nicht belasten.« Er merkte selbst, wie lahm seine Entschuldigung klang.

Sie runzelte die Stirn. »Du hast zu dieser Milkbar-Gang gehört? Ist da nicht ein Mädchen ums Leben gekommen? Das war doch in den Nachrichten, damals …«

»Sharon. Sie hieß Sharon.« Die wenigen Worte konnte John nur flüstern. »Und ich hatte damit nichts zu tun, du musst mir glauben. Ich war an diesem Tag gar nicht in der Milkbar …«

»Reines Glück also, was?« Paikeas Stimme klang bitter. »Und das andere, was diese Maureen behauptet hat? Dass du mit ihr zum ersten Mal Sex hattest? Auf der Rennbahn? Ich erinnere mich genau, wie oft ich beim Putzen die Pärchen unter der Tribüne aufgescheucht habe. Die haben sich da im Dreck gewälzt wie die Tiere.« Sie runzelte die Stirn und musterte ihn genauer. »Ich glaube, ich erinnere mich sogar an dich. Da war ein gut gebauter, blonder Mann, völlig verkatert und halb nackt. Abschaum. Das warst wirklich du? So hast du mich das erste Mal gesehen und es mir nie erzählt? Dann bist du wohl immer noch Abschaum. Von meinem Mann will ich Ehrlichkeit, egal, um was es geht. Bei dir liege ich mit dieser Forderung wohl falsch! Du hättest mir von deiner Vergangenheit erzählen sollen. Das hättest du tun müssen!«

Sie standen sich einen Augenblick lang reglos auf dem Parkplatz gegenüber. Einer der Angestellten entdeckte John und rannte winkend auf sie zu. »Chef, wir haben heute eine Lieferung von frischem Brot aus der französischen Bäckerei in Akaroa …« Er sah das Gesicht seines Chefs und brach mitten im Satz ab. »Ich störe wohl«, sagte er unsicher. »Ich komme dann später damit zu Ihnen. Oder morgen. Ist auch nicht so wichtig …« Er wollte sich schon umdrehen.

»Bleiben Sie doch«, erklärte Paikea mit fester Stimme. »Ich wollte ohnehin einen Augenblick für mich allein sein. Wenn mich jemand zurück zum Bahnhof fährt, dann erreiche ich noch den Spätzug nach Kaikoura. Wäre das wohl möglich?«

»Aber, du kannst doch nicht …« John schüttelte den Kopf. Er wollte nicht vor seinem Angestellten mit Paikea streiten. Und er kannte sie gut genug. Nichts und niemand konnte sie jetzt umstimmen. Sie wollte zurück nach Hause – und da würde sie heute Abend auch sein. Er seufzte.

»Geh hinein und frag Murray, ob er Zeit hat, meine Frau

zum Bahnhof zu fahren«, trug er seinem Angestellten auf. »Wir können dann in aller Ruhe die Lieferung aus Akaroa besprechen.«

Paikea wartete schweigend, bis ein dicklicher Mann mit einem hellblonden Haarkranz aus dem Supermarkt kam und sie mit einem Winken in sein grünes Auto einlud: »Ich fahre Sie eben zum Bahnhof, Madam.« Paikea wollte nichts mehr sagen. Sie kletterte in den Wagen, ließ sich schwerfällig auf den Rücksitz fallen und bemühte sich dabei, nicht in Tränen auszubrechen. Ihr geliebter John war also einer dieser aufgeblasenen Wichtigtuer mit spitzen Schuhen und Brillantine in den Haaren gewesen … Sie legte eine Hand auf ihren runden Bauch. Ob der Kleine wohl viel von seinem Vater haben würde?

Kaikoura, 1998

19.

Gesang, von weit her. Die Melodie erinnerte sie an die Wellen des Meeres und ein Tier, das mit unendlicher Leichtigkeit und Kraft durch die blauen Weiten pflügte. Mal wurde sie lauter, mal leiser – aber sie drängte sich beharrlich in Katharinas Bewusstsein. Irgendwann öffnete sie die Augen – und sah direkt in die lachenden Augen von Matiu. »Ich dachte schon, ich würde dich nie wieder wach kriegen!«

Sie lag in seinen Armen, fest umfangen von viel Liebe. Matiu streichelte über den weichen Schwung ihrer Hüfte. Durch das offene Fenster konnte man das Meer und das Gelächter von Menschen am Strand hören. Sie war nackt – und erinnerte sich noch viel zu lebhaft an die letzte Nacht, als Matiu leise in ihr Zimmer gehuscht war und angefangen hatte, sie zu küssen. Immer, wenn ihr ein etwas lauteres Stöhnen entfahren war, hatte er ihr den Finger auf den Mund gelegt. »Schhhh – meine Mutter darf nichts hören!« So hatten sie sich schweigend und lautlos geliebt – wenn man von dem gelegentlichen Knarren des alten Holzbetts in dem Gästezimmer einmal absah. Sie lächelte und küsste ihn auf den Mundwinkel.

»Und wie willst du jetzt wieder zurück in dein Zimmer kommen, ohne dass deine Mutter merkt, dass ihr jüngstes Kind inzwischen ziemlich erwachsen ist?«, neckte sie ihn.

»Meine Mutter wusste von der ersten Sekunde an, wie es um uns steht«, erklärte er ernst, ohne mit dem Streicheln auch nur eine Sekunde aufzuhören. »Sie ist nicht von gestern. Und hat ein gutes Gespür für die Menschen, die sie um sich hat.«

»Das heißt, wir können jetzt einfach Hand in Hand aus diesem Zimmer spazieren, und keiner sieht uns merkwürdig an?« Katharina wusste, dass ihre eigenen Eltern mit irgendwelchen Freunden, die über Nacht geblieben waren, wenig lässig umgegangen waren.

»Na, wenn du etwas anziehen würdest, könnte es den Umgang mit meinen Schwestern erleichtern«, meinte Matiu trocken.

Kichernd knuffte Katharina ihn in die Seite. »Idiot. Da wäre ich womöglich von selbst draufgekommen.« Sie setzte sich auf und spähte aus dem Fenster. Ein weiterer wunderschöner Hochsommertag kündigte sich an. »Was haben wir heute vor?«

»Nichts Besonderes. Ich dachte, wir machen es uns einfach gemütlich am Strand, grillen ein bisschen. Wenn du magst, können wir natürlich auch noch einmal zu den Walen rausfahren.« Matiu unterdrückte ein wohliges Gähnen. »Mir ist alles recht, solange ich nicht zu viel laufen muss und hin und wieder etwas zu essen kriege.«

»Strand, Grillen, Wale«, wiederholte Katharina mit leuchtenden Augen. »Wenn das nicht nach dem perfekten Tag klingt. Das wollen wir machen.« Sie hielt kurz inne. »Wenn wir an deiner Mutter vorbei sind.«

»Kein großes Problem.« Matiu zuckte mit den Schultern.

»Die hat für uns sicher das perfekte Frühstück vorbereitet. Wenn du genug Hunger hast, kannst du nichts verkehrt machen.«

Katharina nickte und zog sich ein T-Shirt und eine Cargohose über, bevor sie sich auf den Weg ins Badezimmer machte. Als sie wenig später mit nassen Haaren am Frühstückstisch auftauchte, musste sie Matiu recht geben. Von frisch gekochten Eiern über Schinken und Obstsalat aus Kiwis bis zu herrlich duftendem Brot war einfach alles vorhanden. Katharina genoss die Köstlichkeiten. Heimlich fragte sie sich allerdings, wovon diese Familie lebte. Und vom Oberhaupt der Familie war weit und breit nichts zu sehen. Ob es den überhaupt noch gab? Matius Mutter sah ihr lächelnd beim Essen zu.

»Was haben Sie denn noch vor?«, fragte sie schließlich.

»Heute?« Katharina lachte. »Wir wollten an den Strand, später ein bisschen grillen und noch später vielleicht bei einer Walbeobachtungstour mitmachen. Ich fand das so faszinierend, dass ich es kaum erwarten kann, diese Tiere noch einmal zu sehen. Sie sind so riesig und wirken so friedlich …«

Matius Mutter spielte mit einer elfenbeinartigen Schnitzerei, die ihr um den Hals hing. Erst jetzt bemerkte Katharina, dass diese Figur fast wie eine Fluke aussah. Oder war es ein großer Angelhaken? Sie bemerkte ihren Blick und lachte. »Ja, das finde ich auch. Den Walen bin ich seit meiner Jugend verfallen. Dieser Schmuck ist aus echtem Walknochen – allerdings starb der Wal für diesen Schmuck wahrscheinlich schon vor über hundert Jahren. Ein Bone Carver, ein Knochenschnitzer, hat aus einem Stück Rippe, das er hier in der Nähe gefunden hat, dieses Stück geschnitzt. Im Auftrag meines Mannes, der wusste, dass ich gerne ein echtes

Stückchen Wal in meiner Nähe haben würde. Ich denke immer, dass sie weiser sind als alle Menschen zusammen.«

Katharina sah endlich ihre Chance, nach diesem geheimnisvollen Vater zu fragen. »Wo ist Ihr Mann eigentlich?« Sie versuchte, dabei möglichst unbefangen zu klingen, biss in ein Stück Weißbrot und sah ihre Gastgeberin neugierig an.

Die lachte nur. »In Christchurch. Er hat dort geschäftlich zu tun und kommt meistens nur für das Wochenende nach Kaikoura. Das hielten wir von Anfang an so.« Sie stand auf und ging in die Küche – und machte damit überdeutlich, dass das Thema für sie beendet war.

Für einen Augenblick sah Katharina aus dem Fenster. Das Meer lag heute friedlich da, tief dunkelblau und endlos bis zum Horizont. Bei einem solchen Anblick wollte sie wirklich keine Minute an das Rätseln um abwesende Männer verschwenden. Bevor sie sich allerdings in einen Tag voller Spaß, Grillen und Sport stürzte, musste sie sich unbedingt bei Sina melden. Vielleicht gab es ja gute Nachrichten von der kleinen Ava.

Schon als sich Sina meldete, verlor Katharina alle Hoffnung. Die Stimme ihrer Freundin klang angespannt und müde, heiser vom vielen Reden oder Weinen. Sie meldete sich wie jemand, der einfach nur noch abgrundtief müde ist und nicht mehr viel Hoffnung auf Besserung hat.

»Ich bin's, Katharina!«, rief sie in den Hörer und bemühte sich um einen möglichst unbefangenen Ton. »Ich wollte einfach mal wieder hören, wie es euch geht. Gibt es denn etwas Neues?«

»Nein.« Sina rang hörbar um Fassung. »Ava geht es nicht besser. Sie hängt im Krankenhaus an ihren Transfusionen, und nichts scheint wirklich zu helfen. Ich hätte nie gedacht, dass ein Kind so schnell alle seine Reserven aufbrauchen kann – aber genau das passiert direkt vor meinen Augen. Wir lassen weiter die komplette Verwandtschaft testen, die Datenbanken nach anonymen Spendern durchsuchen – aber niemand scheint zu unserem kleinen Mädchen zu passen. Immerhin – der Bruch heilt ganz gut ab. Eigentlich ein Wunder bei ihrem Gesamtzustand. Bei deiner Suche nach John gibt es nichts Neues, nehme ich an?«

»Das hätte ich dir sofort gesagt!«, antwortete Katharina. »Aber ein John Cavanagh scheint weder auf der Nord- noch auf der Südinsel bekannt zu sein. Was wirklich merkwürdig ist, wenn man bedenkt, dass sonst wirklich jeder jeden zu kennen scheint …«

»Vielleicht stimmt es ja doch, was immer behauptet wurde«, seufzte Sina. »John junior sitzt auf einer Pazifikinsel und säuft. Wer auch immer der gepflegte ältere Herr auf Ruihas Beerdigung war – es war womöglich gar nicht Brandons Onkel.«

»Schwer zu glauben. Wie geht es Brandon denn überhaupt?«

»Nicht besonders. Zu allem Überfluss hatte sein Großvater vor zwei Tagen einen Schlaganfall. Er erholt sich gut, aber er will nicht aus dem Bett und redet immer wieder von vergangenen Zeiten. Von seiner Ruiha, seinem Bergwerk … Ewan hat keine Ahnung, was sein Vater da plappert, und nimmt an, dass es sich nur um einen völlig verwirrten Geist handeln kann. Wir wissen es besser, aber ist jetzt der richtige Zeitpunkt, um alles aufzudecken? Mir fehlt auf jeden Fall die Kraft dazu. Von mir aus soll der alte, bösartige Knacker einfach sterben und seine Geheimnisse mit ins Grab nehmen.«

»Ich bin in ein paar Tagen wieder bei euch«, tröstete Katharina ihre Freundin. Sie merkte es selbst, wie hilflos sie klang. »Vielleicht habe ich ja Glück und finde euren geheimnisvollen Onkel doch noch.«

»Hoffentlich …«, begann Sina einen Satz. In dieser Sekunde hörte man im Hintergrund eine Männerstimme. »Ich mache jetzt Schluss«, erklärte Sina eilig. »Brandon ist gerade eben aus dem Krankenhaus gekommen, ich muss unbedingt hören, wie es Ava geht!« Ohne ein weiteres Wort legte sie auf.

Katharina sah einen Augenblick etwas verdutzt auf den Hörer, legte dann auf und ging zurück in das gemütliche Wohnzimmer. Auf Matius fragenden Blick hin zuckte sie nur mit den Schultern. »Nichts Neues. Der Kleinen geht es immer schlechter – und es findet sich kein geeigneter Spender. Weder innerhalb der Familie noch in den Datenbanken.« Sie zuckte mit den Schultern. »Wir können da erst einmal nichts tun, nehme ich an. Also los – gehen wir an den Strand und erlegen ein paar Kühe, die wir nachher auf den Grill packen können.« Sie versuchte ein Lachen, merkte aber selbst, dass es irgendwie gekünstelt und hohl klang.

Matiu nickte nur, und sie stürzten sich in einen perfekten Hochsommertag. Der Himmel spannte sich wolkenlos über ihren Köpfen, das Meer sah aus, als ob jemand tiefblaue Farbe hineingerührt hätte. Sie setzten sich auf die gewaltigen Felsen, die am Ende des Strandes eine Heimat für die unzähligen Robben darstellten.

Aber trotz all dieser atemberaubenden Schönheit konnte Katharina das Telefonat vom Morgen nicht vergessen. Nachdenklich sah sie auf das Meer und kaute an einem Nagel – bis Matiu ihr die Hand wegzog und in seine Hände nahm. »Du kannst jetzt nichts weiter machen. Du hast schließlich viel rumtelefoniert und bei den Behörden nachgefragt … Vielleicht passiert ja doch noch ein Wunder«, meinte er mit zärtlicher Stimme. »Womöglich ist die Lösung für alle Probleme viel näher, als du denkst!«

Katharina sah aufs Meer und schüttelte den Kopf. »Was könnte jetzt noch passieren, das uns helfen würde?«

Später kauften sie sich Salat und Fleisch und grillten alles im Garten von Matius Elternhaus. Fasziniert sah Katharina wieder auf das Meer hinaus. »Es ist unglaublich, was für einen wunderschönen Blick ihr habt!«, schwärmte sie zwischen zwei Bissen. »Wie seid ihr noch mal an dieses Haus gekommen?«

»Ach, das ist gar keine spektakuläre Geschichte!«, lachte Matiu. »Die Familie meiner Mutter war nicht sonderlich geschäftstüchtig – um es vorsichtig auszudrücken. Mein Großvater war offensichtlich sogar im Gefängnis! Und mein Vater ist ein typischer neuseeländischer Selfmademan. Er hatte in seinem Leben ein paarmal die richtige Idee zum richtigen Zeitpunkt. Na ja, und dieses Haus steht wohl an der Stelle einer alten Garage, in der meine Mutter als junge Frau ein Zimmer gemietet hatte. In diesem Zimmer ist sogar meine älteste Schwester zur Welt gekommen. Aber dann hat mein Vater das Grundstück gekauft und angefangen, diesen Palast daraufzustellen. Er sagt immer, dass er sein ganzes Leben von genau diesem Haus mit genau dieser Familie geträumt habe …« Matiu lächelte versonnen. »Und genau das strahlt mein Vater bis heute aus: Er ist sehr, sehr zufrieden mit seinem Leben.«

Katharina biss in einen frisch gegrillten Maiskolben. Die Kräuterbutter lief ihr über das Kinn, während sie noch einmal in Richtung Meer deutete. »Wenn das mein Ausblick wäre, dann wäre ich wohl auch zufrieden mit meinem Leben. Ich wäre allerdings etwas häufiger zu Hause, als dein Vater es offensichtlich ist …«

Matiu zuckte mit den Schultern. »Er hat ziemlich viel zu tun in Christchurch. Er hat da einen Laden, der ganz gut läuft …« Er sah auf die Uhr. »Aber jetzt sollten wir allmählich losgehen, wenn wir rechtzeitig zur Sunset-Tour bei den Walen sein wollen.«

Katharina nagte hingebungsvoll die letzten Körner vom Maiskolben und schnappte sich noch eines der leckeren Würstchen vom Grill. Diese Familie machte aus dem abwesenden Vater ein Geheimnis, egal, wie geschickt man nach ihm fragte. Also verlegte sie sich auf das Naheliegendere. »Wer verspricht mir, dass es noch irgendwelche Reste von diesem Mais für mich gibt, wenn wir genug Wale gesehen haben?«

Matiu lachte. »Ich!«

Das Boot von der Nachmittagstour war noch nicht zurück, als sie ankamen. Katharina ging zielstrebig auf das blau gestrichene Haus zu, das versprach, »alle Infos über Wale« gesammelt anzubieten. Matiu kam widerstrebend mit. »Meine Mutter meint immer, dass wir in diesem Haus nur die Touristen aufbewahren, bis das Wetter besser wird …«

»Und was hat deine Mutter damit zu tun?« Katharina wurde neugierig. »Ich meine, sie mag doch Wale und so – dann müsste sie es doch toll finden, wenn die Menschen heute die Wale nur noch ansehen und nicht mehr jagen wollen.«

»Sicher«, nickte Matiu. »Sie ist wohl wie wir alle von dem Erfolg ein bisschen überrascht worden. Du weißt doch: Anfangs war es nur ein einziges Boot, mit höchstens acht Sitzplätzen. Doch das hat schon nach wenigen Jahren nicht mehr gereicht – und heute ist diese Art von Ökotourismus die am schnellsten wachsende Branche auf der kompletten Südinsel. Das kann schon erschreckend sein.«

»Was meinst du mit ›wir‹, wenn du von den Waltouren

sprichst?« Katharina sah neugierig die Bilder an, die im kleinen Museumsraum hingen. »Euren Stamm?«

Ihr Blick fiel auf eines der ersten Bilder in der Reihe, und sie wurde bleich. »Das kann nicht wahr sein!«, murmelte sie leise und ging einen Schritt näher zu dem Bild, um es genauer zu betrachten.

Es zeigte eine zierliche Frau mit funkelnden, dunklen Augen, eindeutig Matius Mutter. Sie hielt einen großen, athletischen Mann im Arm, der mit unverhohlenem Stolz auf sie herunterblickte. Ein Mann mit breiten Schultern, einer leicht schiefen Nase, blonden Haaren – und unglaublich hellgrünen Augen. Diese Augenfarbe hätte Katharina unter Hunderten erkannt. Sie deutete auf sein Gesicht und drehte sich zu Matiu um. »Wer ist das?«

»Mein Vater!«, ließ der sie wissen. »Wie ich dir gerade eben erklären wollte, ist das Walgeschäft nicht unbedingt Sache eines bestimmten Stammes. Es ist eher das Geschäft meiner Familie. Meiner Mutter. Und auch meines Vaters.« Er tippte auf das Foto. »Eben meiner Eltern.«

»Das ist der Mann, den ich die ganze Zeit suche!«, rief Katharina. »Dein Vater ist John Cavanagh!«

»Das würde ich wohl wissen«, meinte Matiu. »Mein Vater heißt Erhardt. Er hat deutsche Vorfahren, daher der Name. Und weil er und meine Mutter nie geheiratet haben, heißen wir bis heute Te Whia. Was bringt dich auf die Idee, dass mein Vater dein geheimnisvoller John Cavanagh ist?«

»Du hast mir nie ein Bild von ihm gezeigt!«, erklärte Katharina. »Die Augen … die erkenne ich unter Tausenden! Genau diese Farbe hat Sina. Und ihre Tochter Ava auch. Und sie hat von der Beerdigung erzählt, dass John ebenfalls diese Augen hat. Ganz hellgrün – oder hellblau. Wie das Meer an einem Sommertag, diese Augen wechseln einfach die Farbe …« Sie unterbrach sich. »Aber was plappere ich hier herum! Deine Mutter wird wissen, wie ihr Mann wirklich heißt. Wir müssen sofort zu ihr!« Ungeduldig zerrte sie an Matius Ärmel. »Schnell!«

Widerstrebend folgte Matiu ihr. »Das mit den Augen würde auf meinen Vater zutreffen, aber warum sollte er sich derart vor seiner Familie verstecken? Ich glaube, da bildest du dir etwas ein.«

»Bestimmt nicht!« Katharina war sich ihrer Sache absolut sicher. »Wir haben nur nie damit gerechnet, dass John ausgerechnet in Christchurch lebt. Er hätte doch jederzeit seinem Bruder oder seinem Ziehvater über den Weg laufen können.«

»Eher unwahrscheinlich«, erklärte Matiu. »Mein Vater ist unglaublich ungesellig in Christchurch. Er geht nie aus, er lebt in einem kleinen Zimmer, das er vor Urzeiten gemietet hat – und er lässt sich sogar in den Verkaufsräumen von seinem Supermarkt nur selten blicken. Er möchte auf keinen Fall in die Zeitung oder zu einem gesellschaftlichen Event …« Er brach ab. »Wenn du recht hast, dann ist das natürlich nicht nur ein alberner Tick von ihm, sondern eine Sicherheitsmaßnahme, damit er nicht aus Versehen dem Rest seiner Familie begegnet.« Er zog eine Grimasse. »Könntest du trotzdem nicht so schnell laufen? Ich fürchte, mein Fuß hält bei deinem Tempo noch nicht mit!«

Mühsam zügelte Katharina ihren Schritt. Es kam ihr vor, als ob das Haus am Meer überhaupt nicht näher käme.

Endlich erreichten sie die Tür zu Matius Elternhaus. Seine Mutter sah überrascht auf, als das Pärchen auf ihre Terrasse stürmte. Sie runzelte die Stirn. »Ist die Sunset-Cruise ausgefallen …?« Sie brach ab, als sie die aufgewühlten Gesichter der beiden sah. »Was ist passiert?«

»Miss Te Whia, ich habe eine Frage«, platzte Katharina heraus. »Ich bin doch die ganze Zeit unterwegs, um für meine Freunde diesen Mann zu suchen. John Cavanagh. Kann es sein, dass das Ihr Mann ist?«

Matius Mutter nickte. »Ja, sicher. Ich kenne ihn nur unter John Erhardt – aber ich weiß, dass er als Cavanagh aufgezogen wurde. Geboren wurde er allerdings als Denson. Verzwickte Geschichte, er hat sie mir einmal nach der Geburt unserer Ältesten erzählt, und wir haben nie wieder darüber gesprochen.« Sie sah die Freundin ihres Jüngsten genauer an. »Du hast gesagt, dass du einen Onkel deiner Freundin suchst, aber nie den Namen erwähnt … Was willst du denn von ihm?«

»Also … meine Freunde … Sinas Großmutter ist Ava, die Mutter von Ihrem Mann. Nach dem Erdbeben wurde Ava, also Sinas Tochter …« Katharina verhaspelte sich. Sie sah in dem Gesicht von Matius Mutter, dass sie nichts verstanden hatte. Also atmete sie noch einmal tief durch – und erklärte dann etwas langsamer: »Die Sache ist die: Ihr Mann, also John Cavanagh, hat mit seiner Familie nichts mehr zu tun, keiner weiß, wo er lebt. Jetzt ist Sinas Tochter schwer erkrankt, sie benötigt dringend eine Knochenmarksspende, und die Ärzte haben gesagt, dass die Chancen bei Verwandten größer sind. Leider eignet sich keiner der Verwandten, die wir kennen. Und deswegen die Suche nach dem verschwundenen John. Sina hofft, dass er vielleicht die passenden Gene für ihre kleine Ava hat.«

Die zierliche Frau griff nach dem Telefonhörer, wählte eine längere Nummer und reichte den Hörer weiter an Katharina. »Erkläre du ihm, warum es so wichtig für seine Familie ist, ihn zu finden.«

Zitternd griff Katharina nach dem Hörer. Es konnte doch

nicht sein, dass sie die ganze Zeit dem gesuchten Mann so unglaublich nahe gewesen war – und es einfach nicht gemerkt hatte?

Eine tiefe Männerstimme meldete sich am anderen Ende. »Ja, was gibt es?«

»Guten Tag«, begann Katharina. »Es tut mir leid, Sie zu stören, aber ich muss eine Sache unbedingt wissen: Sind Sie John Cavanagh?«

Für einen Augenblick herrschte Schweigen am anderen Ende. Gerade als Katharina fürchtete, nie eine Antwort zu bekommen, hörte sie einen tiefen Atemzug am anderen Ende der Leitung. »Wer will das wissen?«

»Mein Name ist Katharina Krug. Ich bin mit Ihrem Sohn Matiu befreundet, deswegen rufe ich aus Ihrem Haus an. Meine Freundin Sina hat in Christchurch einen Brandon Cavanagh geheiratet. Den Sohn von Ewan.«

»Ja, und?« Seine Stimme klang beherrscht. So, als ob er sich Mühe gäbe, all seine Emotionen zu kontrollieren.

Katharina redete einfach weiter. Jetzt hatte sie ohnehin nichts mehr zu verlieren. »Brandon und Sina haben eine niedliche Tochter. Ava. Sie ist noch keine zwei Jahre alt – und es geht ihr sehr schlecht. Sie hat Krebs. Irgendetwas mit dem Knochenmark, sie hat nur eine Chance, wenn ein passender Spender gefunden wird. Keiner der Verwandten passt – unsere letzte Hoffnung ist John Cavanagh.« Sie schwieg einen Augenblick. »Sonst muss die kleine Ava sterben.« Das klang dramatisch, kam aber der Wahrheit sehr nahe.

Wieder Schweigen im Hörer. Dann ein leises Räuspern. »Ich komme. In zwei oder drei Stunden bin ich in Kaikoura.« Es klickte, und die Leitung war unterbrochen.

Matiu sah sie gespannt an. »Und? Was sagt er?«

»Nicht viel. Er kommt hierher, sagt, dass er zwei oder drei

Stunden brauchen wird.« Sie wandte sich an Matius Mutter. »Wie kann es sein, dass er so völlig aus dem Blickwinkel seiner Familie verschwunden ist, obwohl er in der gleichen Stadt lebt?«

Die zierliche Frau lachte leise auf. »Er wollte nicht gefunden werden. Deswegen ist der Besitzer von Fiona's Foodmarket nie in der Presse zu sehen, taucht bei keiner gesellschaftlichen Veranstaltung auf. Ich denke, er gilt als sehr merkwürdiger Kauz in Christchurch. Aber er hat es geschafft: Inzwischen ist der Supermarkt eine Selbstverständlichkeit, aber für den Besitzer interessiert sich niemand so recht … Und hier kümmert sich kaum jemand um ihn. Er ist der reiche Weiße, der mir die vielen Kinder angehängt hat, das ist alles, was die anderen wissen. Reicht ja auch. Musste ja keiner wissen, dass ich ihn nicht heiraten wollte …« Sie lachte ein lautes, kehliges Lachen, das deutlich machte, dass sie sich herzlich wenig um die Meinung von anderen hier in Kaikoura kümmerte.

»Sie wollten ihn nicht heiraten?« Jetzt war Katharinas Neugier geweckt.

Auch Matiu sah seine Mutter überrascht an. »Das hast du mir nie erzählt!«

Paikea nickte. »Kommt, ich erzähle euch die Geschichte. Setzt euch auf die Veranda, ich hole uns einen Eistee.«

Gehorsam wie kleine Kinder nickten Matiu und Katharina und gingen auf die Holzveranda.

Paikea kam hinter ihnen her, stellte das Tablett mit den klirrenden Eiswürfeln in der bernsteinfarbenen Flüssigkeit auf den Beistelltisch und drehte sich zu Katharina um. »Noch bevor ich anfange, eine Bitte: Nenne mich Paikea. Miss Te Whia klingt für mich immer so, als würdest du mit meiner Mutter reden.«

Katharina nickte nur. Sie war viel zu neugierig, wie die Geschichte zwischen dem Pakeha und der selbstbewussten Maori-Frau gelaufen war.

»Gut«, begann Paikea. In wenigen Sätzen beschrieb sie ihre Liebesgeschichte bis zu dem Punkt, an dem sie aus Christchurch geflohen war. »Da saß ich also heulend in dem Zug. Mit einem dicken Bauch und der plötzlich gewonnenen Erkenntnis, dass meine große Liebe zu dieser fürchterlichen Milkbar-Gang gehört hatte. Dass ich ihn schon nackt und besoffen unter der Rennbahntribüne aufgestöbert hatte. Genau der Typ Mann, den ich niemals haben wollte.« In der Erinnerung legte sie die Hand auf den Bauch und streichelte ihr schon längtst geborenes Baby – so wie damals im Zug. »Ich habe die komplette Strecke bis Kaikoura geheult. Dann, als der Zug in den Bahnhof eingelaufen ist, habe ich aufgehört. Ich wollte meiner Mutter nicht auch noch einen Anlass für ihre miesen Sprüche geben. Sie sollte nicht glauben, dass sie recht gehabt hatte. Also bin ich in mein Zimmer gegangen, habe mich auf das Bett gelegt – und mir überlegt, wie meine Zukunft aussehen könnte.« Sie lächelte schief. »Leider endeten meine Überlegungen meistens damit, dass ich ohne einen Cent in der Tasche mit einem schreienden Kind an der Hand bei meiner Mutter vor der Tür stehen würde. Keine Aussichten, die mir gefallen hätten.«

Katharina rutschte auf den vorderen Rand ihres Sessels. Aus dem Augenwinkel sah sie, dass Matiu ebenso gespannt auf die Fortsetzung wartete. Offensichtlich hatte er diese Geschichte noch nie gehört. »Und dann?«, platzte es aus ihr heraus. »Wie ging es weiter?«

Paikea zuckte mit den Schultern. »Ohne eine Lösung und ohne große Hoffnungen auf eine rosige Zukunft bin ich wohl einfach eingeschlafen. Ich bin erst in der Morgendämmerung aufgewacht – weil es unangenehm nass war und mein Bauch wehtat. Aihe hatte sich auf den Weg gemacht, meine Wehen hatten begonnen. Ihr müsst euch vorstellen, dass das noch die Zeiten waren, in denen nicht jeder ein Telefon hatte – und ein Handy gab es schon gar nicht. Ich konnte nicht einfach um Hilfe rufen. Ein paar Minuten lag ich also da und geriet in Panik. Ich musste meine Hebamme rufen – aber wie? Also habe ich mich zusammengerissen, mir etwas angezogen und bin die Treppen von meinem Zimmer wieder nach unten geklettert. Dabei hat mich wohl meine Vermieterin gesehen. Sie bemerkte auch, dass irgendetwas nicht stimmte. Als ich ihr erklärte, dass meine Wehen losgegangen waren, führte sie mich wieder zurück in mein Zimmer – und hat sich darum gekümmert, dass meine Hebamme Bescheid wusste. Ein paar Minuten später war sie da. Die alte Moana hatte in Kaikoura schon eine Menge Babys auf die Welt gebracht. Und ganz bestimmt jedes einzelne Maori-Baby. Sie hat mich kurz abgetastet und dann aus ihren alten Augen angesehen. Wollte wissen, warum dieses Kind ein paar Wochen zu früh auf die Welt kommen wollte. Ob ich die Treppen hinuntergestürzt sei oder etwas Ähnliches. Was sollte ich tun? Ich erzählte ihr von mir und John und meiner Entdeckung auf dem Supermarkt-Parkplatz. Moana setzte sich auf meine Bettkante und nahm meine Hand in die ihre. Eine Zeit lang hat sie einfach nur meine Hand gehalten – und dann hat sie angefangen zu reden.

Als unsere Vorfahren den Wal bestiegen, um zu neuen Ufern aufzubrechen, da haben sie nur an ihre Zukunft auf einer fernen Insel gedacht. Es war nicht mehr wichtig, was sie in ihrer alten Heimat getan hatten – wer viel Besitz hatte und wer ein Habe-

nichts war. Sie wollten eine neue Zukunft und warfen keinen Blick zurück. Denn das ist das Einzige, was wichtig ist: Das, was vor uns liegt. Alles, was hinter uns liegt, ist vorbei. Wir können es nicht mehr ändern, auch wenn wir es uns wünschen. Die Zukunft können wir gestalten, die Vergangenheit können wir nur betrauern.

Ich hörte ihr zu, immer wieder von Wehen geschüttelt. Mit einem Mal erschien mir alles klar. Ich musste mich nicht von John trennen, bloß weil er in der Vergangenheit eine Zeit lang ein oberflächlicher, versoffener Idiot gewesen war. Ich hatte einen großartigen Mann gefunden – und ein Teil unserer gemeinsamen Zukunft drängte gerade auf die Welt. Noch bevor Aihe ihren ersten Schrei machte, hatte ich mich entschieden: Ich wollte John wiedersehen, mit ihm zusammenleben. Und noch während ich keuchte und schrie, damit Aihe auf die Welt kommen konnte, bat ich Moana, nach der Geburt im Foodmarket anzurufen und John Bescheid zu geben, dass er Vater geworden war – und bitte sofort zu mir nach Kaikoura kommen sollte.«

Paikea lächelte bei der Erinnerung. »Und so geschah es. Aihe kam mit einem dicken, dunklen Haarschopf auf die Welt, John erfuhr von seinem Glück, und nur zwölf Stunden später stand er an meinem Bett, nahm sie in den Arm und machte mir einen Heiratsantrag. Es war nicht sein erster und ganz gewiss nicht sein letzter – aber es war sein schönster. Damals nahm er auch den Tiki aus Walknochen aus seiner Tasche und hat ihn mir geschenkt. Er hatte ihn wohl schon Wochen vorher bei einem Bone Carver in Auftrag gegeben und immer bei sich getragen, damit er ihn mir bei der Geburt umhängen konnte. Das hat nicht geklappt – aber bei den vier folgenden Geburten hat er mir immer Kraft gegeben.« Sie lachte. »Das ist also die Geschichte, wie John und ich zu einem unverheirateten Skandalpaar wurden. Wir beide sind einen langen Weg gegangen – aber von diesem Tag an haben wir immer nur nach vorn gesehen. Von seiner Familie haben wir wenig gesprochen, vielleicht auch deswegen. Er hat mir ein einziges Mal die komplette Geschichte erzählt, das war alles. Dabei hat er die Cavanaghs immer von ferne beobachtet …«

»Was?«, riefen Katharina und Matiu wie aus einem Mund.

Paikea nickte. »Aber sicher. Er hatte doch Fiona …«

»Fiona?« Katharina runzelte die Stirn. Hieß so nicht die ältliche Haushälterin von George Cavanagh? Sie war seit Jahrzehnten bei ihm angestellt und hielt laut Brandon heimlich alle Fäden in der Hand. Aber konnte es wirklich sein, dass ausgerechnet sie diejenige war, die John mit allen nötigen Informationen versorgte?

»Nun, es war keineswegs ein Zufall, dass Johns Supermarkt ausgerechnet Fiona's Foodmarket hieß. Zumal inzwischen ohnehin alle nur noch die Abkürzung ›FiFo‹ benutzen, was ja auch sehr schön aussieht auf den Tüten.«

»Da war ich schon drin!«, entfuhr es Katharina. »Kurz vor dem Erdbeben!«

»Sicher«, nickte Paikea. »Da war wohl jeder aus Christchurch schon drin. Die meisten nehmen einfach an, dass Fiona die Frau von John ist. Oder dass er den Namen gewählt hat, weil er gut klingt. Aber die Wahrheit ist viel einfacher: Fiona gab den ersten Kredit zur Gründung des Supermarktes …«

»… und seitdem treffe ich sie regelmäßig, um ihr ihren Anteil auszuzahlen und zu hören, wie es meiner Familie ergeht«, ertönte eine kräftige Stimme von der Tür der Veranda her.

Katharina fuhr herum. Sina hatte ihr so oft den Mann beschrieben, der auf der Beerdigung aufgetaucht war, dass sie es jetzt fast nicht glauben konnte, als sie ihn vor sich sah. Seine Augen leuchteten genau wie bei Sina in dem eigentümlichen Meeresgrün. Oder Meeresblau. Seine Nase war schief und erzählte von seinem bewegten Leben. Er trug eine helle Hose und ein weißes Hemd und sah durch und durch wie ein älterer, gepflegter und sehr erfolgreicher Unternehmer aus. Er kam näher und streckte ihr die Hand entgegen.

»Du musst Katharina sein, wir haben gerade miteinander telefoniert. Ich darf doch Katharina sagen? Immerhin bist du die erste Frau, die Matiu zu seinen Eltern nach Hause bringt ...«

Katharina nickte nur.

Matius Vater ließ sich auf einen Stuhl fallen, schenkte sich ein großes Glas mit Eistee voll und nahm einen langen Schluck. Dann sah er Katharina an. »Du hast mich also gefunden. Und du hast recht. Ein paar Jahre lang lebte ich als John Cavanagh in Charteris Bay mit meinem Bruder Ewan und meinem Ziehvater. Keine glücklichen Jahre, deswegen habe ich es vermieden, meinen Vater wiederzutreffen, und aufgehört, seinen Namen zu tragen.«

John junior. John Denson. John Cavanagh.

Katharina konnte es nicht glauben. Sie hatte ihn gefunden. Der Mann, der angeblich unauffindbar irgendwo auf einer Pazifikinsel lebte, war immer in Christchurch gewesen. Ganz in der Nähe. Sina und Brandon hatten in seinem Supermarkt eingekauft und nicht geahnt, dass sie damit bei John fast zu Hause waren.

Sie schluckte. »Und Sie wussten immer Bescheid? Über alles, was in der Familie passierte?«

»Zumindest alles Wichtige«, nickte John. »Allerdings hatte Fiona in den letzten Wochen keine Zeit für ein Treffen. Seit dem Erdbeben ist sie mit den Aufräumarbeiten beschäftigt. Außerdem hatte mein Ziehvater wohl einen Schlaganfall, sie fühlt sich verpflichtet, ihn täglich zu besuchen.«

»... und deswegen hattest du keine Ahnung von Avas Krankheit«, murmelte Katharina.

»Nein. Ich bin mir allerdings auch nicht sicher, ob ich deswegen sofort aus meinem Versteck gekommen wäre. Es hätte doch immerhin sein können, dass ihre Eltern oder der Rest ihrer Verwandtschaft als Spender infrage kommen, oder?«

»Ja«, nickte Katharina. »Aber Sina sagt, inzwischen seien alle getestet. Auch die Verwandten, von denen Ewan bis heute nichts ahnt.«

»Ach, ihr habt ihm immer noch nicht von Ruiha erzählt?« John hob eine Augenbraue an. »Ich habe mich schon gewundert, als er nicht zu Ruihas Beerdigung aufgetaucht ist. Immerhin seine leibliche Mutter ...«

»Das weiß er nicht. Brandon und Sina haben zwar irgendwann erfahren, dass Ewan eigentlich Maori-Wurzeln hat – aber nachdem Ruiha gestorben war, haben sie beschlossen, das Geheimnis für sich zu behalten. Brandon wollte so den Frieden in seiner Familie bewahren, wenn ich das richtig verstanden habe.« Sie sah John neugierig an. »Aber woher hast du dann von Ruihas Tod erfahren – und warum bist du zu dieser Beerdigung gegangen?«

John lächelte. »Fiona mag eine sehr loyale und wunderbare Haushälterin sein. Aber sie ist auch ein kleines bisschen neugierig. Sie hat mitbekommen, dass der alte George seinem Enkel Brandon die Freundin verbieten wollte. Als Brandon dann völlig aufgelöst in das Haus seines Großvaters kam, hielt sie sich wohl in der Nähe der Tür zum Büro auf. So laut wie Brandon redete, konnte sie es gar nicht vermeiden, alles zu hören.« Er lachte leise, während er sich erinnerte. »So hat sie es mir gegenüber zumindest dargestellt. Ich würde sagen, sie hat an der Tür gelauscht, aber das ist natürlich eine bösartige Unterstellung. Auf jeden Fall hat sie so erfahren, dass George unser Hausmädchen Ruiha noch an der Westküste vergewaltigt hat und dabei Ewan gezeugt hat. Offensichtlich hat er alles abgestritten – und wurde erst leise, als Brandon Beweise vorgelegt hat. Die Nachricht vom Tod von Ruiha hat ihn dann richtig berührt. Mich auch, wenn ich ehrlich bin. Ich erinnere mich zwar nur dunkel an sie, aber sie hat in der ersten Zeit, als ich ohne Mutter auskommen musste, mein Leben erträglich gemacht. Es war immer nur Ruiha, die mich in den Arm genommen hat und mich getröstet hat, wenn ich einsam war. Als sie auch noch ging, war ich endgültig am Boden zerstört. Ich war damals einfach noch zu klein, um zu begreifen, was da wirklich passiert ist. Was interessiert sich denn ein Zweijähriger für den dicken Bauch und die Tränen seines Kindermädchens?« Er zuckte mit den Schultern. »Es war mir ein Bedürfnis, bei Ruihas Beerdigung anwesend zu sein. Es hat mich ja auch keiner erkannt. Nicht bei dem Haka, den Brandon getanzt hat, und auch nicht bei den Reden, die geschwungen wurden. Kritisch wurde es, als ich einen Moment lang die Sonnenbrille abnahm, um Sina genauer anzuschauen. Ich habe natürlich das Gleiche gesehen wie George ein paar Monate vorher: Sie sieht genauso aus wie meine Mutter! Diese Augen, diese Haarfarbe – ich habe tatsächlich einen Moment lang geglaubt, sie wäre wieder in Neuseeland. Ich brauchte ein paar Augenblicke, bis mir klar wurde, dass es sich wohl um das Mädchen handelte, von dem Fiona mir erzählt hat. Bis dahin hatte Sina mich allerdings schon erkannt. Deine Freundin ist eine kluge Frau – ich konnte in ihren Augen sehen, dass sie wusste, wer ich war. Was sollte ich tun? Mich vorstellen? Nein. Ich habe meine Sonnenbrille aufgesetzt und bin so schnell wie möglich gegangen. Das Risiko war zu groß, es hätte sein können, dass ich erkannt wurde. Zum Glück war Sina von dem Tanz so sehr abgelenkt, dass sie nicht darauf achtete, wohin ich ging. Nicht auszudenken, was passiert wäre, wenn jemand meinem Auto gefolgt wäre!«

Katharina schüttelte den Kopf. »Das hat niemand getan. Bis zu diesem Zeitpunkt haben alle die Geschichte geglaubt, die Ewan und George verbreiteten: Dass du dich quer durch den Pazifik säufst und nur hin und wieder Geld in Christchurch nachforderst. Klang ja auch irgendwie einleuchtend.« Sie rutschte auf die Stuhlkante und sah George neugierig an. »Aber was ist in der Zwischenzeit passiert? Ich meine zwischen der Gründung von Fiona's Foodmarket und jetzt?«

John lächelte – und Katharina fiel jetzt mehr als zuvor auf, dass er Sina unglaublich ähnlich sah. Für den alten George Cavanagh musste das Kind eine ständige Mahnung an das gewesen sein, was er seiner Mutter angetan hatte. »In der Zwischenzeit?«, sagte er langsam. »In der Zwischenzeit bekamen wir vier weitere wunderbare Kinder. Paikea hat sich weiterhin geweigert, mich zu heiraten. Ich wohnte weiterhin in Christchurch, und Paikea hat hier in Kaikoura gelebt.«

»Ihr seht euch seit fast vierzig Jahren nur am Wochenende?«, rief Katharina aus. »Stört euch das denn nicht?«

»Wir haben es uns ja nicht ausgesucht. John war erfolgreich in Christchurch, ich habe hier unsere Kinder aufgezogen und wollte meine Familie nicht im Stich lassen. Eine Stadt wie Christchurch ist mir einfach zu anonym …«

»Und dann kamen die Wale!«, unterbrach John sie.

»Ja«, nickte Paikea. »Die Wale ... Ich habe es immer geliebt, ihnen zuzusehen. Bin mit meinem Kanu raus aufs Meer gefahren und habe ihrem Atmen zugehört. Die atemberaubende Schönheit ihrer Körper genossen – wenn die Fluke hoch über dem Wasser steht, bevor sie in das Blau des Meeres abtauchen, das ist doch einfach ein unvergesslicher Anblick. Ich habe ihnen erzählt, dass sie nicht mehr gejagt werden, irgendwann in den Sechzigern, als der Walfang eingestellt wurde. Und ich war nicht die Einzige, die den Walen und Delfinen gerne zugesehen hat. Immer wieder hat mich ein Tourist gefragt, ob ich ihn mit dem Kanu mit auf das Meer nehmen würde. Nur, um den Walen nahe zu sein. Einmal habe ich jemanden mitgenommen – und der hat mir vor lauter Dankbarkeit hundert Dollar gegeben! Ich habe das Geld genommen und habe mich wirklich gewundert, dass ein bisschen Kanufahren irgendjemand so viel wert sein kann.

Als Matiu mich nicht mehr jeden Tag gebraucht hat – das war 1988, er war fünfzehn –, habe ich mir überlegt, ob man die ganze Sache nicht etwas größer aufziehen könnte. Ich habe mich an ein paar Männer aus unserem Stamm gewandt, die dringend Arbeit brauchten. Alle fanden die Idee gut: Touristen in ein Boot packen und damit zu den Walen fahren. Wir fanden schnell einen Schuppen mit einem verfallenen Landesteg – den konnten wir selbst herrichten. Aber ein stabiles, großes Schlauchboot mit zwei Hochleistungsmotoren – das konnte sich keiner von uns leisten. Die Bank erklärte uns schlicht für wahnsinnig. Wale anschauen als Geschäftsidee? Ich erinnere mich noch genau an das mitleidige Lächeln des Direktors. Er war der Meinung, dass Wale nur große Fische sind, die keinen Menschen interessieren. Die wenigen Verrückten, die sich diese Viecher anschauen wollten, könnten sich ja einen privaten Führer mieten. Wir waren uns aber sicher: Die Idee ist richtig. Und zum Glück war John auch dieser Meinung. Er gab uns einen Privatkredit für unser erstes Boot.«

»Das Ding, mit dem wir vor ein paar Tagen rausgefahren sind!«, ergänzte Matiu ihre Geschichte. »Ich war fast von Anfang an einer der Bootsführer …«

Paikea nickte. »Ja. Irgendwann 1989 konnten wir regelmäßige Trips zur Walbeobachtung anbieten. Wir druckten ein paar Plakate, hängten sie in Kaikoura am Bahnhof auf, legten in alle Hostels und Motels unsere Werbezettel – und konnten uns vom allerersten Tag an keine Sekunde über zu wenig Besucher beklagen. Unser kleines Schlauchboot war zweimal am Tag mit Touristen gefüllt, freie Plätze waren eine Seltenheit. In dem alten Schuppen haben wir ein kleines Walmuseum eingerichtet, den Steg haben wir vergrößert – irgendwann kam ein kleines Café dazu, wir haben auch bald ein größeres Schiff gebraucht …« Paikea lachte. »Bei diesem Kredit hat die Bank keine einzige Minute gezögert. Miss Te Whia hier und Miss Te Whia dort. Die Medien haben über uns berichtet – als den perfekten Trend für den modernen Ökotourismus. Aus dem verschlafenen Kaikoura wurde einer der Orte auf der Südinsel, bei denen jeder Tourist vorbeikommt. Wir haben heute Hotels, Restaurants, Motels, Cafés, wo früher nur eine langweilige Strandpromenade war. Die Maori aus Kaikoura arbeiten zum größten Teil bei den Whale Watching Tours, wir sind ein wichtiger Arbeitgeber geworden.«

John legte ihr stolz die Hand auf die Schulter. »Was Paikea hier verschweigt, ist die einfache Tatsache, dass sie bis heute die Geschäftsführerin dieses Unternehmens ist. Das erklärt auch, warum sie Kaikoura nicht verlassen will und kann. Und ich kann meinen Laden in Christchurch nicht für längere Zeit allein lassen – obwohl Aihe mir inzwischen viel Arbeit abnimmt!«

Katharina sah von einem zum anderen. »Das ist einfach unglaublich. Ihr habt zwei supererfolgreiche Unternehmen – und die Cavanaghs haben nie entdeckt, wer ihr wirklich seid?«

Paikeas Augen funkelten. »Ich habe nie meinen Nachnamen gewechselt. Der alte George hat also keine Ahnung, wer der Vater meiner Kinder ist. Dabei habe ich ihn kennengelernt – er hat mir schon Geschäftsleute geschickt, die er von der Schönheit Neuseelands überzeugen wollte. Ich war jedes Mal höchstpersönlich anwesend, habe alle betreut – und mir den alten Herrn genau angesehen.« Sie schüttelte sich ein wenig. »Ein höflicher, gut aussehender Mann. Aber im Umgang mit seinen Angestellten ist er eiskalt. Er ist immer nur auf seinen Vorteil bedacht, achtet stets darauf, sich in eine stärkere Position zu bringen. Ein gefährlicher Mann, der bestimmt mehr als ein Leben auf dem Gewissen hat … Wenn ich ehrlich bin, habe ich wenig Mitleid, wenn sein Leben jetzt zu Ende geht.«

»Und jetzt?« Katharina sah ernst von Paikea zu John. »Bleibt ihr jetzt weiter versteckt – oder helft ihr der kleinen Ava?«

»Ich hoffe, die Frage ist nicht ernst gemeint«, meinte Paikea. »Selbstverständlich helfen wir. Das heißt John. Vielleicht passt er ja genetisch zu seiner kleinen Großnichte. Außerdem wird es doch allmählich Zeit, dass wir mit dem Rest der Familie Kontakt aufnehmen.«

»Morgen früh fahren wir ins Krankenhaus«, ergänzte John. »Du kannst uns gerne bei Sina ankündigen …«

Katharina griff zum Telefon und wählte die inzwischen vertraute Nummer von Sina und Brandon. Ihre Freundin meldete sich mit einer so müden und angespannten Stimme, dass Katharina vor Mitleid fast übel wurde. »Hi, hier ist Katharina. Stell dir vor: Ich habe ihn gefunden!«

Christchurch, 1998

20.

»Jetzt können wir nichts mehr tun. Nur noch beten, Kerzen in Kirchen anzünden oder einfach hoffen …« Sina ließ sich schwer auf einen der schlichten Stühle aus Plastik im Wartezimmer des Krankenhauses fallen. Sie sah ihren Onkel neugierig an und schüttelte leicht den Kopf. »Dass du die ganze Zeit in Christchurch warst – das kann ich einfach nicht glauben! Du hättest jederzeit einem von uns auf der Straße oder in einem Restaurant begegnen können …«

»Ihr hättet mich nicht erkannt«, erklärte John ruhig. »Keiner von euch, der mich gesehen hätte, hätte mich erkannt. Menschen sind so. Sie berechnen in einem fort Wahrscheinlichkeiten und rechnen nicht mit dem Unwahrscheinlichen. Der Einzige, den ich hätte fürchten müssen, wäre Ewan gewesen. Aber der war ja wohl die ganze Zeit im Büro – das hat mir zumindest Fiona immer erzählt. Keine Gefahr also.« Er sah auf das kleine Pflaster in seiner Armbeuge. »Was passiert jetzt weiter?«

»Wir brauchen ein paar Tage, bis das Blut typisiert ist – dann wissen wir, ob du ein passender Spender bist. Ich kann es wirklich nur hoffen … Bis jetzt haben wir noch niemanden gefunden, der zu Ava passt, und sie braucht diese Transplantation mit jedem Tag, der verstreicht, dringender. Möchtest du sie denn kennenlernen?«

John nickte und stand auf. »Ja. Ich kann es kaum erwarten, seit Katharina mir von ihrer Existenz erzählt hat. Das ist so wie die Geburten von Brandon und Caithleen – bei den beiden bin ich sogar heimlich in die Entbindungsstation geschlichen, um sie zu sehen!«

»Irgendwie unheimlich«, meinte Brandon mit einem schiefen Lächeln. »Dass du wie eine Art Geist die ganze Zeit unser Leben begleitet hast …«

Sie gingen gemeinsam durch die langen Gänge des Krankenhauses, bis sie die Onkologiestation erreichten. Hier lagen die Krebskranken, einer der deprimierendsten Orte überhaupt. Aber Sina schien das nicht einmal zu bemerken, schob Türen auf und lief durch Schleusen – bis sie vor dem kleinen Mädchen mit den grünblauen Augen standen, das seiner Mutter um den Hals fiel und dann ernst seinen Großonkel betrachtete. Sie reichte ihm ihre kleine Hand. »Ava wieder gesund?!«

John nickte. »Das wäre doch schön, oder?«

Die Kleine lächelte – aber John musste sich schrecklich beherrschen, um angesichts ihrer Blässe und ganz offenkundigen Schwäche nicht in Tränen auszubrechen. Dieses kleine Mädchen war schon vom Tod gezeichnet – und John konnte es nicht fassen, dass alle einfach so taten, als hätte sie nur einen Schnupfen. Sahen sie denn nicht, wie schlecht es ihr ging? Er atmete tief durch und versuchte, sich zu beruhigen. Doch. Sie sahen es auch, und sie wussten es – wahrscheinlich viel besser als er. Aber sie konnten nicht die ganze Zeit heulend bei dem kleinen Kind sitzen. Also klammerten sie sich mit aller Macht an die wenige Hoffnung, die sie noch hatten. An ihn.

Es war später Nachmittag, als sie endlich das Krankenhaus verließen. Sina blieb allerdings bei ihrer Tochter, während Brandon seinen Onkel mit nach Hause nahm. »Komm, wir werfen den Grill an«, meinte er. »Du wirst doch sicher Hunger haben! Und Matiu und Katharina warten sicher auch auf Neuigkeiten!«

John nickte und schob das kleine Gartentürchen auf. Ein ruhiger Abend, an dem man ein bisschen Dasein als Familie nachholen konnte – das klang wie ein guter Plan. Doch noch bevor er die Terrasse betreten konnte, erhob sich dort ein dunkelhaariger Mann mit dunklen Augen in einem hellblauen Hemd. Der Mann musterte ihn genau und nickte schließlich – als sei er sich erst jetzt sicher, dass er wirklich die richtige Person vor sich hatte.

»Du bist also wieder da!«, sagte er mit einer merkwürdig unbewegten Stimme.

John konnte nicht einmal ausmachen, ob in diesem Satz ein Vorwurf versteckt war oder ob es sich nur um eine Feststellung handelte. Deswegen nickte er nur. »Ja, das bin ich. Schön, dich wiederzusehen, Ewan.«

Katharina stand etwas verlegen hinter Ewan. »Er hat gehört, dass du wiederaufgetaucht bist, und wartet seit heute Nachmittag auf dich«, erklärte sie. Sie sah die beiden Männer nervös an. Offensichtlich war sie sich nicht ganz sicher, ob die beiden sich jetzt in die Arme fallen würden oder eine Prügelei anfangen könnten.

John nickte seinem jüngeren Stiefbruder zu. »Ich habe gehört, dir ist es gut ergangen.«

»Während ich von dir schlicht gar nichts gehört habe!« Ewan brachte den Vorwurf nur mit mühsam unterdrücktem

Zorn heraus. »Erst heute hat Fiona mir gestanden, dass sie immer in Kontakt mit dir war, dass du immer gewusst hast, wie es uns geht. Hast du dir nie Gedanken darüber gemacht, dass ich mir vielleicht Sorgen um dich mache?«

»Schon. Aber mir war immer bewusst, dass du unserem Vater von so einer Begegnung erzählen würdest. Und wenn es einen Menschen gibt, den ich in meinem Leben nicht haben möchte – dann ist es George Cavanagh. Er soll nichts über mich wissen, keinen Teil meines Lebens kontrollieren …« John zuckte mit den Achseln. »Tut mir leid, dass du so auch nichts von mir gehört hast.«

»Und jetzt tauchst du also wieder auf.« Ewans Stimme klang höhnisch. »Jetzt, wo du von Dad nichts mehr zu befürchten hast.«

»Damit hat das nichts zu tun«, sagte John mit ruhiger Stimme. »Das solltest du auch wissen. Ich bin nur hier, um deiner Enkelin zu helfen – um Ava vielleicht wieder gesund zu machen. Das ist alles. Keine Sorge, danach lasse ich dich mit deiner Reederei in Ruhe.«

»Es geht doch nicht um die Reederei«, meinte Ewan. »Es geht um Dad. Er liegt auf der Intensivstation. Er stirbt, John – und ich glaube, ihm würde es besser gehen, wenn er dich noch einmal sehen könnte.«

Katharina beobachtete, wie Johns Kaumuskeln arbeiteten. Es dauerte ein Weilchen, bis er antwortete. »Was soll das? Was könnte mein Ziehvater von mir wollen? Vergebung dafür, dass er mir meine Kindheit geraubt hat? Meine Mutter von mir fortgejagt hat? Mich geprügelt hat? Mit Ruiha die einzige Vertraute meiner Kindheit erst vergewaltigt und dann vertrieben hat?« Er schüttelte den Kopf. »Diese Vergebung bekommt er nicht!«

»Vergewaltigt?« Ewan sah eher entnervt als wütend aus.

»Du musst doch nicht jedes lächerliche Gerücht über deinen Ziehvater glauben. Sicher, es gibt nettere und verträglichere Männer als George Cavanagh. Aber insgesamt würde ich doch annehmen, dass er keines Verbrechens fähig ist. Also – selbst wenn du von ihm nicht gut behandelt worden bist: Mach aus ihm kein Monster. Das war er nicht.«

»Ach, Ewan«, murmelte John. »Lass uns doch erst einmal hinsetzen. Ich bin mir sicher, Katharina findet in der Küche ein kaltes Wasser oder ein Bier für dich. Und dann wird es allmählich Zeit, dass du die Wahrheit über deinen Ziehvater und deine eigenen Wurzeln erfährst.«

Ungehalten schüttelte Ewan den Kopf. »Da gibt es keine Wahrheiten, die ich erfahren müsste. Woher willst du das alles überhaupt wissen?«

Katharina drückte Ewan eine Flasche kaltes Bier und John einen Eistee in die Hand. Widerstrebend setzte Ewan sich nieder. John wartete, bis sie wieder allein waren.

»Woher ich das alles weiß? Einiges habe ich mir zusammengereimt. Anderes hat mir Fiona erzählt. Und das meiste hat Sina vor ein paar Jahren herausgebracht. Damals, als George von ihr nichts wissen wollte. Erinnerst du dich noch daran?«

Unwirsch zuckte Ewan mit den Schultern. »Er hatte eben Angst, dass sein Enkel auch nur ausgenutzt wird. Als er gesehen hat, dass Sina ein nettes Mädchen ist, hat er seinen Widerstand ja aufgegeben.«

»Nein«, erklärte John. »Als Sina seine Vergangenheit komplett offengelegt hatte, musste er sie akzeptieren – sonst hätte sie seine Vergangenheit ans Licht gezerrt. Und dich …« – er deutete dabei auf seinen Stiefbruder – »… hat sie dabei verschont und dir überhaupt nichts erzählt.«

»Als ob ich nicht jede Geschichte verkraften würde«,

murrte der dunkelhaarige Mann und rieb sich über das Gesicht. »So erschreckend kann die Wahrheit nicht sein. Und ich bin inzwischen auch kein kleines, verängstigtes Kind mehr. Das ist lange her.«

John musterte ihn eine Weile, dann fing er mit leiser Stimme an zu reden. »Die Wahrheit? Du bist dir sicher, dass deine Mutter bei deiner Geburt gestorben ist und Miriam hieß. Dabei heißt deine Mutter Ruiha. Ein Maori-Mädchen, das lange in den Diensten von George stand. Bis er sie vergewaltigte und sie zwang, dieses Kind zu kriegen – dich.«

»Lügen!« An Ewans Schläfe schwoll eine Ader an. »Beweise?«

»Ruiha bekam von deinem Vater ein Haus geschenkt. Die Bedingung: Sie sollte sich nie wieder melden. Nur so konnte sie ihren Freund heiraten und ein glückliches Leben führen. Kurz bevor sie starb, lernte sie allerdings Sina kennen – und erzählte ihr die komplette Geschichte. Sie lernte sogar Brandon kennen, ihren Enkel. Und er hat auf ihrer Beerdigung einen Haka getanzt …«

»Beweise! Gibt es Beweise?«, forderte Ewan trotzig.

John nickte. »Ja. Sina hat mir heute Vormittag die ganze Geschichte erzählt. Es gibt Briefe von George Cavanagh an Ruiha. Er muss sie wirklich geliebt haben – merkwürdiger Kauz, der er ist. Und es gibt Fotos. Von einem Angus MacLagan. Einem Mann, der an der Westküste ein Minenunglück verantwortet hat. Es ist der gleiche Mann, der hier an der Ostküste ein neues Leben als George Cavanagh angefangen hat! Ewan, dein Vater war immer nur hinter Macht und Geld her …«

Nachdenklich kaute Ewan auf seiner Unterlippe. Eine Angewohnheit, die John rührte – das hatte der kleine Ewan schon als Fünf- oder Sechsjähriger getan, wenn ihn irgendetwas heftig bewegte. Schließlich räusperte er sich. »Auch wenn das alles richtig sein mag – jetzt liegt er im Sterben. Seit zwei, drei Jahren baut er immer mehr ab, er interessiert sich ja nicht einmal mehr für seine Reederei! Und jetzt der Schlaganfall – wer auch immer er war, er ist nur noch ein Schatten seiner selbst.«

John nickte. »Ja. Brandon meint, er hat seinen Lebenswillen verloren, seit er von Ruihas Tod erfahren hat. Offensichtlich hat er in seinem alten, sturen Schädel immer noch von einer Versöhnung geträumt.«

»Das könnte sogar stimmen«, murmelte Ewan. »Es ging wirklich von einem Tag auf den anderen bergab. Ich habe mir damals immer gedacht, dass es vielleicht ein kleiner Schlaganfall oder so etwas sein könnte. Keine Ahnung, vielleicht war es ja auch diese Sache, die ihm damals den Lebensmut geraubt hat.« Er schüttelte den Kopf. »Und trotzdem. Er ist ein gebrochener Greis. Geh zu ihm. Er kann dir nicht mehr gefährlich werden, und er stirbt vielleicht ruhiger, wenn er dich vorher noch einmal sehen kann.«

John schüttelte den Kopf. »Das kann ich nicht. Er hat mir zu viel zerstört. Er hat mir meine Mutter geraubt! Wie könnte ich das je verzeihen …«

»Aber sie kommt nicht zurück, egal, was du jetzt machst«, gab Ewan zu bedenken. Er wollte noch etwas sagen, wurde aber von Katharina unterbrochen, die auf die Veranda kam und anfing, Teller und Gläser auf den großen Holztisch zu stellen. »Ich wollte nur ein bisschen Essen bereitstellen, weil Sina später aus dem Krankenhaus kommt«, entschuldigte sie sich.

John legte ihr die Hand auf die Schulter. »Das ist schon in Ordnung. Und jetzt hol doch Matiu heraus. Es ist allerhöchste Zeit, dass er seinen Onkel kennenlernt.«

Der Rest des Abends verlief friedlich – auch wenn keiner am Tisch den Grund für dieses Treffen vergessen konnte: das kleine Mädchen, das im Krankenhaus um sein Leben kämpfte. Aber die beiden Brüder erzählten Geschichten aus ihrer Kindheit in Charteris Bay – und immer spielten das Wasser, Segelboote und Missgeschicke eine große Rolle. Es war fast Mitternacht, als Sina nach Hause kam. Katharina erschrak über die tiefen Augenringe ihrer Freundin, sah aber auch das Leuchten in ihren Augen. Sie betrat die Veranda, ging auf John zu und umarmte ihn. Dann sah sie ihm lange in die Augen. »Ich habe es von Anfang an gewusst. Du bist der Schlüssel zur Gesundung unserer Tochter. Ich war gerade eben noch im Labor – und die ersten Ergebnisse zeigen, dass du der ideale Spender für Ava bist. Du wirst ihr Retter sein, ich weiß es!«

John umarmte sie und hielt sie fest in seinen Armen. Es schien eine Ewigkeit zu dauern, bis die beiden sich voneinander lösten. John fasste sich als Erster: »Und jetzt? Wie geht es bei so einer Transplantation weiter? Wann muss ich ins Krankenhaus? Morgen?«

Sina lächelte. »Nein. Ab morgen wird Ava vorbereitet. Sie kommt in eine Isolationseinheit, und dann werden mit Bestrahlungen und Chemotherapie alle blutbildenden Zellen abgetötet. In dieser Zeit hat sie quasi kein Immunsystem, selbst ein eigentlich völlig harmloser Schnupfenvirus würde sie umbringen. Das dauert etwa vierzehn Tage. Erst dann kommst du ins Spiel. Wir entnehmen deine Stammzellen, und innerhalb von achtundvierzig Stunden bekommt Ava sie mit einer Infusion verabreicht.«

»Wie schnell wissen wir, ob die Behandlung Erfolg hat?«, wollte John wissen.

Sina seufzte. »Erst nach zwei bis vier Wochen. Wenn die

Zahl der Blutplättchen steigt, dann wissen wir, dass die neuen Stammzellen ihre Arbeit aufgenommen haben.«

»Es kann also noch sechs Wochen dauern?«, vergewisserte John sich.

Sina nickte. Und John lachte ein wenig. »Sieht so aus, als ob sich unsere Familien noch gut kennenlernen würden …«

Christchurch, 1999

21.

»Ist er jetzt fertig?« Neugierig spähte Matiu über Katharinas Schulter auf den Bildschirm ihres Laptops. Sie grinste. »Tu nicht so, als ob du auch nur irgendetwas lesen könntest. Aber wenn du dich gut benimmst, dann lese ich ihn dir vor und übersetze alles!«

Matiu nickte ernsthaft und ließ sich auf die bequeme Couch in Brandons Arbeitszimmer fallen. Hierher hatte Katharina sich in den letzten Tagen zurückgezogen und an ihrem Artikel über die Dreharbeiten zu »Der Herr der Ringe« geschrieben. Jetzt übersetzte sie Matiu den kompletten Text über die begrasten Erdhügel der Hobbits, die Leere und Verzweiflung oben am Ruapehu und die Weite der Canterbury Plains, durch die die Reiter von Rohan galoppierten. Sie beschrieb die Hingabe der Mitarbeiter und die Schönheit der Natur, die aussah, als entstamme sie einer Fantasy-Welt. Als sie endlich an das Ende gekommen war, sah sie Matiu neugierig an.

»Und, wie hat er dir gefallen?«

Er schwieg einen Moment lang. Dann strich er ihr mit dem Handrücken sanft über den Oberschenkel. »Der Artikel ist perfekt, genauso wie ich ihn von dir erwartet habe. Aber er ist … fertig. Und damit hast du eigentlich keinen Grund mehr, hier in Neuseeland zu bleiben.« Er sah ihr in die Augen. »Wann verlässt du mich, Katharina? Ich meine, ich weiß, dass du irgendwann gehen musst – aber ich versuche, mich darauf einzustellen.«

Katharina speicherte den Artikel ab und schloss ihren Laptop. Auch sie war mit einem Mal ernst geworden. Sie sah Matiu lange ins Gesicht, musterte seinen ständig lächelnden Mund, die dicken, schwarzen Haare und den leichten Sonnenbrand auf der Nase. Sie beugte sich vor und fing an, ihn zu küssen. Leise murmelte sie dabei in sein Haar: »Wie ernst ist es dir, Matiu? Ernst genug für etwas Großes?«

Er nahm sie an den Schultern, hielt sie auf Armeslänge von sich entfernt und sah ihr in die Augen. Sanft strich er mit seinem Zeigefinger über ihre Oberlippe. »Mir war es noch nie zuvor so ernst in meinem Leben. Wenn du etwas Großes daraus werden lassen willst – dann bin ich dabei!«

Statt einer Antwort küsste sie ihn noch einmal. Erst vorsichtig auf die Lippen, dann wurden ihre Küsse drängender, und ihre Hand wanderte allmählich unter sein altes, ausgewaschenes T-Shirt. Immer wieder war sie überrascht, wie viele Muskeln Matiu hatte – immerhin hatte er eigentlich einen Schreibtischjob. Auch seine Hand glitt über ihren Rücken, kämpfte kurz und erfolgreich mit dem BH-Verschluss, schließlich umspielten seine Finger ihre Brustwarzen, und ihr Atem wurde schneller. Sie fing an, an der Schnalle seines Gürtels zu nesteln, als es plötzlich laut und heftig an der Tür zu dem kleinen Arbeitszimmer klopfte.

»Kommt sofort mit ins Krankenhaus! Sina hat angerufen, wir sollen alle kommen!« Brandons Stimme klang aufgeregt.

Matiu seufzte und richtete sich wieder auf. »Ich hoffe, er hat gute Neuigkeiten …«, grinste er.

»Bestimmt – ich kann mir nicht vorstellen, dass Sina uns alle ins Krankenhaus scheucht, nur um uns zu sagen, dass es Ava noch immer unverändert geht!« Katharina war aufgeregt. Ganze vier Wochen war es inzwischen her, dass sie John gefunden hatte und die Transplantation eingeleitet worden war. In der Zwischenzeit hatten sie Weihnachten gefeiert und sich zum neuen Jahr beglückwünscht – der Tag, nach dem Ava ihren »zweiten Geburtstag« gefeiert hatte und per Infusion die Stammzellen ihres Großonkels bekommen hatte. Jetzt war Mitte Januar. Seit vierzehn Tagen schrieb Katharina hinhaltende Mails an die Redaktion, hatte noch ihren Resturlaub genommen und die Heimreise aufgeschoben. Sie wollte dabei sein, wenn Ava wieder gesund wurde, hatte sie Matiu erklärt.

Er sah sie dann nur prüfend an, bevor er langsam nickte. Sie plante ihre Rückkehr, da war er sich ganz sicher. Jetzt fühlte sie sich anscheinend verantwortlich für die Rückkehr von John, für Ava, für Sina – und wahrscheinlich auch ein wenig für ihn. Er sah ihr zu, wie sie hektisch ihr T-Shirt wieder nach unten zog und die Flip-Flops anzog. Wenn Ava gesund wurde, war das wahrscheinlich auch das Ende dieser Liebe. Aber was hatte sie eben mit etwas »Großem« gemeint? Widerstrebend zog auch er seine Sneakers an.

Vor der Tür wartete schon Brandon auf sie und trug sein breitestes Grinsen zur Schau. »Dafür, dass ihr im Arbeitszimmer gemeinsam einen Artikel lesen wolltet, habt ihr jetzt aber lange gebraucht …«

»Ich musste noch abspeichern«, wehrte Katharina sich. Aber Brandon wollte heute keine Ausrede mehr hören. »Kommt, los. Sina war ganz aufgeregt …«

Nur wenige Minuten später erreichten sie das Krankenhaus. Vom Chaos am Tag des Erdbebens war heute nichts mehr zu spüren. Krankenschwestern liefen geschäftig mit quietschenden Gummisohlen vorüber, Ärzte unterhielten sich leise, und Patienten wanderten die Gänge entlang auf der Suche nach ein wenig Ablenkung von Langeweile oder Schmerzen. Sie kannten allesamt den Weg in die Isolationsstation, in der Ava die letzten Wochen zugebracht hatte, nur zu gut. Die Schleusen, in denen die sterile Kleidung bereitlag, Avas Zimmer mit dem Plastikzelt. An der Tür zu diesem Zimmer stockte Katharina der Atem.

Es war leer.

Auf dem Bett, auf dem Ava so blass und leblos gelegen hatte, war heute nur noch eine Matratze, die Schläuche der Infusionen hingen säuberlich zusammengerollt an ihren Haltern, und der Bildschirm, der den Herzschlag anzeigen sollte, war dunkel.

Einen Moment lang fühlte Katharina, wie eine kalte Hand nach ihrem Herzen griff. Bis eine Schwester vorbeilief und beim Anblick der ratlosen Familie in eine andere Richtung deutete. »Wir haben sie verlegt! Ihr findet sie am Ende des Ganges in ihrem Zimmer!«

Hörbar atmete Katharina aus und merkte erst jetzt, dass sie Matius Hand viel zu fest umklammert hatte. Vorsichtig ließ sie wieder los und streichelte ihm über die Druckstelle. »Entschuldigung. Ich habe nur einen Augenblick lang …«

»Ich weiß«, flüsterte Matiu. »Das haben wir alle.«

»Das hätte Sina auch sagen können«, schimpfte Brandon, während er sich schnell wieder die sterile Kleidung und den Mundschutz auszog. Doch auch seiner Stimme war die Erleichterung anzuhören.

Brandon, Matiu und Katharina liefen gemeinsam zu dem

Einzelzimmer, das die Krankenschwester ihnen gezeigt hatte – und blieben fassungslos in der Tür stehen. Mitten auf dem Bett saß Ava vor einer großen, bunten Tüte von McDonald's. Der Burger in ihrer Hand war schon zur Hälfte aufgegessen, ein paar letzte Pommes lagen noch vor ihr. Sie strahlte ihre Besucher mit ketchupverschmiertem Mund an. »Mama mir geschenkt!«, erklärte sie.

Sina saß lächelnd mit Ava auf dem Bett. Beim Anblick der Besucher sprang sie auf und nahm Brandon in den Arm. »Sie hat es geschafft!« Sie strahlte. »Wir haben heute morgen ihre Blutkörperchen angesehen – und es werden wieder mehr. Die neuen Stammzellen arbeiten. Sie funktionieren, ihr Immunsystem baut sich auf.«

Matiu griff nach Katharinas Hand. Die Tränen liefen über ihr Gesicht – und er war sich nicht einmal sicher, ob sie das überhaupt bemerkte. Leise drückte er zu. Sie sah ihn von der Seite her an. »Es ist ein Wunder. Ein richtiges Wunder!«

»Nicht nur.« Sina sah Katharina aus Brandons Armen heraus an. »Das Wunder hätte es nicht gegeben, wenn du nicht nach John gesucht hättest – und ihn dann davon überzeugt hättest, dass er aus seinem Versteck herausmuss. Wäre er in seinem Supermarkt geblieben … dann hätte Ava keine Chance gehabt.«

»Ich konnte ja nicht ahnen, wie sehr ihr mich vermisst!« Unverkennbar Johns Stimme von der Tür her. Zusammen mit Paikea kam er herein. Sina sah die anderen an und lächelte verlegen. »Ich musste einfach alle anrufen und ihnen erzählen, wie es Ava geht. So etwas darf man doch nicht für sich behalten!«

John strahlte seine Großnichte an. »Na, wie geht es dir, Prinzessin?«

»Gut!« Ava kaute mit vollen Backen weiter an ihrem Hamburger. »Mama sagt, du bist Bruder!«

John sah Sina mit einer fragend hochgezogenen Augenbraue an. »Bruder?«

»Na ja, ich habe ihr erklärt, dass man zum Blutsbruder wird, wenn man sein Blut teilt – und das hast du ja gemacht. Wie es aussieht, bist du dadurch vom Großonkel zum Bruder geworden …«

John lachte. »Ganz schön alter Bruder, oder?«

Brandon sah zur Tür hin. Ernst stand dort sein Vater und betrachtete seine Enkelin. »Einer kommt, einer geht. So heißt es doch, nicht wahr?«, sagte er vor sich hin.

Eine unangenehme Stille breitete sich aus. Keiner wagte zu fragen, was Ewan damit meinte – auch wenn es klar war. George Cavanagh rang jetzt seit Wochen im gleichen Krankenhaus mit dem Tod – und hielt sich zäh an seinem letzten Restchen Leben fest.

»Er kann nicht loslassen …« Ewan sah seinen Bruder an. »Er kann nicht sterben – und ich denke, der Grund dafür bist du …«

John sah Ewan gerade in die Augen. In seinem Gesicht war nichts zu erkennen. Er und Ewan hatten in den letzten vier Wochen kein Wort miteinander gewechselt. Die Enthüllungen über seine echte Mutter hatten bei Ewan nichts bewirkt – es schien eher so, als ob er noch entschiedener an seinem Vater festhalte. Schließlich wandte John seinen Blick von Ewan ab und sah zu Paikea. Die kleine Frau nickte ihm fast unmerklich zu und machte einen winzigen Schritt zur Seite. Gerade genug, dass sie John freigab. John holte tief Luft und ging auf Ewan zu. »Dann besuchen wir ihn sofort. Bringst du mich hin?«

Ohne ein weiteres Wort drehte sich Ewan um und ging

den langen Krankenhausgang voraus. John folgte. Sie liefen nebeneinander durch Schwingtüren, über quietschendes Linoleum und durch den immer gleichen Geruch nach Krankheit und Desinfektionsmittel. Schließlich erreichten sie die Palliativstation, den Ort, an dem Patienten nicht mehr gesund wurden, sondern nur noch auf den Tod warteten. Hier hatte die Hoffnung keinen Platz mehr. Ein Innenarchitekt hatte sich viel Mühe gegeben, die Wände in sonnigem Gelb gestrichen und freundliche Landschaftsbilder vom Meer aufgehängt. John registrierte fast amüsiert, dass auf jedem zweiten Bild ein Wal oder ein Delfin zu sehen war. So, als ob diese Tiere das Sterben leichter machen würden.

Ewan blieb vor einem Zimmer stehen und sah seinen Bruder an. »Bereit?«

John nickte, und Ewan schob die Tür auf.

Er sah seinen Ziehvater zum ersten Mal seit fast dreißig Jahren. Aus dem muskulösen, dunkelhaarigen Mann war ein in sich zusammengefallener, weißhaariger Greis geworden, der leblos auf seinem schmalen Bett lag und aus dem Fenster sah. John folgte seinem Blick. Ein Hinterhof, in dem ein großer Blue-Gum-Eukalyptusbaum stand. »Witwenmacher« nannten die Leute auf dem Land diese Bäume – weil völlig unvermittelt die ausladenden Äste abbrachen und den ahnungslosen Menschen, der darunterstand, einfach erschlugen. Ein merkwürdiger Zufall, dass ein Baum mit einem so düsteren Ruf der letzte Anblick für einen so unbarmherzigen Mann sein sollte.

John trat langsam ans Bett. »Hallo, Dad.«

Langsam wandten sich die Augen des alten Mannes von dem Baum ab und richteten sich auf ihn. Unveränderte, tiefschwarze Augen, die schon immer an ein lauerndes Raubtier erinnert hatten. Sie schienen um keine Sekunde gealtert.

»Du bist da. Ich habe auf dich gewartet, seit Ewan mir erzählt hat, dass du aufgetaucht bist.« Seine Stimme klang anklagend und keine Spur versöhnlich.

»Warum sollte ich dich sehen wollen?« John sah auf seinen Ziehvater herab und stellte zu seiner eigenen Verwunderung fest, dass er Mitleid verspürte. Dieser grausame und skrupellose Mann hatte so viele Opfer auf dem Gewissen – aber jetzt war er doch nur ein sterbender Greis.

Der alte Mann schloss die Augen. Einen Moment lang glaubte John, dass er sie nie wieder öffnen würde. Er war sich nicht einmal sicher, ob er noch atmete. Aber dann redete der Sterbende weiter. »Du hast dich also dein ganzes Leben lang vor mir versteckt? Armselig. So armselig wie dein weichherziger Vater und deine hochmütige Mutter. Ich hätte gleich wissen sollen, dass aus diesem Material nichts Gutes kommen kann.« Die Stimme klang hart und unbarmherzig.

John machte unwillkürlich einen Schritt nach hinten. »Deine Feinde sind lange tot. Meine Mutter, mein Vater … und bei beiden hast du das Lebensglück auf deinem Gewissen.«

»Das haben die beiden nicht verteidigt. Es war so leicht, ihren Reichtum zu nehmen. So einfach. Sogar dich, ihren Sohn, konnte ich rauben. Dieses Land taugt nur für die Harten, die Unbarmherzigen, diejenigen, die keine Rücksicht auf andere Menschen nehmen. So wie ich.« Er hustete, rang nach Atem und lag dann wieder still da.

Langsam schüttelte John den Kopf. »Du hast unrecht – und du weißt es. Als dieses Land noch jung war, da mag es richtig gewesen sein, sich alles einfach zu nehmen. Aber heute? Meine Frau hat ein Vermögen damit gemacht, Wale eben nicht mehr zu töten. Auf so eine Idee wärst du gar nicht gekommen, habe ich recht? Eine Boshaftigkeit nicht zu tun, sondern mit Freundlichkeit Geld zu verdienen …«

»Blödsinn. Ewan steht treu zu mir – und das hat nicht mit meiner Freundlichkeit zu tun. Sondern nur mit meinem Geld. Das will er erben, und er hofft, dass ich nicht auf so eine schwachsinnige Idee komme, dass er wieder zurück ins Glied treten muss. Als Zweitgeborener winselt er jetzt um meine Gunst, sonst würde er nicht jeden Tag hierherkommen!« Der Speichel aus dem Mund des Alten sprühte über sein Kinn. John musste sich beherrschen, um nicht wie bei einem kleinen Kind mit einem Taschentuch darüberzuwischen.

Ewan war bleich geworden. »Das ist nicht wahr, Vater. Ich bin hier, weil ich dich achte und weil ich nicht möchte, dass du hier allein liegen musst. Was interessiert mich deine Reederei, wenn ich dich hier liegen und leiden sehe?« Seine Hände zitterten ein wenig, als er mit ein paar fahrigen Handbewegungen seine Aussage unterstreichen wollte. John fing an, Mitleid mit seinem kleinen Stiefbruder zu haben. Von klein auf buhlte er um die Achtung und die Freundschaft seines Vaters – und offensichtlich hatte er beides bis heute nicht errungen. Schlimmer noch: George Cavanagh machte deutlich, dass er nichts von seiner Achtung oder Zuneigung wissen wollte.

Der Alte hustete wieder, länger und qualvoller dieses Mal. Seine Hände krallten sich in das weiße Laken, die Ausschläge auf dem Herzmonitor wurden flacher. John sah sich die Linie an. Bildete er sich das ein, oder wurde sie wirklich unregelmäßiger?

Ewan legte ihm die Hand auf den Arm. »Vater, du weißt nicht, was du da sagst. Wenn du erst wieder gesund bist, dann reden wir über alles. Ich habe dich immer bewundert, das musst du mir glauben.« Er zögerte eine Sekunde, bevor er weiterredete. »Und ich bin mir sicher, dir tut es gut, wenn ich dir die Neuigkeiten über Ava erzähle: Sie ist auf dem Weg der Besserung, kannst du dir das vorstellen? John hat ihr sein Blut gegeben – und es sieht so aus, als sei die Transplantation geglückt. Ist das nicht wunderbar?«

Die dunklen Augen des Alten öffneten sich. »Ruihas und Avas Urenkelin. Was für eine Ironie. Sie vereint also alles, was ich gehasst und geliebt habe. Die wunderbare Ruiha und die arrogante Ava. Und beide wollten nichts von mir wissen …«

Ewan wurde von einer Sekunde auf die andere totenblass. »Es stimmt also? Es ist wirklich wahr, was Sina da verbreitet? Ich bin der Sohn einer Maori? Eines Dienstmädchens? Warum hast du immer behauptet, dass Miriam meine Mutter sei?«

»Miriam. Nutzloses Ding. Hatte auch nicht genug Kraft, um in diesem Land zu leben. Ein Kind tot, und schon nimmt sie sich das Leben. Dabei war es nur ein Mädchen.« Fast schien es, als ob der Alte in seinen letzten Stunden noch einmal alle Boshaftigkeiten seines Lebens loswerden wollte. John spürte nichts. Nicht einmal mehr Mitleid oder Entsetzen.

»Vater, antworte mir!« Ewan rüttelte am Arm seines Vaters, aber der reagierte nicht mehr. »Vater!« Ewan wurde lauter. John warf einen Blick auf den Herzmonitor. Jetzt war es deutlich zu sehen: Die Linie wurde unregelmäßiger.

Flatternd öffneten sich die Augen des Alten noch einmal. Seine bleiche, magere Hand legte sich auf Ewans Arm. »Ruiha war ein gutes Mädchen! Wollte nichts von mir wissen, aber war ein gutes Mädchen!«, murmelte er. Dann schlossen sich die Augen wieder, und der Atem wurde flacher.

Eine Krankenschwester kam mit schnellem Schritt herein, überprüfte den Monitor und wandte sich dann mit einem entschuldigenden Schulterzucken an die beiden Männer, die an dem Bett des Alten standen. »Es geht zu Ende. Sie sollten sich verabschieden. Oder, wenn es noch irgendwelche Angehörigen gibt, die Sie verständigen wollen …«

»Nein«, erklärte John. »Dieser Mann hat sein Leben lang allein gelebt und andere Menschen immer nur benutzt. Das sollte sich auch zu seinem Ende nicht ändern.«

Die Schwester nickte nur. »Wie Sie meinen.« Damit verschwand sie wieder aus dem Zimmer. Zurück blieben das leise Piepen des Monitors, der rasselnde Atem des Sterbenden und die beiden Söhne, die schweigend zusahen, wie die Linie immer flacher wurde.

Und schließlich endete.

John hob seinen Blick und sah das Bild einer gewaltigen Walfluke an der Wand. Und es kam ihm so vor, als ob er leise Paikeas Lied hörte. Ein Lied vom Meer, den Wellen und dem Frieden.

Epilog

Christchurch, 1999

22.

Sehr geehrte Chefredaktion,

anbei mein Artikel über die Dreharbeiten von »Der Herr der Ringe«. Sie werden sehen, dass ich Zugang zu vielen Informationen und Drehorten hatte, die Journalisten normalerweise verwehrt sind. Ich habe mich bemüht, ganz besonders die Verbindung zwischen der sagenhaften Natur Neuseelands und der Fantasy-Saga Tolkiens herzustellen. Ich denke, das ist mir gelungen.

Vielen Dank für das Verständnis für meinen verlängerten Aufenthalt hier in Neuseeland – und die Genehmigung für den anschließenden Urlaub. Leider muss ich Ihnen mitteilen, dass ich nicht mehr an meine Arbeitsstelle zurückkehren werde. Meine Bestimmung ist es wohl, hier in Neuseeland zu bleiben und hier mein Glück zu finden. Das Leben einer Redakteurin mit Stress und großer Belastung ist doch nicht das Leben, das bei mir zur Zufriedenheit führt. Ich werde lieber mit Delfinen und Robben schwimmen, den Gesang der Maori lernen und meinen Freund heiraten.

Mit herzlichen Grüßen,
Katharina Krug

Nachwort

Wann entsteht ein Buch? Dieses hier nahm seinen Anfang mit der letzten Zeile, die ich für den Vorgänger »Der Tanz des Maori« geschrieben habe. Ich fing an, mir zu überlegen, was aus John junior geworden sein mochte, der am Ende des Buches wiederauftaucht. Wie konnte ein derart gequältes Kind seinen Weg machen – und wie sehr mochten ihn die Ereignisse in einem der reichsten Länder der Welt (und dazu zählte Neuseeland in den Fünfzigerjahren) beeinflusst haben? Als mich dann auch noch die Leser von »Der Tanz des Maori« fragten, wie es denn weitergehen würde … da gab es kein Zögern mehr: »Der Gesang der Maori« musste geschrieben werden.

Als ich anfing, die genauen Ereignisse dieses Buches festzulegen, lag das Erdbeben in Christchurch noch in der Zukunft. Keiner kann sich vorstellen, wie erschüttert ich war, als ich gesehen habe, dass die Realität meine Fiktion eingeholt hat. Sicher, ein Erdbeben in Neuseeland ist nichts Ungewöhnliches – aber dass ausgerechnet Lyttelton (und Charteris Bay liegt nebenan) im Epizentrum lag, war schon unheimlich. Und die Erde kommt seither nicht zur Ruhe …

Immerhin haben meine Freunde in Neuseeland bis heute Glück – regelmäßig erhalte ich Kurznachrichten mit dem Inhalt: »Keine Sorge, bei uns hat es nur gewackelt!«

Andere Ereignisse habe ich tatsächlich aus der neueren Geschichte Neuseelands entnommen. Das Eisenbahnunglück von Tangiwai an Weihnachten 1953 mit dem Besuch der jungen Queen Elizabeth II. fand genau so statt. Das Einzige, was ich verändert habe, ist die Richtung, in die der Zug fuhr: In Wahrheit war der Zug von Wellington in Richtung Auckland unterwegs (in diesem Buch reisen John und Inge in die andere Richtung) – aber der Lahar, der für die Katastrophe sorgte, ist ebenso historische Realität wie die hohen Opferzahlen.

Ebenso historisch korrekt: Die Geschichte von der Benennung der Kiwis. Es war wirklich die Firma Turners & Growers, die »Yang Tao« erst in »Melonettes« und dann in »Kiwis« umbenannte. Ebenso richtig ist die Geschichte von der Milkbar-Gang und der großen Besorgnis der biederen Neuseeländer über ihre Jugend, die komplett außer Rand und Band geriet – Sex, Bier und Rock 'n' Roll waren damals in der Tat ein Thema, der berüchtigte »Mazengarb«-Report sah die Schuld bei den arbeitenden Müttern. Und sogar die Geschichte vom Supermarkt, der am Eröffnungstag leer gekauft wurde, entspricht der Wahrheit.

Eine andere Geschichte habe ich Ende der Achtzigerjahre live mitbekommen: Es war das erste Jahr des »Kaikoura-Whale Watching«, mit dem die Maori (tatsächlich ist es der Stamm Kati Kuri) versuchten, sich ein kleines Einkommen zu sichern. Sie mussten Hypotheken auf ihre Häuser aufnehmen, weil sich in der Realität kein John fand, der sie unterstützte. Und sie haben eine gewaltige Erfolgsgeschichte hinter sich: Aus dem kleinen Schlauchboot, mit dem ich damals noch zu den Pottwalen fuhr, sind vier große Katamarane geworden, ein Café, ein Souvenirshop … Meine Paikea und John sind reine Phantasie – aber die Wahrheit ist in diesem Fall fast noch besser: ein Stamm, der sich aus eigenen Kräften neue Arbeitsstellen erkämpft hat und heute der beste Arbeitgeber der Region ist. Die Preise, die sie für ihr Unternehmen bekommen haben, sind fast nicht mehr zu zählen – der Wichtigste ist wohl der Goldene Preis der Asiatisch-Pazifischen Gemeinschaft für das beste Ökotouristikunternehmen. Sie haben ihn gleich mehrfach gewonnen.

Damals habe ich in Kaikoura tauchen gelernt – und mein Lehrer hat mich nach jedem Tauchgang zu den Robben mitgenommen. Ein Erlebnis, das in der Tat unvergesslich ist und das bis heute zu meinen besten Erlebnissen unter Wasser gehört …

Die Dreharbeiten zu »Herr der Ringe« fanden natürlich wirklich in Neuseeland statt, auch an den angegebenen Orten. Ob Peter Jackson allerdings wirklich eine neugierige deutsche Journalistin mit Kamera in seinem Hobbingen geduldet hätte, wage ich zu bezweifeln. Heute werden in Neuseeland allerdings eigene Reisen zu allen wichtigen Orten der Verfilmung angeboten – und Hobbingen hat sich zu einer echten Touristenattraktion entwickelt. Der Schriftzug »Wellywood«, den ein paar eifrige Städteplaner schon in Wellington aufbauen wollten, wurde zum Glück verhindert. Die meisten Reisenden wissen ohnehin, dass sie in einem Land mit einer boomenden Filmindustrie gelandet sind. Es ist ein Land, in dem noch viele Geschichten darauf warten, erzählt zu werden: Ich habe da schon eine Idee …

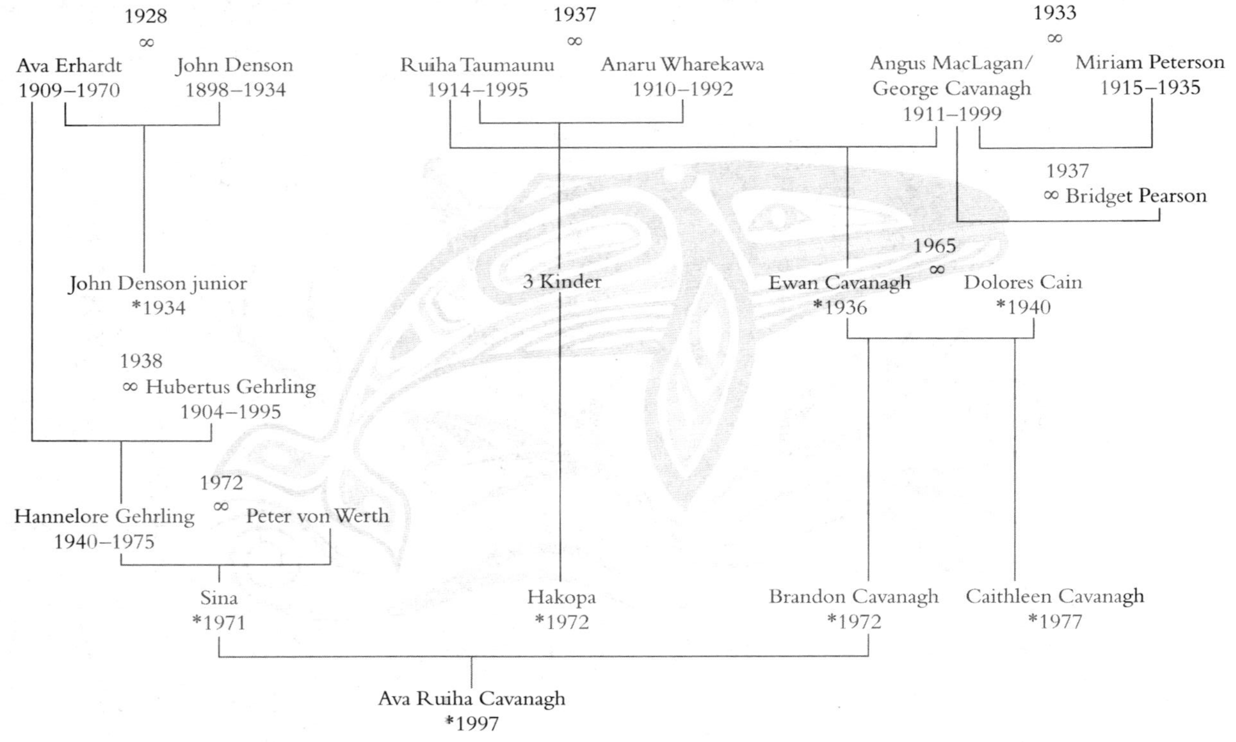
1928
∞
Ava Erhardt
1909–1970
John Denson
1898–1934
John Denson junior
*1934
1938
∞ Hubertus Gehrling
1904–1995
Hannelore Gehrling
1940–1975
1972
∞
Peter von Werth
Sina
*1971
1937
∞
Ruiha Taumaunu
1914–1995
Anaru Wharekawa
1910–1992
3 Kinder
Hakopa
*1972
1933
∞
Angus MacLagan/
George Cavanagh
1911–1999
Miriam Peterson
1915–1935
1937
∞ Bridget Pearson
Ewan Cavanagh
*1936
1965
∞
Dolores Cain
*1940
Brandon Cavanagh
*1972
Caithleen Cavanagh
*1977
Ava Ruiha Cavanagh
*1997

N
0
200 km
Cape Reinga
Whangarei
Great Barrier Island
Coromandel Peninsula
Nordinsel
Auckland
Matamata
Hamilton
Tauranga
Bay of Plenty
Rotorua
Whakatane
Lake Taupo
TONGARIRO NATIONALPARK
New Plymouth
Napier
Hawke's Bay
Hastings
Whanganui
Palmerston North
Tasmanische See
Nelson
Picton
Cookstraße
Wellington
Seddonville
Westport
PAPAROA NATIONALPARK
Kaikoura
Arthur's Pass
Christchurch
Milford Sound
Südinsel
Pazifischer Ozean
Queenstown
Dunedin
Invercargill
Foveauxstraße
Stewart Island
NEUSEELAND